Die dunkle Kammer

W0242951

Das Buch

Helmut, 1941: Der angehende Fotograf dokumentiert im Berlin der Kriegsjahre heimlich die Flüchtlingsströme auf einem Berliner Bahnhof. In den Bombennächten versteckt er sich in seiner Dunkelkammer.
Lore, 1945: Sie und ihre vier jüngeren Geschwister sind Kinder hochrangiger Nazis. Von Bayern aus machen sie sich auf den nahezu unmenschlichen Fußmarsch durch die Besatzungszonen zur Oma nach Hamburg.
Micha, 1997: Er will die Wahrheit über seinen geliebten Großvater herausfinden, der als Offizier der Waffen-SS jahrelang in russischer Kriegsgefangenschaft war. Seine Familie schweigt dazu erbittert. Mit einem Foto macht er sich auf den Weg nach Minsk, um die eine wichtige Frage zu stellen: Hat mein Großvater Menschen umgebracht?
In ihrem beeindruckenden Debüt fragt Rachel Seiffert nach der Schuld der scheinbar Schuldlosen, nach der Verantwortung der Nachgeborenen und nach der Bereitschaft, sich der eigenen Familiengeschichte zu stellen. In einer lakonischen, eindringlichen Sprache erzählt Rachel Seiffert von drei Deutschen, die an den Ort vorstoßen, in den dieses Kapitel unserer Geschichte verbannt wird: in die *dunkle Kammer*. »Vielleicht die wichtigste Erkenntnis des Buches: Nichts ist eindeutig, wir müssen uns damit abfinden.« (*Süddeutsche Zeitung*)

Die Autorin

Rachel Seiffert, 30 Jahre alt, wurde in Oxford als Tochter einer deutschen Lehrerin und eines australischen Germanistik-Professors geboren. Seit zwei Jahren lebt Rachel Seiffert in Berlin. *Die dunkle Kammer* ist ihre erste literarische Veröffentlichung und wurde sogleich für den Booker Prize, den wichtigsten englischen Literaturpreis, nominiert.

Rachel Seiffert

Die dunkle Kammer

Aus dem Englischen
von Olaf Matthias Roth

List Taschenbuch

List Taschenbücher erscheinen im Ullstein Taschenbuchverlag,
einem Unternehmen der Econ Ullstein List
Verlag GmbH & Co. KG, München
1. Auflage 2002
© 2001 für die deutsche Ausgabe by Econ Ullstein List Verlag
GmbH & Co. KG, München / Ullstein Berlin
© 2001 by Rachel Seiffert
Titel der englischen Originalausgabe: *The Dark Room* (William
Heinemann, London)
Übersetzung: Olaf Matthias Roth
Umschlagkonzept: HildenDesign, München – Stefan Hilden
Umschlaggestaltung: Hauptmann und Kampa Werbeagentur,
CH–Zug
Titelabbildung: Eberhard Grames, Kleve
Druck und Bindearbeiten: Clausen & Bosse, Leck
Printed in Germany
ISBN 3-548-60210-X

HELMUT

Berlin, April 1921

1.

Geburt. Seine Mutter drückt ihn an sich und wiegt ihn, stillt ihn zum ersten Mal. Glücklich darüber, dieses Leben in den Armen zu halten, das sie während der ganzen Monate in sich gespürt hat. Er ist ein bisschen früh dran, aber nicht zu klein, und seine winzigen Hände umschlingen fest ihre Finger. Sie kennt ihn schon und liebt ihn. Die Hebamme nimmt ihren Mann beiseite, als dieser direkt von der Arbeit kommt. Schneidet ihm den Weg ab, bevor er zur Schlafzimmertür gelangt. Im Unterschied zu seiner Frau darf er seinen Sohn nie anschauen und ihn wunderschön finden: ihn lieben, bevor er von seiner Unvollkommenheit weiß.

In der Klinik herrscht viel Betrieb, der von der Hebamme empfohlene Arzt ist kurz angebunden, aber mitfühlend. Das Elternpaar erfährt, es handele sich um einen Geburtsfehler, der aber nicht schlimm sei. Einfach ausgedrückt, fehlt ihrem Sohn ein Muskel in der Brust. Bei regelmäßiger physiotherapeutischer Betreuung wird er mit Sicherheit schreiben und lesen lernen und die alltäglichen Dinge des Lebens tun können. Er dürfte zwar nie in der Lage sein, den rechten Arm über die Schulterhöhe hinaus anzuheben oder manuelle Arbeit zu verrichten, aber das Fehlen eines Brustmuskels bedeutet nicht immer eine Behinderung. Vielleicht kann er später sogar Sport treiben, obwohl man da keine allzu großen Hoffnungen wecken wolle.

Als sie mit ihm nach Hause kommen, beugen sie sich über die Kommodenschublade, die als Kinderbettchen dient, und schauen sich ihr glucksendes und strampelndes Baby genau an. Seine gekrümmten Gliedmaßen und die langen Zehen, die runzlige neue Haut. Der Kleine ist wunderschön, und die Eltern lächeln sich zu, um plötzlich zu lachen, sobald es der andere auch tut. Sie ziehen ihm das Hemdchen aus und untersuchen seine Brust und die rechte Achsel, während er sich bewegt. Auf der einen Seite ist er dünner als auf der anderen, das stimmt. Aber beide Arme strampeln gleich stark, wenn er gestillt oder gekitzelt wird, und er ist kräftig und lebhaft.

Mutter weint: Es ist alles in Ordnung mit ihm. Vater legt den Arm um sie, den Blick immer noch auf seinen Sohn gerichtet. Lange sitzen sie nebeneinander auf dem Bett, atmen nur, während das Baby schläft. Und sie nennen ihren Kleinen Helmut, denn in ihren Augen ist er immer hellen Muts. Er ist vollkommen, zumindest für sie.

2.

Das Leben der Zwischenkriegszeit ist hart: einfaches Essen, spärlicher Luxus, wenig Platz zum Wohnen.

Helmuts Vater ist Veteran und hustet immer noch, nachts und im Herbst, bei feuchtem Wetter. Er ist älter als seine Frau und dankbar für diese Chance auf ein neues Glück; daher verlässt er das Haus früh am Morgen, jeden Tag, und sucht sich Arbeit, immer wieder. Die Wohnung, in die er zurückkehrt, ist stets sauber, und mindestens einer der zwei Räume ist geheizt. Und da Helmuts Mutter eine kluge Hausfrau ist, steht auch immer etwas auf dem Tisch.

Die Eltern sind sehr glücklich mit ihrem einzigen Kind und treffen Vorsorge, dass es bei dem einen bleibt. Sie überschütten Helmut, der viel häufiger lacht als weint, geradezu mit ihrer Liebe. Die Matratze, die sich die drei teilen, ist breit und warm, und obwohl er jetzt sprechen und laufen kann, scheint ein Extrabett übertrieben, unangebracht, ist es schade darum. Mutter zieht noch immer Kräuter auf dem Fensterbrett, und Blumen, um die sich ihr Sohn kümmern darf: und wenn Vater nicht zu müde ist, singt er seinen Jungen mit einem oder zwei Liedern in den Schlaf. Die Übungen am Morgen und am Abend zusammen mit seinen Eltern sind für Helmut ein Spiel. Er glaubt, dass dies alle Jungen tun, damit sie so stark wie ihre Väter werden. Dass alle Familien so glücklich sind wie diese.

In den heißen Sommern seiner frühen Kindheit nimmt die Mutter Helmut mit auf die lange Reise zur Küste in Richtung Norden, während sein Vater in der Stadt der Arbeit nachgeht, allem, was sich so bietet. Helmut ist bereits nach einer Woche tiefbraun, sein Haar sonnengebleicht. Er spielt nackt am Ufersaum mit anderen Kindern, und Mutter freundet sich mit den anderen Müttern am Strand an. Nie lenkt sie das Gespräch auf die Brust ihres Sohnes, auf seinen Arm, und wenn die anderen Frauen es nicht zu bemerken scheinen, plaudert Mutter unbekümmert, entspannt sich, legt sich auf den Rücken und genießt die Gesellschaft und die Sonne.

Sommernächte in Herbergen voll flüsternder Mütter. Gutenachtgeschichten für schlaflose Kinder, Vertraulichkeiten, gemeinsame Zigaretten am offenen Fenster vor einem heißen dunklen Himmel.

Helmut spürt, wie seine Mutter ins Bett steigt, riecht den frischen Rauch in ihrem Haar. Schließt die Augen wieder, schläft wieder ein. Den Daumen im Mund, Sand unter den Fingernägeln, einen salzigen Strandgeschmack auf der Haut.

3.

Ein erstes Familienporträt entsteht: als Teil von Vaters Lohn. Helmuts Vater hat nämlich eine richtige Stelle bei Herrn Gladigau gefunden, der das Fotografiegeschäft am Bahnhof besitzt. Drei oder vier Tage die Woche ein geregeltes Einkommen. Vater macht die Dunkelkammer sauber, wechselt die Chemikalien aus und passt auf den Laden auf, wenn Herr Gladigau einen Termin hat. Gladigau mag seinen neuen Angestellten, vertraut ihm. Er ist kinderlos und Witwer und freut sich über den Kontakt, den er nun zu einer jungen, glücklichen Familie hat. Er kann nicht soviel zahlen, wie er gern möchte, soviel wie Helmuts Familie braucht. Als Entschädigung schlägt er vor, regelmäßig Bilder von der Familie aufzunehmen. Zunächst wird alle sechs Monate eine Sitzung stattfinden: solange der Junge klein ist und rasch wächst. Mutter ist begeistert, Vater leicht peinlich berührt, aber erfreut. Sie vereinbaren die erste Sitzung für nächste Woche.

Auf dem Abzug, den Vater auswählt, steht Helmut auf den Knien seines Vaters und deutet mit der rechten Hand auf Herrn Gladigaus dekorative Palmen, links im Bild, neben seiner Mutter. Seine Eltern schauen ihn an und lächeln. Ein blonder kleiner Junge, gerade kein Baby mehr. Sein rechter Arm ist ganz ausgestreckt, in Schulterhöhe, vielleicht knapp darüber. Eine normale Pose für ein neugieriges, aktives Kind, aber ungewöhnlich für ein Porträt.

Gladigau sind die stilleren Bilder lieber, die vorher während der Sitzung aufgenommen wurden und auf denen die Porträtierten direkt in die Kamera schauen, die Hände im Schoß gefaltet. Aber sein Angestellter lässt sich nicht beirren, und Gladigau sieht keinen Grund, ihm seine Bitte abzuschlagen. Er sucht einen einfachen Rahmen der mittleren Preisklasse aus und wickelt das Bild ordentlich ein, damit Helmuts Mutter es abholen kann.

4.

Die sorgfältig geflickten Kleider und hervorstehenden Wangenknochen auf diesem und den folgenden Porträts berühren Gladigau unangenehm. Vater ist natürlich beinahe täglich bei ihm, mit demselben Gesicht, demselben Jackett, denselben Schuhen. Aber auf den Abzügen, allein in der Dunkelkammer, wirkt es allzu offensichtlich, scharf und deutlich: die Kohl-und-Kartoffeln-Kost, der Zwang zur Improvisation im Leben des Mannes, seine Frau, sein Sohn mit dem verkrüppelten Arm. Sobald er kann, macht Gladigau Vater zu seinem Vollzeitangestellten.

Es ist nicht viel Geld, reicht aber für den Umzug in eine bessere Wohnung. Die Mietskasernen in der Nähe des Bahnhofs sind gepflegt, hell und sauber, und Helmut, mittlerweile dem Bett seiner Eltern entwachsen, bekommt eine kleine Kammer für sich. Ihre neuen Nachbarn sind freundlich und auf Ordnung bedacht, und da sind eine Menge Kinder, mit denen Helmut spielen kann. Zuerst ist er schüchtern und sieht lieber den Zügen zu, die in den Bahnhof hinein- und wieder herausfahren. Viele Stunden lang schaut er morgens aus dem Küchenfenster, während seine Mutter hinter ihm beim Kochen und Putzen singt. Bald geht er allerdings dazu über, die Züge vom Treppenabsatz aus zu beobachten, und später von den Stufen zum Hof. Es dauert nicht lang, da hat er die Züge vergessen und saust mit den anderen Kindern durch den Hinterhof, spielt komplizierte, schwer zu unterscheidende Fang- und Versteckspiele mit ihnen.

5.

Mutter sucht ihren Sohn in der Wohnung, auf dem Treppenabsatz, draußen auf den Stufen zum Hof, und da sieht sie ihn laufen. Den ganzen Nachmittag über steht sie am Küchenfenster und schaut ihm beim Spielen zu. Sie sieht, wie er den rechten Arm leicht nachzieht. Wie er die rechte Schulter etwas niedriger hält und durch eine kaum merkliche ruckartige Bewegung von Zeit zu Zeit den zarten Körper wieder in die Balance bringt. Sie sieht auch, dass Helmut sich dessen nicht bewusst ist. Als sie ihre Aufmerksamkeit den anderen Kindern zuwendet, sieht sie kleine Füße ohne Schuhe, die über den rauen Boden humpeln. Blasse Gesichter mit dunklen, ausgehungerten Ringen unter den Augen, abgekauten Fingernägeln, verfilzten Zöpfchen. Freilich, Schuhe kann man kaufen, und Nahrung auch. Sicher, eine schlechte Gewohnheit kann man ablegen und Haare lassen sich bürsten. Helmut kann nicht durch Wohlstand, richtige Ernährung oder Disziplin geheilt werden. Aber keines der Nachbarkinder starrt ihn an oder macht sich gar über ihn lustig. Und obwohl sie nicht aufhören kann, ihn zu beobachten, zu überwachen, gestattet Helmuts Mutter sich eine gewisse Erleichterung.

Die Schule bringt jedoch eine Veränderung. Der Sportlehrer ordnet eine eingehende Musterung seiner neuen Zöglinge an. Hemden ausziehen, nach Größe aufstellen. Diejenigen, die auffällig sind, müssen vortreten und bilden in einer Ecke des Schulhofs ein ratloses Grüppchen. Helmut findet sich unter den Dicken und den Schwächlichen mit den schlechten Zähnen wieder und weiß nicht, weshalb. Als sich unter den schweigenden Blicken seiner Klassenkameraden schließlich herausstellt, dass er den Arm nicht wie alle anderen über seine Schulter hinaus heben kann, weiß Helmut, dass mit ihm etwas nicht stimmt.

6.

Zu Hause weint Mutter, und später tobt Vater. Am nächsten Tag geht er mit Helmut in die Schule und verlangt, dass sein Sohn zusammen mit den gesunden Jungen am Sportunterricht teilnehmen dürfe. Auf dem Hof mit den Kindern aus der Nachbarschaft oder im Sommer am Strand habe es nie Probleme gegeben.

Vater wird gebeten, in der Eingangshalle zu warten. Dort ist kein Stuhl, und so bleibt er an der Tür stehen, am Rand des wachsglänzenden Parketts. Eine Unterrichtsstunde endet, eine andere beginnt, und mittlerweile kommt Vater viel zu spät zur Arbeit. In der Stille denkt er an Helmuts Geburt. An die Klinik, in die er geschickt wurde, mit den gleichen Korridoren, den gleichen breiten Schwingtüren, der gleichen unbewussten Beschämung wegen seines Sohnes. Er ärgert sich über die Hebamme, den Arzt, den sie empfohlen hat. Wirft ihnen vor, sich zwischen ihn und sein Kind gestellt zu haben. Ärgert sich über den Rektor, obwohl er keinen Streit beginnt, als er endlich Bescheid bekommt. Die Schule bleibt bei ihrer Entscheidung. Helmut wird zusätzlich zu seinen täglichen Übungen Gymnastikunterricht nehmen, darf aber erst an den Mannschaftsspielen teilnehmen, wenn sich sein Zustand gebessert hat. Vater liest die Nachricht, nimmt seinen Hut und Mantel und geht.

Am Abend, zu Hause, hebt Vater Helmut hoch und setzt ihn auf sein Knie. Er ist ein kräftiger kleiner Mann, den seine Mutter und sein Vater sehr lieb haben, und wird hart arbeiten, um es der Schule zu zeigen. Zusammen werden sie es schaffen. Die Familienbande sind stärker.

Aber Helmut ist immer noch bei den fetten Jungs und den schwachen Jungs mit den schlechten Zähnen, und er kann immer noch keinen Ball fangen, der ihm in Kopfhöhe zugeworfen wird. Zu Hause werden die zweimal täglich durchgeführten Übungen immer energischer, machen weniger Spaß, vor allem, wenn er zusammen mit seinem Vater trainiert. In der Toilette hinten auf dem Flur untersucht er den dünnen Muskelstrang unterhalb des rechten Schlüsselbeins. In der großen glänzenden Fläche des Schaufensters der Bäckerei sieht er, wie sein rechter Arm hängt: gekrümmt, an die schmale Brust gepresst.

7.

Helmut spielt immer noch mit den Nachbarkindern im Garten, aber Mutter sieht ihn jetzt öfter an dem hohen Zaun am Ende des Grundstücks stehen und durch die Latten auf die ein- und ausfahrenden Züge blicken. Es ist kein großer Bahnhof, aber an den meisten Tagen gibt es zwei oder drei Personenzüge, die aus anderen Städten kommen und an weit entfernte Orte fahren. Dresden, Leipzig, Stuttgart, München.

Mit Motorbezeichnungen oder Wagentypen kann Helmut nicht viel anfangen. Lieber studiert er Fahrpläne, Ankunfts- und Abfahrtszeiten. Lieber beobachtet er Menschen, einzeln oder in Gruppen, mit überbordenden Gepäckwagen oder auch ohne Gepäck. Zum Spaß versucht er zu erraten, ob sie schon einmal in Berlin waren oder nicht.

Nicht immer steht Helmut allein am Zaun. Dass er den ganzen Fahrplan auswendig kennt, beeindruckt viele von den anderen Jungen. Er freundet sich auch mit den Aufsichtsbeamten an und fragt durch die Gitterstäbe der Drehtür hindurch nach Ankünften und Abfahrten. Bald darf er auch auf den Bahnsteig, wo er die gelochten Fahrkarten aufsammelt, die von den Reisenden beim Verlassen des Bahnhofs weggeworfen wurden. Diejenigen, die seinen Arm und seine sorgsam geflickten Kleider bemerken, stecken ihm manchmal einen Groschen zu. Diese Geste bringt Helmut immer ein wenig in Verlegenheit: Bestimmt wären seine Eltern nicht damit einverstanden, warum, weiß er jedoch auch nicht. Aber er nimmt die Gaben der Fremden dennoch an: Wer Süßigkeiten kaufen kann, hat eine wirksame Waffe im Kampf um Freunde. Er weiß den Zugang zum Bahnhof und seine Tütchen mit Lakritze gut auszunutzen. Als Ausdruck seiner Gunst, nicht als Betteln um Anerkennung. Die Kinder aus der Nachbarschaft kommen oft auf ihn zugelaufen und rufen ihn, hasten hinter ihm die Treppe hinab, über den Hinterhof zu den Gleisen hinüber.

8.

Die Familienfotos zeigen einen gesunden Jungen, schon ziemlich groß, der zwischen seinen Eltern steht. Beide sitzen ein wenig vor ihm. Er hat einen Matrosenanzug an, wie Jungen ihn an Sonn- und Feiertagen für gewöhnlich tragen. Sein rechter Arm liegt auf der Schulter seiner Mutter, und er steht so, dass seine linke Seite der Kamera zugewandt ist. Mit diesem doppelten Trick soll das Augenmerk von der schiefen Brust, der gekrümmten Haltung des Arms abgelenkt werden. Drei oder vier Jahre nimmt die Familie eine ähnliche Pose ein; Veränderungen zeigen sich nur an der Kleidung, an Helmuts Größe und dem allmählichen Ergrauen von Vaters Bart. Die Familie sieht zufrieden aus, gesünder, die Wangen sind feister als in früheren Jahren. Trotz all der kunstvollen Verstellung, mit der sie die Behinderung des Sohnes verbergen, wirken sie alle entspannt. Nach wie vor stolz, eine Einheit, und allmählich in eine Art Wohlstand hineinwachsend.

9.

Die Pubertät und das Dritte Reich kommen gleichzeitig. Helmut schämt sich, als er Körperhaare bekommt, vor allem, als der Flaum unter seinem rechten Arm auch deutlich sichtbar unterhalb seines Schlüsselbeins wächst. Das seltsam verdrehte Sehnenbündel an seiner Achsel fällt viel mehr auf, seit sich seine Muskeln kräftiger herausbilden.

Alle Jungen in der Schule machen nun Gymnastik, doch dabei treten Helmuts eingeschränkte Armbewegungen nur umso deutlicher hervor. Er trägt ein langärmeliges Trikot, keines, das die Schultern frei lässt, wie alle anderen. Einige starren ihn beim Umziehen an, andere rempeln ihn auf den langen Korridoren an. Meistens wird nicht darüber geredet.

Helmut ist ein guter Schüler und hat ein paar Schulfreunde. Die Nachmittage verbringt er noch immer auf dem

Bahnhof, zumeist allein. An manchen Abenden trifft er auf dem Nachhauseweg die Jungen aus der Nachbarschaft. Helmut bleibt eine Weile bei ihnen auf dem Hof stehen, sieht ihnen zu, wie sie ihre Kräfte messen und sich necken, und sie fragen ihn nach den Zügen, hören seine Antworten aber nur mit halbem Ohr. Sie gehen jetzt immer zu geheimnisvollen Treffen, zu denen Helmut nicht eingeladen wird, interessieren sich jetzt eher für Banden und Straßenkämpfe, und mit Lakritze kann man sie nicht mehr so begeistern wie früher. Zuweilen leistet ihm eines der Mädchen aus der Mietskaserne auf dem Bahnsteig Gesellschaft, Edda Biene. Sie steht bei den Postsäcken, saugt an ihren langen Zöpfen und schaut zu, wie Helmut die ankommenden Reisenden grüßt und ihre Fahrkarten aufsammelt. Seit der Pubertät sieht man deutlicher, dass Helmuts Arm verkrüppelt ist, und dank des wachsenden Wohlstands sind die Fahrgäste großzügiger geworden. Helmut weiß: Wenn er ein paar Tage spart und Edda dann in die Eisdiele neben Gladigaus Laden einlädt, lässt sie ihn vielleicht ihre Hand halten oder zeigt ihm im Hausflur sogar ihre Beine.

Er weiß, dass er gesund ist, spürt, dass er ein starkes Herz, kräftige Lungen und flinke Beine hat, die er für sein Land einsetzen möchte. Er weiß auch, dass er einen Makel hat.

10.

Helmut hat die Schule jetzt verlassen. Andere Jungen gehen zur Arbeit, in die Lehre, aber Mutter überredet Vater, ihren Sohn zu Hause zu lassen. Nur eine Weile, er ist noch nicht soweit, immer noch ein Junge. Helmuts Vater seufzt und willigt ein.

Mutter wäscht nun für andere Leute, und Helmut hilft ihr beim Falten und Austragen, doch etwa ein Jahr lang bringt er seine Tage hauptsächlich damit zu, zwischen der Wohnung und dem Bahnhof zu pendeln. Ruhig und zufrieden, den Kopf voller Ankunfts- und Abfahrtszeiten. Er isst die warme Mahlzeit, die seine Mutter für ihn gekocht hat, und starrt über den Küchentisch zum Fenster hinüber, mit den verklärten Augen eines Tagträumers.

Vater ärgert sich über dieses sinnlose Tun. Gladigaus Geschäfte gehen gut. Er hat neue Kameras, besseres Filmmaterial, und könnte eine Aushilfe gebrauchen. Das weiß Vater, er nimmt seinen Sohn beiseite und schlägt ihm vor, sich nützlich zu machen. Helmut möchte es seinem Vater unbedingt recht machen, und als es Herbst wird, ergreift er seine Chance. Schon vor dem Frühstück ist er draußen, um den ersten Zug zu begrüßen. Die Bürgersteige sind mit einer dicken Schicht Glassplitter bedeckt. Vorsichtig bahnen sich die frühen Passanten ihren Weg durch die Glasscherben auf die Bahnhofstore zu, vorbei an Gladigau, dessen Schaufensterscheiben unbeschädigt sind, der jedoch bleich im Novemberlicht dasteht und vor sich hinstarrt. Helmut zieht die Schlüssel aus der Tasche, nimmt einen Besen und beginnt wortlos zu fegen. Das gefällt Gladigau. Er wird von nun an auf den Jungen zurückgreifen.

Vater setzt sich diesmal durch, und Mutti lenkt ein. Er kann montags, mittwochs und freitags jeweils am Nachmittag arbeiten, und am Samstag, wenn es Botengänge zu erledigen gibt. Arbeitgeber, Vater und Sohn arbeiten Hand in Hand: still, geschäftig, effizient. Gladigau mag den Jungen und behandelt ihn gut, unterweist ihn, erzieht ihn, ohne je allzu nachgiebig zu sein.

11.

Helmut mag die Dunkelkammer. Der beruhigende Klang des leise plätschernden Wasserhahns, der alkalische Geruch der Chemikalien. Er schaltet das Licht nur ein, wenn er sauber macht. Hat er Fixierbäder zu mischen oder Filme einzulegen, so tut er dies am liebsten im roten Licht der Sicherheitsbeleuchtung oder in der tiefen, satten Dunkelheit. Die Porträts, die mit der großen Studiokamera aufgenommen werden, sind Gladigaus Stärke, und weder Helmut noch sein Vater dürfen die Bogen berühren, wenn sie belichtet sind. Allerdings experimentiert Gladigau auch mit den neuen Kameras und ihren langen Filmrollen, und da Helmut sorgfältig und gewissenhaft arbeitet, darf er diese Negative entwickeln. Geduldig wickelt er die langen Rollen ab, geschickt bewegen sich seine Finger ohne Zuhilfenahme der Augen. Er stimmt die Zeit der Fixierbäder genau ab, nachdem er die Aufnahmen mit Gladigau besprochen hat, und der alte Mann freut sich, dass sein Lehrling so viel von der Arbeit versteht, und ist stolz auf ihn. Obwohl sein Arbeitgeber die Abzüge immer selbst macht, gestattet er Helmut, mit den übrig gebliebenen Chemikalien und den aussortierten Negativen auf eigene Faust zu experimentieren. An Nachmittagen, an denen nicht viel los ist und die Dunkelkammer unbenutzt bleibt, macht Helmut übungshalber Abzüge auf altes Fotopapier, das er aus den Regalen und Schubladen in der Dunkelkammer zusammensucht.

Im Wandschrank in der kleinen rückwärtigen Toilette, unter den Flaschen mit Entwickler und Fixierbad, zieht Helmut die amerikanischen Magazine hervor, die Gladigau säuberlich in braunes Packpapier eingewickelt hat.

An dem Schloss fehlt eine Schraube, und so stemmt Helmut den einen Stiefel gegen die Tür. Schwarzweißfotos von Frauen, in Schleier gehüllt, im Halblicht. Helmut versteht kein Englisch, aber er versteht die Angaben zu Fotopapier, Blende, Kameras und Objektiven. Deutsche Filme und deutsche Kameras sind die besten, das weiß er, aber diese amerikanischen Frauen sind auch sehr gut. Rundliche Bäuche, kleine Brüste, lange, breite Schenkel. Einige der Fotografien wurden im Freien aufgenommen, und die Frauen sind beim Schwimmen zu sehen, Wasser und Licht perlen von ihren Körpern ab.

Wenn er nicht arbeitet, träumt Helmut von der Fotografie. Von gedämpftem Licht, dem perlenden Wasser, seinem steifen rechten Bein. Von der weißen Haut der Amerikanerinnen und dem losen Schloss an der Toilettentür. Nachts beschwört er die Bilder an der Zimmerdecke herauf, während unten die langen, behäbigen Güterzüge ein sanftes Schlaflied rattern.

12.

Im Osten wird neues Land gewonnen und altes Land wiedergewonnen. So viele Dinge sind heute besser: heller, gesünder, reiner. Helmut sieht es in den Gesichtern seiner Eltern, weiß, dass es im Gesetz verankert ist. Er fühlt es in den Beinen, als er auf den Bahnhof zusteuert, die frische Kühle des Frühlings und die Vorahnung des Sommers sagen es ihm: größer, breiter, kräftiger.

Er könnte sich davon locken und tragen, vielleicht sogar heilen lassen.

13.

Als er achtzehn ist, geht Helmut mit drei Nachbarjungen zum Musterungsbüro. Straffe Gesichter, ein abenteuerlustiges Blitzen in den Augen. Trotz seiner roten Wangen hat Helmut einen Kloß im Hals, der nicht weichen will. Der Arzt ist nicht unfreundlich, und Helmut ist froh, dass er allein im Untersuchungszimmer ist und ihm zwei Minuten gewährt werden, in denen er gegen seine Knabentränen ankämpfen kann. Die anderen Jungen geben ihm einen Klaps auf die Schulter, nächstes Mal werde er dabei sein, sagen sie zu ihm. Vorzügliches Offiziersmaterial. Sie fragen ihn nicht, ob er einen Schnaps mit ihnen trinken will.

Er geht nach Hause, hastig und auf Schleichwegen. Hat das Gefühl, jeder Mann, der ihm entgegenkommt, sei zur Front unterwegs, während er nach Hause zu seiner Mutter geht. Helmut schließt sich in seinem Kämmerchen ein, starrt zum Fenster hinaus, auf den Himmel über Berlin. Nur nicht weinen: Das wäre nur eine weitere Erniedrigung. Mutter sitzt angestrengt im Nebenraum, lauscht, überlegt. Er hat die Fäuste ins Laken geballt, und die Fensterscheibe schwemmt Gestalten vor seine Augen.

14.

Sein Vater bleibt lange Zeit still. Helmut lauscht an der Tür, weder vom Vater noch von der Mutter hört er einen Laut, seine Hände werden kalt und feucht in der Dunkelheit. Als Vater endlich etwas sagt, ist es eine Erleichterung. Nun wird keine Zeit mehr am Bahnhof und mit Tagträumen verplempert. Er ist kein Kind mehr, kein Mädchen, und muss sich allmählich seinen Platz in der

Welt verdienen. Helmuts Vater hat die Gymnastikübungen mit seinem Sohn vor ein paar Jahren aufgegeben, und nun sagt er zu seiner Frau, sie solle auch damit aufhören. Das Ritual ist für Mutter und Sohn zu peinlich geworden. Zu körperbetont und zu sinnlos. Mutter spürt den Verlust an täglicher Nähe, schärft sich selbst aber ein, dass es das Beste sei, bis sie daran glaubt.

Helmuts Eltern treten in die Partei ein, der Führer reiht sich in die Familienporträts an der Wand über dem Sofa ein. In den ersten Kriegstagen findet Helmuts Vater eine gut bezahlte Stelle als Abteilungsleiter einer neuen Fabrik am Stadtrand von Berlin. Helmut wird Vollzeitangestellter bei Gladigau.

15.

Das letzte Familienporträt. Helmut ist ja mittlerweile schon erwachsen. Gladigau scherzt mit Mutter, während er die Kamera aufstellt. Die nächsten Fotos müssen sie sicher bei einer Hochzeit machen, und bei den sich anschließenden Tauffeiern. Mutter errötet, Vater sagt nichts, Helmut räumt ganz konzentriert den Laden auf und hört weg. Der Augenblick geht vorüber.

Auf diesem letzten Foto stehen die beiden Männer, Vater und Sohn, und Mutter sitzt stolz vor ihnen. Beide haben eine Hand auf Mutters Schultern gelegt, und Helmut hält den linken Arm hinter Vaters Rücken. Die allumfassende Wärme der Familie.

Da es die letzte Sitzung ist, nimmt Gladigau auch ein Einzelporträt von Helmut auf, ein Brustbild, die linke Schulter zur Kamera geneigt, den Blick nach rechts oben, außerhalb des Bildes gerichtet, auf Gladigaus ausgestreckten Finger. Helmut hat die Spur eines Lächelns auf den schmalen Lippen, das nach unten weisende Kinn lässt ihn schüchtern, mädchenhaft wirken. Obwohl sein Haar jetzt dunkel und mit Wasser und ein wenig von Vaters Pomade geglättet ist, sind doch immer noch die Bubenlocken zu erkennen.

Gladigau ist mit dem Einzelporträt zufrieden. Er lehnt es an die Kasse, während er sich sein Abendschnäpschen genehmigt. Mustert die dichten Brauen und die blassen Augen, die tief in den Höhlen liegen; erinnert sich an den Jungen mit den hervorstehenden Wangenknochen und den zerbrechlich wirkenden Handgelenken; der junge Mann, den er nun vor sich sieht, gefällt ihm viel besser. Gladigau sucht einen schlichten, aber teuren Rahmen aus, und wickelt Helmuts Porträt ein, damit seine Mutter es abholen kann.

Mutter sitzt auf dem Bett und hält das Foto im Schoß. Bleibt den halben Nachmittag so sitzen, während ihr Herz unerwartet schnell schlägt. Sie deckt das rechte Auge ihres Sohnes zu und betrachtet nur das linke, der Kamera am nächsten liegende Auge, und da findet sie den Grund für ihre Unruhe. Sie glaubt, es müssten die Muskeln am unteren Augenlid sein, die sich ein wenig zusammenziehen, als auf den Auslöser gedrückt wird. Vielleicht ist es auch nur ein Trick mit der Beleuchtung: die beiden scharfen weißen Nadelköpfe im Auge, die den Eindruck des Schmerzes erwecken. Eine genauere Untersuchung der Familienfotos führt zu keiner Bestätigung, es könnte also sein, dass ihr Sohn, ein schüchterner junger Mann, nervös war, als er allein für seinen Arbeitgeber Modell saß. Aber es war ein kostbares und dazu unerwartetes Geschenk. Und dann noch der Rahmen.

Das Bild wird nicht im Wohnzimmer aufgehängt, wo Besucher es sehen könnten. Seine Mutter stellt es auf den Nachttisch und packt es später sorgsam in eine Schublade.

16.

Der Krieg löst bei jedermann einen Hang zu praktischen Überlegungen aus. Helmuts Mutter und Vater reden Abende lang auf dem Treppenabsatz mit den Nachbarn. Kaffee und Schnaps, an den Türrahmen gelehnt. Stimmen erheben sich, werden wieder leise, Meinungen werden kundgetan. Wie es werden wird, was sein könnte.

Für Helmut ist das eine einsame Zeit. Noch sind nicht viele junge Männer fort, aber er empfindet dennoch Scham, weil er zu Hause ist. Er geht den Nachbarn, deren Söhne im Krieg sind, aus dem Weg, igelt sich immer mehr ein, und sein Vater und seine Mutter erlauben ihm dieses Schweigen und diese Einsamkeit.

Nach wie vor geht er zum Bahnhof, vor und nach der Arbeit, manchmal auch während der Mittagspause, aber er sammelt keine weggeworfenen Fahrkarten mehr ein. Die Mildtätigkeit mancher Fahrgäste findet Helmut jetzt erniedrigend, und das Risiko, von anderen ausgeschimpft zu werden, zu groß. Er versteckt seinen Arm, so gut es geht, verschränkt ihn vor der Brust oder lehnt sich mit der rechten Seite an eine Säule. Statt der Fahrkarten sammelt er nun Informationen über Zeitangaben und Ziele, Ankünfte und Abfahrten. Er hat ein schmales, in Leder gebundenes Notizbuch bei sich, von der Art desjenigen, in das Gladigau seine Aufnahmen einträgt. Der Fahrplan hat sich seit Kriegsbeginn etliche Male geändert, und Helmut benutzt das kleine Buch, um auf dem Laufenden zu bleiben. Zu Hause, in seiner kleinen Kammer, legt er die alten Fahrscheine in ein Schreibheft und trägt die Fahrpläne von vor dem Krieg aus dem Gedächtnis darin ein.

17.

Gladigau hat Farbfilme noch nie benutzt. Eine Stammkundin hat ihn dazu überredet, für die bevorstehende Heirat ihrer Tochter welche zu verwenden, und die ersten Abzüge sind mit der Morgenpost gekommen. Bei einer Tasse Kaffee sitzen der Chef und sein Lehrling über die Bogen gebeugt. Eine Stunde später tritt Gladigau in die Dunkelkammer, verkündet, er werde den Laden mittags schließen, und lädt Helmut ein, ihn zu begleiten, wenn er das neue Material ausprobiert.

Sie nehmen eine Straßenbahn ins Zentrum, Helmut hält das Stativ mit den Beinen fest, wenn sie um eine Kurve fahren, Gladigau blickt zum Fenster hinaus, hält Ausschau nach der buntesten Straße. Es ist ein klarer, frischer Herbsttag. Helmut betrachtet die Sonne und den Schatten auf den Gebäuden, an denen sie vorbeifahren, und denkt sich, die Fotos würden bestimmt gut werden, bei diesem guten und kräftigen Licht.

In der Stadtmitte angekommen, steigen sie aus und gehen zu Fuß zu einer breiten Straße, die mit roten Bannern gesäumt ist. Ja, das ist es, Gladigau ist sich ganz sicher, und Helmut kann nur zustimmen. Er lächelt und lächelt, als er aufsieht und um sich blickt: Noch nie war er so weit von zu Hause weg, und eine so breite, helle und lange Straße hat er noch nie gesehen. Der kalte Wind hat seine Finger entkräftet, und daher braucht er länger als sonst, um das Stativ aufzubauen. Gladigau ist begeistert und hantiert eifrig mit seinem Belichtungsmesser. Die Banner schlagen wie Segel über ihren Köpfen und hin zum Horizont, Helmut wird ganz schwindelig vor Licht und Kälte, vor Farbe und Freude.

Die Dias kommen in kleinen Rahmen aus Karton zurück aus dem Labor. Helmut ist allein im Laden und hält das letzte und zugleich beste vor dem Fenster in die Höhe. Hält die leuchtende Straße zwischen Zeigefinger und Daumen. Glänzende Hakenkreuze vor blauem Himmel, und der Wind, der sich in den scharlachroten Falten auf dem Foto fängt.

18.

Eine eingehende Überprüfung seiner Notizbücher bestätigt Helmuts Verdacht. Der Bahnhof wird häufiger genutzt. Er stellt sich vor, wie das ganze Land in Bewegung ist: Menschen, Waren, Städte. Zugleich fühlt, fürchtet er: Berlin leert sich. Er hat keinen seiner Schulkameraden gesehen, seit er angefangen hat zu arbeiten, sie sind also vermutlich an der Front. Eine rasche Folge von Todesfällen und Abschieden versetzt Helmuts Mutter in beklommenes Schweigen, und ihr Sohn greift diese Stimmung auf. Frau Biene vom Stockwerk unter ihnen verliert ihre beiden Söhne in Polen, zieht zurück nach Bremen und nimmt Edda, Helmuts ehemalige Bahnsteig-Begleitung, mit sich. Herr Maas vom Erdgeschoss bricht zur Front auf, Frau Maas zieht mit den Kindern nach Süden zu ihrer Schwester. Zwei Wochen später wird wieder ein Soldat getötet, und wieder ein Laden neben dem von Gladigau wird mit Brettern zugenagelt, die Eigentümer sind ohne Ankündigung fortgegangen.

Gladigaus Geschäfte gehen nicht mehr ganz so gut. Einige von den Stammkunden kommen nicht mehr so häufig, und Gelegenheitsaufträge werden seltener. Gladigau hat nach wie vor ausreichend zu tun, aber Helmut hat mehr Zeit für sich selbst. Während sein Chef arbeitet, sieht er die Auftragsbücher durch, erstellt Listen von Leuten, die er länger als vier Wochen nicht mehr gesehen hat, streicht sie dann aus, wenn sie wieder einmal im Laden waren. Jede Woche kommen neue Namen hinzu. Helmut macht sich Sorgen. Er beschließt, über die Ankünfte und Abreisen am Bahnhof Buch zu führen. Sich einen Überblick über das Kommen und Gehen zu verschaffen, die heimliche Abwanderung der Leute aus Berlin zu beobachten.

19.

Abends am Bahnhof. Helmut steht mit seinem Notizbuch da, und ein Trupp Soldaten hastet an ihm vorbei zum Bahnsteig, ein plötzliches graues Vorbeiflitzen. Die meisten von ihnen sind älter als er, aber Helmut sieht ganz deutlich jedes einzelne junge Gesicht, das an seinem eigenen vorbeiläuft. Er tritt zurück, drei, vier Schritte, steht mit seiner schwachen Schulter gegen die gekachelte Bahnhofswand gelehnt. Beschämt, weil er keine Uniform anhat, weil er stillsteht und nirgendwohin geht, vergräbt er sich in sein Notizbuch und kritzelt Zahlen hinein, die nichts bedeuten, Namen von Städten ohne Hinweise auf die entsprechenden Züge.

Das Notizbuch wird ihm aus der Hand gerissen, der Arm wird ihm an die Wand gepresst. Man stellt ihm Fragen, doch er sieht nur die Uniform, die ihm fehlt. Die Stimme und der Schock vermischen sich mit dem grauen Soldatenmantel, Helmut ist verwirrt. Er wendet den Kopf von der schreienden Stimme ab, blickt auf die Kacheln an der Wand, an die er sich gelehnt hat, an die er jetzt gedrückt wird.

Der Aufsichtsbeamte kommt. Das Schreien hört auf. Er erklärt dem Offizier, dass dies Helmuts Hobby ist, der Offizier lockert den Griff um Helmuts Arm.

Helmut entschuldigt sich, obwohl er nicht recht weiß, wofür. Der Offizier lässt ihn los, doch das Notizbuch behält er, und Helmut hält immer noch die heiße Wange an die kühle Kachelwand gepresst. Der Aufsichtsbeamte flüstert dem Offizier etwas zu, als sie weggehen, und deutet auf Helmut. Der Offizier bleibt stehen und dreht sich um, erklärt Helmut laut und deutlich, dass seine Aufzeichnungen in die falschen Hände geraten könnten, Passanten beobachten das Geschehen. Ein paar gehen weiter, als der Offizier zu schreien aufgehört hat, aber Helmut spürt, dass ihre Augen immer noch auf ihn gerichtet sind, zusammen mit dem stieren Blick des Offiziers. In der Stille wappnet er sich gegen den Schlag, Stoß oder Hieb, der nie folgt. Der Offizier geht am Bahnsteig entlang, mit Helmuts Notizbuch in der Tasche seines Soldatenmantels. Der Aufsichtsbeamte tätschelt Helmut freundlich auf den verkrüppelten Arm, der noch vom Griff des Offiziers schmerzt. Die Passanten zerstreuen sich ebenso schweigend, wie sie ihn angestarrt haben. Helmut überquert den Hinterhof, geht den Gang entlang und die Stufen hinauf, und dann trägt er all seine Notizen, an die er sich noch erinnern kann, rasch in das Schreibheft ein, bevor es zu spät ist.

20.

Von da an versucht er, sein Gedächtnis zu benutzen. Es ist nicht schwierig für ihn, sich Ankunfts- und Abfahrtszeiten zu merken. Er kennt die Fahrpläne so gut, dass Änderungen leicht im Kopf zu behalten sind. Schwierig wird es erst, wenn er die Fahrgastzahlen überschlagen soll. Genaue Zahlen wird er nie erhalten, das weiß er, aber selbst ungefähre Angaben müsste man aufschreiben. Bald trägt er einen Notizzettel im Ärmel mit sich herum und hält einen Bleistiftstummel in der Hand. Er kann sich, hinter den Postsäcken versteckt, Notizen machen, oder zwischen zwei Zügen rasch auf die Toilette gehen und seine hingekritzelten Zahlenreihen zusammenzählen. Das Problem mit diesen flüchtigen Aufzeichnungen ist ihre Genauigkeit. Helmut misstraut ihnen. Wenn überhaupt, so resultiert aus den Zahlen ein Anstieg der Ankünfte in Berlin. Einige Fahrgäste könnten, so überlegt er, von einem anderen Berliner Bahnhof kommen, oder nur zu Besuch hier sein, und doch passt dies nicht zu Helmuts Überzeugung, dass die Stadt immer leerer wird. Die Ehemänner und die Söhne von Frau Steglitz und Frau Dorn sind jetzt in der Armee. Ihre Wohnungen sind leer, es ist einsam darin, sodass sie an den Stadtrand ziehen, in die Nähe der Munitionsfabriken; dort gibt es Arbeit. Der Rechtsanwalt, der sich um Gladigaus säumige Zahler kümmerte, ist ebenfalls fortgezogen, ohne seine neue Adresse zu hinterlassen.

21.

Der erste Frühling seit Kriegsbeginn. Helmut hat Geburtstag gefeiert, ein Kuss und ein Kuchen von Mutter, nachdem Vater zur Arbeit gegangen ist. Helmut war nicht mehr beim Musterungsbüro, und es kam auch kein Brief, in dem man ihn aufgefordert hätte, nochmals vorbeizukommen. Sein Vater sieht jeden Tag die Post durch, und jedes Mal hat Helmut leichte Gewissensbisse, weil nichts für ihn dabei ist. In jedem Häuserblock in der Umgebung werden Söhne einberufen oder sind schon fort. Auch Väter, wenn sie jung genug sind und bei der Arbeit entbehrt werden können. Helmut nimmt seine gymnastischen Übungen wieder auf.

Allein auf seinem kleinen Zimmer hebt er den Arm an, so hoch wie es geht: Er reicht jetzt bis knapp unter die Schulter. Helmut macht einen Schritt nach vorn und presst den Handteller gegen die Wand. Dann macht er noch einen Schritt und schiebt mit dem gesunden Arm die andere Hand nach oben, Stück für Stück, bis der Arm schließlich oberhalb seiner Schulter zu liegen kommt. Die Gelenke in Ellbogen und Schulter schmerzen, die Haut um die Schulterblätter brennt. Alles sträubt sich. Ohne die Wand, ohne den gesunden Arm, schafft er es nur bis in Schulterhöhe. Er spürt keine Schmerzen dabei, es ist vielmehr so, als wäre die Luft zu schwer.

Im Hinterhof sammelt Helmut Kieselsteine auf und lässt sie in einer Leinentasche von seinem ausgestreckten Arm baumeln. Jeden Tag ein Stein mehr, jeden Tag einen Durchlauf der Sanduhr länger. Die Luft ist immer noch zu schwer. Er kann es immer noch nicht wagen, wieder beim Musterungsbüro vorzusprechen. Er kann seinem Vater immer noch nicht in die Augen blicken.

22.

Vater bringt Wein nach Hause, er hat eine Überraschung: eine Beförderung, mehr Verantwortung, bessere Bezahlung. Er stopft sich die Pfeife nach dem Abendessen, berichtet seiner Frau und seinem Sohn die Neuigkeiten. Die Expansion nach Osten, sagt er, sei sehr schnell vonstatten gegangen. Helmut sieht zu, wie der Rauch über ihre Köpfe steigt, wartet auf den mild-blauen Geruch, und hört zu, wie sein Vater von neuen Arbeitern erzählt, die aus ganz Europa in die Fabrik gekommen sind. Vater wird eine Woche Urlaub bekommen, bevor er seine neue Stelle antritt. Helmut soll Gladigau bitten, ihm ein paar Tage freizugeben. Zum allerersten Mal werden sie gemeinsam Familienurlaub an der See machen.

Helmut weigert sich, das Hemd am Strand auszuziehen. Er rollt lediglich die Hosenbeine hoch und watet durchs seichte Wasser. Er ist dick geworden. Weiß und weich. Der rechte Arm und die rechte Schulter sind durch die Gymnastikübungen kräftig geworden, aber der Rest seines Körpers ist schwach, das weiß er. Die neuen Fettschichten füllen seine Brust nicht aus. In beschämenden, löchrigen Falten hängen sie um seine Achsel, kein Muskel bringt sie in Form.

Es ist ein heißer Frühling, Schweiß glitzert ihm am Haaransatz, auf den Augenlidern, im Nacken. Er hat immer ein rotes Gesicht, und der Schweiß lässt seine Hemden unter den Achseln schnell muffig riechen. Seine Mutter wäscht sie jeden Abend, aber der Schweiß ist tief ins Gewebe und die Nähte eingedrungen, und Helmut schämt sich.

Gladigau hat Helmut eine seiner neuen Balgenkameras geliehen: Wird langsam Zeit, hat er zu Vater gesagt, dass der Junge mal lernt, Fotos zu machen. Wenn er ganz für sich ist, beim Abendschnaps, sieht Gladigau Helmut schon als Erben seines bescheidenen Betriebs. Bei Tageslicht aber gibt er sich keinen derartigen Fantasien hin, und dennoch: Dank dieser Kamera sind Helmuts Ferien gerettet. Seine Eltern gehen spazieren, und er stapft hinterher, verschwitzt, rotgesichtig. Ein Bild zu machen ist eine gute Entschuldigung, um stehen zu bleiben und eine Pause einzulegen. Es füllt ihn ganz aus, lenkt ihn ab. Aufnahmen mit Belichtungsmesser und nach Gefühl. Ansichten, Gräser, Muscheln. Er probiert andere Perspektiven aus, mit dem Rücken zur Sonne, und bemüht sich immer um die maximale Tiefenschärfe.

Helmut ist glücklich, die Ferien sind ein Erfolg, seine Eltern sind erleichtert, weil er doch zu etwas nütze ist: Er könnte Fotograf werden, so wie sein Chef.

23.

Als er nach Hause kommt, erfährt Helmut, dass der Bahnhof umgebaut werden soll. Gladigau ist mit den Urlaubsfotos seines Lehrlings sehr zufrieden und beauftragt ihn, die Bauarbeiten am Bahnhof mit Fotos zu dokumentieren. Gladigau hofft, diese Aufnahmen als Postkarten verkaufen zu können.

Die Bürde seines ersten Auftrags macht Helmut nervös, und er findet es äußerst auffällig, das Stativ an der Straßenecke gegenüber von den Bahnhofstoren aufzustellen. Straßenbahnen bimmeln vorbei, und er bildet sich ein, die Fahrgäste starrten ihn an. Fußgänger scheinen absichtlich stehen zu bleiben und in die gleiche Richtung wie das Objektiv zu blicken. Helmut schützt Geschäftigkeit vor, er berechnet Belichtungszeiten und Einstellungen, er blinzelt und runzelt die Stirn, wie er es Gladigau so oft hat tun sehen. Er hält den Belichtungsmesser in der linken Hand, die rechte presst er auf die Hüfte, damit sie nicht vor seiner Brust herabbaumelt.

Die Nervosität führt zu Fehlberechnungen, und so sind Helmuts erste professionelle Fotografien unterbelichtet. Kein Beinbruch, tröstet Gladigau seinen Schützling: lieber unter- als überbelichtet; das lässt sich beim Entwickeln ausbügeln, er wird ihm zeigen, wie. Helmut zuckt innerlich zusammen, als er sieht, wie grobkörnig die Abzüge sind, und bittet seinen Chef, es noch einmal versuchen zu dürfen. Gladigau freut sich über diese Begeisterung und gestattet ihm, an zwei Nachmittagen pro

Woche eine Stunde lang zu fotografieren, bis die Bahnhofsumbauten beendet sind.

Diese gehen rasch voran, und zur Mitte des Sommers ist der neue Bahnsteig fertig, und die Erweiterung des Bahnhofsgebäudes hat begonnen. Helmut wird wagemutiger, er fotografiert ganz offen und mit verschiedenen Kameras und Filmen. Er fotografiert nun auch innen im Bahnhof. Der Aufsichtsbeamte murrt zunächst und ruft ihm den wütenden Offizier in Erinnerung, aber Helmut verspricht, keine Züge ins Visier zu nehmen, nur die Bauarbeiten und Menschen. Er will sein Projekt näher erläutern, doch der Wachmann verliert rasch das Interesse. Helmut erzählt ihm nicht die ganze Geschichte. Die behält er für sich. Mit diesen Fotos wird er nicht nur die Erweiterung des Bahnhofs dokumentieren, sondern auch den Exodus im Bild festhalten. Seine Methode ist einfach: Er merkt sich die Abfolge der Züge an einem Nachmittag und die Anzahl der Bilder, die er von jeder Ankunft und jeder Abfahrt geschossen hat. Dann zählt er die Leute auf den Fotos. Die komplizierten Rechnungen, die er abends in seinem Zimmer anstellt, bestätigen seinen heimlichen Verdacht: Berlin verliert allmählich Einwohner.

24.

Die Armee rekrutiert beträchtlich in Helmuts unmittelbarer Nachbarschaft und den umliegenden Straßen. Es gibt eine Menge junge Männer hier, die alle darauf brennen, für den Führer und das Vaterland zu sterben, im Dienste der tausendjährigen Herrschaft. Helmut fühlt sich ihnen immer noch zugehörig, er lechzt nach einer Uniform, nach dem Dienst an der Waffe, mit anderen

Kameraden. Aber er weiß, er weiß es ja. Wegen seines Arms, seines Fehlers, seines Makels lässt man ihn zurück, während alle anderen in den neuen Lebensraum im Osten strömen.

Er zieht sich immer mehr zurück, spricht immer weniger. Gladigau hat Vertrauen zu diesem stillen, ernsthaften Jungen: nimmt mehr Aufträge außer Haus an und lässt Helmut oft stundenlang allein auf den Laden aufpassen.

Paris fällt, und der Führer kehrt triumphierend nach Berlin zurück. Helmuts Eltern gehen zur Kundgebung ins Zentrum, ohne Helmut zu fragen, ohne ihn mitzunehmen. Er verbringt den Abend am Bahnhof, sieht zu, wie die Menge aus den Zügen strömt und in die Straßenbahnen in Richtung Stadtmitte steigt. Einige stille, einsame Stunden später strömen sie wieder zum Bahnhof, lebhaft, erhitzt, strömen ihren Wohnungen in den Vorstädten und außerhalb Berlins zu. Helmut wartet am Tor, bis er endlich sieht, wie Mutter und Vater aus der Straßenbahn steigen und sich ihren Weg zu ihm bahnen, um ihn abzuholen. Sie lächeln beide, sind müde, aber selig, wie alle anderen in der Menge auch. Mit untergehakten Armen geht die Familie nach Hause, Helmut in der Mitte, Vater auf seiner guten Seite, Mutter auf seiner schlechten.

Er spürt ihren Stolz, weiß, dass er nicht daran teilhat, mag ihren glasigen Blick nicht mehr sehen.

25.

Die ersten Bomben fallen auf Berlin. Ein einzelner Angriff, und für Helmut ist diese Neuheit erschreckend, aber fesselnd. Nachdem das entfernte Bersten der Erde nachgelassen hat, leuchtet der Himmel im Süden in grellem Orange. Helmuts Bett wackelt zwar leise unter den Explosionen, jedoch viel weniger als bei Güterzügen. Seine Eltern wecken ihn. Berlin brennt da am Horizont, von Helmuts Zimmer aus sind die Flammen deutlich zu sehen. Mutter und Vater sitzen mit ihm auf seinem Bett und schauen zu. Mutter fragt, ob er Angst habe, aber Helmut schüttelt den Kopf, froh über ihre stille Gesellschaft, die Wärme der Beine seines Vaters, so nah bei Helmuts kalten Füßen.

26.

Dass Helmut so viel Filmmaterial auf das Bahnhofsprojekt verwendet, missfällt Gladigau. Er solle sich auf die Umbauten beschränken und nicht so viele Menschen fotografieren, sagt er zu ihm. Helmut beginnt, gelegentlich eine Rolle Film zu stehlen und unbemerkt zwei Kameras nach draußen zu schmuggeln. Das Wetter ist kälter geworden, und Helmut trägt nun wieder seinen alten Mantel. Ein kurzer Blick in den Spiegel im Hinterzimmer bestätigt ihm, dass er heimlich eine zweite Kamera unter dem Mantel tragen kann, wenn er sie auf seine rechte Seite schiebt. Die Krümmung des Arms verbirgt die leichte Beule, die das Objektiv bildet. Er muss seine rechte Schulter noch mehr verkrampfen als sonst, damit der Arm nicht allzu sehr hin und her schwingt. Aber im Hinterzimmer und in der schmalen Gasse auf dem Nachhauseweg übt Helmut, den Arm in diesem Winkel zu halten, bis sein Gang natürlicher wirkt.

In den kalten, öden Spätwintertagen wird der Bahnhof endlich fertig gestellt. Die kleine Reihe von Geschäften, darunter auch dasjenige Gladigaus, werden für die festliche Wiedereröffnung herausgeputzt. Man entfernt die Bretter von den beiden leeren Läden, ersetzt ihre Fenster und dekoriert die Schaufenster neu. Einen Nachmittag lang hilft Helmut den anderen Lehrlingen dabei, die vorgeblichen Auslagen hübsch zu gestalten. Während der Monate, seit sie von ihren Besitzern aufgegeben wurden, hat ihnen niemand Beachtung geschenkt. Helmut mag diese dunklen und feuchten Räume nicht, das schwarze Gekritzel an der Wand und das zerbrochene Glas, das unter den Füßen knirscht. Doch er beklagt sich nicht, denn Gladigau hat ihm seinen ersten großen Auftrag anvertraut: die Eröffnungszeremonie zu fotografieren.

Das Licht ist nicht so spektakulär wie damals, als sie die Fahnen auf der breiten Prachtstraße fotografiert haben. Aber es ist ein für die Jahreszeit sehr freundlicher Tag, und mit Hilfe des Filmmaterials und der Belichtung wird es schon klappen, da ist Helmut zuversichtlich. Die Würdenträger erscheinen und halten umjubelte Reden; Helmut hat einen hervorragenden Platz inmitten der fahnenschwenkenden Menge gefunden, als sich schließlich die neuen Bahnhofstore öffnen.

Diese letzten Fotografien sind wirklich gelungen, und sowohl Helmut als auch Gladigau sind sehr zufrieden. Man spürt die Energie der Menge, und obwohl die Fassade des Bahnhofsgebäudes in Wirklichkeit eher klotzig und gesichtslos ist, wirkt sie auf Helmuts Fotos beinahe elegant. Der Bahnhofsvorsteher bestellt Postkarten von den Aufnahmen, die er im Bahnhofskiosk verkaufen lässt. Gladigau wird am Umsatz beteiligt, und Helmut bekommt eine bescheidene Gehaltserhöhung und die Zusage für weitere Aufträge. Zum Geburtstag schenkt Gladigau ihm die Faltkamera, seine Eltern kaufen Gladigau Film und Chemikalien zum Einkaufspreis ab. Jetzt hat Helmut sein eigenes Regalfach in der Dunkelkammer. Alle vier gehen im Café am Bahnhof Eis essen und feiern Helmuts künftige Laufbahn mit Krokant und Sahne, die von Woche zu Woche teurer werden.

Da er nicht an Konversation gewöhnt ist, strengt Helmut der Nachmittag sehr an, und als das Eis serviert wird, gibt er kaum ein Wort mehr von sich. Gladigau ist dieses behagliche Schweigen von seinem Lehrling gewöhnt und denkt sich nichts dabei. Das in ihren Augen unhöfliche Betragen ist seinen Eltern jedoch peinlich, seiner Mutter wegen dem Mangel an Tischmanieren, seinem Vater wegen dem runden Bauch seines Sohnes und seiner Pausbacken.

Gladigau schlägt vor, ein Foto von dem Geburtstagskaffee zu machen. Er stellt eine Kamera auf, instruiert den Kellner und setzt sich neben Helmut auf die linke Bildseite, Mutter und Vater sitzen rechts. Als sie es aufhängen will, stellt Mutter fest, dass dies das erste Familienfoto ist, auf dem Helmut nicht zwischen seinen Eltern sitzt oder steht. Gladigau sieht fröhlich aus, Vater ein wenig müde und streng, und Mutter findet, sie sieht schüchtern aus. Vielleicht eine Spur verlegen. Helmut hat noch die Hand auf dem Löffel und die Serviette in den Hemdausschnitt gestopft. Man kann es bei seinen rundlichen Wangen zwar nicht mit Sicherheit sagen, aber etwas im Gesichtsausdruck ihres Sohnes verrät ihr, dass er den Mund noch voll Eiscreme hat.

27.

Der Krieg ist noch keine zwei Jahre alt, aber er ergreift von jedem Lebensbereich Besitz. Man wird stets ermahnt, keine Lebensmittel zu vergeuden. Luxus erntet Stirnrunzeln, Reserven müssen für das Allgemeinwohl aufbewahrt werden. Auf den Familienporträts, die Helmut rahmt und einwickelt, ist oft eine Frau in Schwarz zu sehen. Auf den Hochzeitsbildern trägt der Bräutigam meist Uniform. Neugeborene werden in den Laden gebracht, die Bilder sollen an Väter an der Front geschickt werden. Und es kommen Soldaten herein und lassen ein Foto von sich machen, damit Mütter, Schwestern und Geliebte ein Andenken haben.

28.

Helmut sieht jetzt mehr von Berlin, wenn er Aufträge für Gladigau zu erledigen hat. Er geht immer noch jeden Tag zum Bahnhof und beobachtet das Kommen und Gehen dort mit wachsamen Augen, doch die Streifzüge in seiner Freizeit führen ihn jetzt auch weiter weg.

Die letzten Frühlingstage des Jahres 1941 sind kalt und zumeist trüb. Kein großartiges Wetter zum Fotografieren, aber Helmut möchte seine Fähigkeiten verbessern. Er spart von seinem Lohn, so viel er kann, es reicht ihm für eine Rolle Film pro Woche. Gladigau gewährt ihm eine lange Mittagspause und gibt ihm sogar ab und an einen halben Tag frei, wenn er seine Pflichten erledigt hat. Sonntags bringt Helmut, unter Gladigaus Anleitung, Stunden damit zu, seine kostbaren Filme zu entwickeln. Bild um Bild voll winziger Experimente auf Gladigaus übrig gebliebenem Fotopapier: lauter Streifen und Schnipsel.

Auf fast allen Bildern sind Menschen zu sehen, meist beträchtlich viele. Helmut steuert unweigerlich auf Menschenmengen zu, auf belebte Straßen, er liebt es, das geschäftige Brodeln einzufangen. Gladigau bewundert

Helmuts Fotos, blinzelnd und nickend steht er vor den zum Trocknen aufgehängten Fotos in der Dunkelkammer. Das ist Berlin, sagt er. Dieses Leben. Er hebt die Bewegung auf den einzelnen Fotografien hervor, räuspert sich und sagt zu Helmut, er habe wirklich ein Auge für die Fotografie.

Das Kompliment ist aufrichtig, neiderfüllt und geht nicht leicht über die Lippen. Gladigau spürt eine Beklemmung in der chemischen Dunkelheit. Sein Lehrling lässt sich nicht anmerken, ob er das Lob gehört hat: Schweigend steht er neben ihm, lässt die klaren, kritischen Augen mit gerunzelter Stirn über die Abzüge wandern.

Später, als Gladigau nach Hause gegangen ist und Helmut den Laden aufgeräumt hat, breitet er die trockenen Abzüge auf der Theke aus und sieht sie nochmals an. Neben ihm liegt ein neues Notizheft, vor sechs Wochen angefangen und schon fast vollständig mit Helmuts engen Schriftzügen bedeckt.

Helmuts Projekt hat sich aus dem Bahnhof heraus und in die Stadt hinein verlagert: nicht nur Fotografieren, sondern auch Zählen, Katalogisieren, Beobachten. Jede Straße ohne Passanten wird in einer Spalte notiert, Straßen mit ein bis zehn Passanten in einer anderen, elf bis zwanzig wieder in einer anderen, und jede Straße mit mehr als zwanzig Passanten wird fotografiert und dann anhand des Abzugs geschätzt.

Jede Woche wird die Spalte mit den leeren Straßen länger, während die belebten Straßen langsam zusammenschrumpfen. Jedes Mal, wenn er unterwegs ist, scheint Helmut weniger Menschenmengen fotografieren zu können, hat er mehr Zeit für die belebten Straßen, kann er dort mehr Bilder knipsen. Bildausschnitt, Details, Inhalt sind jetzt wichtiger, die Fotos sind nicht mehr nur Dokumente. Helmut zieht die Bilder vor, er mag die Notizhefte nicht, findet sie unheimlich und seltsam.

Das ist Berlin, sagt er, die Hand auf dem Notizheft. Aber seine Augen ruhen auf den Abzügen. Er kann den Krieg in den Schlangen vor den Geschäften sehen, und in den allgegenwärtigen Uniformen. Heute Abend aber kann er die Fotos auch mit Gladigaus Augen sehen. Eine normale, geschäftige Stadt. Lebendig und voller Menschen. Ihm gefällt, was auch Gladigau an den Bildern schätzt: die Gesichter, Arme und Beine, die vielen Hüte auf den vielen Köpfen. Er misstraut den Notizheften, und auch das gefällt ihm. Er fühlt sich wieder sicher in seiner Stadt. Seinem Berlin, seinem Zuhause.

29.

Im Hochsommer hat Helmut eine ansehnliche Mappe beisammen. Eines Morgens, als er den Laden betritt, steht Gladigau lächelnd vor seinen Berlin-Bildern, die auf dem breiten Tisch an der rückwärtigen Wand liegen. Gladigau hat die Papierbögen säuberlich ausgeschnitten, seine Favoriten ausgewählt und sie in chronologischer Reihenfolge hingelegt. Die Hand auf Helmuts Schulter, führt er seinen Schützling am Tisch entlang und weist ihn auf seine sich stetig verbessernden Fähigkeiten hin. Immer besser, von Woche zu Woche. Sie lassen den Laden zu und reden den ganzen Morgen lang. Gladigau ist stolz, und Helmut ist es ebenfalls. Vor allem, als Gladigau ihn bittet, von zwei seiner Lieblingsfotos Abzüge fürs Schaufenster zu erstellen.

30.

Inspiriert macht sich Helmut Gedanken über die Tiefe seiner Bilder, Vordergrund und Hintergrund, Festlegung der Schärfe, Führung des Auges. Er experimentiert, indem er längere Belichtungszeiten verwendet, um so den Eindruck von Aktivität zu erwecken, Gestalten, die in ihrer werktäglichen Hast verwischen. In den nächsten Wochen wählt Helmut immer wagemutigere Perspektiven. Als es September ist, denkt er sich nichts mehr dabei, Gebäude oder Laternenpfähle zu erklimmen, auf dem Boden liegend oder von fahrenden Straßenbahnen aus zu fotografieren.

Ein herrlicher Herbstmorgen, Gladigau muss bei einer Hochzeit fotografieren. Im Gehen drückt er Helmut eine Rolle Film in die Hand. Geh ein oder zwei Stündchen raus, sagt er. Mach den Film voll. Eine Schande, so einen Tag zu vergeuden!

Die magnetische Anziehungskraft der Menge führt Helmut auf Marktplätze, Schulhöfe, die belebten Einkaufsstraßen. Er macht ein oder zwei Fotos, geht weiter, an den Laden denkt er gar nicht mehr, das Licht ist so schön, lässt ihn immer weiter abdriften. Er schlendert durch eine Reihe zumeist leerer Seitenstraßen, besinnt sich dann und folgt dem Geräusch der Stimmen. Verliert sich in den Gassen zwischen Mietshäusern, bis er endlich den Ursprung auf einem Stück Ödland findet.

Da sind Lastwagen und uniformierte Männer, ein Rufen und Stoßen. Hundert, vielleicht hundertfünfzig Leute sind da, einige laufen hin und her, andere schreiten auf und ab, wieder andere stehen. Helmut kauert sich hinter eine niedrige Mauer und fängt an zu knipsen. Durch das Objektiv sieht er, wie persönliche Gegenstände vernichtet, wie Kleider, Töpfe, Kartons und Säcke umgestoßen und über die Erde geschleudert werden. Ein Offizier steht neben einem Kübelwagen und brüllt Befehle; Helmut duckt sich noch tiefer, als die schneidende Stimme ertönt. Er wischt den Schweiß seiner Handflächen an den Hosenbeinen ab, mit schwachen Fingern setzt er die Kamera auf den Ziegeln ab und sieht sich vorsichtig um.

Es schauen noch mehr Leute zu. Sie haben sich im Eingang eines Mietblocks auf der anderen Seite der freien Fläche versammelt. Sie stehen viel näher bei der Menge als Helmut, aber er hat Angst davor, an dem Hasten und Drängen vorbei zu ihnen hinüberzulaufen. Das Schreien wird lauter, die Motoren der Lastwagen heulen auf. Helmut greift nach seiner Kamera, voller Angst, aber auch voller Sorge, dass er die Szene nicht festhalten kann.

Die Zigeuner werden aufgeteilt und auf die Lastwagen geladen. Sie schreien die Männer in Uniform ebenfalls an und entblößen dabei goldene Zähne. Kinder weinen an den Hüften ihrer Mütter und verstecken sich in ihren weiten bunten Röcken. Mädchen beißen die Soldaten in die Hände, als sie ihnen die Ohrringe abreißen und sie an den Haaren zerren. Männer treten nach denen, die sie getreten haben, und werden wieder getreten. Frauen stoßen Hände zurück, die sie stoßen, und eine fängt an zu rennen, kommt aber nicht weit und liegt bald bewusstlos beim Rest ihrer Familie auf dem Lastwagen.

Helmut hat Angst, ist erregt. Er hat schwitzige, zitternde Hände. Er knipst, transportiert den Film weiter, knipst wieder, fotografiert so schnell es mit der Kamera geht: nicht schnell genug. Er legt einen neuen Film ein, verflucht seine Finger, schwach und starr, hantiert nervös mit der Scharfeinstellung herum.

Im Sucher treffen seine Augen auf einen schreienden, auf ihn deutenden Zigeuner. Andere drehen sich zu ihm um, angsterfüllte, wütende Gesichter mit Kopftüchern,

Hüten und auch solche mit einer Uniform. Helmut bleibt beinahe das Herz stehen. Er muss an den Soldaten am Bahnhof denken und verbirgt das Gesicht in den Händen. Halt, stehen bleiben, brüllt ihm jemand zu, aber er kann es nicht, er kann nur kehrtmachen und davonrennen. Den wütenden Augen und Stimmen entfliehen.

Die Kamera fällt ihm auf die Brust, das Objektiv schlägt gegen seine Rippen, der Riemen schneidet in seinen Nacken ein. Helmut stolpert über den unebenen Boden, sein Knie knickt ein, er torkelt weiter, der eine Arm fuchtelt hin und her, der andere hängt reglos herab, nutzlos und schwer, zieht seine rechte Schulter zum steinigen Grund hinab. Er hält die Kamera hoch, weg von seinem stürzenden Körper, um sie zu schützen.

Er spürt einen messerscharfen Schmerz, als er auf dem Boden landet. Im selben Augenblick hat Helmut sich wieder aufgerappelt und rennt weiter, wagt nicht, sich umzudrehen. Rennt durch die zumeist verlassenen Gassen, durch die Seitenstraßen und über den Marktplatz. Rennt zu Gladigaus Laden, zu sehr erschrocken, um stehen zu bleiben und nach einer Straßenbahn Ausschau zu halten.

Die Pflastersteine wanken unter ihm, Wände, Fenster sausen vorüber. Vor Entsetzen muss er sich übergeben, wie angewurzelt bleibt er stehen, würgt, hustet, zieht keuchend Luft ein. Niemand brüllt hinter ihm her, niemand folgt ihm, doch Helmut sieht die ausgestreckten Finger, das Stoßen und Schreien vor seinem geistigen Auge, und panische Furcht treibt ihn weiter. Zurück zu heimatlichem Grund, hinter den Bahnhof, durch die schmale Gasse, mit pochendem Arm, die Kamera unterm Mantel, bei jedem schwerfälligen Schritt gegen seinen fetten, weißlichen Bauch pendelnd.

Wieder im Laden. Kein Klopfen an der Tür, keine fragende Stimme. Nur Kameras, Aufnahmen, die Dunkelkammer, die Kasse. Vertraut und geborgen, alles noch da. Der Schweiß wird kalt und trocknet langsam auf Helmuts Rücken und Beinen, das Erbrochene erstarrt zu kleinen Flöckchen auf Mantel und Kinn. Stumm und regungslos bleibt er hinter der Ladentheke sitzen, bis Gladigau zurückkehrt. Im Halbdunkel macht ihm sein Chef Vorwürfe, weil er das Geschlossen-Schild den ganzen Nachmittag hat hängen lassen.

Schweigend arbeiten sie zusammen bis in den Abend hinein, nehmen den Film aus der Kamera, reinigen sie, entwickeln, machen Abzüge. Obwohl sein Arm noch schmerzt, haben Helmuts Hände aufgehört zu zittern. Er entwickelt die Bilder des Zigeunerlagers, macht aber keine Abzüge, solange Gladigau da ist. Sie trinken gemeinsam ein Gläschen Schnaps, und Helmut bleibt noch, als sein Chef nach Hause geht, macht Abzug um Abzug, bis tief in die Nacht.

31.

Zuerst kann er nur weinen. Tränen der Wut: Die Panik des Tages hat sich in Zorn verwandelt. Hat sich gegen die Fotos gerichtet, gegen ihn selbst, sein Unvermögen, die Szene aufs Bild zu bannen.

Dann besinnt er sich. Schaltet das Licht ein und legt die Fotos auf dem Boden der Dunkelkammer aus. Hockt sich hin und betrachtet die Abzüge nochmals genau, stellt sich vor, dass Gladigau neben ihm stünde, die Hand auf seiner Schulter, und die Bilder kommentierte.

Helmut erinnert sich an den Vorfall, aber mit Gladigaus Augen, und er sieht, dass die Fotos unscharf sind. Dass diese Fotos ohne weiteres ein paar Leute darstellen könnten, die auf brachliegendem Gelände hin und her laufen. Dass sie nichts von dem Chaos und der Grausamkeit spüren lassen, die seine Hände zittern und schwitzig werden ließen – und die ihn anspornten, fast zwei Rollen Film zu verbrauchen.

Helmut sagt sich: Er ist es nicht gewohnt, ein derart hektisches Geschehen abzulichten. Belebte Straßen, Eröffnungszeremonien auf Bahnhöfen, das liegt ihm, weil er sich da Zeit lassen, den richtigen Platz für die Kamera suchen und mehrere Bilder von ein- und demselben Ausschnitt machen kann. Er muss auch zugeben, dass der Schwarzweißfilm sich nicht für den Anlass eignete. Die bunten Röcke der Zigeunerinnen sehen auf seinen Fotos wie einfarbige Lumpen aus, sie wirbeln nicht herum wie an jenem Nachmittag. Die dunklen SS-Uniformen heben sich kaum von den rußgeschwärzten Wänden der Gebäude ab, werden fast unsichtbar. Helmut weiß, dass er zu weit weg war, um Details einzufangen. Die Körnung ebnet die zornigen Gesichtszüge des Offiziers ein, der neben seinem Kübelwagen Befehle brüllte, fast könnte man meinen, er würde gar nicht schreien. Helmut erinnert sich, wie die Menge den Leuten in den Lastwagen etwas zurief, worauf diese wieder etwas zurückriefen. Auf dem Foto sieht er eine reglose, schweigende und seltsam ruhige Gruppe, und der aus dem Lastwagenfenster gereckte Arm ist nur ein kleiner Klecks auf dem Bild, erst als Arm erkennbar, als er das Negativ unter die Lupe hält. Die Frau, die bewusstlos geschlagen wurde, sieht auf Helmuts Foto kaum so aus, als würde sie davonrennen und einen Fluchtversuch machen, und vor lauter Hast ist es ihm nicht gelungen, den Soldaten hinter ihr ebenfalls aufs Bild zu bannen. Wahrscheinlich, so denkt er, musste er gerade einen neuen Film einlegen, als sie zurück zum Lastwagen geschleift wurde, und das Foto von ihr, wie sie auf die Pritsche verfrachtet wurde, ist so unscharf, dass man fast gar nichts erkennt.

Helmut sucht und sucht, doch der Schnappschuss von dem Zigeuner, der in sein Objektiv blickt und dabei auf ihn deutet und schreit, der Schnappschuss, der ihn so sehr erschreckte, dass er die Flucht ergriff, ist nicht bei den Fotos. Auch nicht bei den Negativen, die noch nicht auseinander geschnitten sind. Das versteht er nicht, er wird erneut wütend, schleudert die langen Streifen mit Negativen auf den Boden, hebt sie wieder auf und schaut sie ein drittes, dann ein viertes Mal an. Endlich begreift er. Der Film war zu Ende, und er wusste es nicht. Geriet in Panik. Rannte weg und hatte gar nicht richtig auf den Auslöser gedrückt. Feigling.

Helmut stopft die Abzüge und die Negative in eine Papiertüte, achtet nicht auf Knicke oder Kratzer, will nur noch nach Hause. Er weiß, er sollte die Bilder für Gladigau aufheben, ihm zeigen, wie er seine Zeit genutzt hat, aber er schämt sich. Eine Weile steht er da, die Tüte in Händen, dann fasst er einen Entschluss. Ein Fehler beim Entwickeln. Er wird lügen und behaupten, der Film hätte einen Schleier bekommen. Sich den Gegenwert vom Lohn abziehen lassen, es mit anderen Bildern wieder gutmachen, ein andermal.

Auf dem Weg nach Hause, über den Hinterhof, in der Dunkelheit, wirft Helmut die Tüte und ihren verhassten Inhalt in eine Mülltonne.

32.

Die Armee ist siegreich. Wieder und wieder: nun über Polen hinaus, nach Süden und immer weiter nach Osten. Erhebt Anspruch auf die gute, dunkle Erde der Ukraine, das Öl in der Kaspischen See, die Weite der Steppe.

Gladigau kauft ein Radio, und Helmut und er lauschen den triumphalen Meldungen, während sie entwickeln und reinigen. Helmut lächelt gemeinsam mit seinem Chef im roten Licht der Dunkelkammer, die Ohren voller Neuigkeiten, schreiender Stimmen, dem Bombast, den Trommeln. Aber er schaltet das Radio niemals ein, wenn er allein ist.

Helmut fotografiert den ganzen Sommer über. Experimentiert, verändert Einstellungen, lernt ständig dazu. Macht seinem Chef Freude, genießt das Lob, sieht mit eigenen Augen, wie seine Fotos immer besser werden.

Zu Hause zieht er sich vom Tisch zurück, sobald sein Teller leer ist. Manchmal gehen seine Eltern aus, zu Nachbarn, zu Versammlungen, aber meistens sitzen sie abends einfach am Tisch. Mutter strickt, Vater raucht und liest aus der Zeitung oder dem Parteiorgan vor. Helmut steigt ins Bett, wenn es dunkel wird; ohne die Vorhänge zuzuziehen, sieht er zu, wie sich die Nacht über der Stadt ausbreitet, reglos wartet er auf den Schlaf. Er kann keine einzelnen Worte verstehen, die da hinter seiner Zimmertür gesprochen werden, nur den scharfen, beharrlichen Tonfall der Stimme seines Vaters. Beim Einschlafen zählt er die Züge, gibt sich ihrem vertrauten Rattern hin und schläft für gewöhnlich bereits tief, wenn Mutter hereinkommt und die zusätzliche Decke über ihren Sohn legt. Am Morgen steht Helmut früh auf, oft noch vor dem Morgengrauen. Er nimmt ein hastiges Frühstück zu sich, allein am Küchenfenster stehend, mit dem Rücken zum Raum. Meidet den Blick seines Vaters, die Gespräche seiner Eltern, die abgehackten, militärischen Grußformeln der Nachbarn im Treppenhaus.

Bei Gladigau fühlt er sich sicher. Selbst wenn das Gespräch seiner Eltern in ein Flüstern übergeht, wenn die Nachbarn auf sein Schweigen mit bösen Blicken reagieren. Selbst als die Herbstkälte zunimmt und das Wort

Stalingrad nicht mehr voller Stolz, sondern nur mit hastiger, wirrer Furcht ausgesprochen wird. Selbst während dieser langen, seltsamen Monate findet Helmut die Nachmittage mit Gladigau und den Stimmen aus dem Radio allmählich schön. Die Gewissheit des Sieges, die Bequemlichkeit der Routine.

Zum Jahreswechsel, mitten im Winter, eine Kapitulation. Und alles wird anders.

33.

Es wird Frühling, und Helmut ist nicht überrascht, die Menschen ganz offen die Stadt verlassen zu sehen, denn er hat ja den Exodus längst vorausgesehen. Aber wie viele es sind, schockiert ihn doch, das langsame Tröpfeln ist plötzlich zum Schwall geworden. Beim Abendessen richtet Mutter Abschiedsgrüße von Freunden aus, die fortgezogen sind, und Vater nickt zustimmend, sagt, recht so, dass sie gehen, Frauen und Kinder, die müssen in Sicherheit sein, und diejenigen, die zurückbleiben, müssen tapfer sein. Die Kinder in der Nachbarschaft werden immer weniger, und der Hinterhof ist ungewöhnlich still während der Sommermonate. Die jungen Familien sind alle weggezogen, bevor es wirklich ernst wird mit den Bombardements, und an einem trüben Herbstmorgen liest Gladigau aus der Zeitung vor, dass über eine Million Menschen Berlin verlassen haben.

Wenn vom Gehen oder Bleiben die Rede ist, sind die Meinungen geteilt. Helmut lauscht den Unterhaltungen, während er fotografiert, auf dem Bahnsteig, auf den immer einsameren Marktstraßen. Einige halten ganz fest zu ihrem Berlin, und Helmut findet ihre pathetischen Worte gut. Andere bangen um ihr Leben, die Zukunft ihrer Kinder: Mit leisen Stimmen, mit den Augen nach Lauschern spähend, stoßen sie grauenvolle Vorahnungen hervor. *Geht.* Helmut fängt ihre Wortfetzen auf. *So weit weg wie möglich von der Hauptstadt, vor allem vom Ruhrgebiet, von jeder größeren Stadt.* Wenn er vorbeigeht, verstummen sie kurz. *Ganz Deutschland ist zur Zielscheibe geworden.* Für die Briten, und auch die Amerikaner. Helmut listet die gemurmelten Namen auf, die bereits getroffen wurden oder bestimmt bald dran sind. *Aachen, Krefeld, Duisburg, Oberhausen. Regensburg, Dortmund, Gelsenkirchen, Mülheim. Essen, Wuppertal, Jena, Münster. Köln, Kiel, Rostock, Kassel.* Mit dem weißgepressten Finger auf den Lippen flüstern die Leute etwas von Tod in Hamburg, Feuerstürmen und Bomben. Sie schließen die Augen, atmen ihre Angst. *Alles dahin.* Helmut hört zu. *Nächstes Mal wird es schlimmer.* Er glaubt ihnen nicht. *Leipzig oder Dresden.* Sie müssen sich irren. *Die Bomber kommen nach Berlin.*

34.

Gladigau kehrt spät von Herrn Friedrich, einem Stammkunden, zurück. Er betritt die Dunkelkammer, wo Helmut gerade die Chemikalien für die Fixierbäder zusammenmischt, und setzt sich auf einen der hohen Hocker. Gladigau schaut seinem Lehrling eine Weile zu, verwirrt und verunsichert ihn dadurch, Helmut verschüttet Fixierbad, muss alles zweimal abmessen. Er ist froh, als Gladigau endlich etwas sagt.

Herrn Friedrichs Sohn ist zu Beginn des Jahres in Russland gefallen. Gladigau kannte sie beide, sah sie durch sein Objektiv älter werden. Friedrichs Schwiegertöchter haben Berlin nun verlassen, zusammen mit seinen Enkeln. Im Augenblick sind sie in Mecklenburg, vielleicht ziehen sie bald in den Schwarzwald. Auf jeden Fall möchte Friedrich nachkommen. Gladigau erzählt die Geschichte und redet zerstreut davon, den Laden vor Winterbeginn zuzumachen. Die Geschäfte gehen schlecht. Die Kunden, die noch in Berlin sind, haben andere Sorgen. Gladigau schmiedet laut Pläne, während Helmut die Arbeitsfläche abwischt, um mit den Abzügen beginnen zu können. Hat sich die Lage erst einmal gebessert, kann er selbstverständlich wieder bei ihm arbeiten, und hat sein Vater denn nicht sogar vor, Frau und Sohn für eine Weile an einen sicheren Ort zu bringen?

Helmut hört auf zu arbeiten und schaut seinem Chef direkt ins Gesicht. Gladigau verstummt vor Schreck über diesen direkten Blick, und Helmut senkt immer noch nicht die Augen, beleidigt, beschämt, dass sein Arbeitgeber einen derart feigen Vorschlag macht. Er ist weder ein Kind noch eine Frau. Er will und braucht auch keinen Schutz. Helmut rächt sich für die Beleidigung, indem er Gladigaus Loyalität zum Führer in Frage stellt, und da stehen die beiden, im Licht der roten Glühbirne, im Schwefelgeruch, und machen Abzüge von den Fotos des Tages, ohne ein weiteres Wort zu wechseln.

35.

Helmut liegt im Bett, als die zweite Welle von Bombardements beginnt.

An diesem Abend gehen seine Eltern aus. Mutter kommt herein und gibt ihm einen Gutenachtkuss, aber sie sagt Helmut nicht, wohin sie gehen, und er fragt auch nicht danach. Er kann seinen Vater durch die halb angelehnte Tür sehen, er steht auf der Schwelle zum Treppenhaus, voller Ungeduld. Seine Mutter macht die Tür zu seinem Zimmer hinter sich zu, und obwohl es noch früh ist, schaltet Helmut das Licht aus.

Er döst ein paar Stunden, dann liegt er wach da und horcht auf das Rattern eines Güterzugs, damit er ihn wieder in den Schlaf schaukelt. Stattdessen hört er, wie ein leises Geräusch einsetzt, das er nicht identifizieren kann. Unablässig tönt es in der Ferne, und jetzt kann er nicht mehr darüber hinweghören. Ohne zu wissen, was das dumpfe Dröhnen bedeutet, liegt Helmut reglos da und lauscht den Hunderten von Lancasterbombern, die ihre tödliche Fracht zum Himmel über Berlin fliegen.

Wenige Augenblicke nach den Sirenenklängen erwachen die Mietshäuser zum Leben. Mütter heben Kinder aus den Betten, und alte Leute ziehen dicke Socken über. Das Treppenhaus ist voller Leute. Helmut kann hören, wie sie in den Keller eilen: scharfe Stimmen, rasche Füße. Er weiß, er sollte auch hinuntergehen, aber er mag nicht in der Nähe ihrer Furcht und Hast sein, daher bleibt er im Bett. Er hat gehört, wie Leute die Brandbomben beschrieben haben, Weihnachtsbäume, die vom Himmel fallen, und den Bombern den Weg zum Ziel leuchten. Er schaut zum Fenster hinaus, doch da ist noch nichts zu sehen, nur oben ein schwarzer Himmel und unten ein dunkles Berlin. Der Blockwart hämmert an seine Tür, aber Helmut antwortet nicht, weil er das Poltern der Stiefel des Flakhelfers auf den Stufen hört. Der Junge ist erst vierzehn, und trotzdem gehört er bereits zu den Schützen auf den Dächern des Wohnblocks. Beide hämmern jetzt an die Tür und rufen, aber Helmut wird sich nicht derart erniedrigen lassen und den Befehlen eines Vierzehnjährigen Folge leisten. Er wickelt die Decke fester um seine Füße, und erst als er sicher ist, dass sowohl der Blockwart als auch der Junge weg sind, zieht er sich Schuhe und Mantel an und wagt sich ins Treppenhaus.

Helmut hört jetzt das Brummen unter dem Sirenenton, das zum Dröhnen anwächst. Die Hand in der Hosentasche steht er da, die Finger um die Kamera geklammert, dann tastet er sich vorsichtig über die verlassenen Stufen nach unten.

Die ersten Bomben schlagen ein, als er gerade im zweiten Stock ist. Sie sind ziemlich weit weg, aber er spürt, wie ihm der Einschlag in die Beine fährt. Das Gebäude wankt, und Helmut verliert das Gleichgewicht. Gipsbrocken rieseln auf ihn herab, und als der Inhalt der Küchenschränke in den leeren Wohnungen auf den Boden stürzt, klappern vor seinem geistigen Auge tausend Töpfe und Pfannen die Stufen hinab und decken ihn zu.

Entsetzen und Schmerz. Alles bewegt sich jetzt rasend schnell, Helmut kommt nicht mehr mit. Er rennt nicht in den Keller; stattdessen tragen ihn seine Füße nach draußen auf die Straße. Die ersten Flammen erfassen die angrenzenden Wohnblocks, und Helmut rennt vor der Hitze und dem Licht davon. Nicht schnell genug. Er weiß, dass er nicht schnell genug ist, weil die Bomber jetzt da sind. Das Dröhnen. Genau über ihm. Sie streifen die Dächer, sind überall, erschreckend nah, folgen Helmuts unbedecktem, beim Rennen auf und nieder wippendem Kopf.

Er läuft im Zickzack durch die pechschwarzen Straßen, um ihnen zu entkommen, fühlt sich schreien, hört aber nichts außer dem ohrenbetäubenden Lärm von Feuer, Bomben und Flugzeugen.

Die Einschläge steigen tief aus dem Untergrund wieder nach oben, schütteln seine Hüften, sein Rückgrat. Es regnet Dachziegel, Steine und Glas, Helmut sieht gar nicht, wohin er rennt, er hat das ebenmäßige Donnern der Flakgeschütze im Ohr, der Lärm blockiert ihm die Sicht.

Er ist blind, aber nicht atemlos. Seine Kehle ist rau und sein Gesicht nass, und so rennt er in der Dunkelheit dahin, die bebende Straße unter sich, wankende Gebäude um sich, jeder Schritt schwer wie eine Bombe.

Vor ihm läuft jemand, eine schwarze Gestalt kommt auf ihn zu. Helmut hört die Flüche, spürt die Hände auf seinem Mantel und den Atem des Mannes an seinem Ohr. Wird aus der Bahn gerissen, verliert den Boden unter den Füßen. Eine Bombe. Zwei Arme. Greifen zu. Helmut windet sich, schreit, wird in den Untergrund gezerrt. Vom Dunkel draußen ins Dunkel drinnen, genauso dicht.

Den Rest des Angriffs verbringt er in einem Keller mit lauter Fremden. Sie schweigen und rühren sich nicht, während er auf dem Boden liegt und weint. Das Adrenalin lässt ihn zittern, unfreiwillige, unkontrollierbare Schauder, er fürchtet sich, schämt sich, spürt die Blicke der Menschen auf sich.

Nachdem der Lärm nachgelassen hat, ist allen kalt. Der Mann, der Helmut nach unten gezogen hat, sagt, das sei gut so. Dann hat das Feuer wenigstens diesen Teil von Berlin noch nicht erreicht. Danach sind sie wieder still. Feuchte Augen, spärliche Bewegungen in der Dunkelheit.

Helmut verlässt den Keller, ohne sich zu verabschieden. Auf seiner Flucht hat er einen weiten Weg von zu Hause aus zurückgelegt, mindestens drei oder vier Kilometer. Er weiß nicht, wo er ist, alles sieht so anders aus. Ziegelsteine, wo keine sein sollten, Lücken, wo vorher Mauern standen. Helmut tastet sich die erste Straße hinunter, zur ersten Straßenecke und weiter, stellt fest, dass sein Weg von Stühlen, Glas und Fensterrahmen blockiert wird, von einem leeren ungemachten Bett. Vorsichtig macht er einen Bogen um die Trümmer, bis er wieder auf Kopfsteinpflaster laufen kann, hoffentlich in Richtung Zuhause. Nach einer guten Weile kennt er sich wieder aus. Die Straßen sind verlassen und geisterhaft still. Seine Augen gewöhnen sich an die Dunkelheit, aber die Stille ist beunruhigend, ihm ist schwindelig und übel. Helmuts Schritte hallen laut von den Hauswänden wider, und er bedauert, die stumme Gesellschaft in dem Keller verlassen zu haben.

Allmählich tauchen Leute auf, winzige graue Schatten an den schwarzen Wänden. Immer mehr, bis die Straßen vor Menschen wimmeln. Menschen, die aus zerstörten Gebäuden stürzen, einsam und verloren die schwarzen, neuen Schutthaufen durchwühlen. Der Himmel über den Dächern ist feuerrot, die Straßen werden immer heller, je näher Helmut seinem Zuhause kommt. Er hört das Schellen der Feuerglocke, geht durch Straßen voll umherirrender Leute in zerrissenen, manchmal auch verkohlten Kleidern. Viele von ihnen stapfen barfuß durch den Schutt. Wohin er sich auch wendet, Helmut kann dem Geräusch weinender Kinder nicht entfliehen. Er schwitzt jetzt in seinem Mantel und Pyjama, blinzelt gegen die heiße Luft und den Ruß an, denkt sich: Berlin ist wieder voller Menschen. Voller Kinder.

Sein Mietshaus ist noch da, aber es steht in Flammen. Er sieht den Feuerwehrleuten etwa eine Stunde lang zu, wartet. Keine Mutter, kein Vater. Die Haut an Wangen und Ohrläppchen kitzelt, juckt und schmerzt in der Hitze. Kein einziges vertrautes Gesicht.

Er wartet, wie lange, weiß er nicht, und doch kommen seine Eltern nicht nach Hause. Er fürchtet sich zu fragen, bleibt stocksteif stehen, starrt nach oben zu seiner ehemaligen Wohnung, tritt nur beiseite, wenn er weggedrängt wird. Er darf nicht in den Hinterhof, um nachzusehen, ob auch sein Zimmer brennt, und da geht er eben zu Gladigaus Laden hinüber.

Die Schaufenster sämtlicher Läden sind zerborsten, aus

dem Lebensmittelgeschäft an der Ecke rennen ein paar Leute, mit vollen Armen und ausgebeulten Manteltaschen. Gladigaus Geschäft ist in fürchterlicher Unordnung, und das Licht funktioniert nicht, deshalb kramt Helmut Kerzen hervor und sichert das Fenster so gut er kann mit Brettern und Kartonteilen. Der Inhalt der Schubladen liegt auf dem Boden verteilt, aber er stellt fest, dass kaum etwas fehlt. Die Kamera, die Gladigau im Fenster ausgestellt hat, ist verschwunden, aber die war seit Jahren kaputt, und auch der Vorrat an leeren Bilderrahmen ist fast ganz weg. Die Plünderer haben es nicht in die Dunkelkammer geschafft, obwohl sie Gladigaus guten Stuhl gegen die schwere Tür geworfen haben. Der Stuhl liegt zerbrochen auf dem Boden, aber die Tür ist nur ein wenig verbeult. Helmut zieht die Schlüssel aus seiner Tasche und sperrt auf. Er macht sich ein Bett aus Gladigaus Zeitschriften und seinem weißen Labormantel. Dann bläst er die Kerzen aus und legt sich auf die amerikanischen Frauen seiner pubertären Fantasien, ihre weißen Schenkel und kleinen Brüste verknittern unter seinem traumlosen Schlaf. In der Dunkelkammer ist es pechschwarz und still, und er schläft weit bis in den nächsten Tag.

36.

Helmut ist überrascht, dass Gladigau nicht kommt und wie üblich den Laden aufsperrt. Seine Kleider stinken nach Rauch, und die Haut in seinem Gesicht schmerzt. Er trinkt ein wenig Wasser aus dem Hahn in der Dunkelkammer und geht hinaus, noch im Pyjama, den Mantel wegen der Kälte zugeknöpft. Auf der Straße begegnen ihm Leute mit Bündeln und Handkarren, auf denen sich ihre Habe türmt. Das Bahnhofsgebäude ist zerstört, aber die Bomber haben die Gleise verfehlt. Menschen versammeln sich auf den Bahnsteigen, um auf einen Zug zu warten, der sie aus der Stadt bringt. Helmut hält Ausschau und lauscht, doch die Leute sind ihm alle unbekannt.

Die rauchendnassen Gerippe der Gebäude sind noch warm, als er daran vorbeigeht, die stehen gebliebenen Wände dampfen jetzt, Wasser tropft an seinem alten, ausgehöhlten Zuhause herab. Helmut weint. Überall weinen Menschen, und doch schämt er sich. Tränen rinnen ihm aus den Augen, stechend heiß auf der angesengten Haut. Er birgt das Gesicht in den Händen, schaut durch die geschwärzten Finger hindurch. Ohne seine Mutter, ohne seinen Vater. Helmut steht allein da.

Sie dürfen ihn nicht weinen sehen, er muss tapfer sein. Er bemüht sich, den Tränen Einhalt zu gebieten, doch sie versiegen nicht, laufen ihm über die Wangen in den Mund, schmecken bitter. Helmut wartet, blickt sich suchend nach seinen Eltern um, streift durch die Umgebung, schaut immer wieder am Laden vorbei, am Bahnhof, dem leeren Platz, an dem einmal sein Zuhause stand. Im Menschenstrom hält er Ausschau nach dem Gesicht seiner Mutter, er sieht das seines Vaters und wischt sich die Feiglingstränen am Ärmel ab, steht stramm, schaut wieder hin, doch da ist das Gesicht verschwunden. Ersetzt durch ein anderes, und noch ein anderes. Graue Bärte, müde Augen, eingefallene Wangen. Keines von ihnen das von Vater.

37.

Am späten Nachmittag gelangt Helmut in Gladigaus Wohnviertel. Hier haben die Gebäude keine Schäden davongetragen. Die soliden, klaren Linien der Sandsteinfassaden sind beeindruckend, viel größer als die Häuser in seinem eigenen Bezirk. Die großen, glatten Fensterflächen schüchtern Helmut ein, das Weiß der Gardinen. Wo er lebt, ist alles zerbrochen und zerfallen, liegt in Rauch, Ruß und Staub. Das Treppenhaus im Hause Gladigaus ist trocken und kühl, das dunkle Holz des Geländers glänzt, sanftes Tageslicht fällt von oben ein. Helmut klopft an Gladigaus Tür, schwer atmend nach dem Aufstieg. Er bleibt bis zum Abend, für den Fall, dass Gladigau nach Hause kommen sollte, doch niemand betritt oder verlässt das Gebäude, und es gibt weder Kochdünste noch Radios, weder Schritte durch Flure noch das Weinen von Kindern.

Gegen Mitternacht geht Helmut wieder, er fürchtet die Stille, fürchtet einen weiteren Bombenangriff, bringt eine weitere Nacht auf dem Fußboden der Dunkelkammer zu. Orientierungslos liegt Helmut in der tiefen Schwärze da, unsicher, ob seine Augen offen oder geschlossen sind. Helmut liegt auf der Grenze zwischen Schlaf und Wachen, geht durch geborstene Wände und findet seine Eltern, Händchen haltend. Er streckt die Hand aus, macht einen Schritt nach vorn, die Wände stürzen ein, er verliert sie von neuem.

Helmut träumt von Objektiven, die beim Auslösen zerspringen. Aufnahmen von gesplittertem Glas, Bilderscherben, Abzüge, aus dem Augenwinkel betrachtet. Vaters Finger, Mutters Augen, ihre Arme; Helmut streckt die Hand aus, und die Negative zerbröseln in seinen Händen, schwarzer Glitzerstaub in seinen Handflächen.

Erschöpft schleppt er sich zur Tür der Dunkelkammer. Es ist wieder Morgen, und vom Licht getröstet, schläft Helmut unter der Theke des verlassenen Ladens.

38.

Tage vergehen, wortlos, kalt. An dem zerstörten Straßenbahnknotenpunkt wird eine Suppenküche eingerichtet, werden Winterkleider verteilt, neue Stiefel und Mäntel. Helmut wäscht im Spülbecken der Dunkelkammer Ruß und Schweiß aus seinem Pyjama, fegt den Laden und sichert ihn vor Plünderern, indem er alles Wertvolle in der Dunkelkammer einschließt. Hauptbücher, Kasse, Auftragsbücher, die übrig gebliebenen Rahmen. Helmut schließt den Laden, hängt ein Schild mit einer Erklärung für die Kunden an die Tür. Kohle auf Karton, der weich wird und im Herbstregen verschmiert.

In jenem Winter macht er keine Fotos. Kamera, Filme, Chemikalien, Papier, alles sicher verwahrt hinter der Tür zur Dunkelkammer. Helmut weiß, dass sie da sind, ihre Anwesenheit tröstet ihn ein wenig über den Verlust hinweg. Er trauert. Die kältesten Wochen verbringt er ganz alleine. Sirenen, Bomben, Feuer und Hunger. Helmut sieht, wie Leichen aus den Trümmern gezogen werden, und rennt weg. Nachts stürzen ihn Träume in Verwirrung, dann wacht er auf und wartet auf Mutter, auf die übliche Routine, Gladigau, Wärme, den Pfeifenrauch seines Vaters. Jeden Wintertag beginnt er in Tränen, das Gesicht in den Händen vergraben.

Sie tränken ihm den Atem, die Wangen, die Handflächen, und dennoch versiegen die Tränen nicht.

Bei Tageslicht sieht er die Dinge wieder klarer. Er bemerkt die Veränderung in der Stadt. Die blockierten Straßen, die fehlenden Gebäude. Krater und Berge, wo früher alles eben war. Helmut spürt den Unterschied zwischen damals und jetzt: Das Muster der Stadt wird jede Nacht zerstört, und die Veränderungen werden Teil eines jeden neuen Tages. Er beobachtet die Menschen, die Straßen- und Ladenschilder auf die stehen gebliebenen Wände kritzeln und sich weiterschleppen: über, unter und durch die Trümmer, ein langsames Voranschreiten. Verrenkte Knöchel, verstauchte Füße, bis zu den Knien hinauf versunkene Beine. Und dennoch schleppen sie sich weiter.

Neue Wege werden beschritten, alte Gewohnheiten fallen gelassen. Seitdem die Bäckerei bombardiert wurde, kommt das Brot per Lastwagen.

39.

Da er lieber in vertrauter Umgebung bleiben möchte, richtet Helmut sich in einem Keller ein. Dort fühlt er sich sicher: in einem winzigen Innenhof versteckt, die Gebäude ringsherum verlassen, nur noch Ruinen. Er findet einen Ofen in den Trümmern und stellt ihn auf Ziegelsteine neben der Kellertreppe. Schraubt den schweren oberen Riegel von der Tür zur Dunkelkammer und sichert damit sein neues Zuhause.

Nachts, wenn die Bomben fallen, liegt Helmut wach im Keller und lauscht. Wenn sie in der Nähe einschlagen, schreit er gegen den Lärm an, genau wie in der Nacht, als er vor den Bombern davonrannte. Bis ihm die Kehle von den Schreien brennt, bis er nichts als die Explosionen hört, das Dröhnen der Flugzeuge und Flakgeschütze. Ganz heiß vor Furcht, dann vom Schweiß gekühlt, macht er im Morgengrauen ein Feuer im Ofen und schläft dann im frühen Tageslicht ein. Sind die Bomben weit weg, findet Helmut das entfernte Donnern und Heulen beinahe tröstlich, wie der Güterwagen, der den Schlaf seiner Jugend begleitet hat.

Das Geräusch in der Ferne ist besser als die Stille. In

den Nächten, in denen die Stadt ruhig daliegt, wird Helmut von den Träumen seiner Nächte in der Dunkelkammer heimgesucht, nun von Hunger und Kälte verstärkt. Die zerbrochenen Fenster sind mit dickem Frost bedeckt, Helmut späht durch die glitzernde Scheibe und sieht seinen Vater, die Hand auf Mutters Schulter, so sitzen sie beide vor ihm. Das Eis schmilzt, das Bild klärt sich in der Wärme von Helmuts Atem auf der Scheibe, taucht wieder in den Nebel ein. Verwischt, verschmiert von Helmuts ausgestreckten Fingern. Verschwunden.

Ohne Arbeit und ohne Fotografie sind Helmuts Tage leer und lang, und der Mangel an Nahrung lässt die Stunden endlos scheinen. Er versucht zu schlafen, doch Träume vertreiben ihn aus dem Keller, hinaus auf die Straße, und seine kalten Beine tragen ihn zum Bahnhof. Dort steht ein neuer Aufsichtsbeamter, und Helmut bemüht sich, Freundschaft zu schließen, er redet über die Züge, gerade so wie er es als kleiner Junge mit dem alten Uniformierten getan hat. Der neue Mann mag Helmut nicht. Seine Aufdringlichkeit, seinen verkrüppelten Arm, seinen schmutzigen Mantel. Doch als Helmut auf die Ruinen deutet, die einmal sein Zuhause waren, ergreift den Beamten Mitleid, er hört ihm aufmerksamer zu, lässt ihn in den Bahnhof, damit er die Züge beobachten kann. An kalten Tagen bringt er dem seltsamen jungen Mann draußen bei den Gleisen manchmal einen Becher dünner Suppe. Er fragt ihn nach seiner Familie und nickt besorgt, als Helmut seinen schwer arbeitenden Vater, die treu ergebene Mutter, den pflichtbewussten einzigen Sohn beschreibt. Helmut sieht zu, wie die Züge kommen und abfahren, während er spricht, klanglos erzählt er immer weiter, trinkt seine Suppe, schaut dem Aufsichtsbeamten nicht ins Gesicht. Und weil der Beamte vermutet, dass Helmuts Eltern nicht evakuiert, sondern tot sind, gibt er ihm auch Arbeit: regelmäßig die Bahnsteige fegen. Helmut bekommt kein Geld dafür, aber eine Mahlzeit in der Bahnhofskantine, außerdem darf er einen Mantel mit dem Eisenbahnabzeichen auf der Brusttasche tragen.

Die Kriegsversehrten kehren von der Ostfront zurück, gezeichnet und zerlumpt, mit fehlenden Gliedmaßen. Ab und zu betteln sie auf dem Bahnsteig, sitzen auf zerrissenen Decken, stellen still ihre Verletzungen zur Schau, und Helmut erstattet dem Aufsichtsbeamten immer Bericht. Es ist illegal und eine Schande: Helmut ereifert sich, weil sie ihre Uniformen solcherart entweihen. Das dicke Futter der Bahnhofsuniform verbirgt seine schiefe Schulter gut, und er steckt seine rechte Hand tief in die Vordertasche; mittlerweile ist er recht geschickt beim Fegen mit der Linken. Er konzentriert sich auf seine Arbeit, macht kurze, sorgfältige Kehrbewegungen, und der Aufsichtsbeamte lobt seine blitzblanken Bahnsteige. Helmut ist stolz, pflichtbewusst, jeden Abend gibt er seine Uniform nur zögernd zurück, wenn der Beamte die Bahnhofstore abschließt.

40.

Im Februar hören die Briten auf, Berlin zu bombardieren, die Amerikaner übernehmen. Nach einigen Luftangriffen fahren ein bis zwei Tage keine Züge, bis die Gleise wieder repariert sind. Sogar an solchen Tagen geht Helmut zum Bahnhof und sitzt in seinem Mantel auf dem Bahnsteig. Erschöpft und verwirrt von Kälte und Hunger und den mit Schreien ausgefüllten Nächten nickt er oft ein. Unter dem gesprungenen Glas des Bahnhofsdachs träumt er von Zügen voll schweigender Menschen, die Berlin scharenweise verlassen, alle gen Osten. Diese

Träume sind nicht so heftig wie diejenigen, unter denen Helmut nachts leidet, doch sie beunruhigen ihn, daher schreitet er die leeren Bahnsteige auf und ab, um den Schlaf so lange hinauszuzögern, wie seine hungrigen Beine es erlauben.

41.

Der Sommer 1944 bringt eine kurze Erholung von den Bombenangriffen, die Alliierten konzentrieren sich darauf, Frankreich zurückzugewinnen. In dieser ruhigen Phase hilft Helmut öfter am Bahnhof aus, er hält nicht nur die Bahnsteige sauber, sondern auch die Büros. Der Beamte gibt ihm Haferflocken oder Kartoffeln mit nach Hause, Helmut borgt sich einen Topf und eine Schüssel aus der Bahnhofskantine und bringt sich selbst Kochen bei. Die Nächte sind kürzer und milder, die Albträume seltener, manchmal setzen sie sogar wochenlang aus. Jetzt ist er nicht mehr so müde, er kann mehr tun, und er beginnt wieder zu fotografieren.

Das Licht dieser warmen Sommertage bietet Helmut morgens und abends ein dramatisches Szenario, das Helmut und sein fotografisches Auge inspiriert. Golden scheint die Sonne auf Mauern und Trümmer, wirft lange, verrückte Schatten durch die Ruinen, über das pockennarbige Pflaster der Bürgersteige und Plätze. Er steht früh auf, verlässt seinen Keller vorm Morgengrauen, folgt jeden Morgen dem gleichen Ritual. Er sperrt die Dunkelkammer auf, wählt eine Kamera aus, nimmt sich ein paar Filme und bricht dann auf, um den kräftigen Himmel und die Ruinen von Berlin zu fotografieren. Den einsamen Turm der Kaiser-Wilhelm-Gedächtnis-Kirche und die Trümmer im nahe gelegenen Tiergarten. Die ehrwürdigen Hotels Unter den Linden, nur noch Skelettgerippe. Ihre Lüster glitzern im Schutt, zerrissene Wandteppiche hängen verloren herab. Helmut überlegt, ob er sie mitnehmen und damit seinen Keller schmücken soll, aber sie sind noch nass und schwer vom Frühlingsregen und fangen an zu stinken.

Er tauscht Gladigaus Papier und die Chemikalien zum Entwickeln gegen Essen und noch mehr Filme. Die Negativabzüge lagert er in dem Steinregal im Keller, ordentlich bezeichnet und aufgereiht. Er trennt ein kleines Abteil hinter seinem Bett aus Säcken und Lumpen ab und verbringt die Abende damit, Filme zu entwickeln. Helmut trägt die nummerierten und katalogisierten Filme in dasselbe ledergebundene Buch ein, das er zur Beobachtung Berlins benutzt hat. In Spalten aufgelistete Schriftzeichen, so sauber und klein wie möglich, er will Platz, will Papier sparen, sein System einfach und klar halten. Alles bereit für den Sieg, für den Frieden und die Fotoabzüge.

Sein Leben ist einsam, und auf seinen Fotos kommen keine Menschen vor, aber Helmut ist nicht unglücklich. Berlin, nun leer, bereitet ihm keine Sorgen mehr. Er geht überallhin, deckt weite Teile der Stadt mit seinen sorgfältig rationierten Aufnahmen ab, gelangt während der langen Hochsommertage bis nach Potsdam und Brandenburg. Wenn er zu weit gewandert ist, um vor Sonnenuntergang wieder nach Hause zu laufen, schläft er in ausgebombten Gebäuden. Seine Routen orientieren sich an den Suppenküchen, Hunger meidet er, wann immer es geht. Manchmal taucht er tagelang nicht am Bahnhof auf, und nach einer Weile denkt sich der Aufsichtsbeamte nichts mehr dabei. Helmut erzählt ihm nichts von den Fotos, doch bald begreift der Beamte, dass Helmut nicht an einem klaren Morgen, wohl aber an einem trüben Tag kommen wird. Und seine Arbeit holt er immer nach.

42.

Helmut liebt sein unterirdisches Zuhause immer mehr; obwohl er die Streifzüge in die Stadt und darüber hinaus sehr genießt, freut er sich immer auf die Rückkehr. Ein Bild von jedem Film widmet er dem Keller, und so kommt eine kleine Sammlung heraus, mit dem glühenden Ofen, der gesprungenen und schimmernden Fensterscheibe, dem gemütlichen Lumpenbett. Auf einem Foto ist eine Wäscheleine zu sehen, über und über behängt mit Kleidungsstücken von Helmut, die in Pfützen auf die zerbrochenen Steinfliesen des zerstörten Innenhofs tropfen. Helmut studiert seine Negative, hält sie gegen die Sonne, erkennt den Pyjama, den er in jener Nacht getragen hat, als die Bomber kamen und seine Eltern fortgingen. Er trainiert sein Auge. Kann mittlerweile ein gutes Foto anhand eines Negativs beurteilen, achtet auf Form, Komposition, Schattierung. Er lernt, umgekehrt zu sehen: weiß für schwarz, dunkelgrau für hellgrau. Mutter und Vater werden unscharf, als Helmut die Erinnerungen schweifen lässt, Kanten verlieren an Härte. Er denkt an Gladigau. Erstellt eine Liste seiner besten Bilder, freut sich darauf, ihm die Abzüge zu zeigen.

43.

Als die Tage kürzer werden und die Bombenangriffe wieder einsetzen, nimmt Helmut die Routine des vorigen Winters wieder auf. Schlaflose Nächte und auf dem

Bahnsteig dösend zugebrachte Tage. Die Dunkelkammer ist verschlossen, die übrigen Filme warten ungestört auf den Frühling. Er hält Winterschlaf mit ihnen, bis die letzten ersterbenden Wintertage da sind.

Der Einberufungsbefehl für die allerletzten Deutschen erfolgt, und endlich bekommt Helmut seine Chance. Er läuft rasch zum Aufsichtsbeamten und erzählt es ihm, worauf dieser ihn an der guten Schulter packt und ihm zuflüstert, es werde bestimmt bald vorbei sein. Helmut nickt überrascht. Alles, woran er denken kann, ist Krieg.

Er erhält keine Uniform, sondern einen schäbigen Wintermantel, eine Armbinde und eine Schaufel. Die wenigen Gewehre gibt man den Jüngsten, die in das geschickt werden, was von den höchsten Gebäuden übrig blieb. Jugendliche Heckenschützen, die sich in den Ruinen an zerbrochenen Flaschen, an Katzen und Ratten üben.

Helmut holt seine Kamera aus der Dunkelkammer und nimmt sie immer mit, er fotografiert so viel er kann. Er will alles davon festhalten, von der besten Zeit seines Lebens. Schukow ist bereits unterwegs, die riesige Sowjetarmee und die mongolischen Horden aus der Steppe im Schlepptau. Sie werden Berlin umzingeln, die Stadt isolieren, genau wie sie von Stalingrad aus westwärts deutsche Vorposten isoliert und vernichtet haben. Aber Helmut ist siegesgewiss, er sieht nur den glorreichen Triumph vor sich, an dem er teilhaben und den er auf Film bannen wird.

Zuweilen fährt ein Zug durch den Bahnhof, unweigerlich überfüllt, voller Flüchtlinge. Sie sind auf dem Dach, quellen aus Türen und Fenstern, noch mehr Menschen laufen am Bahnsteig neben dem Zug her, springen auf, klammern sich an Fensterbretter, Geländer, irgendetwas, und die anderen Passagiere sind zu schwach, zu lustlos, um eine Hand zu heben. Niemals bleiben die Züge stehen, mahlen ganz, ganz langsam vorwärts, manchmal so sehr, dass sie zum Halt gekommen scheinen, aber wenn Helmut scharf auf die Räder blickt, sieht er, dass sie sich stets drehen.

Helmuts Pflichten sind unbestimmt, sporadisch. Seine Kameraden, die mit ihm zusammen Berlin verteidigen, treffen sich täglich und führen ihre schwierigen Aufgaben aus. Sie machen die Straßen unpassierbar, häufen Trümmer auf, graben Löcher. Sie sind gewohnt, mit allem zu kämpfen, was sie so haben. Die alten Männer mit ihren guten Hüten halten improvisierte Waffen mit entschlossener Hand. Sie horten Munition und reichen sie an die Heckenschützen weiter, das meiste passt nicht für die Gewehre der Jungen.

Wenn man ihm keine Befehle erteilt hat, geht Helmut zum Bahnhof und sieht den vorbeifahrenden Flüchtlingszügen zu. Halb im Traum auf seinem Haufen voller Säcke, fallen die Jahre für ihn ineinander, und er fragt sich, ob er sein Glück zum Preis von einer Tüte Lakritze versuchen sollte. Wenn die Züge morgens durchfahren und das Licht im Bahnhof gut ist, schießt Helmut Fotos. Ist es Abend und damit zu dunkel, oder sind die Nachmittagsschatten zu lang, läuft er neben dem Zug her und schwenkt seine Binde, so wie er einst seinen Arm geschwenkt hat. Er redet im hohlen Pathos des Führers zu den Türen und Fenstern des Zuges hinein, Schicksal und Tapferkeit und der Ruhm einer Götterdämmerung, so schreitet er neben den Flüchtlingen einher. Einige spucken aus, andere beschimpfen ihn oder protestieren, andere nicken, wieder andere stimmen mit ein. Meistens ignorieren sie ihn, starren durch die Fenster des Abteils, durch Helmut hindurch, mit stumpfen, umschatteten Augen.

Die Flüchtlingsmassen strömen aber auch zu Fuß nach Berlin zurück. Schlammverkrustete Füße, von Erschöpfung ausgehöhlte Wangen. Helmut fotografiert sie und heißt sie willkommen, aber wie die Züge machen auch sie nicht Halt. Eine Nacht ruhen sie in den Höhlen zerbombter Gebäude aus, vielleicht auch einen Tag oder gar zwei, selten länger. Leblos, und doch getrieben von der Bedrohung aus dem Osten. Sie erwähnen eine Armee von der Größe eines Kontinents, wütend und brutal, gnadenlos. Diese Leute sprechen von Bestrafung, als hätten sie eine solche verdient. Im Vorübergehen erzählen sie von völliger Auszehrung und von Asche, von stinkendem Rauch und Gräben voller Leichen. Einige behaupten, so etwas gesehen zu haben, andere bestreiten es. Mit schwankender, sachlicher Stimme. Verschwommen, hungrig und schwach.

Berlin, April 1945

44.

Helmut versammelt seine Brigade auf den Trümmern, die sie den ganzen Nachmittag über aufgehäuft haben. Ihre heldenhafte Barrikade, das Rückgrat des Reiches. Die Sonne steht jetzt tiefer, und das Licht ist genau richtig. Er macht ein Foto von ihnen, und dann hält ein anderer die Kamera, und so ist Helmut auf dem nächsten Foto auch Teil der Gruppe. Aus dicken Jungs und Jungs mit schlechten Zähnen, aus alten Männern und Amputierten. Helmut hält eine Schaufel in der linken Hand, und sein rechter Arm hängt herab, verdreht, krümmt sich vor der Brust, die durch den Hunger der späten Kriegstage wieder schmaler geworden ist. Alle in der Gruppe sehen müde aus, die meisten schauen ernst drein. Aber die drei oder vier, die Helmut ansehen – ihr Fotograf wird gerade fotografiert –, die lächeln alle.

Helmut steht zwischen ihnen, entspannt, mit gekrümmten Schultern, das Gesicht emporgereckt und stolz. Die Stadt hinter ihm ist zerstört und wird bald geteilt. In wenigen Tagen wird ein Selbstmord die sowjetische Invasion beschleunigen; der kleine Hügel zertrümmerter Gebäudeteile zu seinen Füßen wird die Linie markieren zwischen dem, was britisch ist, was französisch ist, und Helmut wird im künftigen Berlin sein Elternhaus nicht wiedererkennen. Aber auf diesem Foto tut Helmut etwas, das er auf den vielen Fotos, die Gladigau so liebevoll im Lauf der Kindheit entwickelt hat, nie getan hat. Helmut steht hoch oben auf seinem Trümmerberg, den sowjetische Panzer mit Leichtigkeit erklimmen werden, und er lächelt.

LORE

Bayern, Anfang 1945

1.

Lore liegt zwischen Schlafen und Wachen in ihrem dunklen Zimmer. Vor einer Weile hat sie ein Geräusch gehört, ist eingeschlummert, dann wieder wach geworden. Reglos liegt sie da, in die Stille der Nacht gehüllt, Eisblumen blühen auf den Fensterscheiben. Lores Glieder sind warm und schwer. Sie ist nicht sicher, ob sie sich das nur eingebildet hat, sieht, wie Wände, Fenster und Decke zurückweichen und, jenseits davon, den Blick aufs Traumreich freigeben.

Eine Tür fällt zu, und die Wände sind wieder da, hart und fest neben der Bettkante. Lore hält die Augen geschlossen und lauscht. Hört ihre kleine Schwester atmen. Flüstert.

– Liesel? Anneliese?

Keine Antwort: nur die langen Seufzer des Schlafs. Lore nickt wieder ein. Eine Minute, zwei Minuten, zehn. Sie weiß nicht, wie lange, bis sie die Geräusche erneut hört.

Türen und Stimmen. Lore ist sich jetzt sicher, mit offenen Augen wartet sie auf den hellen Spalt vom Flur her. Das Haus bleibt dunkel, das Flüstern kommt von unten, sie schlüpft aus dem Bett, um zu lauschen.

– Was ist los?

– Es wird alles gut. Bald ist es vorbei. Du wirst sehen.

Vati ist hier. In Uniform am Fuß der Treppe. Mutti hat die Arme um ihn gelegt, ein Soldat steht im Eingang stramm, und hinter ihm sieht Lore einen Lastwagen auf der Straße. Die kalte Nacht huscht über die Schwelle und durchs Geländer, legt sich um Lores nackte Füße. Ihr Vater nimmt den ganzen Flur ein. Die Hände ihrer Mutter klammern sich an seine Ärmel, und er sagt Meine Asta! zu ihr, streichelt ihr übers Haar; sie weint ohne Tränen. Den Mund geöffnet, die Lippen gegen den leisen, gequälten Laut ankämpfend.

– Vati!

– Lore! Meine Hannelore! Sie ist wieder gewachsen.

Vati lacht, er drückt Lores Stirn an seine Schulter, Mutti fährt sich nervös mit der Hand übers Gesicht.

Sie erledigen alles in Eile: Vati leert die Schubladen, Mutti packt die Taschen, der Soldat belädt den Lastwagen. Lore steht mit Liesel an der Eingangstür. Schläfrig und unförmig: das Kleid überm Nachthemd zugeknöpft, und darüber noch einen Mantel. Es ist dunkel, man kann kaum etwas sehen, aber ihre Eltern machen kein Licht. Das Baby wacht auf. Vati nimmt den Kleinen hoch und singt ihm etwas vor, Mutti sieht einen Augenblick zu, dann geht sie nach oben, um die Zwillinge zu wecken.

Die Schwester hält sich an Lores Hand fest, starrt ihren Vater an, ihren kleinen Bruder.

– Er heißt Peter, so wie du, Vati.

– Ich weiß, Lieschen.

Ihr Vater lächelt. Lore schaut ihn auch an. Immer noch Vati, aber irgendwie anders. Als auf den Fotos. Als letztes Mal. *Nicht letzte Weihnachten, das Jahr davor*. Er begegnet Lores Blick.

– Also dann. Ich hol euch ein paar Decken. Wir machen's euch schön gemütlich im Lastwagen.

Die Fahrt scheint nicht enden zu wollen. Aus dem Dorf und ins Tal hinein. Mutti sitzt wortlos vorne neben Vati, den schlafenden Peter auf dem Schoß. Kein Licht. Sie fahren in der Dunkelheit unter dem Brummen des Motors.

Lore sitzt hinten mit ihrer Schwester und ihren Brüdern, auf dem ganzen Gepäck. Liesel schläft mit offenem Mund, die Zwillinge starren auf den Hinterkopf ihres Vaters. Schweigend sitzen sie da, Schulter an Schulter, Bein an Bein. Ihre Köpfe wippen im Rhythmus der Straße auf und ab, die Augen sind glasig vor Übermüdung und Erstaunen. Lore flüstert:

– Das ist Vati.

Und sie nicken.

Sie halten in einem Innenhof an, der im Frost glitzert. Da sind Leute mit Laternen, und zwei Betten in einem komischen Zimmer, das nach Erde und Stroh riecht. Als Mutti die Laterne ausbläst, ist es nicht mehr dunkel. In der Wand gegenüber ist ein schmales Fenster, und Lore kann ihren Vater sehen, seine Schultern, eine gebückte, schwarze Silhouette vor der grauen Dämmerung. Ihr ist kalt im Bett mit Liesel. Er reicht ihr eine zusätzliche Decke, wickelt sie darin ein, und als er ihr den Gutenachtkuss gibt, riecht sie seinen Schweiß, fühlt sie die Stoppeln auf seinem Kinn.

– Wo sind wir?

– Auf einem Bauernhof. In Sicherheit.

Er flüstert, Lore nickt ein.

– Genau richtig, um die letzten Wochen abzuwarten.

Als sie wieder aufwacht, ist es hell in dem fremden Zimmer, und er ist fort.

2.

Es ist eine schwer zu fassende Zeit. Zwischen Krieg und Frieden. Als würde man Wasser treten. Oder die Luft anhalten, bis ein Vogel wegfliegt. Wochen vergehen, der Frühling kommt, windig und blau, Lores Tage sind lang und gestaltlos.

Der Bauernhof liegt am Ufer eines träge dahin fließenden Bachs und duckt sich am Fuß eines Hügels. Tief im Grün des Tales. Lore weiß, es sind Armeen auf dem Vormarsch. Russen von der einen, Amerikaner von der anderen Seite. In Hamburg hatten sie die Wohnung, mit dem lang gestreckten Garten und einem Dienstmädchen. Sogar im Dorf, nach der Evakuation, hatten sie ein ganzes Haus. Jetzt sind sie hier und teilen sich zu sechst einen Raum. Lehnen die Betten morgens gegen die Wand und breiten sie abends wieder aus.

Lore betrachtet die Wolkenschatten, die über die Berge hinwegziehen, und denkt an den mitternächtlichen Besuch ihres Vaters, in Bruchstücken, wie im Traum. Sie erledigt ihre täglichen Aufgaben, findet sich mit dem Warten ab, der Krieg ist bald gewonnen. *Nur eine Frage der Zeit*.

Das Wetter ist herrlich. Liesel und die Zwillinge sind den ganzen Tag über draußen, zuerst im Hof, doch das wird bald langweilig, und daher wagen sie sich weiter weg. Mutti macht sich Sorgen, wenn sie nicht zu sehen sind, geht im Zimmer auf und ab und schimpft, wenn sie endlich kommen.

Meistens bringt die Bauersfrau das Essen. Brot, Klöße, Sauerkraut, Eier und Milch. Manchmal gibt es Schinken oder kleine verschrumpelte Äpfel vom letzten Herbst. Breitbeinig steht sie im Eingang und spart sich ihr Lächeln für das Baby und die Zwillinge auf.

Nachmittags schläft Peter, Mutti und Liesel stopfen die Löcher in ihren Strümpfen, und die Zwillinge spielen unterm Tisch. Unfähig, sich zu beherrschen, erfüllen sie den Raum mit ihren Flüsterspielen.

An klaren Tagen kann Lore eine kleine Stadt in den gewellten Hügeln in der Ferne ausmachen: bleistiftdünner Rauch aus Kaminen, die dunklere Silhouette eines

Kirchturms. Lore lauscht, ob sie Gewehrfeuer vom anderen Ende des Tales hören kann. Manchmal öffnet sie das Fenster ein wenig, für den Fall, dass der Schlachtenlärm zu leise ist, um durchs Glas zu dringen. Sie sucht den wolkenlosen Himmel nach der Luftwaffe ab, stellt sich vor, Bomben würden im Tal abgeworfen werden, würden Feuer und Tod bringen. Und hört doch nur das Lied eines Vogels.

Nachts, nachdem Mutti die Lampen ausgeblasen hat, zieht Lore den Vorhang an einer Seite ein wenig zurück. Wenn sie morgens die Augen aufmacht, schaut sie in das Fetzchen blauen Himmel über ihrem Kopf. Der erste und der letzte Gedanke jeden Tag ist der an Vati, kräftig und sauber rasiert, und an das Ende des Krieges. In der stillen Dunkelheit des verhüllten Morgenrots sieht Lore das Tal im Siegestaumel vor sich: die Parade hoch oben von den Bergen herab durch die Dörfer, über die blumenübersäten Felder, die Hänge von unzähligen Menschen gesäumt, Sonnenschein in ihren Augen, Hände, die ihre Hände halten. Stimmen im gemeinsamen Gesang.

3.

Abenddämmerung, Lore hilft Mutti, die Kleinen ins Bett zu bringen. Durch die Fenster sieht sie den Bauern kommen, und hinter ihm seinen Sohn. Mutti zieht den Mantel an, und Lore geht zur Tür, doch Mutti schüttelt den Kopf.

– Bleib hier drin. Ich bin gleich wieder da.

Sie geht hinaus, und Lore zieht die Tür hinter ihr zu, lässt sie aber einen Spaltbreit offen, um zusehen zu können. Der Bauer hat Schinken gebracht, einen kleinen Sack mit Hafer, aber er hat auch etwas zu besprechen.

Lore kann nicht verstehen, was er sagt, aber sie sieht, dass sein Mund genauso unnachgiebig aussieht wie der von seiner Frau. Er deutet das Tal hinab, und Mutter schlägt die Finger vors Gesicht. Der Sohn des Bauern wendet den stumpfen, einfältigen Blick von Mutti ab und spuckt auf den Boden. Als er aufsieht, spürt Lore, dass er zu ihr herüberblickt, und sie weicht rasch hinter die Tür zurück.

– Wo ist Mutti denn hin?

Liesel ist wach geworden und steht jetzt an der Tür. Sie lehnt sich mit ihrem bettwarmen Körper an den von Lore und schiebt sie so ein wenig zur Seite. Will die Hand auf die Klinke legen, doch Lore packt sie am Arm.

– Sie hat gesagt, wir sollen drinbleiben.

– Warum?

Liesel versucht sich aus Lores Griff herauszuwinden, daher gräbt ihr diese die Nägel ins Fleisch.

– Autsch!

– Wenn du stillhältst, muss ich dir nicht weh tun, du Dummchen!

Liesel fängt an zu weinen. Die Zwillinge setzen sich im Bett auf und schauen ihren beiden Schwestern zu, die an der Tür miteinander rangeln.

– Jetzt bekommst du aber Ärger, Lore!

– Nein, sicher nicht! Sei still, Liesel, so arg hab ich dir doch gar nicht weh getan.

– Mutti schimpft bestimmt!

– Halt den Mund, Jochen! Schlaf weiter!

– Wir sind aber nicht mehr müde.

Lore versucht Liesel zu trösten, doch die schaut sie nicht einmal an, hört nicht auf zu weinen und lässt sich nicht anfassen. Lore weiß, dass die Zwillinge Recht haben: dass Mutti schimpfen wird, und dass es danach eine fürchterliche Nacht werden wird, in dem kleinen Raum.

– Lieschen, bitte. Anneliese. Wenn du aufhörst zu weinen, hab ich was für dich.

Lore klettert auf den Stuhl und nimmt die Zuckerdose vom obersten Regal, wo Mutti sie immer versteckt. Liesel hört auf der Stelle zu weinen auf, macht den Finger nass und steckt ihn hinein. Sie saugt daran, steckt ihn wieder hinein, saugt daran und lässt sich von Lore die Tränen abwischen, die auf den Streit hindeuten könnten. Die Zwillinge sind still geblieben, haben zugesehen, doch nun steht Jochen auf und geht quer durch den Raum auf seine Schwestern zu. Jürgen folgt ihm und schleift dabei die Laken ein Stück mit. Beide machen den Finger nass und strecken ihn dann erwartungsvoll aus.

– Nein. Ihr zwei nicht auch noch!

– Warum nicht, Lore?

– Geh wieder ins Bett, Jochen. Und du auch, Jüri. Bitte.

– Wir sagen Mutti, dass du Lore gekniffen hast!

– Und dass du ihr Zucker gegeben hast!

Lore seufzt und hält ihnen die Dose hin, aber Liesel stößt die ausgestreckten Hände der Zwillinge beiseite.

– Nein, Lore. Der ist nur für mich!

Jochen schubst sie wütend, Jürgen lässt die Laken fallen und stellt sich dicht hinter seinen Bruder.

– Halt den Mund, Liesel!

– Nein, du darfst da nicht ran, Jüri!

– Du hast hier nicht zu bestimmen!

– Ich bin älter als du!

– Lore hat gesagt, wir dürfen, und die ist älter als *du*!

Mutti steht hinter ihnen in der offenen Tür.

Lore wird ganz flau im Magen.

Mutti stellt die Lebensmittel des Bauern hin, nimmt eine Tasse vom Tisch und schleudert sie auf den Boden.

Jetzt sind alle still, mit Ausnahme von Peter, der nun plärrt. Mutti nimmt ihn hoch und trägt ihn zum Stuhl an der gegenüberliegenden Wand. Sie setzt sich mit dem Rücken zu ihnen allen hin.

– Geht ins Bett. Du auch, Lore. Schlaft.

Mutti lässt das Licht an, bleibt noch lange nachdem Peter zu schreien aufgehört hat auf dem Stuhl sitzen. Lore liegt neben Liesel und stellt sich schlafend. Blinzelt durch die Wimpern, sieht den lächelnden Mund ihrer Mutter, die dem Baby etwas zumurmelt; die Augen ihrer Mutter, die nervös durchs Zimmer huschen.

Lore muss daran denken, wie Mutti geweint hat, mit trockenen Augen, als sie neben Vati im Flur stand. Denkt: *Es ist da*. Das Ende des Wartens.

4.

Morgen, und die Sonne fällt über das Fensterbrett in den Raum ein. Mutti sitzt im Schatten am Tisch und sortiert ihre Habe, entscheidet, was sie behalten, was sie verbrennen.

– Warum? Kommt Vati? Ziehen wir wieder um?

Lore erhält keine Antwort. Sie wäscht die Frühstücksteller ab, stellt den Eimer in den Streifen Sonne am Fenster, dreht ihrer Mutter den Rücken zu. Sie sieht die Zwillinge bei der Pumpe im Hof spielen, hört sie aber nicht durch das Glas. Liesel sitzt draußen vorm Fenster, strickt Socken und wiegt Peter in seinem Kinderwagen. Das Glas ist alt und unten dicker als oben. Sie sieht, wie sich die Finger ihrer Schwester hinter der gewellten Scheibe bewegen. Hinter ihr hasten Muttis Hände durch Hosentaschen und Schulranzen. Schulbücher, Abzeichen und Uniformen stapeln sich auf dem Tisch. Grünes Holz knistert im Ofen. Draußen ist es windig, und die Kinder spielen ohne Mantel. Drinnen ist es heiß.

Lore heizt das Feuer im Ofen mit dem Stapel auf dem Tisch an und beobachtet, wie Mutti die Fotos im Album durchsieht. Sie zieht die Bilder heraus, die zu kostbar sind, um verloren gehen zu dürfen, hebt sie vorsichtig aus ihren dreieckigen weißen Halterungen, breitet sie auf der Decke neben sich aus. Dann werden sie in ein sauberes Tuch gewickelt und in eine Schublade gelegt, während das Album auf dem Haufen auf dem Tisch landet. Lore ist den ganzen Morgen beschäftigt, sieht zu, wie Kleider und Papiere brennen, lehnt Holzscheite an den Kamin, damit sie trocknen können.

Das Fotoalbum brennt zuerst ganz schlecht, ist zu dick und voll, damit die Flammen es erfassen können. Der blaue Leineneinband wird braun und wellt sich, und Lores Augen brennen in der Hitze der offenen Ofentür. Liesel wird weinen, wenn sie herausfindet, dass ihre Uniform weg ist, die Zwillinge werden fragen, wo ihre Bücher geblieben sind. Mutti starrt auf die nun leere Tischplatte, mit schlaffen Lippen, eine brennende Zigarette zwischen den Fingern. Lore schließt die Ofentür und öffnet den Abzug, die Bögen fangen Feuer, die Arbeit ist erledigt.

5.

Später fischt Mutti mit dem Zuckerlöffel die Abzeichen aus der Asche und wickelt sie in ein Taschentuch. Heute müssen die Kleinen im Zimmer bleiben. Lore schickt sie hinaus. Sie soll mit Peter mindestens einen Kilometer am Bach entlanggehen und eine breite Stelle suchen, an der die Strömung stark ist.

– Halte dich in der Nähe des Wassers, von der Straße entfernt. Und beeile dich. Ich warte auf dich.

Lore geht mit Peter im Arm am Bach entlang. Sie sagt zu ihm:

– Wir werden hier so lange ausharren, bis alles vorbei ist. Dies sind die letzten Tage.

Bald wird der Feind hier sein, aber sie hat keine Angst. Sie wird geduldig und tapfer sein, in der Gewissheit des Endsiegs. *Vati hat es gesagt. Bald ist alles vorbei.* Alles wird wieder neu sein, und sie stellt sich bereits darauf ein. Die Heere werden über die Berge kommen, Lärm und Tod werden das Tal erfüllen. Und bald danach wird der Sieg kommen.

Sie setzt Peter am Ufer ab und wirft ihre Handvoll Metall ins Wasser. Die Abzeichen sinken auf den Grund, zu nah am Ufer, die Strömung kann sie nicht mitnehmen. Mit seinen dicken, nassen Fingern deutet Peter auf das am nächsten liegende. Die emaillierten Farben sind verblasst, und in der Hitze des Ofens hat sich das Abzeichen gewellt, aber Lore erkennt immer noch das Symbol der Partei. Sie zieht Schuhe und Strümpfe aus und watet ins kalte Wasser, um sie wieder aufzusammeln.

Sie gehen ein Stück weiter, allein in den feuchten Feldern, Peters Gewicht drückt Lore an der Hüfte, sie summt im Rhythmus ihrer Schritte. Dann leert sie das Taschentuch in die Brombeerbüsche an der Grenze zum benachbarten Bauernhof. Ein oder zwei verrußte Abzeichen schnellen gegen die Zweige, doch Lore stößt sie mit dem Fuß zurück ins Unterholz und bedeckt sie mit loser Erde und Gras. Sie wäscht sich die Hände im Bach und tunkt Peters Zehen ins flache Wasser, um ihn zum Lachen zu bringen. Die Sonne wärmt ihnen das Haar, und die Hügel wiegen ihre Stimmen.

Lore denkt an Mutti, die auf sie beide wartet, nach ihnen Ausschau hält. Quer durch die Felder eilt sie zurück zum Bauernhaus, Peter ist auf ihrem Arm eingeschlafen. Sie flüstert ihm zu:

– Vor dem Sieg kommt der Schmerz.

Sie wappnet sich gegen das Blut und die Flammen.

6.

Lore schrubbt gerade vorm Fenster Kartoffeln, als die Amerikaner kommen.

Die Zwillinge streunen wieder einmal draußen herum, Liesel ist ihnen gefolgt, und Mutti steht am Tor, um sie zurückzurufen. Lore weiß, dass ihre Mutter den Jeep gesehen hat, aber sie klopft trotzdem ans Fenster. Ein schmieriger Kartoffelstreifen bleibt an der Scheibe zurück. Mutti dreht sich nicht um. Sie hat den Kindern nachgerufen, doch jetzt ist sie still, schaut zu, wie der Jeep langsam über die Weide auf den Hof zufährt.

Als die Amerikaner stehen bleiben, um das Tor zu öffnen, dreht Mutti sich um und geht hinein. Sie sagt zu Lore:

– Mach nur weiter.

Wischt sich die Hände ab, fährt sich durchs Haar, holt den Lippenstift aus der Tasche und zieht Hut und Mantel an.

Lore beobachtet ihre Mutter, aber falls Mutti Angst hat, so zeigt sie es nicht. Sie geht hinaus, und Lore macht mit ihrer Arbeit weiter. Fischt sandige Kartoffeln aus braunem Wasser, lässt saubere Kartoffeln in sauberes Wasser gleiten. Ihre Hände sind rot, und in ihren Ohren singt das Blut. Sie konzentriert sich auf den nassen Erdgeruch und ihre kalten Finger. Das bis zum Hals klopfende Herz.

Ihre Mutter trifft auf die Soldaten, als sie auf den Hof

fahren. Sie lassen den Motor laufen, während sie reden. Mutti steht stramm da und lässt die Arme herabhängen. Einer der Soldaten blättert durch Papiere auf einem Klemmbrett, während er mit Mutti spricht. Ein anderer lehnt sich gegen den Jeep und stellt Fragen. Der Soldat mit dem Klemmbrett schreibt irgendetwas auf und reicht Mutti dann ein Blatt Papier, das sie nah vors Gesicht hält und liest. Lore hört auf zu schrubben. Die Gruppe draußen ist still, aber der Motor des Jeeps läuft immer noch. Mutti dreht das Blatt um und liest die Rückseite, und der Amerikaner mit dem Klemmbrett bohrt die Fußspitze in den Boden. Dann sagt Mutti etwas. Sie fährt sich mit der Hand über die Stirn und deutet auf das Haus. Der am Wagen lehnende Amerikaner richtet sich auf und schaut zu Lore am Fenster hinüber. Als der Amerikaner mit dem Klemmbrett vier Finger hochhält, schüttelt Mutti den Kopf und hält fünf hoch. Auch das wird auf dem Klemmbrett notiert. Die beiden Amerikaner und Mutti unterschreiben, eine Kopie wird abgerissen, gefaltet und in einen Umschlag gesteckt, den Mutti mit beiden Händen am Körper hält, als die Amerikaner wegfahren, ohne das Tor wieder zu schließen.

Die Kleinen kommen spät heim, doch Mutti schimpft sie nicht aus. Sie klappen den Tisch aus und essen ganz normal zu Abend. Erleichtert und schuldbewusst zugleich, kichert Liesel vor Albernheit, und die Zwillinge stoßen sich unter dem Tisch an. Mutti erwähnt die Amerikaner nicht, und Lore weiß, dass es ihr beider Geheimnis ist.

Sie liegt mit Liesel im kleinen Bett, hat die Augen geschlossen und hört, wie Mutti in das große Bett mit Peter und den Zwillingen schlüpft und das Licht löscht. Amerikaner sind besser als Russen. Russen stehlen und brandschatzen und tun Frauen weh, besudeln sie. Die

Amerikaner kommen mit Klemmbrettern und schauen sich nicht einmal im Haus um.

Lore schlägt die Augen auf, denkt nach. Die Kämpfe könnten nun beginnen, in der Nacht, so wie es immer mit den Bomben war. Sie muss an die Abzeichen im Gebüsch denken. Sie hätte sie ins tiefe Wasser werfen, sie unter den Kieseln im Bachbett begraben sollen.

Lore liegt still da und lauscht, doch das sind keine Gewehre, nur die Atemzüge ihrer Mutter. Erst als sie hört, wie sie tief und lang gezogen werden, wagt auch Lore einzuschlafen.

7.

Mutti sagt, sie sei krank, und schläft mit dem Gesicht zur Wand. Die Kinder sitzen still da, hungrig, während Lore die Taschen ihrer Mutter nach Münzen durchsucht. Sie weist die Zwillinge an, im Haus zu bleiben, geht mit Liesel und Peter über den Hof und dann den kurzen Pfad hoch, um Lebensmittel beim Bauern zu kaufen.

Seine Frau nimmt Lores Geld entgegen und sagt ihr, sie solle an der Tür warten. Liesel späht ins Haus, während die Bäuerin fort ist, erzählt ihrer Schwester flüsternd von dem riesigen Ofen und dem Badezuber aus Blech, der an der Wand hängt. Lore schaut der Bauersfrau zu, die von der Scheune zurückkommt. Und denkt an die Ordnung im Dorfhaus, und noch früher, damals in Hamburg, vor den Bomben. Denkt an Tapeten an den Wänden und heißes Wasser aus den Hähnen. Liesel sagt, die Küche im Bauernhaus sei gemütlich, es gebe Zwiebeln, geräucherten Schinken und fünf backfertige Brotlaibe vor der Ofentür.

– Ist deine Mutter noch da?

– Ja, natürlich.

– Hm, könntest du ihr ausrichten, mein Mann möchte sie sprechen?

– Natürlich.

– Was hat sie denn gemeint, Lore?

Liesel hat Schwierigkeiten, Peter auf dem Arm zu tragen, daher tauschen sie, und nun trägt sie für Lore den Eierkorb.

– Gar nichts. Lass sie nicht fallen, Lieschen.

– Sie hat gemeint, Mutti wäre fort.

– Nein. Sei vorsichtig mit den Eiern, halt sie höher oder du schleifst mit dem Korb über den Boden.

Mutti steht im Morgenmantel an der Tür. Ihre Augen sind klein, das Haar ist flachgepresst. Sie reißt Liesel den Korb aus der Hand, und die Zwillinge schlüpfen auf den Hof hinaus.

– Die Jungen hatten Hunger.

– Ich habe ihnen heute Morgen Brot gegeben.

– Aber es war nichts anderes mehr da.

Mutti geht wieder ins Bett und raucht die letzte der Zigaretten, die sie sich genau eingeteilt hat, seit sie hierher gezogen sind. Die Fotos von Vati, die sie ausgesucht hat, liegen auf ihrer Decke ausgebreitet. Peter döst, und Lore sitzt am Tisch und weint.

– Wie lange müssen wir noch hier bleiben?

Sie muss an die Frauen im Dorf denken: daran, dass die Schlangen vor den Geschäften aussehen wie Trauerzüge und dass im Winterregen die schwarze Farbe ihrer Röcke in Pfützen auf das Pflaster tropft. Die Luft in der Stube ist warm und trocken. Stickig vom Rauch und dem Unwohlsein ihrer Mutter. In Hamburg saß Vati mit ihr draußen auf der Schwelle und bewegte die Zehen in den dicken Wollsocken hin und her. Er trug Hosenträger unter der Uniformjacke. Die Zwillinge krabbelten hinter ihm im Garten umher, lachten, spiegelten sich in seinen hohen schwarzen Stiefeln. *Bald ist der Krieg vorbei.* Lore macht die Augen zu und sehnt die Armee, den Kampfbeginn herbei. Sie sieht das Tal deutlich vor sich. Sieht das Gras an der Böschung der Landstraße, unstetig wogende Samenkapseln im Wind. Ein Vogel singt ganz in der Nähe. Sie hört ihn hell und klar durch die Fensterscheibe hindurch.

Muttis Haut fühlt sich heiß an, das Haar an ihren Schläfen ist feucht. Sie hebt die Decke hoch und zieht Lore ins warme Bett hinüber. Die Fotos rutschen auf den Boden.

Lore fühlt sich sicherer im Bett, dick und fest eingemummelt. Muttis Tränen kitzeln sie auf der Kopfhaut, die feuchte Wange presst sich an ihr Ohr. Mutti bewegt die Lippen, flüstert, aber Lore versteht nicht. Sie zieht die Decke hoch, über die sie umschlingenden Arme ihrer Mutter hinweg. Sie ist fast wieder so dünn wie auf den Verlobungsbildern, die nun auf dem Boden vorm Bett verstreut liegen. Lore betrachtet sie, während ihre Mutter schläft. Mutti, Vati und Oma in Hamburg. Am Geländer des Jungfernstiegs mit der Binnenalster dahinter. *Bevor ich auf die Welt gekommen bin.* Ihre Gesichter sind vertraut, aber auch fremd. Alle drei lächeln, halten ihre Hüte fest, der Wind zerrt ihre Mäntel nach rechts.

8.

Im Morgengrauen macht sich Mutti auf den Weg in die Stadt, sie verspricht ihnen frisches Brot zum Frühstück, doch sie kommt erst am frühen Nachmittag wieder. Lore geht ihr mit Liesel und Peter entgegen, vom oberen Tor aus ein Stück den Pfad hinab. Ihre Tasche ist leer, und ihr Mantel steht offen, flattert im Wind. Peter ruft nach seiner Mutter, windet sich in Lores Armen, doch Mutter nimmt ihn ihr nicht ab. Blinzelnd stehen sie im Sonnenschein da. Mutti weht das Haar ins Gesicht, und Lore kann ihre Augen nicht sehen. Sie erzählt es ihren Töchtern. Der Krieg ist aus. Unser Führer ist tot.

Liesel weint, und Mutti streichelt ihr die Wange.

– Denk doch daran, wie er für uns gekämpft hat, Lieschen. Er war tapfer.

Liesel nickt und wischt sich mit beiden Händen die Tränen ab. Lore verbirgt ihre glühenden Wangen. Es wird also keine Schlacht im Tal geben. Kein Leiden und kein Opfern. Sie ist schockiert über ihr Gefühl der Erleichterung. Tief atmend kämpft sie gegen ihre Feigheit an, um dies immer und ewig im Gedächtnis zu behalten. Dieses Feld, den Weg, auf dem sie sich gegenüberstehen, wie Peter die Hand ausstreckt und Mutti ihn in die Arme nimmt und über ihren Kopf hält, wie er dabei lächelt.

9.

Am Morgen geht Mutti nochmals in die Stadt und kommt wieder ohne Lebensmittel zurück. Sie legt sich ins Bett und bleibt darin liegen. Die Kinder sind hungrig und unruhig. Lore schickt sie nach draußen, aber sie spielen lustlos und kommen bald wieder herein. Am Nachmittag durchsucht Lore wieder die Taschen ihrer Mutter und nimmt Jürgen und Peter mit, diesmal will sie auf dem Nachbarhof Lebensmittel kaufen. Sie bekommen Brot und Sauerkraut und dazu ein Ei für jeden, die trägt Lore in ihren Taschen. Sie hebt Peter auf ihre Schultern, was ein bisschen hoch für ihn ist, und er hält sich an ihren

Ohren fest. Jüri bildet die Vorhut, und gemeinsam singen sie im Zwielicht, während sie am Bach entlang zum Hof zurückkehren. Lore betrachtet ihren Bruder, der vor ihr geht. Sein Hinterkopf sieht aus wie der von Vati, nur im Miniaturformat und weicher, aber mit demselben Wirbel oben auf dem Kopf. Er dreht sich um und geht eine Weile rückwärts, legt immer wieder ein paar Trippelschritte ein, um den Abstand gleich groß zu halten.

– Wann gehen die Amerikaner wieder?

– Ich weiß nicht, Jüri. Bald.

Sie fängt ein neues Lied an, und Jüri dreht sich wieder nach vorn um, stapft durchs hohe Ufergras. Lore betrachtet das Spiegelbild von ihnen dreien im dunklen Wasser. Sie sieht aus wie ein Riese mit unförmigem Kopf. Peter ist auf ihren Schultern eingeschlafen und nach vorn geplumpst, sodass seine Wange jetzt ihr Ohr berührt.

Der Sohn des Bauern steht unten am Zaun, er wartet auf sie. Lore kann seine Züge im Halbdunkel nicht genau erkennen. Sie schickt Jüri mit Peter voraus, er soll oben auf sie warten. Der Sohn des Bauern stößt mit der Stiefelspitze gegen den Zaun, bis die Jungen außer Hörweite sind. Dann beugt er sich zu Lore vor.

– Die Amerikaner werden deine Mutter ins Gefängnis stecken.

– Nein, das werden sie nicht. Sie waren schon bei uns und sind nicht einmal ins Haus gegangen.

– Sie war überall in der Stadt und hat herumgefragt, wer euch Saupreußen aufnehmen würde, aber keiner will euch.

– Lügner! Du bist nur ein Bauernjunge. Du weißt gar nichts!

– Alle wollen euch von hier fort haben. Wir werden unser Haus zurückbekommen, du wirst schon sehen. Sobald deine Mutter, diese Nazi-Hure, hinter Schloss und Riegel ist!

Lore schubst ihn, aber er weicht nicht von der Stelle. Er schubst sie zurück, viel heftiger, und sie stürzt zur Seite. Zwei der Eier zerbrechen, als sie auf die Hüfte fällt. Ein paar Sekunden lang rührt sich keiner von ihnen, dann macht der Bauernjunge einen Schritt auf sie zu und streckt die Hand aus, um ihr aufzuhelfen. Man hört einen scharfen Knall, er flucht und weicht urplötzlich zurück. Etwas fällt neben Lore ins Gras. Dann fliegt noch etwas an ihrem Kopf vorbei und trifft den Jungen am Bein, der daraufhin erneut flucht. Sie schaut ins Gras und sieht Jochen im Halbdunkel, der gerade mit einem dritten Stein zielt; Jüri steht neben ihm.

– Lass unsere Schwester in Ruhe!

Der Sohn des Bauern wischt sich mit dem Ärmel über sein blutverschmiertes Ohr. Lore rappelt sich auf und rennt durchs Tor zu den Zwillingen. Jochen wirft seinen dritten Stein, und dann rennen sie alle über die Wiese auf Peter zu, der quengelnd oben am Tor sitzt und an einer Brotrinde lutscht, die Jüri von dem Brotlaib für ihn abgerissen hat. Jüri trägt das Brot, Jochen den Kohl.

– Warum hat er dich geschubst, Lore?

– Woher soll ich das wissen, Jüri, er ist eben ein blöder Kerl!

Sie stolpern in der Dunkelheit über den unebenen Boden. Die zerbrochenen Eier sind durch Lores Kleid gesickert, und der Stoff fühlt sich kalt an.

– Ich habe ein paar Eier zerbrochen, als ich gestürzt bin. Wir sagen Mutti einfach, ich wäre in der Dunkelheit gestolpert, ja?

– Warum können wir ihr nicht das mit dem Bauernjungen erzählen?

– Weil ich nein gesagt habe, Jochen.

Während sie sich gegenseitig anzischen, sind sie fast beim Haus angekommen. Jüri nimmt seinen Bruder beiseite, und zu zweit rennen sie vor Lore über den Hof. Sie setzt Peter neben der Wasserpumpe auf den Boden und wäscht den Eierbrei ein wenig aus, bevor sie hineingeht.

10.

– Ich muss fort, Lore.

Mutti hat die Kleinen hinausgeschickt, und nun knöpft sie sich den Mantel zu. Sie holt die bereits gepackte Reisetasche unterm Bett hervor.

– Du musst die Kinder nach Hamburg bringen. Hier ist Omas Adresse. Rosenstraße. Du erinnerst dich bestimmt, wenn du es siehst.

Sie hat eine Wegbeschreibung gezeichnet.

– Nehmt die Linie 28, den Mittelweg hoch bis zur Brücke. Kennst du die Haltestelle noch? Wenn du aussteigst links, und dann die erste nach rechts. Das große weiße Haus mit den Kacheln im Hausflur? Das ist erst zwei Jahre her. Du kannst den Straßenbahnschaffner fragen, wenn du nicht sicher bist.

Sie macht ein Kreuz an der Stelle, wo Oma wohnt.

– Hier ist Geld, und da sind auch ein paar Schmuckstücke. Kauf davon Fahrscheine für euch. Sobald du kannst, ja?

Sie nimmt ihren Ehering ab.

– Verwende zuerst das Geld. Du kannst mir nicht schreiben, nicht jetzt. Aber ich werde euch nach Hamburg schreiben. Sobald ich kann.

Lore nickt, obwohl sie keinen Sinn für sie ergeben, die Worte ihrer Mutter.

– Wir müssen jetzt alle tapfer sein.

Sie stehen da, den Zettel auf dem breiten Tisch zwischen sich.

– Gehst du ins Gefängnis?

– Mach dir keine Sorgen.

– Mach ich nicht.

– Es ist ein Lager.

– Ja.

– Kein Gefängnis. Gefängnisse sind für Kriminelle.

– Ja.

– Es wird jetzt alles anders.

Mutti küsst Peter, der auf dem großen Bett schläft. Sie küsst Lore, und ihre Haut duftet nach Seife. Sie öffnet die Tür, und der Duft nach Sonne kommt herein, als sie hinausgeht.

Lore ist etwa eine Stunde lang allein, während Peter schläft. Sie zählt das Geld und schaut auf den Zettel vor sich auf dem Tisch. Sie denkt: Jetzt wird alles anders, und rechnet aus, wie viele Eier sie von dem Geld kaufen kann, wie viele Laibe Brot. Sie überlegt, wie lange es bis Hamburg dauert. Zwanzig Minuten brauchte man vom Dorf aus zur Schule, und das waren etwa vier Kilometer. Und vierzig Minuten bis zum Markt in der nächsten Stadt. *Neun Kilometer*. Aber die großen Züge sind schneller, das weiß Lore. Sie denkt zurück an die Fahrt von Hamburg in Richtung Süden. Damals war sie jünger, sie kann sich nicht erinnern. *Einen Tag, zwei Tage. Wahrscheinlich drei*. Peter wacht auf, und sie gibt ihm eine Brotrinde und ein bisschen Wasser. Zeit, das Essen für die Kleinen zuzubereiten: Bald wird es dunkel, und dann kommen sie herein und haben Hunger. Als Peter weint, stippt sie seine Finger in die Zuckerdose und steckt sie ihm in den Mund.

11.

Lore stellt die Betten nebeneinander, damit sie alle nah beisammen sind in der Dunkelheit. Die Zwillinge erinnern sich nicht an ihre Großmutter. Lore zündet Kerzen an, zeigt ihnen ein paar von den Fotos, die Mutti nicht verbrannt hat: Oma mit einer Tasse Kaffee in der Hand auf der Veranda; und vor langer Zeit, eine junge Frau mit Opa, der in einem anderen Krieg gestorben ist. Lore beschreibt das Haus, die vielen Zimmer, die von den langen, kühlen Fluren mit ihren breiten, dunkel getönten Holzböden abgingen. Bis spät in die Nacht erzählt sie ihnen im Flüsterton.

Sie fragen sie nicht wegen des Lagers, scheinen gar nicht beunruhigt, und nur Peter weint. Lore wiegt ihn im Dunkeln, denkt, dass es vielleicht doch einen Sinn ergibt. *Der Krieg ist vorbei. Die Amerikaner haben Lager, keine Gefängnisse. Für Leute wie Mutti, die keine Verbrechen begangen haben.*

Sie denkt an ihren Vater, fragt sich, was er wohl macht, jetzt wo er nicht mehr kämpfen darf. Peter schlummert an ihrer Brust, und Lore betrachtet noch einmal die Fotos, will vor dem Einschlafen ein Bild von Vati sehen. Aber die Bilder, die sie findet, sind eher verwirrend als tröstlich. Alle vor langer Zeit aufgenommen, lange vorm Krieg. Das sieht gar nicht aus wie ihr Vater, eher wie ein älterer Bruder, ein anonymer junger Mann in Zivil. Lore ist müde, ihre Augenlider sind schwer, sie hat wieder Hunger.

Die Kleinen schlafen, und Lore träumt, dass die Amerikaner kommen und das Gebüsch am Bach durchsuchen, die Asche im Ofen. Sie nehmen ihr Peter weg, werfen ihn hinten in den Jeep und fahren über die Felder davon.

12.

Der Bauer kommt früh, und diesmal mit seiner Frau. Die Kleinen stehen hinter Lore in der Tür. Die Frau spricht als Erste.

– Könnt ihr irgendwohin?

– Sie können nicht hier bleiben.

– Wir gehen nach Hamburg.

– Nach Hamburg?

– Zu unserer Oma. Mutti hat ihr gesagt, dass wir kommen.

– Sie können nicht hier bleiben.

– Sie weiß also, dass ihr kommt?

– Mutti hat ihr geschrieben.

– Aber es gibt keine Post, Kleine.

– Sie erwartet uns.

– Wie kommt ihr dorthin?

– Mit dem Zug.

– Sie wollen nach Hamburg, lass sie doch gehen.

– Aber es gibt keine Züge, Sepp! Keine Post und keine Züge, Kleine.

– Willst du, dass sie hier bleiben?

– Ich habe schon angefangen zu packen.

Lore sagt den anderen, sie sollen auf Peter aufpassen. Sie geht zur Straße, wird von einem Bauern in die Stadt mitgenommen. Er bringt sie zum Bahnhof, sagt aber, dass keine Züge fahren.

– Wie kommen wir dann nach Hamburg?

Der Mann am Schalter sagt, sie brauche eine Erlaubnis von den Amerikanern und dass der letzte fahrplanmäßige Zug vor über zwei Wochen gefahren sei. Lore schiebt sich durch das Drehkreuz auf den Bahnsteig. Der Bahnhof ist verlassen. Sie bückt sich neben den Gleisen und schaut die Schienen entlang, vorbei an der langen Kurve am Bahnhof, in Richtung Norden, weg von der Stadt. Lore weiß nicht, was dahinter liegt. Ein anderes Tal, vielleicht eine Stadt. Das Unkraut zwischen den Schlafwagen ist schon hoch aufgeschossen.

Durchs Bahnhofsfenster kann sie einen Panzer sehen, der ein Stück weiter unten in der Straße abgestellt wurde. Soldaten stehen mit geschultertem Gewehr da, rauchen und unterhalten sich in der Sonne. Lores Kopfhaut kitzelt. Sie möchte nicht um Erlaubnis bitten. Mutti hat gesagt, sie sollten nach Hamburg gehen. Dass sie die Amerikaner bitten soll, davon hat sie nichts gesagt.

An der Wand ist eine Landkarte von Deutschland. Lore fährt mit dem Finger von *Ingolstadt* nach *Nürnberg*, und die ganze Strecke nach *Kassel*, *Göttingen*, dann *Hannover* und schließlich *Hamburg*. Sie merkt sich diese Ortsnamen und ein paar Städte dazwischen. Lore tritt einen Schritt zurück, schaut zum Himmel und sagt sie still für sich auf. *Ingolstadt*, *Nürnberg*, an *Frankfurt* vorbei nach *Kassel*, *Göttingen*, dann *Hannover*. Und dann *Hamburg*.

Sie geht in die Stadt, um Lebensmittel zu kaufen, doch die Geschäfte sind geschlossen: Heute ist bereits alles ausverkauft. Sie geht zurück zur Landstraße und macht sich auf den langen Heimweg zum Bauernhof.

13.

Am Morgen geht Lore wieder in die Stadt; frühzeitig, damit sie zur Bäckerei gelangt, solange es dort noch Brot gibt. Schweigend stellt sie sich zusammen mit den Frauen an und kauft so viel sie kann. Dann geht sie zu den benachbarten Bauernhöfen, macht aber einen Bogen um das Dorf und nimmt den Pfad hinter der Mühle, damit sie den Soldaten nicht begegnet. Sie versteckt die Taschen mit Lebensmitteln in den Hecken, bevor sie an die Türen klopft. Es gibt kein Fleisch und kein Fett, aber sie ergattert zwei weitere halbe Brote, vier Eier und einen Krug Milch, einen kleinen Sack Grieß und je eine Tasche voll Karotten und Äpfel.

Zurück auf dem Bauernhof packt sie für jedes Kind eine Tasche und verstaut Peters Sachen im Kinderwagen. Eine Decke für jeden, dazu Socken und Strümpfe, Schuhe, Unterwäsche, Kleider für einen Tag zum Wechseln und drei Taschentücher. Sie werden Stiefel und Sommermäntel anziehen, und falls es regnet, haben sie ja noch die Regenhäute. Sie verteilt die Schachfiguren der Zwillinge auf ihre beiden Taschen, wählt eine Puppe für Liesel und ein Buch für sich selbst aus. Außerdem packt sie das Bündel Fotos aus der Schublade in ihre eigene Tasche. Das Geld, die Wegbeschreibung und der Schmuck, den Mutti ihr gegeben hat, sind in weitere Taschentücher eingewickelt und in die Unterseite ihrer Schürze eingenäht worden.

Hungrig kommen die Kinder gegen Mittag zurück; Lore lässt sie ihr Gepäck probehalber tragen. Sie sind aufgeregt, hüpfen mit Rucksäcken und Koffern auf dem Hof umher, tanzen auf den Betten, können den Abmarsch nicht erwarten. Lore weiß, dass das Gepäck schwer ist. Sie nimmt die Schuhe heraus und bindet sie seitlich an Peters Kinderwagen. Beim Essen stellt Lore fest, dass sie Messer, Teller und Tassen mitnehmen sollten. Sie packt Kochgeschirr und Besteck in einen sauberen Kopfkissenbezug und knotet diesen am Griff des Kinderwagens fest.

– Was sagen wir, wenn uns die Amerikaner Fragen stellen?

– Dass wir nach Hamburg wollen.

– Und zu wem in Hamburg?

– Zu Mutti und Oma!

Die Kinder sitzen auf dem großen Bett, und Lore fragt sie ab. Sie antworten fröhlich im Chor, kauen die Äpfel, die für die Reise bestimmt waren.

– Und sagen wir etwas über die Lager?

– Nein.

– Warum nicht?

– Weil die Amerikaner uns ins Gefängnis werfen.

– Gut.

Liesel runzelt die Stirn, zwirbelt die Zöpfe unterm Kinn zusammen.

– Werden wir Mutti denn nicht dort treffen, Lore?

– Mutti ist in einem Lager, Dummerchen!

Jochen piekst sie mit dem Finger in die Seite, und Jüri lacht.

– Die haben besondere Gefängnisse für Kinder, furchtbar sind die.

– Ich will nicht ins Gefängnis, Lore.

– Brauchst du auch nicht, wenn du brav bist.

14.

In ihren Mänteln ist ihnen allen zu warm, und die Gepäckstücke sind zu schwer. Wie verrückt baumeln die Schuhe von Peters Kinderwagen, und das Kochgeschirr klappert bei jedem Stein heftig in seinem Kissenbezug. Lore fühlt sich unwohl, unvorbereitet, und ihr ist heiß. Das Haar klebt ihr im Gesicht. Sie führt die Kinder über die Felder auf den Pfad über den Hügel und dann aus dem Tal heraus. Es ist schon spät, und sie weiß, dass sie nicht weit kommen werden vor Einbruch der Dunkelheit, aber sie möchte Abstand gewinnen zwischen ihnen und dem Bauernhof. Möchte fort von den Amerikanern, dem Bach und den Abzeichen im Gebüsch.

Peter mag den Lärm und das Rütteln nicht. Wütend stiert er Lore an, hält sich mit seinen Fäusten seitlich am Wagen fest. Sein Gesicht wird ganz faltig. Lore befiehlt den Kindern stehen zu bleiben. Peter weint, und sie zieht ihnen die Mäntel aus, packt ihre Taschen neu. *Noch mal von vorn.*

Lore und Liesel tragen Peter nun abwechselnd, er plappert mit seinen Schwestern. Die Jungen schieben den Kinderwagen, auf dem sich die Taschen türmen. Lore stimmt ein Lied an, und Liesel singt mit. Die Zwillinge gehen voraus, die warme Brise weht ihre Stimmen zurück. Sie kommen an einem weiteren Hof vorbei, dann an ein paar Nebengebäuden, wenig später an einer Scheune. Dort machen sie eine Weile im Schatten Rast. Als sie wieder weitermarschieren, verspricht Lore den Kindern, nach einer Mitfahrgelegenheit Ausschau zu halten, sobald sie auf der Straße sind.

Lore schaut den Zwillingen zu, die kichernd und keuchend den Wagen die steile Straße hinaufschieben. Oben legen sie eine Pause ein. Lore weiß, dass es auf der anderen Seite noch steiler wieder hinuntergeht. Als sie beinahe ganz hinaufgestiegen ist, verschwinden die Zwillinge hinter dem Hügel. Sie geben dem Kinderwagen einen Stoß und fangen an zu rennen. Der Kinderwagen hopst über Steine, das Kochgeschirr klappert. Lore ruft den Zwillingen hinterher, langsamer zu fahren, doch sie hören nicht. Sie drückt ihrer Schwester Peter in die Arme und läuft den Hügel ganz hinauf. Lore hört, wie die Teller scheppern. Sie ruft ihnen nochmals nach. Jüri dreht sich um und winkt, rennt dann zusammen mit seinem Bruder weiter. Einer der herabbaumelnden Schuhe verfängt sich im Rad, und der Kinderwagen steuert zur Seite. Jüris Füße verlieren ihren Halt, seine Beine geben nach, und er will sich an Jochen festhalten. Jochen hält immer noch den Griff umklammert. Unter dem Gewicht seines Bruders fällt er hin, der Kinderwagen stürzt zur Seite, sein Inhalt purzelt auf die Straße und den Hang hinab in das Feld.

Nun ist Liesel oben auf dem Hügel angekommen, und sie lacht über ihre Brüder, die da auf der Straße liegen. Peter gluckst und greift nach ihren Wangen. Lore rennt den Hang hinunter auf die Zwillinge zu. Der Kinderwagen liegt auf der Seite, seine Räder drehen sich noch. Jüri hat sich den Knöchel verstaucht und weint. Jochen klaubt ihre Sachen zusammen. Die Tüte mit Grieß ist aufgeplatzt, ihr Inhalt liegt auf den Steinen und im Sand verstreut.

Lore stellt den Kinderwagen wieder auf und zieht ihren Schuh aus den Speichen. Das Leder ist zerrissen, das Rad verbogen. Sie schleudert ihren Schuh nach den Zwillingen, wirft aber nicht weit genug. Sie hebt ihn wieder auf und drischt damit auf die Arme der Jungen ein. Die Sonne ist heiß, Lore schwitzt. Jüri weint nun wieder, und Lore schlägt so lange auf Jochens Beine ein, bis er schreit. Sie sollen sofort zu weinen aufhören, brüllt sie die beiden an, doch Jüri liegt schluchzend auf dem Boden, ruft nach Mutti. Lore zieht den Mantel aus und kämpft mit den Tränen.

Liesel singt Peter etwas vor, die Wangen rot, die Augen dunkel und feucht. Lore wischt sich das Gesicht an der Schürze ab und wühlt in Jüris Tasche. Sie reißt eines seiner Unterhemden in Streifen, öffnet vorsichtig seine Schnürsenkel und zieht ihm den Schuh aus. Sein Knöchel ist geschwollen, aber nicht allzu schlimm. Lore verbindet ihn, und er humpelt probehalber vor ihr auf und ab. Er glaube, er könne weitergehen, sagt er, aber Lore sagt, es sei nicht so wichtig. Sie würden zurück zu der Scheune gehen und dort übernachten. Jüri setzt sich neben sie. Sie zieht ihn zu sich, und er verbirgt das Gesicht in seinen Händen.

15.

Lore trägt Jüri Huckepack über die Landstraße. In der morgendlichen Kühle essen sie die letzten Äpfel, Jüri schmatzt Lore ins Ohr. Lores Wangen sind rau von der kalten Nacht. Sie haben alle schlecht geschlafen unter ihren Mänteln und Regenhäuten, konnten die nächtlichen Geräusche um sie herum nicht überhören. Lore weiß, dass sie heute zu Fuß nicht weit kommen werden. Vor ihnen fährt ein Karren, und sie weist die Kinder an zu warten, dann läuft sie voraus und fragt, ob sie mitgenommen werden können.

Der alte Mann weigert sich, ihr Geld anzunehmen, und macht eine unwirsche Geste zu seiner Frau hinüber.

– Sie will uns Geld dafür geben!

Seine junge Frau sitzt oben auf den Truhen und Kisten und lacht Lore aus.

– Du kommst aus dem Norden, gelt?

Lore lächelt höflich. Die Frau lächelt auch, aber ihre Augen mustern sie kritisch.

– Das habe ich deiner Stimme angehört. Wo sind deine Eltern? Ist dein Vati beim Militär?

Lore nickt, weicht den forschenden Blicken der Frau aus, während sie darauf wartet, dass ihre Geschwister herkommen. Jochen tritt auf das Fuhrwerk zu, und als er den alten Mann militärisch grüßt, lacht seine Frau wieder. Lauter und schriller diesmal. Lore zuckt zusammen, und die junge Frau beugt sich zu ihrem Mann vor.

– Das sind Nazi-Kinder aus dem Norden.

Ihr Mann zuckt mit den Achseln. Jochen runzelt die Stirn; verwirrt von dem spöttischen Gelächter, schaut er zu Lore hinüber, doch sie beachtet ihn nicht. Sie weiß, dass die junge Frau zusieht, während sie ihre Taschen auf den Karren lädt.

– Wo ist denn deine Mutter?

In Hamburg, sagt Lore zu ihr, ist aber sicher, dass die Frau ihr keinen Glauben schenkt, und so wendet sie sich Peter zu, der im Kinderwagen weint.

– Hm, ihr könnt aber nicht alle auf einmal mitfahren. Ihr müsst euch abwechseln, so wie wir.

Lore kommt sich komisch vor, die Neugier der jungen Frau hat sie aus der Fassung gebracht, ihre Wangen röten sich. Indem sie ein großes Bündel Kleider beiseite schiebt, macht sie Platz für Jüri, dem sie auf den Karren hilft, vorsichtig, damit sein Knöchel nicht verletzt wird.

Der alte Mann geht neben dem Ochsen her und schaut auf die vor ihnen liegende Straße. Seine junge Frau sitzt mit dem Rücken zu ihnen auf ihrer Habe. Liesel fährt zusammen mit Jüri und Peter auf dem Karren. Lore geht mit Jochen zu Fuß, sie schiebt den Kinderwagen. Der eiert mit seinem verbogenen Rad, ruckelt im Takt zu den Hufen des Ochsen dahin. Nach ein oder zwei Stunden wird Jochen immer langsamer, doch Lore will nicht fragen, ob sie die Plätze tauschen können, am liebsten möchte sie sich gar nicht unterhalten.

Das Tal verbreitert sich und wird flacher, Bauernhäuser sprenkeln die Landschaft. Lore füllt den übrig gebliebenen Becher in einem Brunnen am Straßenrand. Die Kinder teilen das Wasser, und Jochen läuft zurück, um den Becher noch einmal für später zu füllen. Er beeilt sich, um den Anschluss nicht zu verlieren, presst dabei die Hand auf den Becher und reicht ihn seinem Bruder, damit er darauf aufpasst.

Am frühen Nachmittag lenkt der Mann den Ochsen an den Straßenrand, damit das Tier grasen kann. Die Frau wickelt Brot und gekochte Eier aus ihren Taschen aus. Sie schaut zu, wie Lore den Kindern ihr Essen gibt.

– Habt ihr das gestohlen?

Lore schüttelt den Kopf, ihre Ohren sind rot geworden. Sie weicht das Brot für Peter in dem Rest vom Wasser ein. Die Kinder reiben die Erde mit einer Handvoll Gras von den Karotten, teilen sich einen ganzen Laib Brot. Von ihren Lebensmitteln ist schon die Hälfte weg.

Am späten Nachmittag überholen sie mehrere kleine Gruppen von Leuten auf der Straße. Lore, die nun auf dem Karren sitzt, schaut ihnen nach. Einige haben hölzerne Handkarren, auf denen sich ihre Habe hoch auftürmt, die meisten aber tragen große Bündel auf dem Rücken. Andere stoßen von den Feldern dazu. Die Leute grüßen einander nicht, beim Gehen halten sie den Blick auf den Boden geheftet und treten nur schweigend zur Seite, um den Ochsenkarren vorbeizulassen. Jochen schläft gegen Lores Beine, Peter an ihre Brust gelehnt. Liesel trägt Jüri Huckepack, damit er seinen Knöchel schonen kann. Zu beiden Seiten der Straße sieht man immer mehr Häuser.

Die Frau lenkt den Karren zu einem Bach außerhalb der Stadt, um den Ochsen trinken zu lassen. Lore und Jochen tauschen den Platz mit Liesel und Jüri, und dann gehen sie weiter, Jochens Gesicht ist noch ganz leer vom Schlaf. An einer Kreuzung bringt die Frau den Karren zum Stehen.

– Runter! Hier gibt es eine Suppenküche, und Schlafplätze. Wir fahren heute Abend noch weiter, ihr müsst also in die Stadt gehen.

Sie sieht zu, wie Lore die Koffer vom Karren zerrt und sie den Zwillingen hinunterreicht.

– Habt ihr Decken?

Lore nickt. Die Frau öffnet ihre Koffer und breitet zwei Decken auf dem Boden aus. Danach leert sie den Inhalt der Koffer auf die Decken und gibt Liesel die Anweisung, sich zu bücken. Sie zeigt Lore, wie man die Decke um Liesels Schultern knotet, damit ein Bündel daraus wird.

– Viel leichter zu tragen. Und bei Regen könnt ihr ja eure Regenhäute benutzen.

Die Frau lächelt beim Sprechen, aber Lore spürt, dass sie sich lustig macht. Der alte Mann wirft die leeren Koffer der Zwillinge auf den Karren, und dann klettert seine junge Frau mit Liesels Tasche hinterher. Die Kinder schauen ihnen nach, während Lore das zweite Bündel auf ihrem Rücken zusammenknotet.

– Ich glaube, es ist besser, wenn wir niemandem etwas von Mutti und Vati erzählen.

– Überhaupt niemandem?

– Nicht einmal Leuten, die gar keine Amerikaner sind?

– Ja.

– Warum?

– Es ist einfach sicherer, Jochen.

Es marschieren noch andere Leute mit Bündeln und Handkarren auf die Stadt zu. Sie werfen lange Schatten auf die Straße in der Abendsonne hinter ihnen. Lore ist froh, der jungen Frau mit ihren kritischen Augen entronnen zu sein. Sie sucht nach einem besseren Grund, warum sie die Wahrheit über Mutti und Vati verschweigen sollen, aber die Kinder fragen sie nicht danach. Jüri humpelt, Peter gähnt in Liesels Armen, und Jochen hüpft voraus. Lore beruhigt sich wieder, vertraut auf ihr Stillschweigen.

16.

Lore hat die Orientierung verloren. Sie möchte nicht nach dem Weg fragen, fürchtet, dadurch nur auf sich aufmerksam zu machen, macht sich aber auch Sorgen, dass sie in die falsche Richtung gehen. Nach drei Tagen haben sie nichts mehr zu essen. Am vierten Tag marschieren sie ohne Frühstück weiter. Gezwungen vom allgemeinen stillen Hunger, sucht Lore am frühen Nachmittag eine Tür zum Anklopfen.

Sie fragt die Frau nach der Straße in Richtung Norden, während sie Milch und Brot kauft. Die Frau sieht die großen Münzen und gibt ihr ein faustgroßes Stück Speck anstelle von Wechselgeld. Lore nimmt es ohne zu widersprechen.

– Wie weit nach Norden wollt ihr denn?

– Nicht weit.

– Na? Nürnberg? Frankfurt? Berlin?

– In die Nähe von Nürnberg. Nicht sehr weit.

– Na, das ist aber ziemlich weit. Habt ihr einen Karren?

– Nein.

– Seid ihr zu Fuß unterwegs?

Lore nickt.

– Also, ihr lauft in die falsche Richtung. Auf dieser Straße geht ihr nämlich auf Stuttgart zu. Zu den Franzosen hinüber, wenn ihr zu weit geht.

Lore nickt.

– Jenseits von dem Feld, dem zweiten – geht immer am Bach entlang –, seht ihr die Eisenbahnschienen. Die kreuzen nach ein paar Kilometern eine Straße, die nach Norden führt. Dann seid ihr wieder auf dem Weg nach Nürnberg, und vergiss nicht, dem Baby die Milch zu geben!

Lore teilt das Essen auf, und in wenigen Minuten ist es verzehrt. Sie mühen sich ab, den Kinderwagen über die Felder zu schieben. Als es Abend wird, sind sie bei den Gleisen angekommen und haben Hunger. Häuser sind nirgends zu sehen.

17.

Lore schläft nicht. Liegt neben den Kindern, die sich unter den Regenhäuten aneinander klammern. Die Nacht ist dunkel und endlos, kalt, der Boden drückt gegen ihr Becken, ihre Schulterblätter. Peter weint. Die anderen werden unruhig, setzen sich auf. Jochen steht, in Mäntel und Decken gehüllt, mit klappernden Zähnen da. Auch er weint.

Sie warten nicht bis zum Morgen, marschieren weiter, bevor es hell wird.

18.

Sie gehen gemeinsam in die Stadt, aber die Kinder sind müde und langsam, daher lässt Lore sie am verlassenen Bahnhof zurück, verspricht, bald mit Lebensmitteln wiederzukommen. Ihre Schultern schmerzen vom Schieben des Kinderwagens, der Magen tut ihr weh. Peter weint nun schon seit Stunden, und sie ist froh, den Lärm eine Weile nicht mehr hören zu müssen. Es ist ein warmer Morgen, und als sie die Stadtmitte erreicht, ist ihre Kehle ausgedörrt.

Sie trinkt von dem Brunnen auf dem Hauptplatz, stellt sich in den Schatten unter einem Baum und hält Ausschau nach einem Lebensmittelladen. Sie sind alle geschlossen, aber unter einem anderen Baum in ungefähr zwanzig Metern Entfernung haben sich ein paar Leute versammelt. Lore beobachtet sie über das gleißende Kopfsteinpflaster hinweg. Schweigend stehen sie eine Weile da, dann treten sie zur Seite, und andere Leute kommen hinzu und nehmen ihren Platz ein. Eine Stille hängt über der Gruppe, so schwer wie die schwüle Luft, und zieht Lore über den grellen Platz. Links stehen zwei ältere Damen in Trauerkleidung, dem Baum am nächsten, und Lore schlüpft in die Lücke zwischen ihnen.

Große, unscharfe Fotos sind an einem langen Brett befestigt und dann an den Stamm genagelt worden. Schweigend hält die Gruppe einen Schritt Abstand, ganz diszipliniert. Lore betrachtet das Bild eines Müllhaufens, oder vielleicht ist es Asche. Sie beugt sich weiter vor, denkt, es könnten Schuhe sein. Unter jedem Foto steht der Name eines Ortes. Einer davon klingt deutsch, die anderen zwei jedoch nicht. Alle unbekannt. Der Leim unter den Fotos ist noch feucht, das Papier wellt sich, die Bilder verwirren. Lore kneift vergeblich die Augen zusammen, in dem schweigenden Gedränge wird ihr heiß. Sie tritt einen Schritt aus der Gruppe heraus nach vorn, glättet die feuchten Bilder mit den Handflächen. Hinter ihr setzt ein Flüstern ein, das die Runde macht.

Die Bilder zeigen Skelette. Lore erkennt es jetzt, als sie die Hände wieder wegnimmt und die Ärmel über die leimfeuchten Hände zerrt. Hunderte von Skeletten, Becken, Arme und Schädel wild durcheinander. Einige liegen auf einem offenen Eisenbahnwaggon, andere in einer Mulde auf dem Boden. Lore hält den Atem an, schaut weg, sieht das nächste Bild: Haare, Haut und Brüste. Sie macht einen Schritt rückwärts, gefangen von der Mauer aus Menschen hinter ihr.

Leute. Nackt nebeneinander liegend. Haut spannt sich

über Knochen, dünn wie Papier. Ein Haufen voll Toter, ohne Kleider.

Ein alter Mann an Lores Seite räuspert sich. Die Gruppe gerät in Bewegung, und Lore wird zurückgedrängt und weitergeschoben, als die Leute näher treten. Sie ist von warmen Rücken, Ärmeln und Schultern eingekreist, von Wolle, die nach Zigaretten riecht.

Die beiden alten Damen stehen wieder neben Lore. Ein sanfter Druck unter ihren Armen, der sie weiter, entlang der Reihe Fotos zum Rand der Menschenmenge bugsiert. Das letzte Foto ist deutlicher: ein Mann mit dem Gesicht an einem Stacheldrahtzaun. Er trägt einen Pyjama mit offener Jacke, und Lore kann seine Rippen sehen. Die Hosen liegen in Falten um seine schmale Taille, und seine Knöchel bilden dicke Knochenfäuste unten an seinen fleischlosen Beinen. Die Augen des Mannes sind schwarze Schatten. Sein Mund steht offen, und seine Wangen sind hohl, weil er keine Zähne hat.

Die alten Frauen geben keine Ruhe, drängen Lore sanft von den Fotos, von dem Baum weg. Sie halten sie an den Armen und treiben sie vorwärts, weg vom Hauptplatz, zurück zur Straße. Hinter ihnen verfällt die Gruppe wieder in Schweigen, schließt die Lücke, die sie hinterlassen haben. Lore sieht sich um. Sie schauen nicht herüber, haben ihre wortlose Aufmerksamkeit wieder den Fotos auf dem Brett zugewandt.

Die alte Frau an Lores rechter Seite hält das Taschentuch vor den Mund gepresst, und sie sagt nichts. Die andere schiebt Lore auf die Straße. Auch sie ist dünn. Mit ihrer knochigen Hand lässt sie Lores Ellbogen los und tätschelt ihr den Arm.

– Geh nach Hause, mein Kind. Hier gibt es nichts zu sehen für dich.

Lore geht weiter, blickt sich nicht um. Ihr ist heiß,

schwindelig, sie hat seit gestern nichts gegessen, und es ist schon Nachmittag. Also setzt sie sich an den Straßenrand, denkt sich, dass sie etwas Brot braucht, zurück zu den Kindern muss, weil sie weitermarschieren sollten. *Etwas zu essen*. Sie legt die Stirn auf die Knie, drückt die Augen zu. Hinter den Lidern sieht sie die Fotos auf dem Baum. Vielleicht hatten die Leute nichts zu essen und sind verhungert. Sie hat die Ortsnamen unter den Bildern vergessen, weiß nicht einmal den Namen des Städtchens, in dem sie jetzt ist. Lore geht nochmals die Route nach Norden durch, mit geschlossenen Augen, den Kopf im Nacken. Die Sonne brennt auf ihren Wangen, und sie versucht sich daran zu erinnern, ob der Mann auf dem letzten Foto die Augen offen oder geschlossen hatte. Sie sagt für sich selbst auf: Von *Ingolstadt* nach *Nürnberg*, dann an *Frankfurt* vorbei nach *Kassel*, nach *Göttingen*, dann nach *Hannover* und schließlich nach *Hamburg* hinauf. Sein Foto war irgendwo in Deutschland aufgenommen worden.

– Trink das hier.

Eine junge Frau schaut zu ihr herab und hält eine kleine Tasse Milch in der Hand.

– Wann hast du das letzte Mal etwas gegessen? Trink nur, mein Kind.

Lore greift nach der Tasse und trinkt. Die Frau drückt ihr das Endstück eines Brotes in die Hand, nimmt die leere Tasse und geht wieder ins Haus. Lore isst, schluckt die Kruste in schmerzhaften Brocken hinunter. Mit geschlossenen Augen sitzt sie da, bis das Stechen in ihrem Magen nachlässt. Sie denkt an die Kinder, weiß gar nicht, wie lange sie bereits unterwegs ist, klopft an die Tür der Frau.

– Ich brauche noch mehr zu essen. Für meine Geschwister. Ein Baby ist auch dabei.

– Ich habe nichts mehr.

– Bitte, wir sind hungrig und wissen nicht, wo wir bleiben sollen.

Die Frau macht ein ängstliches Gesicht. Lore fürchtet, sie könnte die Tür wieder zumachen.

– Wir können bezahlen.

Lore hält ihr eine Münze hin, und die Frau zögert. Als sie endlich etwas sagt, ist sie hochrot im Gesicht.

– Habt ihr etwas anderes? Kein Geld.

Lore reißt ein Loch in das in ihre Schürze eingenähte Taschentuch, streckt eine Handvoll von Muttis Sachen hin. Die Frau starrt darauf und stochert dann mit abgebissenen Fingernägeln in den Schmuckstücken. Sie berührt Muttis Brosche, ihre Perlenohrringe, wählt schließlich ihren Ring aus.

– Davon kann ich dir etwas zu essen kaufen.

Lore zuckt zusammen.

– Die Ohrringe nicht?

Die Frau schüttelt den Kopf. Sie sieht Lore blinzelnd an.

– Wenn ihr das Essen mit mir teilt, könnt ihr bei mir übernachten.

19.

Die Frau wartet auf sie, als Lore mit den Kindern zurückkommt. Sie steht an der Tür und lächelt allen zu, ihr eigener kleiner Sohn versteckt sich hinter ihren Röcken.

Sie nimmt eine Schüssel mit dampfendem Wasser vom Ofen und gibt ihnen saubere Waschlappen, entschuldigt sich, dass sie keine Seife hat. Lore schrubbt den Zwillingen den Hals und kämmt Liesel die Haare. Die Frau drückt Peter an sich und badet ihn zusammen mit ihrem

Sohn. Als es dunkel wird, fragt sie, ob sie sich den Kinderwagen ausleihen dürfe, sie sei ungefähr in einer Stunde wieder zurück.

– Es gibt hier eine Ausgangssperre, weißt du das? Ihr solltet alle im Haus bleiben.

Die Zwillinge sind immer noch böse, dass Lore sie so lange allein gelassen hat. Sie sehen sie scharf an, und Liesel steht daneben, flüstert, zieht an ihren Zopfenden.

– Warum können wir nicht zu Mutti ins Lager gehen?

Still und schüchtern schaut der kleine Junge der Frau zu ihnen herüber. Lore ist wütend auf Liesel, denkt, er könnte es gehört haben. Sie zerrt ihre Schwester ans Fenster und zischt ihr ins Gesicht:

– Darüber sollst du nicht reden! Das weißt du doch! Tu das bloß nicht wieder, sonst bekommst du eine Tracht Prügel, verstanden?

Liesels Gesicht verzieht sich, und Peter schreit, als Lore ihn hochnimmt.

Die Frau kommt zurück; sie hat Lebensmittel im Kinderwagen versteckt. Lore scheint es nicht viel zu sein, alles passt ohne weiteres unter die Matratze. Ihr Magen krampft sich zusammen.

– Der Ring meiner Mutter war aus Gold.

Die Frau zuckt mit den Achseln. Ein wenig später sagt sie, es tue ihr Leid. Die Frau kocht und isst mit ihnen, schweigend beobachtet ihr Sohn beim Kauen Liesel und die Zwillinge. Als er fertig gegessen hat, gießt ihm die Frau den Rest ihrer Suppe in die Schüssel, und als er auch das aufgegessen hat, setzt sie ihn auf den Schoß. Leise summt sie vor sich hin und sieht zu, wie er seinen Kopf gegen ihren Arm lehnt.

Lore ist müde. Sie macht die Augen zu und isst langsamer, behält das Essen auf der Zunge, bevor sie es hinunterschluckt. Sie möchte nach den Fotos an dem Baum fragen. Wenn die Frau weiß, wo man etwas zu essen bekommt, weiß sie vielleicht auch, was mit den Leuten da passiert ist. Aber als Lore etwas sagen will, lächelt die Frau, legt den Finger auf die Lippen und deutet auf ihren schlafenden Sohn.

Lore räumt den Tisch ab, und die Frau breitet Decken auf den Küchenboden, nimmt ihren Sohn auf den Arm und verlässt den Raum. Als sie nicht wiederkommt, vermutet Lore, dass sie ins Bett gegangen ist, und sagt den Kindern, sie sollten nun auch schlafen gehen.

Dann häuft sie den allzu spärlichen Rest der Lebensmittel auf dem Küchentisch auf. Einen halben Brotlaib legt sie für den nächsten Morgen beiseite, und sie wählt den Beutel Mehl aus, den sie dalassen möchte. Lore denkt kurz nach und beschließt dann, auch ein wenig von dem Fleisch dazulassen. Die Frau war freundlich, stellte keine Fragen und gab ihr die Milch, die sie sicher für ihren Sohn aufgespart hatte. Während die Kinder schon schlafen, verteilt Lore die restlichen Lebensmittel auf ihre Bündel, setzt sich an den Küchentisch – die Kinder schlafen schon – und überlegt dann, wie man das Essen rationieren könnte. Wenn sie strikt ist, müsste es mindestens drei Tage ausreichen.

Sie bläst die Kerze aus, legt den Kopf auf die Arme auf der Tischplatte und träumt wieder von den Amerikanern. Die Soldaten essen das ganze Brot, werfen den Rest der Lebensmittel in den Jeep. Diesmal lassen sie Peter bei ihr zurück, aber nichts, womit sie ihn ernähren kann. Er ist leicht und dünn in ihren Armen. Vorsichtig legt sie ihn auf den Boden, neben die anderen Kinder. Alle sind nackt. Ihre Knochen zerbrechlich wie Vogelflügel.

20.

Die Kinder sind niedergeschlagen, sind müde. Lore muss jeden Morgen entscheiden, in welche Richtung sie gehen, welche Abzweigung sie nehmen, wo sie übernachten sollen, wann es Zeit zu essen ist. Stumm stehen sie da und warten, dass Lore eine Entscheidung fällt. Sie laufen los, wenn sie sie dazu anhält, bleiben stehen, wenn sie es sagt. Nur Peter weint und lacht nach Belieben.

Sie schlafen in Scheunen, Heuschobern, Nebengebäuden. Manchmal mit Erlaubnis, meistens ohne. Lore bemüht sich, die Kinder sauber zu halten, reibt die Erde mit Gras von ihren Schuhen, schrubbt ihre Kleider in kalten Bächen, ohne Seife. Sie drückt ihnen die Blasen aus, polstert ihre Schuhe mit Laub, lässt sie die Schmerzen bei Wanderliedern vergessen. Jedes Mal, wenn sie Halt machen, packt Lore die Bündel erneut. Verteilt Gewicht, Kleider und persönliche Dinge anders. Im Gehen überprüft sie die eingenähte Tasche in ihrer Schürze, tastet nach dem schmalen Bündel Geldscheine, nach den harten Münzen, der Brosche ihrer Mutter – und dem fehlenden Ring.

21.

Abend, und die Zwillinge haben den ganzen Tag über Fragen nach dem Krieg gestellt. Ist er wirklich aus? Haben wir wirklich verloren? Warum? Lore versucht es zu erklären, aber ihre unvollständigen Antworten führen nur zu noch mehr Fragen, und nun ist Lore erschöpft und schreit sie an, sie sollen still sein. Liesel weint, Jochen zieht die Stirn kraus, und Jüri gähnt, beide sind sehr müde.

– Gibt es irgendwas zu essen, Lore? Wir haben Hunger!

– Es gibt Brot, aber das ist für morgen früh.

– Ach, bitte!
– Nein.

Liesel fragt, wo Vati jetzt ist, und Lore sagt zu ihr, er sei auf dem Weg nach Hamburg und werde bei Oma sein, wenn sie dort ankommen. Die Lüge entschlüpft ihren Lippen, noch bevor sie Zeit zum Nachdenken hat, und sie ist entsetzt über sich selbst. Die Jungen kriechen zum Schlafen unter die Decken, aber Liesel ist jetzt ganz aufgeregt. Ihr Tränen sind verschwunden, ein Lächeln hat sie ersetzt, und weitere Dinge, die sie über Vati wissen möchte.
– Leg dich hin, Liesel.
– Lore!
– Ich bin müde, Liesel. Ehrlich.

Lore achtet nicht auf die Tränen ihrer Schwester. Liesel schläft mit dem Kopf unter der Decke, die Jungen klammern sich unter ihren Mänteln aneinander, Peter liegt still im Kinderwagen.

Lore träumt von Mutti und wacht davon auf. Der Hochzeitsring liegt auf dem Grund des Stroms, und ihre Mutter will sie nicht ansehen. Weinend knöpft sie sich den Mantel zu, schließt die Tür hinter sich und geht. Lore vergräbt sich tief in den Falten der Regenhaut, aber ihre Augen lassen sich nicht schließen, der Schlaf bleibt aus, und ihr Magen wird zu Eis. Sie kann mit den Fragen nicht mithalten, verliert ihre Lügen aus den Augen.

22.

Liesel übergibt sich am Nachmittag drei- oder viermal. Sie machen stets eine kleine Pause, suchen Trinkwasser für sie. Nur langsam kommen sie voran, gehen oberhalb eines Dorfes entlang, lassen es allmählich hinter sich, der

Kirchturm bleibt hinter Lores Schulter sichtbar. Liesel zittert und klagt trotz der Nachmittagssonne über Kälte. Vor ihnen liegt ein Wald. Lore beschließt, dass sie anhalten.

Die Zwillinge finden einen Platz nicht zu weit im Wald drin. Sie breiten die Regenhäute aus, versuchen, ein Feuer anzuzünden, Lore wickelt Liesel in Decken ein, und sie schläft. Die Zwillinge machen sich erneut auf die Suche nach dürren Ästen, doch sie schaffen es immer noch nicht, ein Feuer zu entfachen. Lore verteilt die letzten Äpfel vom Morgen, sie reiben die Kartoffeln blank und essen sie roh. Als es dunkel wird, wacht Liesel auf und fängt an zu weinen, weil sie nicht die Nacht im Wald verbringen will. Peter weint auch und weigert sich, die Kartoffelstückchen zu essen, die Lore für ihn abgebissen hat. Jochen sieht ihr im Halbdunkel zu.

– Wir könnten zurück in das Dorf gehen.

– Und in einem Hotel schlafen?

– Wir könnten ja fragen. Wir könnten an den Türen klopfen und fragen, ob sie ein Zimmer haben.

– Du hast Geld in der Schürze, Lore.

– Davon müssen wir Lebensmittel kaufen.

– Aber du hast gesagt, Mutti hätte uns Geld für den Zug gegeben. Das haben wir doch gespart, weil wir den ganzen Weg zu Fuß gehen.

– Es dauert mindestens eine Stunde bis dorthin, mehr. Wir würden in die falsche Richtung gehen. Das ist dumm.

– Bitte, Lore.

Sie flüstern im bläulichen Abendlicht. Dick und schweigend stehen die Bäume um sie herum. Lore faltet mit den Zwillingen die Regenhäute zusammen, und dann beladen sie den Kinderwagen von neuem.

Die Straßen im Dorf sind leer. An jedem Haus werden

sie weggeschickt; zu viele Gesichter, zu viele Münder. Ein alter Mann gibt ihnen saure Milch und tauscht ihre Kartoffeln gegen Eier. Liesel muss sich erneut übergeben, auf dem Hauptplatz bei der Kirche. Jüri füllt die Becher am Brunnen, und Jochen merkt, dass die Kirchentür nur angelehnt ist.

Drinnen ist es weiträumig und düster, es riecht nach Feuchtigkeit und Staub. Die Zwillinge halten nach Schlafplätzen Ausschau, während Lore den Kinderwagen auspackt.

– Da sind nur lauter harte Bänke.

– Und die sind zu schmal.

Lore schiebt den Kinderwagen an dem Kirchgestühl vorbei, bis sie zu einer Seitennische kommt. Auf einem mit dunklen Wachsstümpfen bedeckten Regal brennen noch zwei oder drei Kerzenreste. Darüber steht eine Statue in einem langen Gewand. Die Zwillinge helfen Lore, die Regenhäute auf dem Boden auszubreiten, und bringen die Kissen von den Sitzbänken herein, für den Kopf. Liesel sitzt mit Peter am Fuß der Statue und gähnt. Sie reden nicht, doch jede Bewegung sendet zischelnde Echos zur hohen Steindecke empor. Lore gießt die Hälfte der Milch für Peter in eine Tasse und gibt Liesel die Flasche. Sie und die Zwillinge essen jeder ein Ei, roh. Die Jungen kichern, Eiweiß glitzert feucht auf ihrem Kinn.

Peter will nicht im Kinderwagen schlafen, daher bettet Lore ihn auf eines der Sitzkissen. Liesel schläft, und die Zwillinge flüstern miteinander, während Lore wieder den Inhalt der Bündel umsortiert. Sie faltet Kleidungsstücke zusammen, packt sie weg, legt andere für den nächsten Morgen bereit. Sie bläst die Kerzen aus und schläft ein.

In der Nacht muss sich Liesel noch ein weiteres Mal

übergeben, sie hilft Lore, den Boden mit ihrer Bluse aufzuwischen. Es gehe ihr viel besser, sagt sie, und Lore streichelt ihrer kleinen Schwester übers Haar, sagt ihr, wie tapfer sie sei. Liesel hat kein einziges Mal nach Mutti gefragt, und Lore ist froh, sie weiß, dass es ihr schwer gefallen ist. Sie schlafen bis zum Morgen. Als sie aufwachen, ist Peters Kinderwagen verschwunden, zusammen mit den noch immer an den Seiten festgebundenen Schuhen.

23.

Sie setzen ihren Weg ein paar Tage fort, manchmal mit anderen Leuten, aber allein ist es Lore immer noch lieber. Sie bitten nicht darum, mitgenommen zu werden, und rasten häufig, meiden dabei allerdings Städte. Lore kauft Butter für ihre aufgesprungenen Lippen. Sie graben Rüben auf den Feldern aus und kaufen Brot in den Häusern und Dörfern auf dem Weg. Lores Schürzentasche mit Münzen wird immer leichter.

Tragen können sie nun nicht mehr so viel, ohne Kinderwagen. Lore tauscht Liesels Puppe gegen eine leere Flasche mit Deckel. Niemand will die Schachfiguren der Zwillinge, oder ihre Bücher, also wirft sie sie weg. Sie haben nun alle Kleider auf einmal an, obwohl es immer noch sehr heiß ist. Mit Lores Mantel erkaufen sie sich eine Nacht in einem Bett, mit Liesels zweitem Rock eine Morgenwäsche mit warmem Wasser. Das, was von ihren Sachen übrig geblieben ist, packt Lore in eine Tasche und ein Bündel; beides tragen sie abwechselnd.

Innerhalb einer Woche erreichen sie Nürnberg.

24.

Das Schulhaus füllt sich bereits, als sie ankommen. Der alte Mann an der Tür gibt Lore zwei Strohmatratzen, und sie schlagen ihr Lager zur Mitte des Raumes hin auf. Lore hätte einen Platz an der Wand bevorzugt, oder in einer Ecke, aber dort ist schon alles belegt. Mütter mit Kindern, ältere Frauen. Männer dürfen nicht herein, obwohl einige an die Tür kommen und fragen. Draußen ist es jetzt dunkel, und zwei Lampen brennen an dem schmalen Fenster. Lore breitet ihre Decken über die dünnen Matratzen, und die Kinder legen ihre Mäntel darauf. Sie schneidet jedem eine Scheibe Brot ab, und die Zwillinge füllen den Becher mit Wasser aus dem Fass vor der Tür. Lore ermahnt sie, langsam zu kauen und schluckweise zu trinken. Sie sind alle sehr still.

Noch mehr Leute kommen herein, während sie essen, auf dem Fußboden ist kaum noch Platz. Da keine Matratzen mehr übrig sind, machen es sich die Leute mit ihren Mänteln und Taschen auf dem Boden bequem, so gut es geht. Lore legt Peter in die Mitte ihres Nests, die Zwillinge liegen rechts und links von ihm und sie und Liesel jeweils außen. Lore zieht den Zwillingen die Stiefel aus, die Socken dürfen sie anbehalten. Sie rutschen und zappeln unter den Decken und Mänteln hin und her, während Lore ihre Schuhe wegräumt. Dann legt sie sich zu ihnen, obwohl sie nicht müde ist, die Tasche neben dem Kopf, damit sie ein Auge darauf haben kann.

Auch als das Licht schon ausgeschaltet ist, kommen noch mehr Leute herein, schwarze Schatten, die durchs Dunkel schlurfen. Lore hat die Augen die meiste Zeit geschlossen und hofft, dass die Kinder schlafen. Das Stroh riecht nach Katzen, aber sie spürt den Boden nicht und hat es warm.

Sie wird von Peters Quengeln wach. Jüri reicht ihn ihr und rutscht näher zu Jochen, ins warme Zentrum des Betts. Peter hat Hunger, Lore auch. Sie bemerkt, dass die Leute um sie herum sich hin und her wälzen, das Geräusch stört sie. Sie sucht in Liesels Taschen nach einem Rest Brot und reißt ein Stückchen für Peter ab. Er hört beinahe auf der Stelle zu jammern auf, und Lore bleibt so lange sitzen, bis er aufgegessen hat. Überall auf dem Fußboden der Aula liegen schlafende Gestalten. Lore hat Durst, aber sie weiß nicht, wo sie zwischen den Leibern in der Dunkelheit durchgehen soll, daher beschließt sie, bis zum Morgen zu warten.

Peter hat sein Brot gegessen und quengelt wieder. Mit geballten Fäusten zupft er an seinen wunden Wangen und Lippen. Lore legt ihn auf die Matratze und reibt ihm die Füße und den Bauch, um ihn abzulenken. Die Frau neben ihnen liegt mit offenen Augen da. Lore kann sie sehen, feucht blinzeln sie in dem dunklen Mantelhaufen. Sie legt sich wieder hin und zieht Peter unter den Decken eng an sich. Er ist wieder eingeschlafen. Die Frau sieht Lore immer noch an. In der Dunkelheit flüstert sie:

– Mein Haus ist weg. Dem Erdboden gleichgemacht. Jede Nacht schlafe ich neben Fremden.

Lore nickt und schließt die Augen.

– Verraten hat er uns. Wie ein Feigling. Erst hat er unsere Männer in den Tod geschickt und dann uns im Stich gelassen.

Die Leute um sie herum zischen empört. Lore hält die Augen ganz fest geschlossen, antwortet nicht. Sie hofft, die Frau hält sie nicht für unhöflich: dass sie bald schlafen wird und aufhört, sie anzustarren. Sie liegen eine Weile regungslos da. Lore hört die Frau immer wieder aufseufzen. Es ist warm unter den Mänteln und Decken, aber Lore zieht sie sich über die Ohren. Sie ist müde, will jetzt nicht nachdenken. Ein wenig später wird sie wieder wach, weil die Frau vor sich hin murmelt, aber Lore ist zu schläfrig, um genau hinzuhören. Eine andere Stimme, irgendwo bei Lores Füßen, warnt die Frau, endlich Ruhe zu geben.

25.

Sie stellen sich abwechselnd an. Stehen in der sich langsam bewegenden, murmelnden Schlange. Sitzen auf der Mauer gegenüber dem Laden, auf der anderen Straßenseite, passen aufs Gepäck auf. Tauschen alle Viertelstunde den Platz, wenn die Kirchturmuhr schlägt. Wenn sie nicht gerade anstehen, werfen die Zwillinge Steine in den Fluss, balancieren auf der Mauer um die Wette. Die Frau hinter Lore gibt Peter ein paar Rosinen von ihrer Ration, und er streckt die Hand aus und will mehr. Lore zieht Peters Hand zurück und dankt ihr, peinlich berührt, aber die Frau lächelt.

Am Mittag sind sie endlich im Laden.

– Nürnberger Lebensmittelkarten?

Lore nimmt eine Münze aus der Schürzentasche.

– Kein Geld. Nur Lebensmittelkarten.

– Aber wir haben den ganzen Morgen angestanden.

Liesel kann sich nicht beherrschen, Lore knufft sie in den Rücken. Die Frau mit den Rosinen macht einen Schritt nach vorn.

– Geben Sie den Kindern doch etwas zu essen. Sie sind zu fünft. Ein Baby ist auch dabei.

– Die haben keine Lebensmittelkarten, Frau Holz.

– Schauen Sie doch, wie dünn sie sind.

Die Zwillinge drängen sich in den Laden hinein, bis vor zur Ladentheke neben Lore. Ein alter Mann an der Tür grummelt vor sich hin.

– Warum teilen Sie nicht Ihre Ration mit ihnen?

– Sie wissen ja, dass ich selbst Kinder habe.

Der Ladeninhaber erhebt seine Stimme.

– Wir sind doch hier nicht auf dem Schwarzmarkt! Nur Nürnberger Lebensmittelkarten.

– Sie könnten sie ja warten lassen. Vielleicht geben Sie ihnen dann, was am Ende übrig bleibt?

– Und was glauben Sie wohl, was die Amerikaner dazu sagen?

– Sie brauchen es ihnen ja nicht zu erzählen, Herr Roeding.

Frau Holz gibt ihnen eine Scheibe Brot, bevor sie geht. Der grantige alte Mann gibt Liesel ein Ei. Lore ist nicht sicher, ob sie etwas vom Ladenbesitzer bekommen wird oder nicht. Schweigend stehen sie an der Ladentheke; die Leute vermeiden es, ihnen in die Augen zu sehen, als sie ihre Ration abholen. Lore verteilt das Brot: einen Bissen für jeden. Die Straße draußen gleitet in den Schatten, weil die Sonne weiterzieht. Peter weint, und Liesel geht mit ihm den Bürgersteig auf und ab, bis er einschläft. Die Zwillinge flüstern eine Weile miteinander, dann verfallen sie in rastloses Schweigen: stehen am Fenster, sitzen auf den Taschen.

Die Schlange nimmt ab, hört auf. Lore lässt den Ladenbesitzer nicht aus den Augen, als er die Theke abwischt und den Boden fegt. Sie fragt sich, ob sie Liesel mit Peter hereinrufen soll. Da ist mindestens noch ein Laib Brot, und auch ein wenig Butter. Und Zucker. Sie tritt auf die Theke zu.

– Ich packe dir ein, was übrig geblieben ist, aber wehe, du erzählst es jemandem. Verstanden?

Lore nickt. Sie schickt die Zwillinge hinaus, damit sie sich zu Liesel auf die Mauer setzen, knotet das Bündel auf, wartet auf die Lebensmittel. Der Ladenbesitzer steht mit dem Rücken zur Theke und wickelt zwei Laib Brot, Butter und ein Ei ein. Die Tür geht auf. Der Ladenbesitzer dreht sich um, schirmt das Päckchen ab.

– Sie wünschen?

Der junge Mann spricht erst, als er vor der Theke steht. Er berührt die Holzplatte mit den Fingerspitzen.

– Wenn noch etwas übrig ist, wäre ich Ihnen sehr dankbar.

– Lebensmittelkarten?

– Ich bin nicht aus Nürnberg. Ich dachte nur, falls sie was übrig haben.

Der Ladeninhaber wendet sich wieder seiner Arbeit zu, deutet auf Lore.

– Die junge Dame da ist meine letzte Kundin für heute.

Der junge Mann schaut Lore an. Er riecht säuerlich. Seine Handgelenke hängen lang und dünn aus seinen schwarzen Ärmeln.

– Meine Brüder und meine Schwester.

Lore deutet zum Fenster hinaus. Die Kinder stehen vor der Mauer, schauen herüber, warten auf die Lebensmittel. Der Mann nickt, lächelt und verlässt den Laden.

26.

Lore bittet um Wasser, und die alte Frau bietet ihnen ein Nachtlager an. Das Kinderbett und die Steppdecke in dem Zimmer teilt Lore Liesel und Peter zu. Sie und die Zwillinge bauen sich auf dem Boden ein Nest aus den Taschen und Decken. Lore gibt der alten Frau ihre Lebensmittel und hilft ihr, einen wässrigen Eintopf zu kochen. Sie essen in ihrer winzigen Küche, stehen um den schiefen Tisch gedrängt, denn es gibt keine Stühle. Kalt und feucht ist es in dem Haus. Sie gehen in ihren Kleidern zu Bett.

Die alte Frau weckt Lore in der Nacht. Sie trägt eine Kerze, hat den Ärmel über die Hand gezogen, falls Wachs heruntertropft.

– Ihr müsst mir etwas geben, zum Ausgleich. Bitte. Jetzt.

Lore starrt die fahlen Augen an, die gelben, gewölbten Lider.

– Hast du etwas, das du mir geben kannst? Die Russen haben meine Söhne getötet. Ich habe nichts.

Die alte Frau zerrt an Lores Kragen, Wachs spritzt auf den Dielenboden. Sie hat einen schmalen Mund, die Lippen spannen sich über die Zähne. Wütende Tränen quellen unter ihren spärlichen Wimpern hervor. Lore kramt unter den Decken nach ihrer Schürzentasche und reicht ihr zwei Münzen. Die alte Frau schnüffelt an dem Geld.

– Sonst nichts? Einen Löffel vielleicht? Silber?

Sie wartet, Lore starrt an ihr vorbei in das schwarze Zimmer. In der Faust den Schürzenzipfel, Muttis Schmuck darin eingenäht. Sie wird ihr nichts mehr geben. Die alte Frau bläst die Kerze aus und geht.

Peter schreit am nächsten Morgen, zerrt an seinen Kleidern. Er will nicht hochgenommen und auch nicht angefasst werden. Liesel sitzt neben ihm auf dem Bett und kratzt sich an der Seite, an den Beinen. Ihre Knöchel unter den Socken sind wund. Sie hebt die Bluse, um Lore die roten, juckenden Stellen an den Rippen zu zeigen. Es ist immer noch kalt im Haus. Lore bringt Peter nach draußen, in die Sonne, zieht ihm die Kleider aus. Er schreit, bekommt keine Luft mehr. Die alte Frau ist im Garten.

– Läuse. Du musst seine Kleider verbrennen. Und ihn

mit Paraffin waschen. Das tötet sie. Glaube ich. Du musst sie töten.

Sie deutet auf Peters Hals, zupft an ihrem Kinn, kann die Finger nicht stillhalten.

– Ich habe etwas Paraffin. Wasch das Baby damit, und das Mädchen. Ich verbrenne ihre Kleider.

Sie bringt das Paraffin und eine Wanne heraus, fährt sich mit knochigen Fingern durchs Haar. Lore weicht zurück, als sie auf Peters Haut mit ihren abgebrochenen Nägeln herumkratzt.

– Du und die Jungen habt keine. Aber ihr solltet eure Kleider einweichen. Und ihr solltet euch waschen, alle.

– Ja. Danke.

– Ihr müsst mir etwas für das Paraffin geben.

Sie hält die Flasche an sich gepresst. Lore möchte weinen. Peter schreit und windet sich in Liesels Armen.

– Es tut mir Leid, aber ich kann es dir nicht geben. Hast du gar nichts?

Lore dreht sich mit dem Rücken zu ihr und hebt die Schürze hoch. Sie reißt das Loch in der eingenähten Tasche ein wenig weiter auf und zieht Muttis Silberkette heraus.

– Aber die ist mehr wert als das Paraffin.

Die Frau sagt, sie habe nichts, sie könnten stattdessen noch eine Nacht bleiben.

Sie ziehen sich auf der Seite des Hauses aus, von der Straße durch ein paar Bäume abgeschirmt. Die alte Frau nimmt einen Stock und hebt damit Liesels und Peters Kleider hoch, bringt sie nach drinnen und steckt sie in den Ofen. Lore weicht den Rest ihrer Sachen in einer Wanne mit Paraffin ein, sie beißt sich auf die Lippen, um die Tränen zurückzuhalten. Liesel hockt mit Peter auf dem Boden. Die Jungen geben Ruhe. Lore reibt den Kindern Gliedmaßen, Brust und Haare mit Paraffin ein. Peter schreit wieder, sein Körper ist rot. Das Öl brennt auf der wunden Hautpartie um Lores Fingernägel, auf den Rissen um Nase und Mund.

Die Zwillinge waschen die Kleider aus, aber es gibt keine Seife, das Paraffin bleibt also drin. Die Frau setzt heißes Wasser für sie in der Küche auf, trägt es eimerweise hinaus. Sie bringt auch eine Schere. Lässt sie neben Lore ins Gras fallen und schaut zur Seite, während sie spricht.

– Du solltest dem Mädchen die Haare abschneiden, und dem Baby auch. Ganz und gar.

– Aber Sie sagten doch, das Paraffin tötet die Läuse.

Die alte Frau zuckt mit den Achseln, Muttis Kette liegt um ihren Hals. Lore schaut jetzt auch zur Seite, und die alte Frau geht wieder ins Haus. Liesel nimmt die Schere zur Hand und schneidet sich die Zöpfe ab. Dann setzt sie sich vor Lore hin und verspricht, nicht zu weinen. Die Zwillinge stehen an der Mauer und schauen zu, wie sich Lore mit der stumpfen Schere allmählich zu Liesels Kopfhaut vorarbeitet.

Peters Locken sind lang und weich. Die Klingen wirken riesig vor seinem Gesicht, und er hält den Kopf nie still. Lore wünscht sich, sie könnte sein Haar aufheben. Es Mutti schicken, aber sie weiß nicht, wo ihre Mutter ist. Sie weint und fegt Peters Haare mit denen von Liesel zu einem Haufen zusammen, bringt diesen nach drinnen zum Ofen und füllt das Haus der alten Frau mit seinem bitteren Geruch. Draußen reibt sie den letzten Rest Paraffin in die Stoppeln auf dem Kopf ihrer Schwester.

Die Zwillinge legen ihre kurzen Hosen, ihre Hemden und Unterhemden zum Trocknen in die Sonne. Lore zieht ihre eigenen, nassen Kleider an und geht ins Dorf, um Essen und etwas zum Anziehen für Liesel und Peter zu besorgen. Wenn niemand mehr Muttis Geld will, wird

Lore zwangsläufig ihren Schmuck herausrücken müssen. Lore ist zornig, verzagt.

Auf der Straße kommt ihr ein Karren entgegen, der Bauer lüftet den Hut. Hinter ihm sitzen Leute mit Bündeln. Der junge Mann im schwarzen Anzug ist darunter, seine Beine baumeln hinten vom Karren herab. Mit Lumpen umwickelte Stiefel, riesige verworrene Stoffknoten unten an seinen dünnen Beinen. Er fängt Lores Blick auf, duckt sich, als er sie erkennt, will mit den Händen sein Gesicht bedecken. Auch Lore schaut weg, der Schreck schnürt ihr den Hals zu.

Als der Karren vorbeigefahren ist, dreht sie sich wieder um. Der junge Mann sieht ihr nach. Er hebt eine Hand und deutet einen Gruß an. Lore winkt zurück, eilt weiter. Errötet in ihren feuchten, nach Paraffin stinkenden Kleidern.

27.

Als sie am nächsten Abend für Suppe anstehen, deutet Jüri auf den jungen Mann in der Schlange hinter ihnen.

– Der wollte doch die Lebensmittel im Laden, nicht?

– Ja. Nicht so laut.

– Warum hat die der Ladenbesitzer uns gegeben?

– Weil wir zuerst da waren.

Der Mann hat sie auch gesehen. Lore spürt seinen Blick auf sich, als sie um eine Extraportion für Peter bittet. Sie hocken sich am Rand des Platzes hin und fangen an zu essen. Die Suppe ist wässrig, aber auf dem Boden sind kleine Fleischbröckchen. Lore fischt zwei oder drei aus der dampfenden Brühe und bläst darauf, damit Peter sie kauen kann. Die heiße Flüssigkeit verbrennt ihr den Gaumen. Mit ihren Fingern schmieren sie Schmalz auf das Brot. Der Mann setzt sich in die Mitte des Platzes, lehnt sich gegen die Sandsäcke um das Denkmal, schaut die Kinder an, während er seine Suppe schlürft. Er isst hastig, voller Heißhunger. Lore spürt, dass er zu ihnen herüberschaut. Sie reibt Peters trockene Mundwinkel mit Schmalz ein, aber er leckt es gleich wieder ab.

Jüri nimmt sich noch mehr Brot, Lore lässt ihn gewähren, nimmt selbst auch noch eine Scheibe. Jüri steht auf und geht über den Platz, das mit Schmalz bestrichene Brot in der ausgestreckten Hand. Vor dem Mann bleibt er stehen, bietet ihm das Brot an. Lore sieht, wie der Mann es nimmt und sofort in den Mund stopft. Jüri hält noch einen Moment inne, schaut zu und rennt dann über den Platz zu Lore zurück. Er hockt sich rasch hin, als müsse er sich ducken, und flüstert:

– Er hat es genommen.

Jüri schaut Lore an, zeigt seine leeren, fettigen Hände. Seine Augen sind rot und feucht, erstaunt.

– Er hat nichts zu mir gesagt!

Er wischt sich mit dem Ärmel über die Augen.

– Mach dir nichts draus.

Lore teilt den Rest des Brotes zwischen ihnen auf. Jüri gibt Jochen seinen Anteil. Lore schaut zum Brunnen hinüber, doch der junge Mann steuert schon auf die andere Seite des Platzes zu, und dann ist er nicht mehr zu sehen.

28.

Sie sind auf einer langen geraden Straße. Fahler, gelbbrauner Matsch, triefende Felder zu beiden Seiten. Sie führt auf einem Hügelkamm entlang, Lore kann meilenweit schauen: sieht den langen Weg vor sich, den jungen Mann hinter sich. Seit dem Morgengrauen ist er da, mit gesenktem Kopf, immer im gleichen Abstand. Lore hat Peter und das Bündel, sie lässt die Kinder vorausgehen, ganz vorn die Zwillinge, in der Mitte Liesel mit der Tasche. Die Jungen haben fast den ganzen Morgen über miteinander getuschelt, aber jetzt sind sie still. Vor etwa einer Stunde hat der Regen angefangen, ein feines Nieseln, das Hände und Gesichter nass werden lässt und langsam durch die Strümpfe dringt. Lore wickelt Peter in die Regenhaut und hofft, dass ihm nicht kalt ist. Alle paar Minuten wischt sie sein Gesicht mit ihrem Taschentuch ab, und jedes Mal lächelt er sie an. Sie hat Durst, aber die Kinder haben nichts gesagt. Lore vermutet, dass sie etwa drei Stunden unterwegs sind. In ein oder zwei Stunden werden sie Rast machen. Sie bemerkt einen Baum am Horizont und will noch vor dem Mittag daran vorbeigelaufen sein. Sie haben nichts mehr zu essen.

Lore hört ein Brummen. Von links oder rechts. Sie ist sich nicht sicher. Ihre Füße sind warm und feucht in den Stiefeln, und Peter lächelt, wenn sie ihm das Gesicht abwischt. Wie lange hört sie das Geräusch nun schon? Sie dreht sich um und blickt zurück, doch da ist nichts zu sehen außer dem Mann. Vor ihr ist der Baum, ihr Ziel, und das zusammengeballte Bündel auf Liesels schmalem Rücken. Der Morgen ist genau festgelegt. So können sie ohne weiteres noch ein oder zwei Stunden weiterlaufen: Baum, Zwillinge, Liesel, der lächelnde Peter und dann Lore, dahinter der Mann. Das Brummen ist immer noch da.

Jetzt kann sie etwas sehen, etwas Flaches, das sich parallel zum Horizont bewegt, offenbar mitten durch das Feld links von der Straße. Vielleicht ein Jeep. Die Räder sind hinter einem Hügelkamm verborgen. Er ist immer noch weit weg. Einen halben Kilometer. Vielleicht nicht ganz so viel. Lore wischt Peters Gesicht ab, aber er ist jetzt eingeschlafen, und sie kriegt kein Lächeln. Sie dreht sich nach dem Mann um, er ist noch da, weder näher noch weiter entfernt. Sie schaut nach vorn, und da ist immer noch der Baum am Horizont, Wegwarte für einen Mittag ohne Essen. Der Jeep bewegt sich rasch in einer langsamen Landschaft, er holt auf. Peter schläft.

Vielleicht sollten wir wegrennen. Lore weiß nicht, wo sie sind. Wem die Felder gehören. Vielleicht sind sie nicht mehr in Deutschland. *Wir sollten wegrennen.*

– Wir müssen querfeldein laufen.

Sie zerrt an dem Bündel, zieht es umständlich von den Schultern, schiebt Peter unsanft vom einen Arm auf den anderen. Er schläft weiter. Decken baumeln von seinen Beinen herab, werden nass. Lore packt die Zipfel, stopft sie wieder unter die Regenhaut.

– Übers Feld. Hier!

Peter schläft immer noch. Die Kinder schauen zu, wie ihre Schwester mit den Decken für das Baby kämpft, überrascht, dass sie auf einmal stehen bleiben, nachdem sie so lange marschiert sind.

Lore wirft einen Blick hinter sich. Der Mann hat den Jeep auch gesehen und geht jetzt rascher, mit erhobenem Kopf, ein weißer Fleck unter einem schwarzen Hut. Er reckt einen Arm in die Höhe, als würde er auf etwas am Himmel deuten, aber er blickt geradeaus, kommt auf sie zu, beinahe im Trab.

Peter hängt an Lores Hals, ein schlafendes totes Gewicht. Durch die Regenhaut dringt keine Wärme. Wie ein Sandsack in ihren Armen.

– Nimm das Bündel, Jochen, wir müssen rennen!

– Jetzt?

Lore kann den Jeep aus dem Augenwinkel sehen, daher weiß sie, dass es zu spät ist. Sie will sich nicht nach dem Mann umdrehen. Sie hat sich geirrt, alles ist nun viel zu nahe.

– Ja, komm schon!

Sie stößt Liesel in den Graben, der die Straße von dem Feld trennt. Jochen nimmt das Bündel, rührt sich aber nicht vom Fleck. Jüri rutscht die grasbewachsene Böschung auf dem Hinterteil hinab. Liesel streckt die Arme aus, um Peter entgegenzunehmen, als der Jeep neben ihnen stehen bleibt. Beißende Auspuffgase in der feuchten Luft.

Lore dreht den Kopf zur Seite, schaut den Mann an, der die Straße heraufkommt. Er hat sie beinahe eingeholt, ist nur noch hundert Meter entfernt, stolpert vorwärts.

Der Soldat sagt etwas, auf Deutsch. Vielleicht. Sie kann ihn nicht verstehen. Es sind zwei. Der Soldat, der am Fenster spricht, und ein weiteres Augenpaar auf dem Fahrersitz. Lore schaut zu dem Mann hinüber, der es nun fast geschafft hat. Er hält immer noch den Arm in die Höhe, er spricht, aber sie kann nicht hören, was. *Er müsste schreien, wenn er will, dass wir ihn hören.*

Der Soldat sagt wieder etwas. Amerikaner, spricht aber Deutsch, mit schwierigem Akzent.

– Wohin wollen Sie?

Der andere Soldat flüstert ihm etwas zu. Der Mann ist noch da, kommt näher. Lore kann die Lehmspritzer auf seinen Hosenaufschlägen sehen. Gelb auf schwarzer Wolle. Sein Gesicht ist nass, wie ihres, wie das von Peter.

– Wo sind Ihre Eltern?

– Ich weiß nicht, wer er ist.

Lore deutet auf den Mann, als er auf den Jeep zukommt.

– Was?

– Sie redet über den anderen hier.

– Ich kenne ihn nicht.

Lore weiß, dass die beiden sie nicht verstehen, aber wenigstens drehen sie sich nun um und schauen den Mann an.

Sein Hals ist lang und dünn, er hat einen knochigen Kopf. Zähne und Lücken, dort, wo einmal Zähne waren. Der Kiefer arbeitet ununterbrochen. Er spricht ruhig, eindringlich, und sein Adamsapfel hüpft zwischen gespannten Sehnen an seinem Hals. Er geht jetzt langsamer und lässt behutsam den Arm sinken, als er die Gruppe erreicht.

– Haben Sie Papiere?

Diesmal hat der andere Soldat zu Lore gesprochen. Sein Akzent ist deutlicher. Der Mann ist fast beim Jeep angekommen, keucht, redet.

– Wir haben sie verloren.

– Wir sind auf dem Weg zu Oma.

Jochen setzt das Bündel ab, als er das sagt. Lore achtet auf die Reaktion des Soldaten.

– Nicht mehr weit. Wir sind fast zu Hause. Sie wartet auf uns.

Der Mann bleibt neben Lore stehen. Zu dicht. Sie macht einen Schritt zur Seite, Peter verlagert das Gewicht auf ihrem Arm. Der Mann legt die Fingerkuppen auf die Tür des Jeeps. Die Nägel sind breit und weißlich, die Finger nass.

– Ich habe Papiere, hier, ich habe sie, sehen Sie nur. Vielleicht können Sie uns ja ein Stück mitnehmen, wenn Platz ist. Es warten Leute auf uns.

Er tritt von einem Fuß auf den anderen, in dem gelblichen Matsch, fährt fort mit seinem langsamen, eindringlichen Monolog, die Hände durchsuchen die Taschen seines dunklen Anzugs. Lore gelingt es nicht, den Soldaten anzusehen, gebannt schaut sie den Mann an. Sie steht zwischen ihm und den Kindern, hält Peter an die Brust gedrückt, macht sich groß.

– Gleich habe ich meine Papiere. Wohin fahren Sie? Wenn wir vielleicht bis Kassel bei Ihnen mitfahren könnten, wäre uns sehr geholfen. Warten Sie, ich habe sie gleich. Die anderen haben wir verloren, Sie wissen ja, wie es ist, aber meine habe ich noch. Hier sind sie.

Der Mann hält einen Ausweis, der zu einem feuchten grauen Viereck zusammengefaltet ist. Er schiebt die Ärmel hoch und zeigt den Soldaten das Papier, stützt sich mit bleichen, blanken Armen gegen den Jeep, stammelt weiter, während sie sich beraten.

– Schon ein kleines Stück wäre gut. Wir sind lange gelaufen, verstehen Sie. Wenn Sie Platz hätten, die Kinder sind müde, das sehen Sie ja, natürlich, sind nicht kräftig.

Er blickt Lore an, lächelt und nickt. Seine Augen sind freundlich. Hell. Lore spürt, wie die Kinder sich dichter an sie drängen.

– Woher kommen Sie alle?

Der Soldat spricht jetzt zu dem Mann, und der Mann streckt seinen langen, bloßen Arm aus und deutet auf seine durchweichten Papiere.

– Buchenwald. Verstehen Sie? Wir wurden nach Buchenwald gebracht und waren dort bis zur Befreiung, sehen Sie?

– Ja, aber wo waren Sie jetzt, gestern, vorgestern?

– Wir sind in dieser Woche auf der Straße von Nürnberg bis hierher gelaufen.

– Es ist streng verboten umherzuziehen. Das wussten Sie doch.

– Nein, nein, wir wussten es nicht. Es tut uns sehr Leid.

– Wo wohnt denn Ihre Großmutter?

– In Hamburg.

Das ist wieder Jochen.

– Ja, in Hamburg, aber auch in Hemmen. Wir laufen nach Kassel, und von da aus ist es nicht mehr weit nach Hemmen, wie meine Schwester gesagt hat.

– Seid ihr alle Brüder und Schwestern?

– Ja.

– Wo sind eure Eltern?

– Die sind tot.

Der Mann deutet auf seinen Ausweis in den Händen des Soldaten.

– Verstehen Sie? Ja? Deshalb müssen wir zu Oma.

Lügen quellen aus seinem Mund. Lores Herz rast, die Kinder sind stumm, schauen sie an. Die Soldaten beratschlagen. Der Mann schaut Lore nicht mehr an. Er hat nun aufgehört zu reden, kann aber immer noch nicht stillhalten, atmet durch den Mund. Der Regen wird stärker, prasselt auf das Verdeck des Jeeps. Jochen wärmt sich an dem warmen, nassen Blech der Motorhaube die Hände.

Die Soldaten reichen das graue rechteckige Stück Papier zurück. Einer von ihnen steigt aus und schlägt das Verdeck zurück. Mit einer Geste fordert er sie auf einzusteigen, und der Mann fängt wieder mit seinem Monolog an.

– Danke, das ist sehr nett. Wir sind müde, wissen Sie. Kommt, Kinder.

Der Soldat hilft Liesel aus dem Graben und winkt Jüri vom Feld herüber. Lore weiß, dass die Kinder mitfahren wollen. Der Mann aus Nürnberg steht auf Zehenspitzen, kann es kaum erwarten, dass sie einsteigen. Er versucht, Lores Blick zu erhaschen. Von Peters Gewicht tun ihr die Arme weh. *Er weiß, wo wir sind*. Und von Fulda aus kommt man nach Kassel und Göttingen, und dann nach Hannover, was auf dem Weg nach Hamburg liegt. Sie traut dem Mann nicht. Will nicht so tun, als sei er ihr Bruder. Lügen über Lügen. Da verliert man leicht den Überblick. Sie ist müde. *Er kann uns nichts tun, solange die Amerikaner da sind.*

Lore schiebt Liesel in den Jeep hinauf und reicht ihr Peter. Dann hebt sie Jüri unter das Verdeck und klettert hinter Jochen hinein. Der Mann reicht ihr die Tasche und das Bündel, klettert hinauf und setzt sich auf den Boden. Dann schließt der Soldat das Verdeck wieder, und sie sind im Trockenen, im Dunkeln, wieder in Bewegung.

29.

Der Mann geht in der Dunkelheit voraus, und die Kinder folgen ihm. Lore trägt Peter, ihre Arme schmerzen. Ihre Schritte hallen auf der breiten Schotterstraße. Seit einer Stunde sind sie unterwegs, vielleicht ein wenig länger, nun biegen sie auf schmalere, unwegsamere Pfade ab. Lores Stiefel sind wieder trocken, nur drücken sie jetzt. Am Nachmittag haben sie amerikanische Schokolade gegessen, und nun hat sie Magenschmerzen, ihre Knie knicken ständig ein. *Wenn wir anhalten, läuft er vielleicht weiter.* Sie stellt sich vor, wie der Mann in der Dunkelheit vor ihnen verschwindet, ist aber ängstlich, nicht erleichtert bei dem Gedanken. *Er hat auf die amerikanische Landkarte geschaut. Er weiß, wo wir sind.* Lore muss sich hinlegen.

– Wir müssen Rast machen.

Der Mann dreht sich abrupt um. Als hätte er vergessen, dass sie hinter ihm sind. Er steht da und wirft Lore einen raschen Blick zu, dann schlägt er sich seitlich ins Feld. Die Kinder folgen ihm und stehen stumm und reglos da, als der Mann seine Jacke eng um sich wickelt und sich im Gebüsch schlafen legt. Lore wiegt Peter auf dem Arm. Liesel setzt sich hin und fängt an zu weinen. Sie hat Hunger. Lore sagt, sie soll still sein. Die Zwillinge fragen, wann sie endlich in Hamburg ankommen, ob das die letzte Nacht im Freien ist? Lore sagt auch ihnen, sie sollen still sein, spürt den Schweiß auf der Oberlippe, auf der Kopfhaut, den Schmerz in ihren Schulterblättern. Sie muss sich hinlegen.

Flüsternd erzählt sie den Zwillingen wieder von Omas Haus, während sie die Regenhäute ausbreiten. Von den Walnussbäumen im Garten, dem verzierten schwarzen Eisentor. Lore spürt, wie ihr das Blut zu Kopf steigt, wie es schwarz und heiß in ihre Augen schießt. Ihr fallen die Namen von Omas Dienstmädchen nicht mehr ein, nur noch die der Kuchen, die sie immer gebacken hatten. Sie bittet Liesel, weiterzuerzählen, aber Liesel ist still, streicht sich mit den Fingern über die ungleichmäßigen Stoppeln auf ihrem Kopf. Der Mann liegt schweigend in den Büschen, aber Lore fühlt, dass er zuhört und nicht schläft.

Peter weint, als sie ihn hinlegt, und hört nicht mehr auf. Ihre Arme sind aus Blei, Handgelenke und Finger brennen; sie lässt ihn weinen. Später wacht sie auf und sieht, wie Liesel den Arm um ihn gelegt hat. Sie schläft wieder ein, fühlt den Boden, auf dem sie liegt: kalt und uneben, ein heftiger Druck auf ihren Rippen.

30.

Morgendämmerung. Lore macht die Augen wieder zu, die weiße tief stehende Sonne blendet. Der Mann kauert über ihr, schwarzer Hutrand, das Gesicht im Schatten. Er werde weitermarschieren, sagt er, und Essen für sie alle besorgen. Lores Kopf schmerzt. Sie lässt die Augenlider geschlossen, sagt, sie hätten kein Geld mehr. Sie spürt, wie Liesel sich zu ihr umdreht und sie ansieht, aber ihre Schwester sagt nichts. Der Mann meint, es würde helfen, wenn er Peter mitnähme. Lore steht auf, schleift die Decke hinter sich her, nimmt Peter aus Liesels Arm und legt sich wieder hin. Peter weint und stößt mit den Füßen um sich, wütend und hungrig. Lore sieht zu, wie der Mann verschwindet und schläft wieder ein, das Herz klopft laut und schmerzhaft gegen ihren Brustkorb.

Als sie aufwacht, ist Peter weg, und die Zwillinge ebenfalls. Liesel sitzt in ein paar Metern Entfernung und beobachtet die Straße.

– Es war Jochens Idee. Sie haben ihn mitgenommen und sind dem Mann nachgelaufen.

Schwankend steht Lore da. Die Straße ist leer, die Sonne hoch am Himmel. Der Wind kühlt den Schweiß auf ihrer Kopfhaut, am Rücken; ein scharfes Pochen durchzieht ihren Schädel. Sie versetzt Liesel eine Ohrfeige, und Liesel schubst sie heftig. Lore weicht zurück, und Liesel tritt ihr gegen die Beine, Stiefelabsätze schmettern aufs Schienbein.

– Für Peter geben sie immer etwas zu essen!

– Er wird ihn entführen!

– Warum hast du ihm nichts von Muttis Sachen gegeben?

– Er wäre nicht zurückgekommen. Er hätte sie gestohlen. Und nun entführt er Peter!

– Die Zwillinge sind doch dabei!

– Was können die schon tun!?

Lore brüllt ihre Schwester an. Liesel weint nun auch. Lore hält eine Weile auf der Straße Ausschau, muss sich dann aber hinlegen. Gras vor den Ohren, die Landschaft verschwimmt.

Sie wacht wieder auf. Und noch einmal. Und sie sind noch immer nicht zurück. Liesel beobachtet die Straße; Lore schwitzt und zittert unter den Decken.

31.

Am späten Nachmittag bringt Jochen ihr Haferbrei, der in ein sauberes Tuch gefüllt wurde. Es gibt amerikanische Fleischkonserven, Brot und Marmeladengläser voll sahniger Milch. Peter hat auch gegessen und sitzt lächelnd neben Lore. Die Haut auf seinen Wangen ist noch immer rot und trocken. Der Mann hämmert mit einem Stein auf eine Dose, um sie zu öffnen. Die Zwillinge nennen ihn Thomas. Thomas sagt, sie hätten einen Platz zum Übernachten gefunden, hier in der Nähe.

32.

Sie machen die Fensterläden in der Scheune zu, nun ist es dunkel genug zum Schlafen. Peter quengelt im Stroh, und Liesel drückt Brot zu einer Kugel zusammen, damit er daran nuckeln kann. Schmale Lichtstreifen schimmern zwischen den Dachbalken und verlöschen, als der bleiche Himmel dunkel wird.

Die Zwillinge teilen sich eine Decke, Lore liegt unter einer anderen, hat Peter und Liesel neben sich, hinter ihren Augen lauert ein heißer Schmerz. Thomas sitzt abseits, bei der Wand. Er hat den Kopf auf einen Balken gelegt, doch Lore weiß, dass er noch wach ist. Sie hält die Augen offen, so lange sie kann, um ihn zu beobachten. Die Scheune tanzt und flimmert, und sie schläft ein.

In der Nacht zündet Thomas in seiner Ecke Streichhölzer an. Licht flackert, Lore wacht auf. Ein Schatten vor dem Gebälk, hat er die Hände um die Flamme gelegt, Hals und Schultern sind starr. Er blickt nicht um sich. Beim dritten Mal schreckt Jüri hoch und ruft nach Mutti. Thomas löscht das Streichholz aus und legt sich hin. Alle sind still. Lore schläft wieder ein, und ein wenig später zündet Thomas erneut ein Streichholz an. So geht es weiter, bis Licht durch die breiten Ritzen im Dach dringt. Lore setzt sich auf, und Thomas legt sich hin, um zu schlafen.

33.

Die Sonne ist warm in Lores Haar und auf ihren Armen. Die Kopfschmerzen sind noch da, aber nicht mehr so schlimm, und sie ist draußen, geht wieder ihren Pflichten nach.

Liesel will ihre Strümpfe nicht ausziehen. Die Blasen sind aufgeplatzt, das Blut hat Krusten gebildet. Lore zieht vorsichtig die schwarze Wolle von der versehrten Haut, reißt die wunden Stellen auf. Liesel heult, und Lore lässt sie die Füße im Bach baden. Das Wasser weicht das Blut auf, und die Strümpfe gehen nun leichter von Liesels Füßen. Sie sind rau, die Zehen geschwollen, Lore wäscht sie jedoch behutsam im kalten Wasser. Liesel liegt auf dem Rücken und streckt die sauberen Füße zur Sonne hinauf. Dann heilen sie besser, sagt sie, und Lore lacht.

Peter schläft im Gras am Ufer, Lore watet in den Bach. Sie hockt sich in das flach dahinfließende Gewässer, genießt das kalte Wasser auf ihrer trockenen Haut, zieht dann unter Wasser die Kleider aus, wäscht sich Schweiß und Krankheit aus dem Kleid. Sie fühlt sich leicht benommen, immer noch ein bisschen schwach. Und sie ist hungrig. Lore schaut zur Scheune hinüber, zur Baumgruppe daneben. Sie kann die Zwillinge sehen, die um die Scheune herum Fangen spielen. Mit dem Rücken zu ihnen sammelt Thomas Feuerholz zwischen den Bäumen. Lore richtet sich im Wasser auf, nackt, und zieht ihr nasses Kleid wieder an, knöpft es hastig zu, das Gesicht von der Scheune abgewandt. Sie watet zurück ans Ufer, hängt ihre Unterwäsche in den Büschen auf und nimmt den Rest der Wäsche in Angriff. Liesel hockt sich neben sie ins flache Wasser.

– Thomas sagt, es ist gefährlich, wenn wir über Hamburg reden.

– Wann hat er das gesagt?

– Das hat er mir gesagt, als du geschlafen hast.

– Was weiß er über Hamburg?

– Ich habe gesagt, Mutti und Vati sind in Hamburg, und er hat gemeint, wir sollten den Leuten nichts über Hamburg erzählen, weil wir eigentlich nicht über die Grenze dürfen.

– Was für eine Grenze?

– Die zur britischen Zone. Zu der gehört Hamburg nämlich. Wir sind jetzt in der amerikanischen Zone. Und es gibt eine russische und auch eine französische Zone.

– Das weiß ich, Dummkopf. Du hast doch wohl nichts von dem Lager erzählt, oder?

– Nein! Mutti ist in Hamburg, habe ich gesagt. Ich bin nicht blöd, Lore.

– Schrubb mal ein bisschen fester. Schau, Liesel. Das ist ja noch schmutzig, siehst du?

– Jedenfalls ist das eine Lüge. Mutti sagt immer, wir sollen keine Lügen erzählen.

– Die Dinge haben sich geändert, Liesel, das ist alles. Nichts ist mehr wie früher.

Da ist wieder der Schmerz hinter Lores Augen.

– Aber Thomas ist Deutscher. Warum müssen wir auch Deutsche anlügen?

– Wir kennen ihn nicht. Wir sollten eben mit niemandem reden, den wir nicht kennen.

– Ich kenne ihn. Er ist nett, finde ich. Er hat uns geholfen. Zum Beispiel hat er uns das Essen besorgt, als du krank warst, und er hat die Scheune gefunden. Er meint, er könnte uns auch über die Grenze helfen. Es ist gefährlich, wenn wir es allein versuchen, sagt er.

– Was weiß denn der? Mutti hätte uns doch nicht gesagt, wir sollen nach Hamburg gehen, wenn es gefährlich wäre, oder? So ein Blödsinn. Bring deine Strümpfe her. Die müssen wir auch waschen.

Liesel geht seltsam schief, nur auf den Außenseiten der Füße, um nicht auf die Blasen zu treten.

– Thomas sagt, die Russen hassen uns. Die ganzen Feinde hassen uns, und man kann uns nicht mehr trauen, deshalb gibt es jetzt kein Deutschland mehr, nur noch Zonen. Stimmt das, Lore?

– Ich hör dir nicht mehr zu, Liesel, du kannst also den Mund halten.

Lore hält das stechende Glitzern des Wassers nicht aus.

– Und er hat gesagt, dass jeder bestraft wird. Vor allem die Männer. Wird Vati bestraft?

– Was hast du ihm über Vati erzählt?

– Nichts.

– Anneliese?

– Ich habe gesagt, er ist in Hamburg, bei Oma. Das hast du mir doch eingeschärft.

– Sonst hast du nichts erzählt?

Lore kneift das Fleisch auf dem Handrücken ihrer Schwester so lange, bis die Haut blau wird.

– Autsch! Lore! Ich hab nichts Falsches getan. Er hat

mich gefragt, wo Mutti und Vati wären, und da habe ich ihm das mit Hamburg erzählt. Dass wir bei Oma wohnen würden, genau wie du gesagt hast. Ich hab nichts weiter gesagt!

Lore lässt Liesels Hand los, wischt sich den Schweiß aus den Augenwinkeln.

– Die werden Vati doch nicht weh tun, oder?

– Nein. Natürlich nicht. Vati hat nichts zu befürchten. Und jetzt reicht es. Kein Wort mehr darüber.

Sie waschen das Blut aus jedem der Strümpfe und legen sie dann zum Trocknen aus.

34.

Thomas besteht darauf, dass sie nicht weiterziehen, bevor es Lore wieder gut geht. Die Kinder freuen sich über die zwei Tage Pause und darüber, dass sie im Bach schwimmen können, aber Lore ist besorgt und beobachtet Thomas die ganze Zeit. Sie fragt sich, was er über die Bestrafung weiß. Wartet auf die Fragen nach Mutti, Oma, Hamburg und Vati, aber die Fragen kommen nie. Thomas sieht, dass sie ihn beobachtet, nickt, deutet ein Lächeln an; Lore kann den Ausdruck in seinen Augen nicht bestimmen.

Am dritten Tag, kurz nach dem Morgengrauen, als Lore sicher ist, dass Thomas schläft, holt sie die Fotos von Vati aus ihrer Tasche und schlüpft nach draußen, unter die Bäume hinter der Scheune. Sie gräbt mit ihren Fingern ein möglichst tiefes Loch und steckt sie hinein, tritt die schwere Erde mit ihren Absätzen fest und deckt dann alles sorgfältig mit Zweigen und Ästen zu. Anschließend läuft sie unter den Bäumen auf und ab, um die Richtung ihrer Spuren zu verbergen, und bevor sie wieder in die Scheune geht, wäscht sie sich sogar die Hände am Bach.

Thomas schläft noch in seiner Ecke, mit dem Rücken zur Wand. Lore legt sich wieder neben ihre Brüder und Schwester und zieht die Decke über die Schulter. Sie ist sicher, dass nun niemand die Bilder finden wird, kann aber trotzdem nicht die Augen zumachen.

35.

Vor einer halben Stunde haben sie die Richtung geändert, sobald der Fluss in Sicht kam. Sie laufen immer noch darauf zu, aber nicht mehr direkt. Nähern sich dem breiten Strom in einem spitzen Winkel. Gehen daran entlang und zugleich darauf zu, verzögern die Notwendigkeit, ihn zu überqueren. Das Gras ist lang und der Boden uneben: Es ist, als würden sie bereits waten.

Nach etwa fünfhundert Metern kommt eine Brücke. Die steinernen Pfeiler ragen noch aus dem langsam fließenden Wasser empor, doch es verbindet sie nichts: gesprengt, die Überbleibsel weggewaschen. Auf der anderen Seite des Flusses ist ein wassergefüllter Krater, und auch die Straße hat Risse und Löcher. Raupenfahrzeuge haben tiefe Rinnen in den Lehm der Uferböschung gegraben, der in der Sommerhitze steinhart geworden ist.

Schweigsam gehen sie am Fluss entlang, unterhalb des Damms, in Höhe des Wasserspiegels. Die Schutzwälle wurden während der Kämpfe zerstört, und der Boden hier ist morastig. Wasser dringt durch die Löcher in ihren Stiefeln. Thomas trägt die Tasche, Liesel trägt Peter, und Lore hat das Bündel auf dem Rücken. Die Zwillinge gehen hinter ihr. Sie hört das Patschen ihrer Stiefel, im Gleichschritt miteinander, im Gleichschritt mit ihr.

Sie steigen die Straße hinauf, die steil zur Brücke führt. Die Zwillinge rennen vor und bleiben oben, wo die Straße abbricht, stehen. Verbogene Metallfinger ragen aus dem gesprengten Stein. Die Jungen legen sich auf den Bauch, recken die Köpfe vor und rufen zum Wasser hinab. Ihr Lachen hallt zwischen den Steinpfeilern wider. Thomas bleibt stehen. Er geht wieder zu Lore zurück, nimmt Liesel im Vorübergehen Peter ab. Liesel läuft neben ihm her.

– Wenn sie die hier in die Luft gejagt haben, wird es bei den anderen genauso sein. Vermutlich alle Brücken in Reichweite von ein bis zwei Tagen.

Lore nimmt Thomas das Baby ab, die Zwillinge rennen von der Straße weg zum Fluss hinunter.

– Sollen wir durchschwimmen, Thomas? Wir können bis auf den Grund sehen!

– Es ist nicht sehr tief.

– Ihr könnt bis auf den Grund sehen?

Thomas geht zum Wasserrand hinüber. Lore geht in die Hocke, um ihren Rücken zu entlasten, setzt Peter vor sich hin. Der Fluss ist breit. Ungefähr vierzig Meter.

– Ich will da nicht rüberschwimmen, Lore.

– Ich weiß, Liesel.

– Es ist nicht tief. Sag es ihr, Lore! Wir haben von oben aus bis auf den Grund gesehen.

– Ich will trotzdem nicht.

Thomas ruft sie zu sich. Lore kann den Grund sehen, aber es ist mindestens brusttief. Den Zwillingen würde das Wasser über den Kopf reichen. Jeder Pfeiler hat ein breites Fundament, das ungefähr einen Meter über dem Wasser eine Art Sims bildet. Thomas winkt Lore näher ans Wasser.

– Wir können von Pfeiler zu Pfeiler schwimmen und uns auf den Simsen ausruhen.

– Es ist zu tief.

– Aber wir legen den Weg doch Stück für Stück zurück.

– Ich will nicht, Lore!

– Es sind nur vier Meter zwischen den Pfeilern.

– Nur vier Meter, kein Problem.

– Sei still, Jochen.

Thomas tritt näher zu Lore. Sie spannt die Schultern an.

– Alle unsere Sachen werden nass.

– Es ist doch warm. Wir trocknen sie auf der anderen Seite, machen ein Feuer und übernachten hier.

– Die Taschen sind zu schwer.

Lore geht wieder in die Hocke, rückt das Bündel auf dem Rücken gerade. Thomas rennt am Ufer entlang, sammelt Treibholz. Die Jungen folgen seinem Beispiel.

– Nur die großen Äste, Jüri, größer als der da, zweimal so groß. Wir müssen meilenweit laufen, bis wir zur nächsten Brücke kommen. Und wenn wir eine finden, ist sie wahrscheinlich so wie die hier. Womöglich würden wir ein, zwei oder auch mehrere Tage verlieren.

– Und was ist mit einem Boot?

– Was für ein Boot? Wenn wir auf ein Boot warten, verlieren wir ja noch mehr Zeit.

Missmutig stampft Liesel neben Lore auf den Boden.

– Wie bekommen wir denn Peter hinüber?

– Den nehme ich. Wir binden ihn an mir fest, und ich schwimme mit ihm hinüber. Das ist einfach.

– Nein.

Thomas bindet die Zweige zu einem Gestell zusammen. Mit einem Handtuch die eine Ecke, mit seinem Hemd die zweite, mit Jochens Unterhemd die dritte. Er zieht einen von Liesels Strümpfen aus der Tasche und bindet das letzte Eckkreuz damit fest. Dann setzt er die Tasche in die Mitte und trägt das Gestell ans Wasser. Es schwimmt. Die Tasche hängt in der Mitte durch und ist auf einer Seite schwerer, aber sie bleibt oben. Thomas bindet Liesels anderen Strumpf an einer Ecke fest.

– Jetzt kann ich es ziehen, siehst du? Erst bringen wir die Tasche hinüber, dann komme ich zurück und hole das Bündel.

Lore blickt ihn nicht an. Sie sieht, wie sich die Straße auf der anderen Seite des Flusses in die Ferne schlängelt.

– Das dauert nur eine halbe Stunde. Wir können unsere Sachen trocknen lassen und dann am Abend noch ein Stück weitergehen.

Lore zupft an dem Knoten, der ihr Bündel auf dem Rücken hält.

– Oder wir können hier übernachten.

– Ich nehme Peter, nicht du.

– Gut.

Thomas zieht seine Schuhe aus, bindet sie an den Schnürsenkeln zusammen und hängt sie sich um den Hals. Dann knöpft er die Jacke zu und watet mit seinem Floß ins Wasser. Als es ihm bis zur Hüfte reicht, fängt er zu schwimmen an, hält dabei den Strumpf mit den Zähnen und zieht die Tasche bis zum ersten Pfeiler hinter sich her. Dort angekommen, hievt er sich aus dem Wasser und zieht das Floß heran. Er dreht sich zu ihnen um und winkt. Wasser strömt in einem Bogen aus seinem Ärmel, und die Zwillinge lachen beide und winken zurück. Sie rennen zum Wasserrand, doch Lore ruft sie zurück.

– Ja, wartet! Wartet, bis ich zurück bin, dann helfe ich euch.

Thomas steigt wieder ins Wasser und schwimmt zum nächsten Pfeiler. Die Jungen kauern am Wasserrand, schauen ihm zu, binden ihre Schuhe aneinander, wie Thomas es getan hat. Lore drückt Liesels Hand und sagt ihr, sie solle sich auch die Schuhe ausziehen.

Thomas hat nun über die Hälfte hinter sich. Schwimmt weiter. Er hat sich nicht mehr umgedreht, und Lore fragt sich im Stillen, ob er wohl zurückkommen und ihnen helfen wird. Sie überlegt, was in der Tasche ist. Essen und Kleider. Die letzte Konservendose mit Fleisch. Aber kein Geld, nichts Wertvolles. Kein großer Verlust. Thomas watet ans gegenüberliegende Ufer, zieht die Tasche hinter sich her. Er blickt sich nicht um oder winkt. Dann klettert er zur Straße hoch und ist nicht mehr zu sehen. Die Zwillinge stehen auf und schauen Lore an. Sie zuckt die Achseln, erstellt im Geist eine Liste. Eine Dose Fleisch, der halbe Laib Brot, drei Decken und Liesels Mantel. Also hat sie immer noch die Regenhäute, zwei Decken, die Mäntel der Zwillinge, Peters Jacke, Muttis Brosche, das Geld. Kein Essen.

Thomas kommt wieder über die Böschung. Er hat das Floß bei sich, nicht aber die Tasche, und seine Jacke auch nicht. Seine Brust wirkt ganz weiß vor der braunen Uferböschung. Er winkt und fängt dann wieder an zu schwimmen, hält nur beim mittleren Pfeiler kurz an. Er schiebt das Floß vor sich her und spricht beim Schwimmen, noch als er außer Hörweite ist; glänzende Haut im schmutzig-trüben Wasser, Schulterblätter, die sich wie schlagende Flügel bewegen.

– Nicht weit von da drüben gibt es einen guten Platz, um Feuer zu machen. Ich habe trotzdem schon mal die Decken ausgebreitet und die Sachen in den Büschen zum Trocknen aufgehängt. In der Sonne wird es nicht lange dauern. So nass ist das alles gar nicht. Und da ist auch eine Menge Feuerholz.

Er ist außer Atem, grünlich. Heftig atmend kauert er sich am Ufer hin, während Lore und Liesel die Regenhäute um das Bündel binden. Die Zwillinge ziehen sich das Hemd aus und stopfen es in die kurze Hose, die

Schuhe baumeln ihnen bereits um den Hals. Lore nimmt die dünnste Decke und reißt sie entzwei. Sie hält Peter mit dem Rücken an ihre Brust, und Liesel bindet die Decke um die beiden. Thomas steht auf.

– Du solltest ihn dir auf den Rücken binden, dann ist er beim Schwimmen über Wasser.

– Ich schwimme auf dem Rücken.

Lore bindet die andere Hälfte der Decke um sich selbst, knotet sie fest um Peters Bauch. Er kann die Arme nicht mehr bewegen, strampelt mit den Beinen und jammert, als sie zum Ufer gehen. Die Zwillinge legen das Bündel in die Mitte des Gestells. Thomas zieht die Knoten fest und weist die Jungen an, das Bündel beim Schwimmen in die Mitte zu nehmen. Er bietet Lore an, ihr und Peter zu helfen, aber Lore sagt zu ihm, er solle sich lieber um Liesel kümmern.

Die Zwillinge machen den Anfang, waten ins Wasser, halten das Bündel in Hüfthöhe und schwimmen dann gleichmäßig und konzentriert zum ersten Pfeiler. Dort angekommen, klettert Jüri auf das Sims und winkt. Jochen bleibt im Wasser und lacht. Lore winkt zurück, Thomas klatscht Beifall. Sie nehmen den nächsten Pfeiler in Angriff.

Liesel lässt sich von Thomas bei der Hand nehmen und ins Wasser führen. Sie dreht sich zu Lore um, watet aber weiter; bald reicht ihr das Wasser bis zur Hüfte.

– Es ist kalt, Lore!

– Du schaffst das schon!

Sie gleitet ins Wasser und schwimmt, schreit und spritzt um sich. Thomas schwimmt neben ihr, und ihre Schwimmzüge werden ruhiger. Sie winkt, als sie beim Pfeiler angekommen ist; Lore sieht sie sogar lächeln.

Die Zwillinge sind weitergeschwommen und haben über die Hälfte hinter sich, machen bei jedem Pfeiler eine

Pause. Wegen der Kälte ziehen sie den Hals ganz ein, aber sie schwimmen weiter, springen wieder ins Wasser, ziehen das Bündel in die Mitte zwischen sich. Lore bindet sich die Schuhe um die Hüfte und watet auch ins Wasser. Thomas hilft Liesel auf das Sims beim zweiten Pfeiler, bleibt selbst aber im Wasser.

– Geh zurück! Warte. Ich komme zu dir, wenn ich den anderen hinübergeholfen habe.

Lore ignoriert ihn und watet weiter. Peter rutscht auf ihrem Bauch hin und her, fühlt sich unwohl in seinem Deckengurt. Er versucht, ihr ins Gesicht zu sehen, sein weiches Köpfchen drückt gegen ihr Kinn. Er atmet sehr rasch. Lore hat die Arme um ihn gelegt, traut sich nicht, ihn loszulassen, obwohl er doch mit den Decken festgebunden ist. Die scharfen Kiesel im Flussbett sind Schlick gewichen, der ihre Füße sanft und im Vergleich zum Wasser warm umspielt. Lore versinkt bis zu den Knöcheln. Das Wasser drückt gegen ihre Schenkel, und sie watet nun schneller hinein.

Hier ist es viel kälter als im flachen Wasser. Ihre Knöchel schmerzen, ihr Magen zieht sich zusammen, schreckt vor dem Wasser zurück. Im langsamen Ziehen der Strömung knicken ihre Beine ein. Peter berührt mit den Füßen die Wasseroberfläche, er schreit und strampelt. Helle, kalte Spritzer im Sonnenlicht. Lore sieht, dass Thomas auf sie zuschwimmt. Er hat Liesel beim Pfeiler zurückgelassen und ruft Lore zu, sie solle zurück ans Ufer gehen. Sie wendet ihm den Rücken zu und legt sich aufs Wasser, hält die Arme um Peter geschlungen, stößt sich mit den Beinen ab.

Die Kälte raubt ihr den Atem. Ihre Schuhe sind mit Wasser vollgelaufen, zerren sie an der Hüfte nach unten. Sie wirft die Arme zur Seite, um ihren Brustkorb waagerecht zu halten, doch zu spät: Schon zieht sie Peter mit sich in den Fluss hinab.

Als sie wieder an die Oberfläche kommen, schreit er wie wahnsinnig an ihrer Brust, die Arme versuchen verzweifelt, sich aus dem Deckengurt zu befreien. Lore hat einen sandigen Flussgeschmack im Mund. Sie spürt keinen Grund unter den Füßen. Peters Kopf ist wieder unter Wasser. Sie strampelt, breitet die Arme aus, um wieder ins Gleichgewicht zu kommen, hustet und legt sich wieder aufs Wasser. Sie hört Peters Schreie durch eine Mauer aus Wasser, wie Eis um ihren Hals. Schwer und träge baumeln ihr die Stiefel gegen die Hüften, während sie sich mit den Beinen gegen den Strom stemmt. Peter hat den Kopf über Wasser, aber sein Körper ist zusammen mit dem ihren im kalten Fluss. Wasser fließt ihr in den Mund. Sie sinkt erneut.

Thomas schwimmt auf sie zu, fasst Lore von hinten an den Schultern, zieht sie an der Brust mit dem obenauf liegenden Peter aus dem Wasser. Lore würgt, möchte weinen. Thomas hievt sie auf den Vorsprung, ihre kalten Beine prallen auf den Stein. Sie richtet sich auf, und Thomas bindet die Decken los. Er ist nicht wütend, wie Lore erwartet hätte. Peter schreit immer noch, weint jetzt aber gleichzeitig, weniger verkrampft. Sobald er die Arme wieder bewegen kann, umschlingt er Lores Hals, vergräbt das Gesicht darin. Die Arme um den Stein gelegt, steht Liesel am nächsten Pfeiler und sieht herüber; die Jungen schauen vom gegenüberliegenden Ufer zu. Thomas ruft ihnen zu, sie sollen Feuer machen, und zu Liesel sagt er, sie solle warten, bis er wieder bei ihr sei. Sie nickt, still und zitternd.

Thomas nimmt Peter von Lores Brust weg, und nun plärrt er wieder, schlägt wütend mit Fäusten und Füßen auf die Luft ein. Aber dann legt Thomas ihn ganz oben zwischen Lores Schulterblätter, nun kann er ihr die Arme wieder um den Hals legen. Thomas wringt die tropfenden Decken aus und bindet sie wieder um Peter und um

Lores Brust. Er bindet sie richtig fest, Peter schreit, Lore lässt es jedoch geschehen. Nachdem er die Knoten nochmals festgezogen hat, hängt Thomas sich Lores Stiefel um den Hals und gleitet wieder ins Wasser. Er streckt ihr die Hände entgegen.

– Seid ihr soweit?

Lore zögert, starrt den ausgestreckten Arm an, den blauen Fleck unter der grünlichen Haut, die Tätowierung zwischen Handgelenk und Ellbogen. Ziffern, verschmiert. Als wäre das Flusswasser unter die Haut gekrochen und hätte die Tinte verwischt. Thomas fasst sie bei der Hand, und Lore setzt sich gehorsam auf den Vorsprung. Peter klammert sich an ihren Hals, ist jetzt aber still. Thomas lässt los, als Lore ins Wasser gleitet, schwimmt mit ihr zum nächsten Pfeiler. Liesel zieht sie auf das Steinsims, und dort rasten sie wortlos ein paar Minuten, während Thomas im Fluss neben ihnen Wasser tritt. Zusammen schwimmen sie weiter. Als sie den letzten Pfeiler erreicht haben, winken sie Jüri zu, der am Ufer auf sie wartet.

– Wir haben Feuer gemacht!

Er deutet über die Böschung. Peter fängt wieder an zu weinen, bevor sie das Flussufer erreicht haben, aber er ist nicht mehr wütend, ihm ist nur kalt. Sie waten aus dem Wasser. Liesels Lippen sind ganz blau, Lore kann die Steine unter ihren Füßen nicht spüren. Keiner von ihnen ist in der Lage, Peters Decken aufzuknoten, sogar Jüris Hände sind vor Kälte noch zu schwach. Dann gehen sie die Böschung hoch. In einer Mulde auf der anderen Seite sind ihre Kleider und Decken über den Büschen zum Trocknen ausgebreitet, Jochen heizt das Feuer in der Mitte an. Er hat die letzte Konservendose mit einem scharfen Stein geöffnet und das Brot in Scheiben geschnitten, die er nun auf den flachen Steinen um das Feuer röstet.

– Das Brot ist in der Tasche nass geworden.

36.

Lore wird vom Gemurmel der Zwillinge auf der anderen Seite des Feuers wach. Liesel und Peter neben ihr schlafen, die Glut wärmt ihre Wangen. Reglos liegt sie da und lauscht den unterschiedlichen Stimmen ihrer Brüder: Jüris hohem, unterdrücktem Flüstern, dem mutigeren von Jochen. Die dritte Stimme, tief und gleichmäßig, ist die von Thomas.

– Ich war vorher im Osten. Als sie noch gekämpft haben.

– Wer? Die Amis oder die Russen?

– Die Russen. Ich war in einem Wald im Osten, der voll russischer Soldaten war.

Thomas deutet auf den dunklen Horizont, sein Arm ist ein zackiger Schatten vor dem blauen Nachthimmel.

– Hast du auf sie geschossen?

– Nein, ich hatte kein Gewehr.

– Ich werde eins haben, wenn ich Soldat bin.

– Hast du mit ihnen gekämpft?

– Sie hatten Gewehre, deshalb musste ich mich vor ihnen verstecken.

– Haben sie dich gefunden?

– Nein. Sie haben eine Menge Sachen gestohlen, die Russen. Aus den Dörfern. Und dann haben sie das meiste wieder weggeworfen. Den Anzug hier habe ich in dem Wald gefunden.

– Und dann?

– In der Nacht, als sie mit dem Schießen aufhörten, rannte ich weg, zurück in die amerikanische Zone.

– Warum bist du weggerannt? Ich hätte ihnen ein Gewehr gestohlen, als sie geschlafen haben.

– Von den Russen sollte man sich lieber fern halten. Als ich jedenfalls wieder in der amerikanischen Zone war, sagten die Leute zu mir, der Krieg sei vorbei. Ich wusste bereits, dass es so sein würde. Schon Wochen zuvor. Als die Russen kamen, war es aus.

Sie sollen sich schlafen legen, sagt Lore zu den Zwillingen. Also bleiben sie still liegen, und Thomas zieht die Decke hoch, krümmt sich zusammen. Lore schließt die Augen und lauscht auf seine Bewegungen. Nach ein paar Minuten setzt er sich auf und legt Brennholz nach, bläst in die Glut. Er rutscht von den Zwillingen weg und lehnt sich gegen den Baumstamm in ein oder zwei Metern Entfernung von Lores Schlafplatz.

Sie wacht auf, als die Vögel zu singen anfangen. Der Himmel ist noch dunkel, aber das Feuer ist erloschen. Thomas lehnt wach am Baum.

Als Lore erneut wach wird, ist ihr Haar vom Tau feucht, und Peter zittert. Drüben am Horizont sieht sie einen Lichtstreif. Sie schaut zum Baum hinüber: Thomas ist eingeschlafen. Zusammengesunken, einen Arm im nassen Gras neben sich, blass und dünn ragt er aus dem Ärmel. Lore sieht wieder die Tätowierung, und die hervorstehenden Venen vom Ellbogen zum Handgelenk. Lautlos rollt sie von der Regenhaut auf den kühlen Boden, hin zu dem ausgestreckten Arm. Nicht zu nahe, sie will Thomas nicht wecken. Nur nahe genug, um die dunklen Ziffern zu untersuchen, die in die blasse Haut geritzt sind. Blaugrüne Linien, einige zartrosa gerändert. Winzige Hautschuppen, die sich von den frisch verheilten Narben schälen. Lore beobachtet Thomas, hält den Atem an, befürchtet, dass die geringste Bewegung ihn wecken könnte. Aber er schläft weiter, seine Augen tanzen unter den Lidern, als sich die Morgendämmerung heranschleicht.

Lore wälzt sich wieder auf die Regenhaut hinüber, auf den Rücken, drückt Peter an sich. Der Himmel ist golden an den Rändern und oben blau. Nebel liegt wie Milch auf den Feldern.

37.

Im Dorf hören sie es von den Leuten. Niemand darf ohne Papiere hinüber. Sie kontrollieren die Grenze mit Jeeps, Briten und Amerikaner. Ohne Papiere schicken sie einen wieder zurück. Wenn man die falschen Papiere hat, wird man weggebracht, dorthin, wo man hergekommen ist, wird man ins Gefängnis geworfen. Thomas fragt, was das heißen soll, falsche Papiere, aber das kann ihm niemand sagen: Sie sagen nur, was sie sehen.

Lore erbettelt Kartoffeln. Thomas macht am Straßenrand ein Feuer und bedeckt sie mit der Glut. Schweigend warten sie, starren in die Flammen. Es ist immer noch früher, grauer Morgen; ein ganztägiger Marsch liegt vor ihnen. Lore pult mit dem Finger ein Stück heiße Kartoffel für Peter heraus, verbrennt sich, pustet darauf. Thomas isst die geschwärzte Schale seines Anteils, und die Zwillinge machen es ihm nach, bis ihre Gesichter ganz rußig sind. Liesels Mund blutet wieder, sie mag nichts essen. Sie reibt übers Zahnfleisch, hält Lore den feuchten, roten Finger entgegen und heult. Lore wirft eine verkohlte Kartoffel nach ihr, sagt, sie solle endlich essen, verspricht ihr, im nächsten Dorf Salz für ihre Wunde zu besorgen. Sie hat ein Geschwür an der Unterlippe, fährt besorgt mit der Zunge darüber, verärgert über Liesels Klagen.

38.

In dem Lastkahn ist es dunkel, das Stampfen der Motoren wird von den Kohlen gedämpft, die gegen ihre Beine klappern. Der Schiffer gibt ihnen zerschlissene Säcke, unter denen sie sich verstecken sollen, falls er an der Grenze durchsucht wird. Dass er Peter mitnehmen soll, macht ihn nervös, denn er könnte ja schreien. Lore sieht, dass er es sich anders überlegt. Thomas redet leise, eindringlich auf ihn ein, drückt Muttis Brosche in seine Hand. Der Schiffer nickt, sieht sie nicht an, blinzelt stromaufwärts. Er schiebt sie in den Frachtraum, der Abdruck seiner rußigen Hände bleibt auf ihren Schultern zurück.

Der Frachtraum ist voll, ein riesiger Haufen füllt die Mitte aus. Sie tasten sich an den Schiffswänden nach vorn, wo sie von der Luke aus nicht mehr gesehen werden können. Lore geht an der Spitze, stößt mit den Knien gegen die scharfkantigen Kohlen; Liesel hält sich an ihrem Ärmel fest, hat Angst vor dem dunklen, lärmenden Laderaum.

Die Zwillinge kauern sich zu Füßen des Kohlenbergs hin, Liesel drückt sich an sie. Lore liegt neben Thomas, Peter auf ihrem Bauch. Es ist stockdunkel, seit die Luke geschlossen ist. Nirgendwo dringt ein Funken Licht herein. Lore starrt in die Dunkelheit, reißt die Augen auf, kann aber nichts erkennen. Also konzentriert sie sich darauf, inmitten des Lärms auf die Geräusche der anderen zu achten. Die Zwillinge, die mit ihren kleinen Stiefeln auf den Kohlen hin und her rutschen, Liesels keuchender Husten. Peter weint eine Weile und bleibt dann still liegen, ein beruhigendes Gewicht auf Lores Brust. Sie spürt Thomas' Arm neben ihrem, die raue Wolle seines Jackettärmels, der bei jedem Atemzug über ihre Haut streift. Sie dreht ihm das Gesicht zu, sieht aber nur

Schwärze. Sein Atem ist warm auf ihrem Kinn. Feucht mit einem säuerlichen Stich. Lore rückt mit dem Kopf vorsichtig näher. Thomas hört zu atmen auf. Sie rührt sich nicht. Er fängt wieder an.

Der Schiffer besteht darauf: Er kann sie nicht mitnehmen, bittet sie, das Boot zu verlassen. Immer wieder entschuldigt er sich, wickelt Muttis Brosche aus seinem Taschentuch. Er sagt, nun seien sie wenigstens näher dran, nur eine halbe Stunde von der Grenze weg. Er kann gar nicht aufhören zu reden, zu gestikulieren; gibt ihnen Scheiben von dem selbst gebackenen Brot seiner Frau, Kohlen, um damit Feuer zu machen.

Die Kinder blinzeln in der Abendsonne, schläfrig von den in der Dunkelheit zugebrachten Stunden, sie bürsten sich den schwarzen Staub von Händen und Knien. Peter weint und hustet, und sie verabschieden sich. Lore trägt ihn voraus, sie ist wütend, stampft beim Gehen auf den Boden. Ein verlorener Tag, beunruhigende Stunden in der Dunkelheit. Thomas geht geduckt und schmutzig im Abendlicht: sie vermeidet es, ihn anzusehen, mag nicht daran denken, dass sie vorhin so dicht neben ihm gelegen hat. Bald werden sie ihr Lager aufschlagen, aber erst möchte sie noch ein Stück näher nach Hause kommen. Sie läuft am Fluss entlang, folgt den Anweisungen des Schiffers, drängt nach Norden.

39.

– Unsere Mutter ist bei den Amerikanern.

Thomas nickt. Die Kinder bleiben zurück. Lore spürt die Steine auf der Straße durch ihre Stiefel.

– Es ist ein Lager, und es wird von den Amerikanern geleitet.

– Von den Amerikanern.

– Es ist kein Gefängnis für Verbrecher.

– Nein.

– Bitte sag es keinem, nur für alle Fälle.

Thomas nickt erneut. Sie kommen durch zwei Dörfer. Betteln um etwas zu essen, erhalten Milch für Peter, warmes Wasser zum Waschen. Lore findet ein buntes Tuch, das Liesel um den Kopf binden kann, und Thomas rasiert sich. Er und Lore gehen wieder an der Spitze.

– Ich war in einem Gefängnis.

– Wann?

– Lange Zeit.

– Wird Mutti auch lange Zeit festgehalten?

– Ich weiß nicht. Ich weiß nichts über amerikanische Gefängnisse.

– Es ist ein Lager.

Im dritten Dorf machen sie kurz Rast, trinken Wasser aus dem Dorfbrunnen. Eine von Jochens Sohlen hat sich gelöst und schlappt nun beim Gehen. Lore zerreißt einen Latz zu Streifen und bindet seinen Stiefel damit fest. Sie gehen weiter.

– Warst du in einem russischen Gefängnis?

– Nein, in einem deutschen. Ich wurde an verschiedene Orte, verschiedene Gefängnisse gebracht. Wir mussten dort arbeiten.

– Eines von unseren Gefängnissen?

– Ja, bis die Amerikaner kamen.

Es ist wieder warm. Eine Weile lang sagen sie nichts, verarbeiten das, was der andere gesagt hat. Der Schweiß rinnt Lore unter dem Bündel den Rücken entlang. Thomas behält seine Jacke an. Sein Gesicht glänzt unter dem Hut.

– Bist du ein Verbrecher?

Thomas legt den Kopf auf die Seite, antwortet nicht.

– Was hast du getan?

Seine Kiefer bringen eine Art Lächeln zustande.

– Bevor ich ins Gefängnis kam?

Lore zuckt mit den Schultern. Jetzt will sie es nicht mehr wissen. Sie blickt sich nach den Kindern um, die weit zurückgefallen sind, weiß, dass sie zu viel gesagt hat.

– Ich habe gestohlen. Geld. Auch Namen.

Lore hält mit Thomas Schritt. Sie sagt nichts, hofft, er werde schweigen.

– Was ist mit deinem Vater?

Lore geht weniger rasch. Thomas marschiert weiter, dreht sich nicht um, wird dann aber ebenfalls langsamer. Die Schritte der Kinder sind jetzt lauter, und Lore kann Peters Geplapper hören. Sie geht wieder im Gleichschritt mit Thomas, lässt aber eine Lücke zwischen ihm und der Familie.

40.

– Wenn ich euch rufe, sagt ihr gar nichts, lasst einfach mich reden. Ich bin euer Bruder. Eure Eltern sind tot. Unsere Eltern. Ihr müsst nur nicken. Wir dürfen diesmal sagen, dass wir nach Hamburg wollen, aber es ist besser, wenn ich rede. Tut so, als würdet ihr nicht verstehen; wenn sie euch etwas fragen, antworte ich. Ich bin euer Bruder, vergesst das nicht.

Thomas geht vor zur Grenzkontrolle. Sie stehen da und warten, schauen zu, wie er redet, gestikuliert, von einem Fuß auf den anderen tritt, wieder etwas sagt. Er holt Papiere aus den Taschen, krempelt die Ärmel hoch. Die Soldaten schauen ihn an, während er redet, deutet, mit den Achseln zuckt. Sie geben ihm die Papiere zurück. Er geht wieder zu den Kindern hinüber. Schaut Lore an, schüttelt den Kopf, entschuldigt sich. Dann führt er sie auf der Straße in die Richtung zurück, aus der sie kamen. Sobald sie außer Sicht des Grenzpostens sind, gehen sie querfeldein, parallel zur Grenze.

Sie marschieren den ganzen Abend, immer am Waldrand. Als der Mond aufgeht, führt Thomas sie in die Bäume hinein. Er macht keine Anstalten, eine Rast einzulegen. Lore verliert ihn aus den Augen, sein dunkler Anzug verschmilzt mit dem dichten Dunkel vor ihnen. Sie ruft nach ihm, eilt voraus. Die Kinder sind zu müde, um mit ihr Schritt zu halten. Angestrengt hält Lore nach einer Bewegung im Unterholz Ausschau, bleibt stehen, ruft wieder Thomas' Namen. Reglos verharrt sie, hört Zweige knacken, Blätter rascheln.

Lore ruft, Thomas ruft zurück. Sie treffen sich in den Bäumen.

Zusammen gehen sie zurück, finden die Kinder und beschließen, die Nacht hier zu verbringen. Peter weint sich leise in den Schlaf, und Lore lässt ihn in Ruhe.

41.

Auf der anderen Seite des Waldes stoßen sie auf Eisenbahnschienen, denen sie dann folgen. Den ganzen Tag sehen sie keinen einzigen Zug, aber gegen Abend machen sie einen kleinen Bahnhof ausfindig. Er ist ausgebombt. Kaninchen laufen durch die Krater, die Gebäude sind Hüllen ohne Inhalt; die Schienen sind jedoch repariert worden.

Auf dem Bahnsteig stehen ein paar Männer zusammen. Sie sind dünn, wie Thomas. Lore sieht zu, während er mit ihnen spricht. Es fehlen ihnen Zähne, und sie haben eingefallene Wangen: schwere Handgelenke und

Knöchel an langen, trägen Gliedmaßen. Einige von ihnen sagen, sie werden auf den Zug warten. Andere wollen versuchen, zu Fuß über die Grenze zu gelangen. Ein paar haben es bereits versucht. Meistens schicken sie einen zurück, sagen sie, aber manchmal hat man Glück. Sie sagen, solange man auf der Straße bleibt, wird man nicht erschossen. Peter wacht auf und fängt an zu weinen, Lore hört den Männern nicht mehr zu. Sie setzt sich zu den Kindern, hilft Jochen, die Lumpen um seine Stiefel wieder festzubinden.

Thomas kommt aufgeregt herübergelaufen.

– Wir sind in der russischen Zone gelandet, auf der anderen Seite der Grenze. Wir müssen sie im Wald überquert haben. Vielleicht in der Nacht.

Er hält Lore fest am Arm gepackt.

– Wir sollten zurück in den Wald gehen. Und zwar jetzt gleich. Wir können schlafen, wenn es hell wird, und morgen Abend weiterlaufen.

– Wir können nicht mehr weiter, wir sind den ganzen Tag gelaufen. Lass uns hier schlafen, Thomas. Bitte. Ich will nicht wieder im Freien schlafen.

Thomas zieht Lore von den Kindern weg, flüstert. Er steht ganz nahe neben ihr, die Krempe seines Huts drückt auf ihre Kopfhaut, aber seine Augen schauen woanders hin. Zu den Männern auf dem Bahnsteig, in den Wald hinein.

– Nachts ist es sicherer, viel sicherer.

– Warum können wir nicht auf einen Zug warten?

– Wir können durch den Wald zur britischen Zone überwechseln. Und uns dabei von den Soldaten fern halten.

– Aber die Leute haben gesagt, sie schießen auf einen, wenn man sich von der Straße entfernt.

– Nur, wenn man wegrennt, während man die Straße

überquert, wollten sie sagen. Wir müssen uns eben von den Soldaten fern halten, von den Russen.

– Aber sind denn nicht überall Russen?

– Nicht überall. Wir müssen nur vorsichtig sein.

– Ich finde, wir sollten lieber auf den Zug warten, Thomas.

– Ihr habt keine Papiere. Nur ich habe welche, und das reicht nicht. Du kannst dich in einem Wald verstecken, aber nicht auf einer Straße.

Thomas beobachtet die Männer auf dem Bahnsteig. Lore kann seine Wimpern sehen, ein flatterndes Pulsieren unter seiner Haut.

– Sind das Russen?

– Nein, das sind Deutsche, die meisten von ihnen.

– Warum sehen sie so aus?

– Sie waren in einem Gefängnis.

Die Haut um seine Augen ist zart, fast blau.

– In demselben Gefängnis wie du?

– Nein. Sie waren Soldaten.

Seine Augen streifen hastig ihr Gesicht, schauen zurück in den Wald.

– Kein Wort über das hier, verstanden?

Lore nickt.

– Es ist fast dunkel.

Er lässt ihren Arm los. Lore ruft die Kinder, zieht das Bündel auf ihrem Rücken wieder in die Höhe. Sie gehen an den Gleisen entlang, kommen auf ihrem Weg zum Wald an dem Bahnhof vorbei. Die Männer liegen Seite an Seite auf dem Bahnsteig, schlafen unter dem zerstörten Vordach. Sie atmen mit offenem Mund in die Nachtluft hinaus, geben dabei leise, pfeifende Geräusche von sich. Lore sieht ihnen über die dunkle Silhouette von Thomas' Schulter nach. Sie starrt den Mann durchdringend an, der ganz vorne am Bahnsteig liegt, die lose herabhängende Haut an seinem riesigen, ausgehöhlten Kopf. Das Bahnhofsdach schirmt ihn vom Mondlicht ab, und Lore kann nicht erkennen, ob seine Augen offen oder geschlossen sind.

Erst als sie tief im Wald sind, erlaubt Thomas ihnen, sich hinzulegen. Halb im Traum sieht Lore lauter skelettdürre Menschen in den Bäumen. Wurzeln sind Glieder, halb im Boden vergraben, Zweige sind Finger in ihrem Haar. Über sich erblickt sie den Mond durch das schwarze Laubwerk, fühlt Tränen in den Ohren. Sie legt Peter auf ihre Brust, presst die kalten Hände gegen seinen warmen Rücken. Er wird unruhig, wacht aber nicht auf, und so schläft Lore ein.

Es kommt ein Zug, der sie über die Grenze bringt. Die Fahrkarten sind in ihren Schultaschen, allzu oft hervorgeholt und wieder eingesteckt, sodass sie nun weich und brüchig sind. Lore reicht sie dem Wachposten, der ihnen einen Platz zum Schlafen anweist. Die Leute hinter ihnen in der Schlange legen sich auf sie. Lore fühlt ihre Knochen auf der Haut.

42.

Thomas fordert sie vor dem Morgengrauen zum Weitergehen auf, als es zu hell wird, rasten sie wieder. Die britische Zone liegt irgendwo vor ihnen zwischen den Bäumen. Thomas ist sich dessen sicher, sagt es ihnen immer wieder, während er die Regenhäute ausbreitet, sie anweist, sich hinzusetzen. Er hat einen schmalen Graben gefunden, dicht mit Büschen bestanden: Ein Ort, an dem es sich bis zum Einbruch der Dunkelheit verstecken lässt. Thomas will, dass sie sich einzeln dort hinsetzen, verborgen im Unterholz. Er läuft oben vor dem Graben auf und ab, um sicherzugehen, dass sie nicht gesehen werden können; nimmt Liesel das Kopftuch ab, denn das Rot hat durch die Blätter geleuchtet.

Wir müssen ganz, ganz leise sein, sagt Thomas zu ihnen, von morgens bis abends. Und wir müssen uns ausruhen, müssen uns auf die Nacht vorbereiten. In den Büschen lauscht Lore seinem Flüstern, folgt seinen knappen, dunklen Bewegungen beim Sprechen. Liesel oder die Zwillinge kann sie nicht sehen, sie sind hinter dem dichten Buschwerk versteckt. Die Birken stehen in vollem Laub da, blasses Grün, das in der leichten Brise flattert. Der Waldboden ist moosig, weich und feucht. Peter schläft tief und fest an Lores Schulter. Seine Augenlider sind geschwollen, graugelb, an den Schläfen treten die Venen blau hervor. Lore zeichnet mit dem Finger die feine Linie seiner Wangenknochen nach, streichelt seinen Kopf, fühlt seine gespannte, trockene Kopfhaut unter den Fingern. Sie versucht sich daran zu erinnern, wie lange es her ist, seit sie ihn gefüttert hat, schließt die Augen im Tageslicht. Vögel singen, sitzen in Schwärmen oben in den Bäumen. Sie ist schläfrig. Kühl und still. Ihr Rock saugt die feuchte Erde auf. Durch die Bäume dringt Kochdunst zu ihnen.

Liesel und die Zwillinge tuscheln, was es wohl sein könnte. Fleisch, einigen sie sich. Lore sagt ihnen, sie sollen sich still verhalten und hinlegen, ihr Magen knurrt, Speichel zieht ihr die Wangen zusammen. Jochen krabbelt durch die Büsche zu ihr, zupft mit hungrigen Fingern an ihren Kleidern.

Thomas hat es auch gerochen. Er beugt sich vor, steckt den Kopf aus dem Busch heraus. Er wendet den Kopf in die Richtung, in der er den Geruch vermutet, zieht ihn leicht zurück, wenn der Wind ihn verweht, wartet, dass er wiederkehrt. Er drückt sich an Lore vorbei, klettert aus dem Graben. Sie soll sich nicht rühren, flüstert er ihr zu, soll ganz still sein. Warten. Sie denkt, hofft: Essen scheint jetzt wichtiger zu sein als die Grenze. Lore horcht auf seine Schritte, auf knackende Äste. Setzt Peter auf ihre Schultern, folgt Thomas aus dem Graben zu dem Essensgeruch. Liesel und die Zwillinge sind dicht hinter ihr. Sie kann Thomas nicht sehen. Bleibt stehen, blickt sich um.

Auf der anderen Seite einer Lichtung steht ein Haus zwischen den Bäumen. Lore kann keine Leute sehen, wohl aber Rauch, der aus dem Kamin aufsteigt. Die Lichtung ist vielleicht hundert Meter breit. Das Gras wächst in langen Büscheln, und die Sträucher sind von winzigen grünen Beeren übersät. Thomas ist ein dunkler Schatten, tief im Wald, der sich langsam einen Weg auf das Haus zubahnt.

– Da ist er!

Jochen deutet auf ihn, seine Stimme trägt weit in den stillen Morgen hinaus. Er soll den Mund halten, faucht Lore ihn an und grapscht nach seinem Finger. Doch er ist schon fort, rennt durch den Wald. Grau-weiß blitzt sein Hemd zwischen den Stämmen in der Sonne auf.

Lore setzt sich mit Liesel und Jüri auf den moosigen Boden, das Blut rauscht ihr in den Ohren. Thomas wird wütend sein. Minuten vergehen im kühlen Laub. Vögel singen im Geäst. Peter schläft in ihrem Schoß. Liesel bewegt sich neben ihr, legt sich hin. Lore döst.

Jochen schreit von der Lichtung herüber, dann Thomas. Jüri steht auf. Lore hört Metall und Stiefel, hastige Schritte und das Knacken von Ästen. Liesel hebt den Kopf, die Augenlider schwer vom Schlaf. Lore schaut durch die Büsche und sieht Jochen über die Lichtung hinweg auf sie zurennen. Sie hört, wie er den Atem ausstößt, als hätte er Schluckauf. Ein Gewehr wird abgefeuert, drei-, viermal.

Lore sieht die Vögel aus den Bäumen aufsteigen, aber

sie hört nichts. Duckt sich, trifft mit dem Kinn auf einer Baumwurzel auf, hört die Zähne aufeinander schlagen. Ihre Augen füllen sich mit Tränen, der Untergrund ist kalt, die Blätter sind kalt, und da ist wieder ein Geräusch. Jüri ruft nach seinem Bruder. Noch mehr Kugeln. Lore zerrt ihn zu sich, auf den Boden.

– Er ist hingefallen, Lore!

Jüri versucht, sich wieder aufzurappeln. Sie hält ihn fest, die Finger in sein Haar gekrallt, sieht sich nach Liesel um. Zweige schlagen ihr ins Gesicht, Jüri versucht sich aus ihrem Griff zu winden.

– Wo ist er?

Lore kann Jochens Hemd im langen Gras sehen, ein kleiner grauer Lappen. Liesel kauert hinter ihr auf dem Boden. Sie hört ihren Atem, kurz und hoch. Wieder wird ein Schuss abgegeben. Zwei russische Soldaten kriechen aus den Bäumen heraus. Sie robben rasch vorwärts, durch das Gras auf Jochens Hemd zu.

– Jochen!

Jüri schreit gellend in Lores Ohr. Die Soldaten pressen sich auf den Boden; ein zweimaliges kurzes Klicken, und dann ein Gewehrfeuer in den Bäumen. Die Blätter zittern, Liesel schnappt nach Luft. Peter weint, nicht lange. Alles ist still.

Lore sieht, wie die Russen weiterkriechen. Als der Erste bei Jochens Hemd angelangt ist, schreit er etwas. Daraufhin robbt der Zweite auf ihn zu. Der Erste schiebt ihm Jochens Hemd zu. Das graue Bündel verschwindet im Gras. Beide Soldaten schreien nun: raue, sich überschlagende Stimmen. Lore schlingt die Arme um Jüri und Peter und wartet auf die Gewehre.

In die Rufe mischen sich Schritte und knackende Zweige, und auf einmal ist der Essensgeruch wieder da. Thomas fährt sie an:

– Schnell! Wir müssen weg! *Auf der Stelle!*

Seine Hand verdreht Lore das Handgelenk. Sie macht sich schwer, er lässt los, reißt Jüri hoch, schubst ihn zurück in die Bäume, weg von der Lichtung.

– Schnell! *Jetzt gleich!*

Er ist wütend, hat die Augen weit aufgerissen. Den Hals wie ein Seil gespannt. Sie rennen durch die Bäume.

43.

Das Essen ist noch warm. Thomas isst als erster, stopft sich Brot in den Mund, schlingt den Eintopf hinterher. Er befiehlt ihnen, Wache zu stehen; Essen fällt ihm aus dem Mund, aufs Kinn. Er stopft es wieder hinein, kaut geräuschvoll, schluckt hastig, angestrengt. Dann reicht er Lore den Topf, steht Wache. Lore nimmt eine Handvoll warmes Fleisch aus dem Topf und isst, Liesel isst und weint. Jüri zupft an dem Brot und steckt sich einzelne Brocken in den Mund. Lore drückt weiche Brotstückchen mit Fleisch zusammen, schiebt sie Peter in den Mund. Er wacht auf, kaut langsam. Lore drückt ihm noch mehr auf die Lippen, um ihn zum Schlucken zu ermuntern. Jüri und Liesel wischen den Topf mit dem Rest des Brotes aus. Dann schmeißt Thomas den Kessel in den Busch, und sie rennen weiter.

44.

Tierspuren führen sie durch die langen Farne. Sie halten sich dicht am Boden, laufen gebückt, robben vorwärts. Peter muss sich übergeben, weint aber nicht. Lore hält ihn an die Seite gepresst, damit er beim Laufen nicht unnötig durchgeschüttelt wird, während sie weiter durchs Unterholz hasten.

Lore folgt Thomas' Rücken, dreht sich nach Jüri und Liesel um. Und nach Jochen. Die Farnwedel reiben ihr die Tränen auf Gesicht und Hals ins Haar.

Sie kommen zu einem sandigen Graben, Stacheldraht, einem Metallpfosten ein Stück weiter weg. Thomas sagt, sie seien vermutlich in der britischen Zone. Er atmet keuchend durch den Mund, oberhalb des Hemdkragens glänzt sein Nacken vom Schweiß. Lore weint immer noch. Ihr Hals ist kalt, ihre Brust ist eng und rau. Sie kann nicht genügend Luft holen, um ihre Lungen zu füllen.

Thomas sagt, sie müssten noch weiter, seien noch nicht in Sicherheit. Jüri fragt, ob sie auf Jochen warten könnten. Thomas starrt ihn an. Jüri macht einen Schritt auf Lore zu, aber sie will, dass Thomas es sagt. Tränen tropfen ihr vom Kinn, aber sie hat Peter auf dem Arm und kann sie nicht wegwischen. Schwer hängt sein Kopf über ihren Ellbogen, sein Mund ist schlaff. Sie kniet nieder, lehnt sein schlafendes Gewicht an ihre Brust und wartet darauf, dass Thomas redet. Liesel hockt sich hin, reibt sich das Zahnfleisch. Thomas sieht Jüri unverwandt an.

– Sie haben ihn erschossen.

Lore legt sich mit Peter auf die Steine und weint. Klein und reglos steht Jüri da.

Jetzt brüllt Thomas.

– Er ist in die falsche Richtung gerannt! Er hätte bei den Bäumen bleiben sollen! Er hätte im Graben bleiben sollen! Ihr alle, wie ich es euch gesagt habe!

Liesel umklammert ihre Knie. Lore spürt, dass Jüri sie anschaut, aber sie kann nicht aufhören zu weinen. Vögel singen im Farn, fliegen hoch über ihrem Kopf. Peter schläft, während sie unter dem fahlen Himmel weint.

Wenn sie jetzt nicht kommen, geht er ohne sie, sagt

Thomas. Er bricht auf, und Jüri folgt ihm auf dem staubigen Pfad.

45.

Das Heu riecht süß. Lore liegt erhitzt und wach da, lauscht auf die anderen in der Dunkelheit, zählt sie. *Einer zu wenig*. Sie weint jetzt nicht, schläft aber auch nicht. Ihr Bett ist weich, ihre Kehle rau, und ihr Bruder ist tot, weit weg.

Thomas bewegt sich langsam, lautlos, rutscht auf die Leiter zu. Lore fragt ihn, wohin er geht. Liesel und Jüri setzen sich auf. Thomas legt sich wieder ins Heu.

46.

Thomas geht mit Lore ins Dorf, um Essen zu erbetteln. Jüri und Liesel lassen sie in der Scheune zurück, schärfen ihnen ein, dort zu bleiben und sich nicht von der Stelle zu rühren. Thomas will nicht nach Hamburg. Lore läuft neben ihm her, bittet ihn inständig.

– Du musst mitkommen. Ich weiß nicht, was ich ohne dich tun soll!

– Jetzt liegen keine Grenzen mehr vor euch. Nach Hamburg schafft ihr es auch allein.

– Bitte verlass uns nicht.

Thomas schüttelt den Kopf, der Atem pfeift ihm durch die gespannten Lippen. Er geht sehr schnell weiter. Lore muss einen Dauerlauf machen, um Schritt zu halten, Peter weint, er liegt unbequem auf ihrer Hüfte. Sie übertönt sein Geplärr, indem sie Thomas in dessen unbeteiligtes Gesicht schreit:

– Aber Mutti und Vati sind nicht da!

– Ich weiß, das hast du mir gesagt. Deine Mutter ist in einem Lager.

– Ich weiß nicht, was ich tun soll.

– Geh nach Hamburg. Finde deine Oma.

– Aber ich habe den Kindern gesagt, Vati wäre auch da, Thomas!

– Ich weiß.

– Thomas!

Jüri ruft ihnen zu, oben auf der Landstraße, er wartet auf sie. Er winkt, und Thomas und Lore dämpfen die Stimme zu einem Flüstern.

– Was soll ich sagen, wenn wir Oma finden und Vati nicht bei ihr ist?

– Ich kann euch nicht mehr helfen.

Thomas bleibt stehen, nimmt sich seinen Anteil vom Essen, stopft es in die Taschen. Lore gerät in Panik.

– Du kannst bei uns wohnen. Bei Oma. Sie hat ein großes Haus.

Thomas lacht, aber Lore weiß, dass er das nicht komisch findet.

– Oma kann dir helfen, eine Wohnung und eine Arbeit zu finden.

Er schüttelt den Kopf. Peter jammert, greift mit den Händen nach seinem Bauch. Thomas zieht das Brot aus seiner Jackentasche, reißt ein Stück für ihn ab.

– Komm, wir bringen rasch das Essen hinein. Ich trage es für dich.

Thomas steht auf. Jüri rennt auf sie zu, geht auf Thomas los, rammt ihm den Kopf in den Bauch, klammert sich an sein Hemd. Thomas reißt die Arme in die Höhe, Schultern und Hals sind vor Schreck ganz starr. Dann tritt er zurück und will weitergehen. Jüri klammert sich immer noch an seinen Arm, geht neben ihm her, packt Thomas' Hand. Lore schaut zu, wie ihr Bruder die langen weißen Finger zusammendrückt. Im Gehen befreit sich Thomas aus dem Griff, schüttelt die Hand aus.

47.

Massen von Menschen laufen auf dem Bahnhof umher. Die Alten sitzen auf ihren Bündeln, und die Kinder weinen. Die Luft ist heiß und schwer. Frauen tragen Taschen und Babys, gehen hinter den Soldaten her, stellen Fragen. Thomas reiht sich in die lange Schlange vor dem Fahrkartenschalter ein. Lore will ihn nicht aus den Augen lassen. Sie sitzt mit den Kindern auf dem Bahnhofsvorplatz und beobachtet ihn. Liesel schläft, Peter döst und hustet, Wolken ziehen auf. Thomas hockt sich auf den Boden, wischt den Schweiß aus dem Gesicht. Als die Schlange sich bewegt, steht Jüri auf und geht zu Thomas hinüber. Er kauert sich neben ihm hin, zeichnet mit den Fingern die Ritzen zwischen den Pflastersteinen nach. Lore sieht, wie sich ihre Köpfe einander zuneigen, als würden sie miteinander flüstern. Aber sie ist zu weit weg, um sehen zu können, ob ihre Lippen sich bewegen.

Lange bevor Thomas und Jüri zur Spitze der Schlange kommen, wird das Fenster des Fahrkartenschalters geschlossen. Die Soldaten versuchen, die Menge zu zerstreuen, indem sie immer wieder dieselben Sätze herunterleiern: Ohne Erlaubnis darf niemand verreisen; bis auf weiteres verkehren keine Transportmittel. Thomas zieht die Kinder auf die Seite, zur Mauer des Bahnhofsgebäudes, treibt sie dann die Straße hinab. Liesel fragt, ob sie wohl Fahrkarten für den nächsten Zug bekämen, aber Thomas antwortet nicht.

Die Züge fahren in den Bahnhof hinter ihnen ein. Thomas drängt sie zur Eile, die Straße hinab, an der Mauer entlang. Hinter der Ecke ist die Mauer abgebrochen und wird auf einmal niedriger. Thomas schiebt die Kinder hinauf, über die Mauer. Auch andere Leute steigen über die Mauer, ein Stück weiter hinten, und vom Bahnhofsvorplatz aus folgen ihnen noch mehr. Thomas wirft die Bündel hinüber und klettert ihnen nach, landet ungelenk auf der anderen Seite. Jüri ist schon durch den Zaun und auf den Gleisen.

Sie laufen an den Schlafwagen entlang, zurück zum Bahnhof. Auf dem Bahnsteig wimmelt es von unzähligen Menschen, sie drängen vorwärts. Mit schrillen Stimmen rufen die Leute nacheinander, schieben sich ganz dicht an den Zug heran. Kinder rutschen vom Bahnsteig herab, landen zwischen den Rädern, Mütter zerren sie wieder hoch ins Gewühl. Ihre Fahrkarten und Papiere halten sie fest in der überm Kopf erhobenen Faust. Die Soldaten befehlen den Leuten, sich vor der Tür in einer Reihe aufzustellen, doch keiner macht Anstalten dazu.

Thomas führt sie auf die andere Seite des Zugs, dort laufen sie weiter, rütteln an den Fenstern, bis eines nachgibt.

– Genau wie bisher: Brüder und Schwestern, wie bisher.

Er packt Jüri unter den Achseln, schiebt ihn in den Waggon. Jüri strampelt mit den Beinen und trifft Thomas mit dem Stiefel am Kinn. Die Leute im Abteil schreien, versuchen erst Jüri und dann, als Thomas sie hineinhebt, Liesel wegzustoßen. Noch mehr Leute kriechen durchs Gebüsch auf der anderen Seite der Gleise und rennen zu den Waggons hinüber. Lore sieht einen Mann, der einen Ziegelstein trägt, seine Hand ist mit einem Lumpen umwickelt. Er zertrümmert ein Fenster, greift hinein und öffnet die Tür. Die Leute drinnen treten nach ihm, eine Schlägerei bricht aus.

Liesel streckt die Arme nach draußen, um Peter entgegenzunehmen. Die Leute hinter ihnen im Abteil drücken sie gegen die Scheibe und schreien sie an, sie solle abhauen. Lore kann Jüri durchs Fenster sehen. Er schreit zurück, mit verzerrtem Gesicht, hält sich die Ohren zu. Der Mann mit dem Ziegelstein läuft auf sie zu, hinter ihm ist ein Soldat mit einem Gewehr.

Thomas nimmt Lore Peter ab.

– Bleib ruhig, genau wie bisher.

Er reicht Liesel Peter durchs Fenster und dreht sich zu dem Soldaten um, geht mit ausgebreiteten Handflächen auf ihn zu, redet bereits. Er nimmt den Hut ab, presst ihn auf die Brust. Sein Haar ist zu einem schwitzigen Kreis über den Ohren zusammengedrückt. Der Soldat hört zu, blinzelt angestrengt, während Thomas immer wieder dasselbe sagt. Der Rhythmus seiner Stimme dringt in der feuchten Luft zu Lore zurück, nicht aber seine Worte. Der Mann mit dem Ziegelstein starrt Thomas an, wendet sich dann zu Lore um. Sein Arm blutet, ein Schnitt oberhalb des Lappenrands um seine Faust. Lore schaut weg.

Thomas öffnet eine Brieftasche und zieht Papiere heraus, weich und verschlissen. Er hält sie dem Soldaten hin, der sie nimmt und liest. Schlaff liegen sie in seiner Handfläche. Der Mann mit dem Ziegelstein sagt etwas, stampft neben Thomas Füßen auf den Boden. Thomas beachtet ihn nicht, macht einen Schritt auf den Soldaten zu. Er redet weiter, als er auf das Papier in der Hand des Soldaten deutet, schiebt die Ärmel hoch, zeigt dem Soldaten seine blassen Arme. Der Soldat stellt eine Frage. Thomas nickt. Der Mann mit dem Ziegelstein spuckt nach ihm. Ein weißer Fleck landet auf Thomas' dunklem Kragen.

Der Soldat schreit, richtet das Gewehr auf ihn. Da tritt der Mann mit dem Ziegelstein beiseite, hebt die Hände. Der Soldat schreit erneut. Er gibt Thomas die Papiere zurück, zieht ein Taschentuch hervor und drückt es Thomas in die Hand.

Thomas hastet zu Lore zurück, wischt die Spucke weg, steckt die Brieftasche wieder ein. Er lächelt, hebt Lore zum Fenster hoch. Die Leute im Abteil sind immer noch wütend, zetern immer noch. Thomas flüstert:

– Es ist gut, es ist gut. Keine Angst, du kannst rein.

Lore windet sich am Fenster, aber Thomas hebt sie ein Stück höher.

– Bitte nicht, Thomas, nein! Du auch, du auch!

Sie bettelt, tritt um sich. Er hebt sie noch weiter in den Waggon hinein. Jüri schreit, streckt die Arme zum Fenster hinaus, greift an Lore vorbei nach Thomas.

– Du musst mitkommen! Brüder und Schwestern. Du musst auch mitkommen!

Er krallt seine Finger in Thomas' Jackett; Thomas hebt die Arme. Sein Gesicht zieht sich zusammen, schrumpft vor der Wut des kleinen Jungen. Jüri schreit so lange, bis Thomas sich auch zum Fenster hineinstemmt.

48.

Stundenlang sitzen sie im Waggon auf dem Boden. Sie haben einen Platz auf dem Gang gefunden, bei der Tür. Über den Rädern, die langsam die Schienen entlangkreischen. Wenn der Zug hält, steigt niemand aus. Soldaten springen vom Dach herunter und stellen sich an den Gleisen auf. Sie sind stiller als amerikanische Soldaten. Ihre Uniformen sind dunkler und ihre Bewegungen kleiner, aber sie behalten trotzdem die Hände auf den Gewehren, bereit, jeden aufzuhalten, der zu rennen versucht. Lore ist froh, dass sie da sind. Thomas sitzt ihr gegenüber und meidet ihren Blick.

Als es dunkel wird, krabbelt Jüri zwischen Thomas' Beine und schläft mit dem Kopf an seiner Brust ein. Thomas hat die Augen geschlossen und schiebt Jüri nicht weg, aber Lore weiß, dass er nicht schläft. Sie döst. Liesel lehnt an ihrer Schulter, und Peter schläft auf dem Bündel in der Mitte zwischen ihnen.

Mit tauben Füßen und einem stechenden Schmerz in den Beinen wacht sie wieder auf. Thomas ist ein wenig zur Seite gerutscht, aber Jüri schläft nach wie vor auf seinem Schoß. Lore zieht die Stiefel aus und kneift sich in die Füße, vorsichtig, ohne wunde Stellen und Blasen zu berühren. Der Zug schaukelt und rattert. Jetzt prickeln ihre Zehen, aber der Schmerz in den Beinen hat nicht nachgelassen. Sie steht auf, wartet, bis das Stechen nachlässt, und geht dann im Zug entlang. Steigt über die schlafenden Körper, mit ausgestreckten Armen, die Hände an der Wand abgestützt, tastet sich in dem schwankenden Gang vorwärts, durch die Verbindungstür in den nächsten Waggon. Das erste Fenster im Gang ist offen. Lore bleibt stehen, lässt das Haar im Wind wehen. Sie lehnt sich hinaus und sucht nach den schrillen Rädern da unten in der Dunkelheit, die Kante des Fensters drückt gegen ihre Hüften. Sie fahren an flachen, weiten Feldern und den kühlen, dunklen Schatten von Bäumen vorbei. Die Nacht ist feucht, und die Luft riecht satt und grün.

In dem Abteil hinter ihr reden Leute. Sie lehnt sich zurück, hält ihnen den Rücken zugewandt, hört ihnen aber zu.

– Wenn du mehrere von diesen Bildern gesehen hast, siehst du, dass sie alle an ein und demselben Ort gemacht worden sind.

– Aber in der Zeitung stand, es hätte ganz viele Lager gegeben, womöglich Hunderte.

– Ich behaupte ja nicht, dass es sie nicht gegeben hätte. Jedes Land hat schließlich sein eigenes Gefängnissystem. Ich sage nur, dass sie niemanden umgebracht haben.

– Und die Fotos von den Leichen?

– Das ist alles vorgetäuscht. Die Bilder sind doch immer unscharf, stimmt's? Oder dunkel oder körnig. Hauptsache, sie sind nicht deutlich. Und die Leute auf den Fotos, das sind Schauspieler. Die Amerikaner haben das alles inszeniert, vielleicht haben ihnen die Russen geholfen, wer weiß.

– Von wem weißt du das?

– Zum einen von Fahning, und dann von Mohn. Thorsten und sein Bruder haben es auch gehört.

– Haben die es in der Zeitung gesehen?

– Hör mal, ich habe die Fotos auch gesehen. Es sind immer wieder dieselben. Nur aus verschiedenen Blickwinkeln. Das sieht sogar ein Blinder.

Lore beobachtet die jungen Männer aus den Augenwinkeln. Sie sind nicht viel älter als sie. Haben glatte, dünne Gesichter und glänzende Augen. Sie sitzen auf ihren Bündeln an der Abteiltür und rauchen. Ein Kerzenstummel auf dem Boden zwischen ihnen flackert im Luftzug vom offenen Fenster her. Einer hat nur einen Arm. Sein Ärmel ist an die Schulter geheftet und schwingt beim Sprechen hin und her. Er fängt Lores Blick auf, hebt die leere Stoffröhre an.

– Granate.

Er lächelt sie an. Lore spürt, wie ihr das Blut in die Wangen schießt, zum Glück ist es dunkel.

– Ich hab diese Fotos auch gesehen.

– Na bitte, jeder hat sie gesehen. Und die Leute waren alle dünn und lagen am Boden, stimmt's?

– Ich dachte, sie wären tot.

– Das sind Schauspieler, Amerikaner. Oder es sind Schaufensterpuppen dabei. Diejenigen, die besonders tot aussehen.

Sein Freund bläst die Kerze aus.

– Ich leg mich jetzt schlafen.

Er beachtet Lore gar nicht. Der junge Mann mit dem einen Arm nickt ihr in der Dunkelheit freundlich zu. Das Ende einer Zigarette glimmt zwischen seinen Lippen, Lores Wangen glühen in der Düsternis. Sie macht das Fenster zu und kehrt wieder um. Als sie die Tür zum Nachbarwaggon aufmacht, schlägt ihr das Kreischen der Räder entgegen.

49.

Sie wachen auf, als der Zug stehen bleibt. Die Soldaten öffnen die Türen, klopfen an die Fenster, befehlen allen, auszusteigen und auf dem Bahnsteig zu warten. Thomas rafft die Bündel zusammen, hebt Jüri aus dem Zug. Im Bahnhof ist es dunkel, ein paar Lampen werfen ein fahles Licht in das riesige Gebäude. Es ist sehr laut: Kinder weinen, Stimmen rufen, Waggontüren schlagen zu. Männer stehen in zornigen Gruppen an der Wand. Sie riechen nach ungewohntem Essen, murmeln ungewohnte Worte.

Der nächste Zug geht am frühen Morgen. Jüri klammert sich am Revers von Thomas' Jackett fest. Liesel liegt auf den Bündeln, ein Arm bedeckt ihre Augen, der andere ihr Haar. Peter plärrt in Lores Armen. Sie fragt die Leute um sie herum, ob sie etwa zu essen entbehren können, diese sagen jedoch nichts, schauen weg.

Peters Fäuste sind rötlich-blau. Lore reibt sie warm, haucht auf seine Finger. Sie sieht nach oben und stellt fest, dass da über ihnen kein Dach ist, nur ein gezacktes Loch und dunkler Himmel.

50.

Sie warten auf Züge, gehen zu Fuß weiter, wenn sie nicht kommen. Laufen zum nächsten oder übernächsten Ort, bis sie endlich Glück haben und einen Bahnhof mit einem Zug und einer Suppenküche finden. Thomas debattiert lange mit einem Soldaten, während die Kinder ihr wässriges Mahl zu sich nehmen. Der Soldat klopft ans Fenster, bevor der Zug sich in Bewegung setzt, reicht ein Ei herein. Thomas dankt ihm, schüttelt ihm durchs offene Fenster die Hand, als der Zug anfährt. Er hält Lore das Ei hin.

– Für Peter. Er ist zu dünn.

51.

Ein Bauer nimmt sie mit bis zur Elbe. Sie stehen am Wasser, eine Tagesreise von zu Hause weg. Die Ufer säumen Obstgärten, aber das Obst ist noch nicht reif. Thomas sagt, er wird versuchen, sie nach Hamburg zu bringen. Er setzt Jüri auf die Schultern und verspricht ihnen, dass sie bald dort sein werden und nicht mehr laufen müssen. Lore nimmt Liesel und Peter und stellt sich vor dem Roten-Kreuz-Gebäude für Essen an. Unter der zerbrochenen Uhr warten sie auf Thomas und Jüri. Kinder ducken sich in den Hauseingängen, verkaufen saure Äpfel und winzige harte Birnen aus Säcken, die um ihre Hüfte gebunden sind. Sobald sie eine Uniform sehen, nehmen sie Reißaus.

Lore füttert Peter mit dem staubigen Brot und reicht ihn dann Liesel. Sie ist nervös, kann nicht stillsitzen. Endlich kommt Thomas wieder, mit einem hungrigen Jüri und der Nachricht, er habe ein Boot gefunden.

52.

Am Horizont liegt Hamburg, eine schwarze Silhouette, die aus dem Abendhimmel ausgerissen wurde. Es ist eine feuchte, kühle Dämmerung: dunstig nach der Hitze des Tages. Wasser platscht seitlich gegen das Boot, die Passagiere darin sind still, sehen zu, wie sich die Stadt nähert. Lore packt die Bündel zusammen, der riesige Hafen und die gezackte Stadt erheben sich am gegenüberliegenden Ufer. In den Fenstern brennt kein Licht, auf dem Wasser sind keine anderen Boote, niemand scheint zu arbeiten, zu spielen. Lore macht die Augen zu, konzentriert sich auf das, was als Nächstes ansteht.

Sie stellt sich vor, wie man mit der Straßenbahn zu Oma fährt, vorbei an belaubten Wochenendstraßen und weißen Gebäuden, wie sie in ihren guten Schuhen draußen vor dem sonnigen Haus oder drinnen in seiner Kühle sitzt. Und bringt die Bilder nicht in Einklang mit der dunklen Stadt, die da am Ufer lungert. Thomas hockt sich neben sie. Er schaut Lore an, und im Halbdunkel spürt sie das Lächeln, sieht sie die Falte in seiner Wange.

– Fertig?

Die Sonne verschwindet unterm Horizont, sie stehen mit ihren Bündeln vor dem Rathaus. Niemand wartet zusammen mit ihnen auf eine Straßenbahn.

– Bestimmt gibt es hier eine Ausgangssperre. So spät sollten wir nicht mehr unterwegs sein.

Thomas' Schritte hallen über den leeren Marktplatz.

– Wie weit ist es zu Fuß?

Lore kann sich nicht erinnern, sagt, sie sollten noch ein paar Minuten warten. Thomas runzelt die Stirn, und Jüri greift nach seiner Hand.

– Ich mag die Gebäude nicht.

Dunkel und hohl umgibt die Stadt den Rathausmarkt. Lore hält den Blick auf Peter gerichtet, weg von den verkohlten Wänden.

– Wie lange hat es mit der Straßenbahn gedauert?

– Eine halbe Stunde, glaube ich.

– So weit können wir zu Fuß nicht gehen, Lore. Nicht heute Abend.

– Wo sollen wir denn hin?

– Wir finden schon was. Ein leeres Gebäude.

– Keins von denen hier, Thomas!

– Nein, wir suchen ein bisschen außerhalb, Jüri. Ich finde schon was für uns.

Sie laufen nach Norden, an der Alster entlang. Nebel dringt von der Alster herein, bringt einen salzigen, rostigen Geruch mit sich. Er lässt die Umrisse der verbliebenen Gebäude verschwimmen, füllt die Lücken, ein schmutziggraues Tuch, das sich über die Trümmer legt.

Im Gerippe eines Hauses legen sie sich hin. Was einst der Fußboden war, ist jetzt ein Dach, schirmt sie von der Nacht ab. Auf den Balken über ihnen schlafen Vögel, plustern sich. Wasser sickert durch die Ziegelsteine. Sie drücken sich in einer Ecke aneinander, geschützt vor den schadhaften Mauern. Thomas und Lore flüstern miteinander, nachdem die Kinder eingeschlafen sind.

– Weißt du, ob deine Oma ausgebombt wurde?

– Ich glaube nicht. Vielleicht. Ich weiß es nicht.

Lore liegt neben ihm, berührt ihn nicht und ist doch nah genug, um mitzubekommen, wenn er sich umdreht.

Sie macht die Augen zu und sieht Steine an der Stelle, wo das Haus stand. Keine Oma, und auch kein Vati.

Jüri weint im Schlaf, und Lore nimmt seine Hand, legt sie an ihre Wange. Die Stille der Ruinen senkt sich um sie her auf den kalten Boden. Die Trümmer sind Knochen und Haut, und Jochens Hemd geht unter den Gliedmaßen verloren.

53.

Am Morgen scheint die Sonne wieder und verbrennt den Nebel, während sie ihre Habe zusammenpacken und sie dann zwischen den geborstenen Steinen verstecken. Thomas holt ihnen Suppe mit Wurststückchen. Das Essen schmeckt nach Fleisch und Tränen im Wald. Jüri weint wieder, und Lore verbirgt das Gesicht an der Brust ihres Brüderchens. *Wenn Jochen sterben kann, dann kann Oma es auch*. Peter plärrt und schiebt ihre Wangen weg. Thomas redet flüsternd auf Jüri ein, Liesel sitzt schweigsam da und isst, und Lore ist froh, dass keiner sie ansieht.

– Lore wird eure Oma finden.

– Und Vati.

– Es wird vielleicht eine Weile dauern, Liesel, und deshalb müssen wir alle Geduld haben.

– Wie lange denn?

– Na ja, ein paar Tage. Vielleicht. Ich weiß es nicht. Die Straßen sind vermutlich versperrt, und wahrscheinlich sind sie umgezogen, wir werden ja sehen.

Thomas schaut seltsam drein, sein dünner Hals ist ganz rot geworden. Lore lächelt, aber er schaut sie nicht an. Sie verabreden sich vor Sonnenuntergang an dem schwarzen Kirchturm, und er klettert über die Trümmer hinweg auf die Straße, gefolgt von Liesel und Jüri.

Die Stadt ist wieder lebendig und voller Menschen. Die Leute laufen umher, unterhalten sich und achten gar nicht auf die zertrümmerten, verkohlten Gebäude. Sie tragen Hüte und lüften sie zum Gruß. Autos fahren die aufgebrochenen Straßen entlang, werden langsamer, wenn sie Schutthaufen umfahren. Rauch steigt aus Schornsteinköpfen auf zerbombten Wohnhäusern auf. Kochdunst weht aus zerlöcherten Gebäuden herüber, obwohl Lore sich nicht vorstellen kann, dass darin Küchen sind.

Sie geht weiter, entsetzt über die fehlenden Mauern, die plötzlichen Lücken im Häusermeer. Peter wimmert den ganzen Morgen, ein leises, schreckliches Geräusch. Menschen schauen an ihr vorbei, vermeiden Blickkontakt. Lore mustert die Gesichter in den Warteschlangen, sieht den Hunger und schaut auch weg.

Sie bahnt sich ihren Weg zur Alster und geht so weit wie möglich am Ufer entlang, aber die versperrten Straßen drängen sie immer weiter vom Wasser ab. Sobald sie es nicht mehr sehen kann, verliert sie die Orientierung, geht noch ein Stück weiter, kann aber nicht mehr sagen, wo eine Straße verläuft und wo nicht. Sie fragt nach dem Weg und wird in die Richtung geschickt, aus der sie kam, aber die Frau ist sich auch nicht sicher. Sie fragt nochmals, und dann werden die Gebäude allmählich vertrauter. Die Straßen sind breit, und die meisten Bäume sind stehen geblieben, helles neues Grün sprießt aus dem gesplitterten Geäst. *Oma muss noch am Leben sein.* Eine Weile lang geht Lore ein und dieselbe Straße auf und ab, überzeugt, den richtigen Ort gefunden zu haben.

Die Fotos sind nun alle verbrannt oder vergraben, Lore muss sich auf ihre Erinnerung verlassen. Die Walnussbäume im Garten, das Wohnzimmer mit Vasen und dick gepolsterten Sesseln. Sie steht in den Vorgärten und starrt auf die Häuser. Einige sind zerstört, andere noch ganz, aber keines passt zu den Bildern vor ihrem geistigen Auge. Sie geht weiter, landet schließlich wieder am Wasser.

Kartoffeln wurden auf der Straße zu einem Haufen geschichtet. Der Mann wirft ein paar Kartoffeln in Lores Schürze und winkt sie dann fort. Ein Stück weiter bettelt sie um Milchpulver, mischt je einen staubigen Mundvoll in der Hand mit Wasser aus einer Pumpe. Peter starrt sie an, während sie ihn füttert. Der dünne weiße Schleim läuft ihm über Kinn und Wangen, aber ein bisschen findet doch den Weg in seinen Mund. Sie blickt gedankenverloren über die weite Wasserfläche, flüstert ihm zu:

– Im Sommer sind wir immer mit dem Dampfer nach Hause gefahren, und dann stand Vati drüben auf der anderen Seite.

Sie muss an das Boot denken, den Anlegesteg und das Auto, aber das Gesicht ihres Vaters ist undeutlich. Lore erzählt Peter, dass die Häuser noch da seien, versichert ihm, dass Oma nicht weit sein kann. Sie fühlt sich zuversichtlich, übermütig und auch unbehaglich, als sie ihren Bruder bleich und klein auf ihrem Schoß schlummern sieht. Bald wird die Sonne untergehen, und sie weiß, sie sollte zurück zu den anderen gehen, aber sie ist wie besessen von dem Gedanken, ihre Großmutter wiederzufinden. *Wenn Oma noch am Leben ist, wird sie fragen, wo Jochen ist.* Die Kinder werden wissen wollen, wo Vati ist. *Und Oma wird sich fragen, wer Thomas ist.*

Nichts ist mehr wie früher. Sie wird wieder lügen müssen. Es ist zu viel passiert, als dass es sich erklären ließe.

Am Wasser wird es kühl, Peter wacht auf. Lore ist aufgestanden, hält ihn fest im Arm. Dann sieht sie den schwarzen Kirchturm am Horizont und entfernt sich von der Alster. Schweigend blinzelt Peter zu seiner Schwester hoch, mit dunkel wirkenden Augen im schmalen Gesicht.

54.

Lore wird von Geräuschen in der Dunkelheit wach. Englisch sprechende Männerstimmen, flüsternd. Deutsche Frauenstimme, lockend. Schutt wird beiseite geschafft, dann verstummen die Worte, nur noch Atmen.

Lore weiß, dass Thomas auch wach ist. Unruhig wälzt sie sich unter den Decken hin und her, rutscht näher an den kalten Sandstein hinter ihr. Sie will nicht mitanhören, was sie zwischen den zerstörten Mauern tun. Um sich abzulenken, zählt sie die Holzbalken in dem Stockwerk über ihr, aber vor ihrem geistigen Auge tauchen immer wieder Bilder auf. Liesel neben ihr dreht sich um. Lore kämpft gegen den Drang an, ihrer Schwester die Ohren zuzuhalten.

Dann wieder Flüstern und danach Schritte.

Als Lore erneut wach wird, hört sie noch mehr: Keuchen und Schluchzen. Sie wehrt sich gegen ihre angespannt lauschenden Ohren, zwingt sich, wieder einzuschlafen. Die Geräusche sind nun näher, werden von Decken gedämpft, nicht von Trümmermauern. Lore gibt nach und lauscht der Dunkelheit um sie her. Thomas weint, er hat das Jackett übers Gesicht gezogen und die Arme darauf gelegt, damit kein Laut hervordringt. Lore will das nicht sehen oder hören. Sie würde auch weinen, nur tut Thomas es an ihrer Stelle. Wütend liegt sie da, bis durch die Ritzen in den Ziegeln über ihrem Gesicht das Tageslicht dringt.

Am Morgen errichtet Thomas eine Barriere aus zerbrochenen Stühlen und gestohlenem Draht vor der offenen Seite ihres Unterschlupfs. Er klaubt ein Stück Holzkohle aus dem Feuer und malt ein Schild, das Jüri an die Barrikade hängt: *Privat*. Thomas flüstert Lore zu:

– Wenn wieder jemand kommt, jage ich sie fort.

Lore beschließt, ihm seine Tränen zu vergeben.

55.

– Hannelore! Hannelore Dressler!

Eine junge Frau ruft von der gegenüberliegenden Straßenseite. Lore hält den Atem an, die Augen auf die Straßenbahnschienen zu ihren Füßen geheftet. Die junge Frau winkt erneut. Sie trägt einen großen schwarzen Mantel und schwere Stiefel.

– Kennst du mich nicht mehr? Ich bin's, Wiebke. Wiebke Nadel. Omas Dienstmädchen. Das ist nicht so lange her, du musst dich doch noch erinnern!

Wiebke Nadel geht über die Straße, nimmt Lores Hand.

– Du bist so dünn. Seid ihr wieder zurück aus Süddeutschland, du und deine Mutter? Wo ist denn deine liebe Mutter?

Die junge Frau lässt Lores Hand gar nicht mehr los, sie weint und lacht zugleich, während sie redet. Lore muss an Omas Küche denken. Daran, wie sie mit Wiebke auf der Hintertreppe Erbsen gepalt hat. Das ist lange her, die Zwillinge waren noch Babys, und Peter gab es noch nicht. *Sieht sie wirklich so aus?* Lore schaut in das lächelnde sommersprossige Gesicht. *Das Haus ist staubig, aber Wiebke ist eine gute Seele.* Das hatte Oma immer gesagt.

– Sie wird sich so freuen, wenn sie dich sieht!

– Oma?

– Ja, ja! Wir waren im Luftschutzkeller, mit den Nachbarn.

Wiebke zieht sie über die Straße, rennt beinahe.

– Die Bomben haben das Haus getroffen, aber der Feuersturm hat es verschont. Komm doch! Deine Oma ist zu Hause. Sie wird sich so freuen!

Das schwarze Eisentor ist noch dasselbe, die dunkle immergrüne Hecke auch, aber das Haus hat sich völlig verändert. Die oberen Stockwerke fehlen, und das meiste vom Erdgeschoss ebenfalls. Ein einzelner Schornstein ragt an der Rückseite empor, unten kleben noch die Fliesen des offenen Kamins daran. Die verbliebenen Fenster sind zerbrochen, die Wände schwarz, aber Lore erkennt den Flur. Die Sonne fällt ein, wo sie sonst nie hinkam, erhellt das gesprungene Fliesenmuster, den breiten, dunklen Holzfußboden.

Wiebke lässt Lore draußen vor der Tür stehen, die einst drinnen war und nun ganz wettergegerbt ist. Wiebke singt beim Hineingehen, ruft Oma. Die Stimme einer alten Frau antwortet, erst ganz ruhig, dann schrill. Lore zieht die Strümpfe gerade, und Oma steht in der Tür, mit ausgestreckten Fingern. Sie berührt Lores Haare.

– Hannelore, mein Kind. Wo kommst du denn her?

– Aus Bayern, Oma.

– Wo ist meine Asta? Hannelore? Wo ist deine Mutti?

Im Zimmer ist nur ein Stuhl, aber sie bestehen darauf, dass Lore sich darauf setzt. Kleider hängen an Nägeln in der Wand. Es gibt einen Herd, Bettzeug und einen leeren Schrank. Ihre Stimmen drängen sich in dem kleinen Raum. Lore kann nicht feststellen, welches Zimmer dies hier vor den Bomben einmal war. Wiebke macht die Tür zu und zieht den Vorhang zurück, um ein wenig zu lüften. Sie gibt Lore Brot und schneidet ihr auch noch einen Apfel in Scheiben.

– Heute habe ich Obst bekommen. Bitte iss doch davon!

Ihr ganzes Essen liegt in einer kleinen Kiste auf dem

Boden. Sie sagen nichts, während Lore isst. Der Apfel ist süß und würzig, er reizt ihr Zahnfleisch, ihre raue Zunge. Oma sagt, aus Lore sei ja eine junge Frau geworden. Wiebke nimmt eine Bürste aus dem Schrank und löst Lores Zöpfe. Ihre Haare laden sich statisch auf und stehen ab. Lore fühlt, wie es ihre Wangen sanft berührt, fühlt die träge Wärme körperlicher Fürsorge. Wiebkes Finger streicheln ihre Kopfhaut, scheiteln das Haar. Oma steht am offenen Fenster.

– Mutti ist bei den Amerikanern, stimmt's, mein Kind?

Lore nickt.

– Ich wusste es. Gleich als ich dich gesehen habe, wusste ich es.

Wiebkes Finger fühlen sich stark und sicher in Lores Haaren an.

– Und Vati? Haben sie ihn auch?

– Ich weiß es nicht.

– Hast du Muttis Adresse?

– Nein, Oma.

– Dann weiß sie also nicht, dass du nun hier bist?

– Nein, aber sie hat gesagt, wir sollen zu dir gehen.

Eine Weile lang schweigen sie. Wiebkes Finger streifen über Lores Hals, während sie ihr das Haar bürstet. Lore hört ihre Großmutter atmen, leise und heiser, sie riecht die Spätsommersonne auf den Steinen draußen, die muffige Feuchte der Wände drinnen. Ihr Hals ist wie zugeschnürt. *Es gibt zu viel zu erzählen.*

Oma geht durch den Raum, richtet Lore auf und legt die Arme um sie. Lore schwankt ein wenig, stößt mit den Kniekehlen gegen den Stuhl, dessen Beine über den blanken Boden kreischen. Sie legt der alten Frau die Hand auf den Rücken, fühlt das Rückgrat unter der Bluse.

– Du brauchst dich nicht zu schämen. Du brauchst dich nicht für sie zu schämen.

Ihr Griff ist fest und entschlossen. Lore kann kaum atmen. Dann hält Oma sie auf Armeslänge von sich. Das Haar der alten Frau wirkt staubig, ihre Haut hat dieselbe Farbe. Mit ihren grauen, wässrigen Augen starrt sie Lore ins Gesicht. Lore spürt ein hitziges Kribbeln am Hals. Wiebke setzt sich mit ihren Bürsten auf den Stuhl neben ihnen.

– Wir werden sie finden. Das Rote Kreuz hat bestimmt ihre Adresse. Sie kommen zurück, Mutti und Vati. Sie sind nur eine Weile fort.

Lore kann Oma nicht ins Gesicht sehen. Stattdessen schaut sie auf ihre Wangen, auf die weichen Hautfalten an ihrem Hals. Die alte Stimme klingt brüchig, als sie weiterspricht:

– Jetzt ist alles vorbei. Zu Ende.

Lore spürt, wie der Schweiß unter ihren Armen juckt. Omas Finger halten sie fest, fräsen sich in ihre Schultern.

– Einige sind zu weit gegangen, mein Kind, aber glaub nicht, dass alles nur schlecht war.

56.

Lore schrubbt Jüris Gesicht und Finger, bindet den roten Stoffstreifen ordentlich um Liesels Kopf.

– Oma wird uns gleich abholen, wir müssen uns also fertig machen.

– Kommt Vati auch?

– Vati ist nicht da.

Lore versucht, es so normal wie möglich klingen zu lassen, als hätten sie das die ganze Zeit ohnehin schon geahnt. Sie blickt in die Runde, um zu sehen, ob Thomas sie ansieht, aber er hat ihnen den Rücken zugewandt, packt ihre Sachen zusammen. Jüris Augen sind ausdruckslos. Liesel weint, und dann schreit sie. Hämmert mit den Fäusten auf Lores Arm ein.

– Du hast gelogen!

Lores Arme werden taub von den Schlägen ihrer Schwester, aber sie verteidigt sich nicht. Lässt Liesel schreien. Sagt nichts: weil ihr nichts einfällt. Sie bindet sich die Zöpfe mit einem sauberen Stoffrest zusammen, reibt ihre Stiefel blank, trennt den Rand von Peters Windel ab und verwendet ihn als Schnürsenkel. Sie mustert den schweigenden Jüri und die zeternde Liesel, beschließt, ihnen Hemd und Bluse zu waschen oder zumindest den gröbsten Dreck herauszuspülen, bevor Oma kommt.

Thomas holt Wasser für Lore, bleibt neben ihr sitzen, während sie die Kleidungsstücke der Kinder wäscht.

– Ich habe Oma nichts von dir erzählt.

– Aha. Gut so.

– Ich meine nicht das mit dem Gefängnis. Ich habe überhaupt nichts gesagt. Sie weiß nicht, dass du bei uns bist.

– Ja, ich weiß.

– Ich wusste nicht, was sie sagen würde. Ich konnte es nicht. Noch nicht.

– Schon gut. Ich habe den Kindern gesagt, ich bin ihr heimlicher Bruder. Einstweilen.

– Ja.

– Du erzählst ihr das mit Jochen, und das reicht erst einmal.

Thomas hat die Fingerspitzen auf den Rand des Eimers gelegt. Lore wartet, aber er berührt sie nicht.

57.

Wiebke klettert über die Trümmer, um sie abzuholen. Lore beobachtet sie, als sie die Kinder zählt.

– Jochen ist gar nicht da.

Jüri steht zwischen den zerbrochenen Wänden. Er kann sich nicht an Wiebke erinnern.

– Wo ist Jochen?

– Er ist tot, in Russland.

Wiebke schaut zu Lore hinüber.

– Die russische Zone. Sie haben ihn an der Grenze erschossen.

Mehr bringt sie nicht heraus.

Wiebke kraxelt vor ihnen zurück über die Trümmer. Auf der Straße flüstert sie mit Oma, während Lore die Kinder hübsch zurechtmacht, sie sich in einer Reihe aufstellen lässt und ihre noch feuchten Kleider glattzieht. Oma schaut sie an, legt ihnen nacheinander die Hand auf den Kopf. Lore wartet auf die Fragen, fragt sich, ob Thomas wohl in der Nähe ist. Sie von den Ruinen aus beobachtet, sieht, wie ihr die Gedanken durch den Kopf schießen. Die Dinge, die man sagen darf, und solche, die man nicht sagen darf, die Schwierigkeiten, alles zu erklären. Lore fragt sich, ob Thomas wohl auch erstaunt wäre, dass Oma gar nicht nach Jochen fragt. Vielleicht, so denkt sie, sieht er Oma von seinem Versteck aus nicken. Dabei weiß sie, dass er zu weit weg ist, um der alten Frau in die verschleierten Augen zu sehen. Die roten Äderchen in Omas Wange, die sie zum Kuss hinhält.

58.

Liesel weint wieder, als sie bei Oma zu Hause ankommen, sagt, Lore hätte ihr versprochen, dass Vati da wäre. Oma ist anfangs überrascht, irritiert. Schweigend packt sie ihre schäbigen Sachen aus. Nachdem sie die Decken zusammengefaltet und die Schranktür zugemacht hat, erklärt sie Liesel und Jüri in freundlichem Ton, dass Vati wahrscheinlich bei den Amerikanern ist. Liesel hört auf zu weinen, wischt über die bleichen Wangen und flüstert:

– Wird er jetzt bestraft?

Oma blinzelt ihre Enkelin an, und alle stehen schweigend da, während Wiebke einen Laib Brot für sie in Scheiben schneidet.

59.

In der ersten Nacht schlafen sie mit Oma und Wiebke in einem Zimmer. Von Haken an der Decke hängen Vorhänge herab, die den kleinen Raum in noch kleinere Abschnitte unterteilen. Oma und Wiebke haben jede ein Bett, mit einer Stoffwand dazwischen. Wiebke besteht darauf, dass Lore und Liesel ihr Bett nehmen, und daneben legt sie eine Matratze für Jüri auf den Boden. Wiebke legt sich auf ihre Decken, und Peter richtet sie ein Bett in einer alten Schublade. Oma wünscht ihnen allen gute Nacht, dann zieht sie den schweren Vorhang um ihr Bett.

Lore starrt die dunklen Falten des Stoffs an, horcht, ob ihre Oma weint. Wegen Jochen, Mutti, Vati. Kein Laut dringt durch die Trennwand. *Wir sind zu Hause.* Lore versucht, Liesel zuzuflüstern, aber ihre Schwester hat ihr den Rücken zugedreht, weigert sich zu antworten. *Bei Oma*. Lore sagt die Worte vor sich hin. Das Bett ist weich und warm, im Zimmer ist es still. Mutti ist bei den Amerikanern, und Vati wahrscheinlich auch. Thomas versteckt sich in den Ruinen, Jochen ist tot. Lore weint, kann nicht mehr aufhören, stopft sich das Laken in den Mund. In der Dunkelheit rutscht Jüri ein Stück zu ihr herüber. Unbeholfen streichelt er ihr übers Haar und trocknet ihr die Tränen mit dem Ärmel.

– Ich wusste, dass Vati nicht da sein würde, Lore.

– Weshalb?

– Thomas hat es mir erzählt.

– Ach. Warum hast du mir das nicht gesagt?

Jüri zuckt mit den Achseln.

– Er hat erzählt, Männer kämen nach einem Krieg ins Gefängnis. Es sind jetzt eine Menge Väter im Gefängnis, Lore. So schlimm ist das gar nicht, glaube ich.

Lore legt den Arm um ihren kleinen Bruder, der nun zu ihr ins Bett schlüpft.

– Ist Thomas jetzt allein?

– Ich glaube schon, Jüri. Wahrscheinlich.

– Meinst du, er ist traurig?

– Ich weiß nicht. Vielleicht. Wann hat er dir das mit den Vätern erzählt?

– Das ist schon lange her. Weiß nicht mehr. Thomas hat gesagt, wir sollten zum Kirchturm kommen, um ihn zu treffen. Werden wir das tun?

– Ja, natürlich.

– Morgen?

Lore kann sich nicht erinnern, was sie Thomas über Vati erzählt hat, ob sie ihm überhaupt etwas erzählt hat. Sie denkt an all die Väter im Gefängnis, sagt wieder für sich *So schlimm ist das gar nicht*, und kann sich doch nicht selbst davon überzeugen.

Trotzdem ist sie froh, dass Jüri nun neben ihr im warmen Bett liegt. Und auch froh, dass er und Liesel Oma nichts von Thomas erzählt haben. Eine Lüge, die gewahrt blieb, ein Bruder, der geheim gehalten wurde. Sie gibt ihm einen Kuss auf den Kopf.

– Du warst heute sehr brav.

60.

Wiebke sitzt mit Lore auf dem Flur des Krankenhauses, während Peter gemessen und gewogen wird.

– Deine Oma ist eine stolze Frau. Es ist jetzt alles ganz anders für sie. Sie hat niemanden mehr. Nur noch mich.

Sie lacht. Wiebke hat Sommersprossen und hauchdünne Falten um die Augen. Kühl und weich liegt ihre Hand auf der von Lore.

– Sie bekommt jetzt eine Extraration Lebensmittelkarten für euch. Dann habt ihr jeden Tag etwas zu essen, mehr für Peter, und auch ein paar Kleider. Sie wird sich darum kümmern.

Lore lehnt sich vorsichtig an Wiebkes Schulter, fühlt das leichte Vibrieren ihrer Stimme durch die Haut hindurch.

– Und sie wird sich daran gewöhnen, euch wieder alle um sich zu haben. Deine Mutter hat aufgehört zu schreiben, noch vor dem Ende. Oma hat sich große Sorgen gemacht. Das weiß ich.

Lore schmiegt den Kopf in Wiebkes Hand, und ihre Ruhe hält bis in den Abend hinein an.

61.

Jüri ist ganz aufgeregt und läuft voraus. Die anderen stapfen hinter ihm über die Schuttberge. Lore nimmt Peter Huckepack, und er hält sich an ihrem Hals fest, während sie über Mauerreste steigt, auf denen noch Tapetenreste haften. Sie klettern in einen kleinen Hof hinab. An manchen Stellen ist das Pflaster zerbrochen und eingesunken, aber es ist sonnig und farbenfroh dort. Gelb und lila blühendes Unkraut wuchert durch die Steinplatten und oben auf den Mauern.

Auf der anderen Seite des Hofes hängt eine Tür lose in den Angeln. Jüri macht sie auf und führt Lore in die kühle Dunkelheit hinein. Thomas ist drunten. Er zündet eine Kerze an und lächelt. Sein schmales Gesicht wird faltig, und durch die Zahnlücken schimmert rosa seine Zunge. Jüri springt die Kellertreppe hinab.

– Er sagt, er wird hier bleiben. Das stimmt doch? Das hast du doch gesagt?

Thomas schaut Lore an, noch immer lächelnd. Ihre Finger kribbeln.

– Ich habe hier aufgeräumt. Vielleicht finde ich einen Ofen in den Trümmern, dann wird es hier warm und ich kann kochen.

– Dann ist er hier und wir können ihn besuchen.

Jüri rennt ausgelassen rufend über den Hof, während Thomas Holzplanken und Fensterrahmen aus den Trümmern aufsammelt. Er macht draußen ein Feuer, Lore kocht Kartoffeln und wärmt Ziegelsteine für Thomas in der Glut. Damit er sich gegen die Kälte der Kellernacht wehren kann, wenn sie, Jüri und Peter zurück zu Liesel, Oma und Wiebke gegangen sind und Thomas wieder allein ist.

62.

Was von Omas Haus übrig blieb, ist sogar noch kleiner als das Zimmer auf dem Bauernhof. Die Häuser auf der gegenüberliegenden Straßenseite sind nicht so schwer beschädigt, und Oma findet bei ihren Nachbarn, den Meyers, einen Raum, in dem ihre Enkelkinder übernachten dürfen. Sie erinnern sich an Lore und Liesel, als diese noch klein waren, und es stehen Apfelbäume in ihrem Garten, der fast bis hinunter zur Alster führt.

Oma legt den Tagesablauf fest. Jeden Abend essen sie mit ihr und Wiebke, dann bringt sie die Kinder über die Straße, in ihr Nachtquartier. Am Morgen holt sie alle wieder zum Frühstück ab, plaudert mit den Meyers, während Lore auf der Treppe ihren Bruder und ihre Schwester zur Eile antreibt. Wiebke breitet ein Tischtuch aus und legt für jede Mahlzeit Besteck auf. Unter Omas Anleitung verteilt sie sorgfältig das Essen; dreimal am Tag essen sie. Oma schneidet ihr Brot mit Messer und Gabel und sagt den Kindern, sie sollen langsam essen, aber das Essen ist dennoch zu schnell weggeputzt, und sie stehen stets hungrig vom Tisch auf.

Der Sommer geht seinem Ende entgegen, aber das Wetter ist noch schön. Liesel ist nach wie vor böse auf Lore. Sie hilft Wiebke, die Wäsche in dem verwilderten Garten aufzuhängen, sorgt mit ihr für Ordnung, leistet ihr beim stundenlangen Schlangestehen Gesellschaft. Oma sitzt am Tisch vor dem Fenster und schreibt Briefe. Ist manchmal den ganzen Vormittag beim Roten Kreuz, und am Nachmittag schläft sie hinter dem Vorhang um ihr Bett.

Lore kümmert sich um Peter, und Jüri trottet hinterher. Er redet leise mit sich selbst, schießt dabei Kiesel mit dem Fuß beiseite. Lore versucht nicht hinzuhören, glaubt, er rede mit Jochen, will es nicht hören. Wann immer es möglich ist, gehen sie zum Keller. Rasche Besuche bei ihrem heimlichen Bruder, in der ruhigen Zeit, wenn Oma schläft und Wiebke mit Liesel strickt und ihre Kleider stopft.

Thomas freut sich jedes Mal, wenn sie kommen, und lächelt stumm. Lore glaubt, er warte auf sie beide. Lauscht ihren knirschenden Schritten auf dem Schutt um seine Kellerbehausung, ist einsam an den Tagen, an denen sie nicht kommen. Sie ist stets aufs Neue bestürzt, wie dünn er ist. Die Zahnlücken, die Lumpen um seine Füße. Zwischen den Besuchen hat sie ein anderes Bild von ihm, und es dauert immer eine Weile, bis sie sich wieder an die schäbige Wirklichkeit gewöhnt hat, an seine vorstehenden Knochen. Sie starrt ihn an; Kleidung, Haut, sogar die Wimpern sind mit dem Staub der bröckelnden Kellerwände bedeckt.

63.

Herr Meyer hantiert mit der Kamera herum. Alte Finger, die mit den Einstellungen nicht zurechtkommen, alte Augen, die dem Licht misstrauen. Er dirigiert die Kinder umständlich auf ihre Plätze, am Tor, vor der Hecke, wo das zerstörte Haus nicht im Blickfeld ist.

– Wir hätten früher anfangen sollen. Vor dem Mittagessen. Jetzt kann ich euch gar nichts versprechen. Womöglich vergeuden wir den ganzen Film, und dann wird uns Herr Paulsen viel zu viel fürs Entwickeln berechnen. Wir sollten bis morgen warten.

Das Foto ist für Mutti. Oma weiß, in welchem Lager sie jetzt ist, kann es ihr also schicken. Es wird ihr helfen, sagt Oma. Sie hat Kleider geborgt, die sie nun auf dem

Foto tragen dürfen. Peter zerrt immerzu an dem Matrosenmützchen, das er aufhat, aber Liesel ist froh über den blauen Seidenschal, der ihr stoppeliges Haar bedeckt.

Oma hat einen Brief an Mutti geschrieben, von ihnen allen. Sie haben ihn unterschrieben, ohne ihn zu lesen. Lore will gar nicht wissen, was drinsteht. Sie ist erleichtert, dass sie ihn nicht schreiben musste. Sie hilft Wiebke dabei, die Kinder zurechtzumachen. Es ist kalt. Jüri reibt sich Hände und Knie, Liesels Zähne klappern.

Gegen Abend bringt Herr Meyer das Foto zurück. Ein paar ernste Menschen mit großen Augen stehen auf zerbrochenen Pflastersteinen. Lore, die Größte, neben ihr Liesel, dann Jüri und schließlich Peter, ganz vorne, der sich an Jüris Bein festhält. Liesels Schuhe sind zu groß, und Jüris Ohren wirken riesig an seinem schmalen Kopf. Lores Scheitel ist schief, Wiebkes Anstrengungen zum Trotz, und sie hat die Augen halb geschlossen. Dünn sind sie alle. Wangen und Handgelenke treten deutlich hervor, die Knie scheinen zu groß, die geborgten Kleidungsstücke schlottern ihnen um die Hüften. Lore hat das Gefühl, Fremde anzusehen, oder Leute, die sie vor langer Zeit einmal kannte.

Die Aufnahme wird mit dem Brief in einen Umschlag gesteckt. Lore spürt, wie sich ihr der Magen zusammenzieht, als Oma die Adresse daraufschreibt. Mutti wird sehen, dass Jochen nicht mehr da ist.

64.

Sie warten auf Neuigkeiten, die Tage werden kühler. Peter weint jetzt weniger, hat sein Lächeln wieder gefunden, und sein Gesicht ist etwas voller. Er spricht in Wortfetzen zu Lore, wenn er neben ihr steht, und will unbedingt alleine gehen. Statt ihn zu tragen, streckt Lore die Hand nach ihm aus, doch das kann ihr das beruhigende Gewicht auf dem Arm nicht ersetzen. Sie muss Thomas Recht geben, noch ist der geeignete Zeitpunkt nicht gekommen: Jüri und Liesel halten sich an die Vereinbarung, ihr heimlicher Bruder bleibt ein Geheimnis. Trotzdem wagt es Lore, den Keller häufiger aufzusuchen.

Sie beobachtet Jüri auf dem Hof, während sie mit Peter in der Herbstsonne spielt. Er läuft hinter Thomas her und klaubt das Treibholz zusammen, das dieser aus der Alster gefischt und hier zum Trocknen ausgebreitet hat. Thomas ist schweigsam, und Jüri flüstert ununterbrochen, lacht laut und lange in der stillen Nachmittagsluft. Lore sieht, wie Thomas Jüri bei der Hand nimmt, und wie Jüri die Hand zur Faust ballt, die sich um Thomas' Zeigefinger schließt.

Wiebkes Freund schmuggelt ein Radio aus seiner Kaserne. Am Abend führt sie es Lore vor, gemeinsam hören sie Jazz. Wiebke bringt ihr auch die Art zu tanzen bei, die sie in den amerikanischen Filmen sieht, wenn sie mit ihrem schottischen Freund ins Kino geht. Wenn Lore weint, legt Wiebke die Arme um sie und wiegt sich langsam zur Musik mit ihr. Mutti kommt bestimmt nach Hause, sagt sie dann zu ihr, und alles wird anders. Lore genießt die sanfte Umarmung, die Arme, die ihr Gesicht beschirmen. Dass es Thomas ist, den sie vermisst, sagt sie Wiebke nicht.

65.

In Omas Haus kommt ein Brief an, adressiert an Lore. Ein Umschlag mit ihrem Namen darauf, in Muttis Handschrift. Sie steht am Fenster und liest die kurze Nachricht.

Mutti schreibt, dass Vati in Sicherheit ist, sie wird seine Adresse schicken, sobald sie eine hat. Durch die Amerikaner hat sie ihm ausrichten lassen, dass seine Kinder zu Hause in Hamburg sind. Lore und die Kleinen sollten ihm auch schreiben, da er womöglich lange Zeit fort ist. Bald fängt die Schule wieder an. Sie sollen sich anstrengen und an die Zukunft denken, und an alles, was sie bringt. Mutti bittet Lore, Jüri und Liesel einen Kuss von ihr zu geben, und darauf zu achten, dass Peter genug zu essen bekommt. Lore liest Oma den Brief laut vor, schaut wieder auf die Tintenkringel, die ihren Namen bilden. In dem Brief steht nichts über das Lager, das Bett, in dem Mutti schläft, was sie isst und was sie vom Fenster aus sieht. Und es steht nichts über Jochen drin.

Sie liest den Kindern den Brief vor. Sie wollen ihn noch einmal hören, und Jüri fordert auf der Stelle seine Küsse, lacht; Liesel dagegen fragt nach Vati. Immer wieder will sie von Oma wissen, wann sie eine Adresse bekommen. Sie gehen zu Bett und schwatzen miteinander in ihrem gemieteten Zimmer. Lore spricht nicht über Jochen, oder Thomas, und Liesel und Jüri auch nicht.

66.

Es ist ein strahlender Herbstmorgen; zackige Schatten fallen aufs Pflaster und berühren die Straße. Oma ist mit Liesel fortgegangen, um sich für Schuhe anzustellen, Wiebke hat Jüri mitgenommen, um Kohlen zu holen. Lore hat den ganzen Morgen Zeit für einen Besuch bei Thomas. Sie hat ein paar Löffel Zucker aufgespart, die sie ihm mitbringen will, und auf dem Weg dorthin gibt sie Peter nun winzige Portionen davon ab. Sie leckt sich die Körner von den Fingern, die er nicht erwischt hat, kleine süße Explosionen auf ihrer Zunge. Peter will sich nicht tragen lassen. Feierlich tapst er vorwärts, hält sich an ihren Beinen fest, den Rock umklammert er mit der einen Faust. So folgen sie in der Sonne den Straßenbahnschienen. Mitten auf der Straße, in gehörigem Abstand zu den schiefen Wänden ausgebombter Gebäude.

Lore hört ein Bimmeln hinter sich, ein metallisches Vibrieren. Sie dreht sich um und sieht eine vollbesetzte Straßenbahn die Steigung heraufkommen. Eine fröhliche Menschenmenge winkt sie zur Seite. Sie bückt sich und nimmt Peter auf den Arm, trottet nun am Straßenrand weiter, wird schneller, je näher die Bahn kommt. Die Passagiere lachen und winken, Peter winkt zurück. Sie strecken Lore die Arme entgegen und heben sie vom Straßenrand hoch. Ihre Beine baumeln in der Luft, sie hält Peter gut fest, bis sie auf einmal lächelnd und außer Atem zwischen den glücklichen Gesichtern an Bord ist; gegen Rücken, Brust und Arme der anderen gestoßen wird, im Rhythmus der gemächlich schaukelnden Straßenbahn.

Ein junger Mann macht ihr im hinteren Wagenteil Platz, und sie setzt sich mit Peter neben zwei junge Frauen. Eine ist blond, die andere hat dunkles Haar. Sie tragen geflickte Mäntel, und ihre Schuhe sind alt und rissig, aber sie haben Lippenstift aufgelegt und sitzen seitlich mit ordentlich übereinander geschlagenen Beinen. Lore schiebt sich das Haar hinter die Ohren, zupft lose Fäden von ihrem Rock.

Die beiden Frauen lesen gemeinsam Zeitung. Sie reden leise miteinander, deuten auf etwas, schütteln die Köpfe. Die dunkelhaarige Frau bemerkt, dass Lore zusieht, und hält die Zeitung so, dass Lore mit hineinschauen kann, lächelt ermutigend. Die Straßenbahn rüttelt und schüttelt beim Fahren; Peter steht auf Lores Oberschenkel und plappert ihr ins Ohr. Lore überfliegt den Text mit den

Augen, stößt in den Zeitungsspalten immer wieder auf dieselben Wörter: Gefangenenlager und Arbeitslager, Verbrechen und Gerichtsverfahren. Die Frau blättert um, auf dieser Seite sind Fotos. Dunkel und fleckig auf dem dünnen Papier, und noch dazu wohlvertraut. Die Skelette von Menschen. Stacheldrahtzäune und hagere Gesichter, haufenweise Knochen, Schuhe, Brillen.

– Das sind die amerikanischen Schauspieler, nicht?

Lore deutet auf die Fotos. Die blonde Frau lacht. Die Dunkelhaarige sagt, das sei nicht witzig.

– Nein, ich weiß. Das sind Juden.

Lore wird rot. Die dunkelhaarige Frau ist verärgert.

– Schau sie doch an: Die schauspielern nicht, die sind tot!

Sie blättert weiter. Lore sieht die bekannten schwarzen Krägen, auf denen sich das Blitzlicht spiegelt. Bilder von klar blickenden Männern in Uniform: SS, SA, Gestapo. Die dunkelhaarige Frau deutet darauf.

– Sie haben sie getötet. Mit Gas und Gewehren.

– Heide! Sie ist doch noch ein Kind.

– Na, dann soll sie es eben selber lesen.

Lore schaut die vollkommenen roten Lippen der Frau an. Ihr Herz pocht heftig, die Straßenbahn schaukelt, rollt dahin und bleibt schließlich stehen. Die dunkelhaarige Frau steht auf, hält Lore die Zeitung hin. Ihre blonde Freundin steht auch auf.

– Bitte zeig ihr das nicht mehr. Es ist zu viel für sie.

– Die Amerikaner sagen, sie sollten in der Schule davon erfahren. Und die Briten wollen Demokratieunterricht geben.

– Also, bitte, es reicht jetzt mit den politischen Reden!

Die blonde Frau dreht sich zu Lore um.

– Weißt du, das waren böse Männer, und jetzt sind sie

im Gefängnis, wo böse Männer hingehören. Und das ist alles.

Die jungen Frauen steigen aus. Lore blickt sich um, die anderen Passagiere stehen noch dicht beieinander und unterhalten sich lautstark. Niemand sieht sie an, und die Straßenbahn fährt weiter. Sie rutscht mit der Zeitung ans Ende der Bank, setzt Peter neben sich ans Fenster. Lore überblättert rasch die Skelettmenschen, bis sie zu den Porträts kommt. Sie mustert ihre Kleidung eingehend, die Augen, Nasen, Kieferknochen. Manch einer trägt Vatis Uniform, keiner hat sein Gesicht.

67.

– Hast du die Fotos gesehen, Thomas?

– Was für Fotos?

Thomas blinzelt im Sonnenlicht vor seiner Kellertür.

– Die Skelettmenschen. Die Toten.

– Ach so.

Lore hat das Gefühl, ihr dreht sich der Magen um. Sie steht an der Kellertür, hält Peter im Arm, der sich loszumachen versucht, um an ihre Schürzentasche mit dem zusammengeknoteten Taschentuch voll Zucker zu gelangen. Thomas sagt nichts, mit knochiger Hand schirmt er die Augen ab.

– Jetzt hat man angefangen, sie zu bestrafen. Diejenigen, die sie umgebracht haben.

Lore schnürt sich die Brust ums Herz. Thomas nickt, reibt an seiner Stirn, die bleiche Haut spannt sich über den Knochen.

– Du hast Liesel erzählt, es würde so kommen.

– Ich weiß. Hat es jetzt angefangen?

– Ja. Ich habe es in der Zeitung gesehen.

Seine Augen sind heller als gewöhnlich. Thomas wendet sich zur Seite. Er geht die Kellertreppe in die Düsternis hinunter, hält einen Arm ausgestreckt, als müsse er sich abstützen, die Fingerspitzen streifen an der bröckelnden Wand entlang. Putz fällt herab.

– Thomas?

Lore folgt ihm vorsichtig hinunter ins kühle Dunkel, ganz blind nach dem blauen Himmel und der grellen Mittagssonne draußen.

– Die Frau in der Straßenbahn hat gesagt, dass es echte Menschen waren.

– Ja.

– Es waren Juden. Das hat sie mir gesagt.

– Ja.

Lores Augen gewöhnen sich an die Dunkelheit, und jetzt kann sie Thomas sehen. Er steht mit dem Rücken zu ihr, seine Schultern wirken eckig wie eine Mauer, aber sie muss es wissen.

– Thomas? Weißt du noch, dass du Jüri von all den Vätern erzählt hast, die jetzt im Gefängnis sind?

– Was?

Thomas dreht sich ein wenig um, und Lore sieht, dass seine Lippen von den verbleibenden Zähnen zurückgewichen sind.

– Was willst du von mir?

Ihr Magen ballt sich zusammen. Sein Atem füllt den Raum.

68.

Lore geht eine Woche lang nicht mehr zum Keller, sie winkt Jüri nach, wenn dieser am Nachmittag die Straße allein entlanggeht. Bei den Mahlzeiten schaut er sie vorwurfsvoll an, flüstert in der Dunkelheit des Schlafzimmers mit ihr. Erzählt, Thomas habe nach ihr gefragt und möchte wissen, warum sie nicht kommt.

Lore liegt wach, während die Kinder schlafen, die Nachttischlampe brennt noch. Sie kämpft gegen das Zufallen ihrer Lider, fürchtet sich vor den Bildern, die hinter ihren Augen lauern, den Fäden, die sich in der Dunkelheit selbst zusammenknoten.

Sie döst am Tag. Mit Peter in der Straßenbahn, mit Liesel und Wiebke beim Schlangestehen, wenn sie mit ihrer Oma am Tisch vor dem Fenster sitzt.

Mutti, Vati und Thomas umkreisen ihre Gedanken, werden weggestoßen, kommen wieder zurück.

69.

Es ist später Nachmittag, und Jüri ist nicht nach Hause gekommen. Oma ist wach und hat schon zweimal nach ihm gefragt, sie macht sich Sorgen, dass er in den Ruinen spielen könnte.

– Dort ist es gefährlich, Hannelore. Ich hab ihm gesagt, er soll sich da fern halten!

Lore geht zum Ende der Straße, um nach ihrem Bruder Ausschau zu halten. Wartet zwanzig Minuten, eine halbe Stunde, aber er lässt sich nicht blicken. Sie schaut zurück zum Haus, sieht Oma im Mantel dastehen, am Eisentor zur Straße hin. Beunruhigt winkt Lore ihr zu. Sie brauche sich nicht zu sorgen, ruft sie ihr zu, sie wird ihn suchen gehen; es dauere bestimmt nicht lange.

Lore schaut von der Straßenbahn aus nach ihm, läuft rasch durch die Straßen. Sie will Thomas nicht sehen, will nur Jüri finden und dann sofort nach Hause gehen. Sie ruft nach ihrem Bruder, aber es kommt keine Antwort, und sie geht noch näher an den Keller heran. An der Ecke wartet sie, aber es ist schon so spät. Also klettert sie über den Schutt, das Herz voller Bedenken, den Hass in Thomas' Gesicht vor Augen. Als sie aber auf den Hof huscht, hockt Jüri allein am Eingang zum Keller.

Der Ofen liegt seitlich am Boden, lose Ziegel wurden aus den Wänden gerissen, und die Tür hängt lose in den Angeln. Jüri ist blass und atmet flach, seine Augen haben dunkle Ringe, als hätte man ihn geschlagen. Lore setzt sich neben ihn, und er drückt ihr die Finger in die Haut.

– Was ist passiert?

– Thomas ist weg.

– Wo ist er hin?

– Ich weiß es nicht.

– Was ist geschehen?

– Wir sind Brennholz suchen gegangen. An der Ecke des Bahnhofs hat er zu mir gesagt, ich soll auf ihn warten, er würde Suppe für uns holen, und da habe ich gewartet, aber er ist nicht mehr wiedergekommen.

– Wie lange hast du gewartet?

– Zwei Stunden.

– Vielleicht musste er Schlange stehen?

– Aber er hat die Tür eingetreten, Lore. Er war das. Ich weiß, dass er es war.

– Habt ihr euch gestritten, Jüri? Hat er dich geschlagen?

– Nein. Er ist weg. Er hat nach seinen Sachen gesucht. Aber ich habe sie versteckt.

– Was für Sachen?

– Du wüsstest das, hat er gemeint. Ich sagte, du würdest es nie erzählen, aber er glaubte mir nicht, weil du nicht mehr gekommen bist, und jetzt ist er weg.

Jüri jammert, hält sich an Lores Arm fest. Sein Gesicht ist von Tränen und Rotz verschmiert. Er redet, und sie kann ihn gar nicht verstehen.

– Du darfst es niemandem erzählen. Nicht einmal Liesel. Oder Peter. Niemals!

– Jüri!

– Versprochen? Bitte, versprich mir, dass du es niemandem sagst.

– Was hast du versteckt?

Lore hilft ihm, die Bodenfliese aufzuheben. Kellerasseln schrecken auf und huschen umher, suchen in den Trümmern einen Unterschlupf. Thomas' Brieftasche liegt in einer Nische unten an der Mauer. Klein und braun, mit rissigem, abgenutztem Leder.

– Ich habe es nur getan, damit er nicht geht. Ich wollte nicht, dass er böse wird. Glaubst du, er ist wütend auf mich?

Jüri weint immer noch. Lore zieht die Brieftasche aus dem Versteck und öffnet sie mit steifen, ungelenken Fingern, ihr Inhalt fällt auf den Boden. Zu ihren Füßen liegt ein abgerissenes Stück Stoff, auf der einen Seite ist ein gelber Stern aufgenäht. Darunter liegt ein anderer Fetzen aus demselben Stoff, ebenfalls ausgerissen, mit der wohlbekannten Zahlenreihe auf den schmutzigen Streifen. Und noch in der Brieftasche ist eine dünne graue, zusammengefaltete Karte, und darin befindet sich ein Papier mit einem Foto und einem großen schwarzen Stempel. Jüri sieht zu, wie Lore das Bild ans Licht hält.

– Wusstest du das nicht?

– Was?

– Das ist er gar nicht.

Das Foto zeigt einen Mann mit dunklen Haaren und tief in den Höhlen liegenden Augen. Verwischt, abgenutzt, zerknittert. Auf den ersten Blick könnte Lore es für Thomas halten. Sogar als sie näher hinschaut, meint sie seine stumpfen Wangen, den zackigen Kieferknochen zu sehen. Sie legt die Papiere und Stofffetzen vorsichtig auf die zerbrochenen Fliesen. Ihre Handgelenke fühlen sich schwach an, das Papier ist spröde. Das Gesicht auf dem Bild hat einen weichen Mund. Vielleicht ist das gar nicht Thomas, vielleicht hat Jüri Recht.

– Er hat es sich genommen. Er musste es einfach haben. Weil die Amerikaner schon da waren.

– Thomas hat diese Sachen gestohlen?

– Du darfst es niemand erzählen, Lore. Er sagte, es sei nicht so schlimm gewesen. Der Mann war Jude, weißt du. Er war schon tot.

Lore starrt immer noch das Gesicht an. Die verhärmten Gesichtszüge, die dünnen, leicht geöffneten Lippen, die nach unten gerichteten Augen mit den beinahe geschlossenen Lidern. *Schon tot.* Lore mustert das Papier, aber der Name ist in einer Falte verschwunden, ging im nervösen Auseinanderfalten und Zusammenlegen verloren.

– Thomas hat gesagt, die Amerikaner mögen Juden, deshalb hat er diese Sachen benutzt, um so zu tun als wäre er einer.

– Das hat er dir erzählt?

– Er meinte, du wüsstest das.

Jüri hockt sich hin, die knochigen Knie an die Brust gepresst, und wartet ab, wie Lore reagiert. *Was willst du von mir?* Wieder ballt sich ihr der Magen zusammen, der Speichel auf ihrer Zunge schmeckt plötzlich sauer. Sie spuckt aus, setzt sich mit dem Kopf zwischen den Knien hin; Jüri neben ihr zittert.

– Thomas meinte, die Leute hätten jetzt eine große Wut im Bauch, und da wäre es besser, jemand anders zu sein. Ich habe zu ihm gesagt, er könnte ja mit zu unserer Familie gehören, dann wüsste niemand, wer er ist.

Jüris Augen sind rot, sein Kiefer ist verzerrt. Lore kann ihn nicht mehr hören.

– Wir werden die Sachen verbrennen.

– Er hat gesagt, er wäre mein Bruder, Lore.

– Das weiß ich, ich weiß es. Wir verbrennen es, und dann gehen wir nach Hause.

Aus Teilen des zerbrochenen Holzofens macht Lore in den Trümmern ein Feuer. Zuoberst legt sie die Habe des Toten, die Brieftasche und das Foto, das zerknitterte Papier, auf dem sein Name stand, und die letzten Fetzen seiner Kleider. Die Flammen lecken um die Ränder des gestreiften Stoffs, der erst schwarz wird und dann zu glimmen anfängt. Das Papier liegt noch lange Zeit unberührt obenauf, bis es sich endlich zu kräuseln beginnt. Die verkohlten Ecken rollen sich über dem schmalen Gesicht auf dem Foto zusammen, und als sie wieder auseinander fallen, ist der Tote verschwunden.

Im Hof wird es dunkel um das kleine Feuer. Jüri zittert immer noch, aber Lore schwitzt in der Hitze, setzt sich ein Stück weit weg, drückt sich in eine Nische an der Wand. *Was willst du von mir?* Sie versucht, Thomas, die Gefängnisse und Skelettmenschen zu entwirren, Lügen und Fotografien, Tätowierungen und Zeitungen und Dinge, die nicht so schlimm sind, wie die Leute behaupten. Mittendrin sind Mutti und Vati und die Abzeichen in den Büschen, die Asche im Ofen und die dumpfe Ahnung, dass Thomas sowohl Recht als auch Unrecht hatte, gut und böse war, beides zugleich.

70.

Lore zieht die Stiefel an, sobald sich die Sonne über den Bäumen im Garten der Meyers zeigt. Jüri hat ein oder zwei Stunden geschlafen, seine Augen sind von den Tränen ganz zugeschwollen. Liesel setzt sich auf, aber Lore sagt ihr, es sei noch Zeit bis zum Frühstück, sie werde zurückkommen und sie wecken, wenn es soweit sei. Im Flur der Meyers sieht sie ihren Atem, und auf dem Weg durch Omas Garten hinterlässt sie Fußspuren im Reif. Mit verschlafenen Augen öffnet Wiebke die Tür und macht dann bitteren Gerstenkaffee, den Lore trinkt, während Oma sich anzieht. Es ist noch nicht hell, als Großmutter und Enkelin zum Wasser gehen.

Sie stehen am Pier, der gefrorene Sand knirscht unter ihren Füßen.

– Warum sind Mutti und Vati im Gefängnis, Oma?

– Sie haben nichts Unrechtes getan.

Die Antwort kommt weder schnell noch langsam, verrät nichts. Lore mustert Omas große, ruhige Augen. Sie wirkt nicht böse, fragt nicht, was gestern Abend war. Erst lange nach Einbruch der Dunkelheit waren sie zurück, in Trümmerruß gehüllt, nach Rauch stinkend. Beinahe wollen Lores Lippen das Geheimnis preisgeben, doch Oma lässt den Augenblick schweigend vorüberziehen.

– Das habe ich dir doch schon gesagt. Hannelore? Ich habe es dir gesagt, und du darfst es nicht vergessen.

Oma nimmt die Hand ihrer Enkelin, sanft spürt Lore die Berührung des Handschuhs, der über ihre Haut gleitet. Das Geheimnis ist auch das von Jüri. Und von Thomas.

– Alles hat sich verändert, Lore. Aber dein Vater ist immer noch ein guter Mensch.

71.

Die Tage werden kälter.

Von den Soldaten lernt Liesel englische Wörter: *butterscotch*, *chocolate* und, am schönsten, *humbug*, was sie zum Lachen bringt, weil es genau wie Hamburg klingt.

Nach einer Weile hat Jüri ein paar Freunde gefunden. Jungen in seinem Alter, und obwohl Oma es verbietet, spielt er laute Kriegsspiele mit ihnen in den Trümmern. Lore sieht ihm nach, wenn er aus der Deckung der Ruinen auf die offene Straße läuft. Er lässt sich fallen und bleibt still liegen. Zählt die Sekunden an den Fingern einer Hand ab.

Einmal geht Lore zum Keller zurück. Sucht nach Spuren in der Asche und den umgeworfenen Kartons. Sie findet nichts, nur die Decken in der Ecke, in der Thomas nachts gelegen hat. Lore geht die Straße hinunter, füllt den Eimer an der Wasserpumpe und wäscht seine Decken im Hof. Sie weint, den Kopf voller Abzeichen und Fotos, fühlt sich elend und einsam.

Eine Straßenbahn fährt vorbei, der Lärm verebbt, und in den Ruinen wird es wieder still. Lore macht die Augen zu, die Arme tief in den Eimer gesteckt, die Stirn gegen den kühlen metallenen Rand gepresst. Sie leert das kalte Wasser auf den Bodenfliesen aus, vergräbt die nassen Decken in den Schutthaufen um sie herum.

Mutti schickt eine Adresse für Vati und ein Foto von sich selbst, sie lächelt, sitzt irgendwo draußen auf einer Bank. Ihre Hände liegen im Schoß, sie sind feist. Auch das Gesicht ist rund, sie hat kurz geschnittene Haare, ihre Kleider wirken fremd. Lore lehnt das Bild gegen die Wand in ihrem kleinen Schlafzimmer, und Jüri und Liesel drängen sich davor, um ihre Mutter anzuschauen, ihr Bild schweigend aufzunehmen.

– Nächstes Jahr kommt sie ins britische Lager.

– Können wir sie dann besuchen?

– Vielleicht. Ich denke schon.

– Wird sie so aussehen?

– Ja, natürlich!

– Wie sieht Vati aus, Lore?

– Weißt du das denn nicht mehr?

Jüri schüttelt den Kopf und gähnt. Lore will nicht allzu lange darüber nachdenken.

– Er ist ungefähr so groß, und seine Haare haben dieselbe Farbe wie deine.

– Aber meine Haarfarbe ändert sich. Im Sommer sind sie blond.

– So ist das auch bei Vati. Im Winter sind sie dunkel, genau wie bei dir.

Zuerst stellt Jüri ein paar Fragen, doch dann schläft er ein. Liesel hört Lore zu und lächelt sie zum ersten Mal seit Wochen an. Lore bemüht sich, so ruhig wie möglich zu atmen, während ihr Herz wild weiterpocht. Sie beschreibt einen Mann, während sie sich auszieht: einen, der zu der neuen, feisten Mutti passt, um den zu ersetzen, der verbrannt, begraben und ausgebombt wurde.

Das Gesicht, das sie aus dem Feuer beobachtet, ist das von Thomas. Es rollt sich zu schwarzen Aschefetzen zusammen und ist verschwunden.

72.

Es ist jetzt Winter, mehr als ein halbes Jahr ist seit Kriegsende vergangen. Lore hat Geburtstag; fünf Wochen ist es her, seit Thomas fort ist, zwei Monate seit Muttis erstem Brief, über vier Monate seit Jochens Tod.

Jüri und Peter schenken ihr jeder ein Haarband. Lore weiß, Frau Meyer hat es aus ihren Vorhängen geschnitten. Mit Wiebkes Hilfe bäckt Liesel einen Kuchen, wochenlang hat sie ihre Zuckerration aufgespart. Oma verspricht Lore ein Paar Schuhe, sobald es wieder ein bisschen Auswahl gibt, und hat ihr Fahrkarten für eine Fahrt mit dem Dampfer gekauft.

– Eine für dich und eine für Jüri, Schatz. Peter darf umsonst fahren.

Oma begleitet sie zur Straßenbahnhaltestelle und winkt ihnen nach. Sie fahren an der Haltestelle zum Keller vorbei, und Lore sieht Jüri dabei an, aber er dreht sich nicht um. Sie fahren bis zum Hauptbahnhof und schlängeln sich dann zu Fuß durch die Innenstadt. Der Himmel ist aschgrau, platt und tief. Die Kälte dringt in ihre Kleider. Lore führt ihre Brüder an den stillen Kanälen entlang, und dann machen sie einen Bogen und steuern auf die Alster zu. Machen kehrt, wo eine Brücke fehlt, benutzen Abkürzungen, welche die Bomben ermöglicht haben.

– Hier standen vorher Gebäude, Jüri. Zwischen dem Kanal und dem See, da waren lauter Häuser. Siehst du? Man erkennt es immer noch daran, dass die Trümmer in rechteckigen Haufen liegen.

– Wann war das?

– Vor den Bomben.

– Wie alt warst du da?

– So alt wie du jetzt.

– Und ich?

– So alt wie Peter.

Der Wind bläst bitterkalt übers Wasser, und Lore wickelt Peter in ihren Mantel. Sie stellen sich mit dem Rücken zum dunklen Wasser und warten am Jungfernstieg auf die Fähre zurück nach Hause. Das Stadtzentrum liegt flach vor ihnen. Verkohlt, zerbrochen und voller Leben. Alles verändert sich, das Alte wird vom Neuen begraben. Lore setzt Peter auf die Bank und deutet für Jüri auf die Schutthaufen.

– Dort werden Häuser entstehen. Wo jetzt die Trümmer liegen.

– Warum denn?

– Damit dort wieder Leute wohnen können, du Dummchen. Die Leute können doch nicht den Rest ihres Lebens in Ruinen wohnen bleiben!

– Werden wir auch in einem neuen Haus wohnen?

– Ja, das werden wir.

– Mit Mutti.

– Ja, und Vati.

– Vati ist in einem Gefängnis.

– Ja, aber wir werden wieder zusammen wohnen, wenn er nach Hause kommt.

Sie gehen an Bord des Dampfers und suchen sich einen Platz im hinteren Teil, wo der Wind an der Persenning unterhalb der Reling zerrt.

– Wo ist Thomas jetzt, Lore?

– Ich weiß es nicht.

Lore schaut auf die Persenning und die Taue, die gegen das straffe Material schlagen.

– Denkt er an uns?

– Ich weiß es nicht.

– Wie alt bin ich wohl, wenn wir in unser neues Haus ziehen?

Lore zuckt mit den Achseln, die Fragen ihres Bruders gehen ihr auf die Nerven. Sie sieht andere Passagiere neben ihnen, die vor dem Wind Schutz suchen, aber unter ihnen liegt das leere Vordeck.

– So alt wie du heute?

– Ich weiß nicht, wie lange es dauern wird, Jüri.

Lore beugt sich nach vorn, und der Wind beißt ihr ins Gesicht. Die Luft ist kalt auf ihren Zähnen, als sie spricht, zerrt an ihren Haaren.

– Bist du dann so alt wie Thomas?

– Nein, weil er immer älter sein wird als ich, du Dummkopf.

Jüri lacht, und Lore steht auf. Jüri steht auch auf, aber sie sagt zu ihm, er solle bei Peter sitzen bleiben. Sie macht einen Schritt nach vorn, in den Wind. Die Luft saust übers Deck, braust um ihre Beine, und Lores Haut zieht sich in den Kleidern zusammen. Sie hält sich an der Reling fest, fühlt, wie die Luftströme an ihren Gliedern zupfen und zerren. Das Wasser liegt tief unter ihr, dunkel fließt es unter der Fähre dahin. Lore hebt den Kopf hoch, hält das Gesicht in den eisigen Sturm.

Dann geht sie an der Reling entlang an der Kabine vorbei, lässt Jüris Fragen und Peter und die anderen Fahrgäste hinter sich, bis sie vorne am Bug des Dampfers steht, außer Sicht ist.

Dort vorne, ganz allein, stemmt sie sich gegen den Wind. Nimmt erst die eine Hand, dann die andere vom Geländer, steht fest und sicher, das Ufer im Blickfeld. Lore freut sich auf die Stille bei Oma, auf Wiebkes Lächeln und Liesels Kuchen. Sie freut sich auf die Zeit, wenn es keine Ruinen mehr gibt, nur noch neue Häuser, und sie sich nicht mehr erinnern wird, wie es einmal war.

Ganz allein steht sie da, der Wind krallt sich in ihre Haut, wirbelt durch ihre Kleider. Lore schaut nicht aufs Wasser, blickt zum Ufer hinüber. Sie knöpft den Mantel auf und lässt ihn im Wind flattern, der ihr in den Ohren dröhnt. Sie macht den Mund auf, sodass der Winter in ihre Lungen rauscht und sie mit seiner bitteren Kälte füllt.

Lore hört, schmeckt und spürt nur Luft. Ihre Augen sind geschlossen, sehen nichts, verströmen eisige Tränen.

MICHA

Zu Hause, Herbst 1997

1.

Vom Parkplatz bis zur Wohnung seiner Großmutter ist es weit, und der junge Mann bekommt nasse Füße. Das Hochhaus steht weiß im Grün der künstlich angelegten Rasenflächen. Wenn die Sonne scheint, spazieren Bewohner paarweise über die gelben Kiespfade, und seine Oma sitzt draußen auf dem Balkon, hoch oben im zwölften Stock. An solchen Tagen bleibt der junge Mann im Gras stehen, zählt acht Fenster von oben und drei von der Seite ab, winkt und wartet, bis der kleine Punkt dort oben zurückwinkt. Heute regnet es, und der junge Mann ist allein auf dem Gelände.

Das ist Michael. Seine Oma heißt Käthe, und sie war mit Askan verheiratet.

Oma Käthe. Opa Askan.

Die Frau an der Rezeption lächelt, als sie ihn erkennt. Er trägt sich ins Buch ein, seine Brillengläser beschlagen in der Wärme der Eingangshalle, Wasser tröpfelt ihm vom Haar den Hals hinab, während er auf den Aufzug wartet.

Vor kurzem hat Michael angefangen, im Geiste einen Plan seiner Familie zu erstellen. Wenn er irgendwo Schlange steht, gerade nichts zu tun hat, breitet er diese Schichten aus Zeit und Raum vor sich aus, ein mehr oder weniger dichtes Netz aus Daten und Verbindungen, das er studieren kann, mit dem er die Lücken des Tages ausfüllt.

Oma Käthe und Opa Askan. Heirat 1938, Kiel. Zwei Kinder. Mutti, Karin, Kiel. 1941. Und später Onkel Bernd. In Hannover, nach dem Krieg. Nach Opas Heimkehr.

Oma steht an der Tür, als Michael aus dem Aufzug tritt. Sie winkt ihm von der anderen Seite des Flurs zu. Ich hab dich kommen sehen, ruft sie. Wie du durch den Regen gelaufen bist. Er setzt die Brille ab, und Oma putzt sie an ihrer Schürze ab. Sie gibt ihm ein Handtuch für die Haare und eines für die Füße. Seine Schuhe bleiben vor der Tür stehen, und seine Socken werden über die Heizung gehängt.

Michael ist groß, und Oma Käthe wird immer kleiner: Ihr Kopf reicht mittlerweile nicht einmal mehr bis zu seiner Schulter. Während sie die Sahne ins Kännchen gießt und den Kuchen auf der Platte verteilt, wird Michael wie jeden Sonntag schmerzlich bewusst, dass seine Großmutter nun eine alte Frau ist. *Geboren 1917, fünfzig Jahre vor mir, vierundzwanzig vor Mutti, ihrer Tochter. Fünf Jahre nach Opa.* Heute zittern Omas lange Finger, während sie redet. Michael drückt sie fest mit seinen vom Regen kühlen Händen, und seine Großmutter lächelt.

Die Woche über schneidet Michael Zeitungsartikel für seine Oma aus, die er ihr dann mitbringt. Er legt sie auf den Tisch mit dem roten Wachstuch, das noch immer nach Omas altem Haus riecht. Seine Großmutter folgt den gedruckten Buchstaben mit zittrigen Fingern, während Michael den Kuchen isst, Obstkuchen mit Zuckerglasur und Marzipanstollen, obwohl es noch eine ganze Weile bis Weihnachten dauert. Vor Michael, an der Wand, hängen Bilder von Omas Onkeln, die starben, als sie noch klein war. Dunkle Ölgemälde von Jungen in Uniform. *Muttis Großonkel. Meine Urgroßonkel. Im Krieg gefallen. Nicht Opas Krieg, der Krieg davor.*

Der Regen rinnt in Streifen übers Fenster, und Michael wandert durch die kleine Wohnung und knipst die Lichter an. Bei schönem Wetter würde Oma ihn jetzt auffordern, mit ihr auf den Balkon zu treten, damit er den Blick auf die Stadt genießen kann. *Stadtwald, Hochhäuser und Main*. Von meinem Vogelnest aus sehe ich bis ins Unendliche, sagt Oma dann immer zu ihm. Und Michael schaut dann über den Wald und den Fluss auf die Wolkenkratzer und nickt.

So aber spielen sie ein langes Kartenspiel, bei dem Oma gewinnt, und schließlich ist der Nachmittag vorbei. Oma steckt die Schlüssel in die Tasche und begleitet Michael im Lift nach unten. Sie lächeln sich zu, als sie den Druck spüren. Wir sind nicht dazu geschaffen, so hoch zu wohnen, sagt Oma zu ihm. Aber denk doch nur, was wir dann alles nicht sehen könnten, erwidert Michael, und da lacht sie.

Tonstraße, Wiener Straße, Steinweg, Kirchenweg, Kastanienallee. Im Weggehen listet Michael Omas Wohnadressen auf. *Kiel, Kiel, Hannover, hier, hier. Die mittleren drei mit Opa, die erste und letzte ohne ihn.*

Schon halb auf dem Parkplatz, dreht er sich nochmals um, und seine Großmutter winkt ihm von der Tür aus zu. Sie sieht ihm immer noch nach, als er in das Auto seiner Mutter steigt. Er kurbelt das Fenster herunter und winkt beim Losfahren.

Als Michael nach Hause kommt, steht Mina oben in der Tür und wartet, dass er die Treppe heraufkommt. Die letzten Stufen nimmt er ganz gemächlich, er freut sich, sie da so stehen zu sehen. Sie lächeln sich zu.

– Hab dich schon kommen sehen.

Ihr Atem riecht nach Alkohol. Michael weiß, dass seiner nach Zigaretten riecht.

– Wir haben eine Flasche Wein aufgemacht.

– Wir?

– Luise. Luise und ich.

Meine Schwester, Ärztin, drei Jahre älter, einzige En-

keltochter. Luise ruft aus der Küche, während er den Mantel ablegt.

– Mina hat erzählt, du hättest Mutti und Vati letzte Woche zum Essen eingeladen, Micha, was ich sehr nett von dir finde. Aber weißt du, ich frage mich, warum du vergessen hast, mich mit einzuladen!?

Sie lacht, aber Michael weiß, dass sie beleidigt ist. Und dass sie im Grunde auch keine Antwort erwartet, sondern nur will, dass er es mitbekommt. Er lächelt sie an, zuckt mit den Achseln. *Mist.* Mina gießt ihm ein wenig Wein ein, geht wieder zu Luise zurück. Sie sitzen auf dem Fensterbrett bei der Heizung, die Scheibe vor dem Abendhimmel ist angelaufen. Es ist beinahe dunkel, aber sie haben das Licht noch nicht eingeschaltet. Michael steht beim Kühlschrank, auf der anderen Seite des Raumes.

– Wie geht's dir denn so, Luise?

– Gut, danke. Und dir, Michael?

– Nicht schlecht. Gut.

– Wie läuft's in der Schule? Zoff im Lehrerzimmer?

– Nur die üblichen kleinen Machtkämpfe während der großen Pause.

– Tja, Herr Lehrer, ich hab einen Mordshunger, und Mina meinte, du wärst dran mit Kochen.

Luise lacht wieder, und Mina lächelt Michael über den Raum hinweg zu.

– Von wegen. Ich hab nur gesagt, wir sollten warten, bis du kommst.

Sie hebt ihr Glas, um ihm zuzuprosten. Luise ebenfalls, mit einem Lächeln, das Michael absolut nicht deuten kann. *Luise, Luise, Luise. Menschenskinder.*

– Möchtest du denn zum Abendessen bleiben?

– Au weia. Ist er genauso unverschämt zu dir, Mina?

– Schluss jetzt, kommt, wir kochen was.

Mina geht durch die Küche, öffnet die Kühlschranktür, und das Licht strömt über den Küchenboden. Das Schildchen an ihrem Kragen guckt hervor, und Micha streckt den Arm aus und stopft es hinein.

– Ich fahr mal eben zu Mutti und Vati, um den Wagen zurückzubringen. Dauert nicht lange.

Luise steht auf und schenkt sich Wein nach.

– Du hast Muttis Auto? Hast du wieder in Muttis Auto geraucht? Ich riech's bis hierher an deinen Kleidern, Micha. Sie schimpft dich nie deswegen aus, aber sie kann es nicht haben, das weißt du.

Michael gibt seiner Schwester keine Antwort, er lächelt nur und nickt. Mina blinzelt ihm zu, geht neben ihm in die Hocke und legt ihm eine Hand auf die Wade.

– Könntest du Brot mitbringen? Wir brauchen noch Brot.

Michael leert den Aschenbecher und fährt die ersten paar Minuten bei geöffneten Fenstern. *Mutti und Vati, Karin und Paul. Zwei Kinder, keine Enkel, dreiunddreißig Jahre verheiratet, wohnen am Stadtrand. Zwölf Kilometer, halbe Stunde mit der Bahn, keine zwanzig Minuten mit dem Auto*. Es ist früher Abend, in der Stadt ist nur wenig Verkehr, und die Autobahn ist frei. *Fünfzehn*. Seine Mutter hat ein Gedeck für ihn aufgelegt.

– Eine Kleinigkeit zu essen, Micha? Nur einen Happen, bevor du gehst.

Michaels Mutter ist in Frührente gegangen. Sechs Monate ist das nun her, und sie hat sich immer noch nicht daran gewöhnt. Ich bin eine junge Frau, sagt sie. Ich sollte etwas zu tun haben. Jede Woche kommt sie mit einem neuen Hobby an. Michael ruft Mina an, bleibt zum Essen, und dann fährt ihn sein Vater nach Hause.

– Deine Mutter spinnt, seit sie in Rente ist, sie treibt mich in den Wahnsinn.

– Bald ist es bei dir soweit.

– Sie sollte diejenige sein, die arbeitet, und ich derjenige, der sich um den Garten kümmert, Spanisch lernt, Yoga- und Astronomiekurse besucht.

– Du bist eifersüchtig, Vati, das ist alles.

– Eifersüchtig? Nein, wenn es nur das wäre, mein Sohn! Sie gibt mir das Gefühl, *langweilig* zu sein.

Michael lacht; die Scheibenwischer verschmieren die Lichter der Stadt auf dem Glas. *Vati. Jahrgang '34, Mutti '41: einer am Anfang, der andere mittendrin.* Michaels Vater hat sich ein wenig beruhigt. Er fragt, wie es in der Schule läuft, wie es Mina geht, aber Michael sieht, dass er in Gedanken umschaltet. Von Sonntag auf Montag, von zu Hause aufs Büro, vom Sohn auf die Arbeit. Michael sagt, er solle doch während der Woche mal vorbeischauen und Mutti mitbringen, und eine Flasche Wein. Sein Vater lächelt, brummend gleitet das Fenster automatisch nach oben, und weg ist er, peilt den kommenden Tag an.

Mina weckt Michael am Morgen, bevor sie zur Arbeit geht. Es ist noch dunkel. Ihr Atem riecht nach Kaffee, sein Mund schmeckt nach Zigaretten, *schon wieder*. Er hält den Mund geschlossen, als sie ihn küsst.

– Du, heute ist Cems Geburtstag. Ich geh direkt nach der Arbeit dorthin.

Er sieht ihr nach, wie sie die Straße hinaufradelt, bevor er sich anzieht.

Yasemin Devrim; Mina; Krankengymnastin; Liebe meines Lebens.

Micha macht Kaffee, er isst ein Brötchen mit Honig. *Luise und ich, Vati und Mutti, Oma und Opa. Opa und Opa und Opa.* Verschlafen steht Michael am Fenster und sinnt den familiären Banden nach, sagt sie vor sich hin, listet sie auf, immer und immer wieder.

Opa Askan. Opa Askan. Opa Askan Boell.

Obwohl es automatisch, in seinem Innern abläuft, ist es doch nur zum Teil unbewusst. Michael weiß genau über diese geistigen Kartografien Bescheid. Weiß nur zu gut, wohin sie ihn führen werden.

Es ist der erste Tag der Herbstferien. Micha sollte korrigieren, den Unterricht vorbereiten, Minas Bruder ein Geburtstagsgeschenk kaufen. Stattdessen radelt er im Regen zur Universität. Er geht in die Bibliothek, setzt sich an einen der Computer und ruft den Katalog auf. Er gibt *Holocaust* ein und geht zur entsprechenden Abteilung. Micha liest heute nur die Buchrücken. Schwarz-rotgoldene Lettern. Grüne, braune und blaue Einbände. Regale, Meter um Meter um Meter.

2.

Warum jetzt?

Die ganze Zeit stellt Michael sich die Frage.

Wir haben vom Holocaust in der Schule gehört. Haben eine Exkursion zum nächstgelegenen KZ gemacht, haben Dokumentarfilme angeschaut, Aufsätze geschrieben. Ich weiß noch, wie unser Lehrer weinen musste. Im KZ. Er ging nach draußen, während wir in der Kantine zu Mittag aßen. Wir dachten, er würde eine Zigarette rauchen, aber als er zurückkam, hatte er ganz rote Augen.

Micha kann sich nicht erinnern geweint zu haben. *Ich glaube nicht, dass ich geweint habe.*

Vor kurzem hatte sein Onkel Geburtstag, Muttis kleiner Bruder. Die Familie ging gemeinsam essen. Sie redeten nicht über den Krieg, den Holocaust; eigentlich erwähnten sie die Vergangenheit überhaupt nicht. Nur die

Eckpfeiler der Familiengeschichte: Geburten, Hochzeiten, Todesfälle. Der Altersunterschied war es, der Michael auffiel: zwischen Mutti und Bernd liegen vierzehn Jahre. *Eine Tochter vor dem Krieg, ein Sohn danach.* Darüber hatte Micha sich nie Gedanken gemacht: Bernd war einfach Bernd, Onkel und Cousin in einem.

Mutter und Onkel. Sie fangen die Stimmung des anderen auf, beenden gegenseitig ihre Sätze. *Bruder und Schwester*. Micha weiß, dass der Gegensatz zwischen ihm und Luise krass ist. *Der Krieg ist dazwischengekommen. Das sagt Oma immer: Der Krieg ist dazwischengekommen, aber sie haben trotzdem zueinander gefunden.* Auf diese Weise zeigt sie, wie stolz sie auf sie ist. Wie glücklich sie sie machen.

– Aber der Krieg hat nur sechs Jahre gedauert.

Micha sagt es zu Oma, oben in ihrem Vogelnest, am folgenden Sonntag.

– Keine vierzehn.

Er steht draußen mit ihr, auf dem Balkon. Damit sie das Herbstlaub riechen kann.

– Opa kam an Neujahr 1954 zurück. Er war bei der Waffen-SS, weißt du.

Sie sagt es, als wüsste Michael das bereits.

– Er war seit 1941 fort, die Russen haben ihn geschnappt, und ich habe ihn dreizehn Jahre lang nicht mehr gesehen.

SS. Keiner hatte es Michael bislang gesagt. Er steht mit Oma in der Sonne und schaut über das Grün und Gold des Parks unter ihnen. *Warum haben die Russen Opa so lange festgehalten?*

Es ist ihm nie eingefallen, danach zu fragen.

3.

Eine Woche nach Cems Geburtstag geht Michael wieder in die Bibliothek. Er verlässt die Schule am Nachmittag und fährt in die Stadt. Das Universitätsgelände ist leer, die gepflasterten Wege wurden sauber gefegt. Es wird bereits dunkel, und die Luft ist trocken und kalt, riecht nach Schnee.

In der Bibliothek arbeiten einige Leute schweigend an den Computertischen. Michael weiß, wo die Bücher stehen, aber er sieht erst noch einmal im Katalog nach. Nazi: 1-12 von 1547 Einträgen auf dem Schirm. Im Bibliothekscafé nimmt er einen Kaffee und eine Brezel zu sich. Er weiß nicht, wo er anfangen soll.

Michael geht vor den Regalen auf und ab. Er ist der Einzige in dieser Abteilung. Auf der anderen Seite des Raums ordnet eine Bibliothekarin zurückgegebene Bücher ein. Michael arbeitet sich durch die Reihen von Buchrücken. Obere Reihe, mittlere, dann unten, zieht diejenigen heraus, die allgemein gehalten sind, einen Überblick bieten. Allmählich tun ihm die Arme weh. Er setzt den Stapel Bücher auf dem Boden neben seinen Füßen ab, geht weiter die Regale entlang. Jetzt liest er die Rückseite der Bücher, über die Autoren. Wissenschaftler, Historiker, Überlebende, Kinder von Überlebenden. Israelis, Amerikaner. Ein paar Deutsche. Viele der Bücher sind auf Englisch. Michael unterrichtet Englisch, er kann sie lesen. Der Stapel neben ihm wird immer höher.

Er schlägt die Bücher auf und liest als Nächstes die Widmungen. Kurze Namen, einsam auf der blanken Seite. Oft sind es Eltern, Großeltern. Michael weiß, dass sie tot sind. Dass sie umgebracht wurden.

In einem anderen Regal stehen Tagebücher. Amerikanische Militärangehörige, Journalisten, eine Deutsche.

Aus derselben Stadt wie Oma. Auch noch im selben Jahr geboren.

Michael schleppt die Bücher zu einem Lesetisch am Fenster. Dreimal muss er hin und zurück gehen. Die Bibliothekarin ist nun auf der anderen Seite angekommen. Ihr Wagen ist beinahe leer. Die Dunkelheit draußen wird von gelbweißen Lichtstreifen durchzogen. Michael geht nach unten, um Mina anzurufen, erreicht aber nur den Anrufbeantworter. Er sagt, *Ich komme später, warte nicht mit dem Essen*. Er raucht eine hastige Zigarette draußen im Foyer.

Die Bibliothekarin steht über Michaels Bücher gebeugt, hat nicht mehr mit ihm gerechnet.

– Ach, da sind Sie wieder.

Sie lächelt kurz, nicht freundlich, geht dann weiter an den Regalen entlang. Michael ist unbehaglich zumute, er fragt sich, ob sie wohl die Titel bemerkt hat. Dann ruft er sich ins Bewusstsein: *Was sonst sollten die Leute hier lesen?* Trotzdem dreht er die Buchrücken zur Wand.

Ihm bleiben drei Stunden. Michael fängt mit dem obersten Buch an, macht sich Notizen. Ein Tagebuch, vermischt mit Zeitungsausschnitten. Ein amerikanischer Journalist: in Berlin, vor dem Krieg und später noch einmal. Er spricht über Indoktrination, Gehorsam, Gewalt auf den Straßen: Antisemitismus in der Schule, auf Plakaten und in den überfüllten Straßenbahnen. Michael liest, voller Bestürzung. Liest weiter, macht sich Notizen.

Alle Plätze besetzt, alte Frau steigt zu. Schwere Taschen, niemand hilft. Journalist wütend, bietet Platz an, alte Frau setzt sich nicht. Versucht, ihn zu ignorieren. Anderer Mann sagt zu Journalist, er solle sich nicht darum kümmern. Deutet mit Schirm, zeichnet ein J vor Füße der alten Frau auf Boden. Sie steht an der Tür, sagt nichts. Wütend? Straßenbahn hält, Frau steigt aus, geht zu Fuß. Mann mit Schirm lacht. Spuckt ihr durchs Fenster nach.

Während er die Hand nach dem nächsten Buch ausstreckt, überfliegt Micha seine Notizen. Er hält inne, beunruhigt. Seine Aufzeichnungen sind passiv, Wörter auf einem Blatt. Er schreibt weiter, *sichtbarer, verletzlicher*, drückt fest auf. Er unterstreicht es, *spuckte ihr nach und lachte*, doch trotz der Hervorhebung fühlt es sich schwach an, vollkommen falsch. Micha findet, seine Notizen müssten mehr aussagen als die Bücher, nicht weniger. Sollten etwas über ihn selbst preisgeben. Doch außer Unbehagen hat er nichts zu bieten, keine vorgefertigte Antwort.

Micha denkt: *Sie war Jüdin*, doch als er die Worte aufschreibt, wirken sie so kalt und gleichgültig, also blättert er rasch um.

Michael hat Angst. Vor der Stille der Bibliothek, der kühlen Distanz seiner Notizen. Er beschließt, nach Hause zu gehen.

Als er die Wohnung betritt, telefoniert Mina gerade lachend mit einem Freund. Michael hat Hunger und sucht im Kühlschrank nach etwas zu essen. Er kommt mit dem Teller wieder auf den Flur, beobachtet Mina, während sie redet. Sie kritzelt auf ihre Finger, schwarze Tinte auf den Fingerspitzen, dem Handrücken. Sagt etwas auf Türkisch, dann auf Deutsch, dann wieder auf Türkisch. Später steigt sie zu Michael in die Badewanne. Zuerst will er ihr von den Aufzeichnungen erzählen und wie sie ihn erschreckt haben, doch Mina berichtet Klatsch von Freunden, hat Pläne fürs Wochenende. Micha hört zu und wäscht ihr die Tinte von den Fingern. *Vielleicht finde ich ja nichts*, sagt er zu sich selbst. *Vielleicht gibt es da nichts zu erzählen.*

Morgen ist Samstag, und er liegt im warmen Wasser,

die Arme um Mina geschlungen, und erleichtert denkt er an die Zeit, die sie zusammen verbringen werden.

4.

Wenn Micha sich an seinen Opa erinnert, fallen ihm zuerst die schönen Dinge ein.

Ich war sein einziger Enkelsohn. Opa hat Bilder für mich gemalt, als ich noch ganz klein war; Vögel, Pferde und ein Eichhörnchen. Er hat sie mit blauem Kugelschreiber auf einen Papierblock gezeichnet und dabei zu mir in meinem Gitterbettchen gesprochen.

Michael hat diese Geschichte so oft gehört, dass er sich beinahe selbst daran erinnert. Er bewahrt die Zeichnungen in einem Karton im Schrank auf, auf dem Regal über seinen Schuhen. Sie sind wunderschön, zart und präzise. Das Eichhörnchen hat eine Nuss zwischen den Pfötchen und winzige Tupfen blauer Tinte in seinem Schwanz, die im Lauf der Jahre verwischt sind.

5.

Michael hat auch zwei Fotos von sich und Opa aufgehoben.

Das Erste ist schwarzweiß, es wurde aufgenommen, als Michael ein Baby war. Opa trägt einen schwarzen Anzug, Michael sein Taufgewand. Opa steht, hält Michael, der überrascht zu seinem Opa aufsieht. Die eine Babyhand streckt er zum Gesicht seines Opas empor, und Opa lächelt zurück, mit hochgezogenen Augenbrauen. Es soll ein offizielles Porträt sein, aber Opa hat den Fotografen ganz vergessen.

– Genau das gefällt mir an dem Bild.

Das hat Michael zu Mina gesagt, als er es ihr zum ersten Mal zeigte.

– Er schaut nicht nach vorn, wie es sich gehört, weißt du. Er hat nur Augen für mich.

Michael wurde rot, als er das sagte, und Mina lachte, aber sie konnte sehen, dass es stimmte. Und Michael lächelte durch seine Schamesröte hindurch, weil er es auch sehen konnte.

Das zweite Foto wurde aufgenommen, kurz bevor Michael in die Schule kam. *Kurz bevor Opa starb*. Diesmal ist es ein Farbfoto, bei einem Familienessen geknipst, Opa in Hemdsärmeln und Michael im Pyjama, orange und blau.

– Es war Zeit zum Schlafengehen. Ich wurde nach unten geschickt, um gute Nacht zu sagen, und Opa ließ mich noch aufbleiben.

Auf diesem Foto sitzt Michael auf dem Schoß seines Opas, seine Beine baumeln herab, und er lächelt ins Objektiv. Hinter ihnen lacht sein Onkel Bernd in die Kamera, ein Weinglas in der erhobenen Hand. Opa hat die Hände vor Michaels Bauch gefaltet und lächelt auch, aber nicht ins Objektiv. Er hält den Blick nur auf den Jungen auf seinem Schoß gerichtet; Essen und Wein stehen unberührt auf dem Tisch, und wiederum ist der Fotograf vergessen.

6.

Warum nicht schon früher?

Noch eine Frage, die Michael durch den Kopf geistert. *Es hätte bereits die ganze Zeit wichtig sein sollen.*

7.

Am Samstagnachmittag begleitet Micha Mina zu ihren Eltern. Es ist nicht weit, aber es ist kalt, deshalb nehmen sie den Bus. Am Morgen hat Mina Kuchen gekauft, und die Papiertüte auf Michaels Schoß riecht schwer und süß. Minas Mutter liebt deutschen Kuchen; ihr Vater sagt, sie liebe ihn ein wenig zu sehr.

Er ist vor dreißig Jahren hierher gekommen, hat hart gearbeitet, Geld gespart, damit seine Frau und Kinder nachreisen konnten. Er hat Verwandte, eine ganze Geschichte in der Ferne; in Deutschland aber hat er ein Geschäft, eine Gemeinde und Enkel, gerade mal fünf Autominuten von seinem Zuhause entfernt.

Minas Vater sagt: Ich bin Türke, das ändert sich nicht. Deutschland ist ein rassistisches Land: Das ändert sich nicht. Er geht nicht auf Konfrontation. *Er sagt es nicht, damit ich mich unwohl fühle.* Michael redet beruhigend auf sich ein, fühlt sich aber immer noch unbehaglich. Steht zwischen Minas Vater und dem Kühlschrank an der Wand, in der Küche, Apfelsaft in der einen Hand, einen Keks in der anderen. Minas Vater sieht zu Micha auf und lächelt.

– Micha, mein Sohn, es ist ein gutes und ein schlechtes Land, in dem wir leben.

Sie mögen mich, Minas Eltern. Sie mögen meine Familie. Sie sähen es gerne, wenn wir heiraten. Ihre Mutter hat es mir gesagt. Sie hat gesagt, ich solle Mina fragen, aber Mina hat nein gesagt.

Am Abend, als sie durch den Park nach Hause gehen, fragt Michael sie nochmals.

– Nein.

Sie lächelt und hält seine Hand.

– Ich möchte nicht heiraten. Das weißt du doch.

Michael fragt sie ständig, und immer sagt sie nein. Es beunruhigt ihn nicht mehr so sehr wie am Anfang.

– Bist du Türkin oder Deutsche, Mina?

– O Gott, mein Vater. War es das, was er zu dir in der Küche gesagt hat? Hab ich mir schon gedacht.

– Es interessiert mich aber trotzdem. Würdest du dich als Deutsche oder als Türkin bezeichnen?

– Von meinem Standpunkt aus oder von dem der Regierung?

– Von deinem natürlich. Vergiss das mit der Regierung.

– Beides. Türkin und Deutsche. Beides.

Sie lacht.

– Was bist du in erster Linie? Deutsche oder Türkin?

Mina schaut ihn an. Es ist dunkel unter den Bäumen, aber Micha kann erkennen, dass sie lächelt.

– Versprichst du, es meinem Vater nicht zu sagen? Oder meinen Brüdern?

– Versprochen.

– Deutsche. Deutsch-Türkin.

Mina lacht wieder.

– Kannst du dir das Gesicht meines Vaters vorstellen, wenn er das hört? Ich säße im ersten Flugzeug zurück ins Dorf und wäre mit dem nächstbesten Cousin verheiratet.

– Jetzt übertreibst du aber.

– Ja, ich weiß, aber er wäre nicht sehr froh darüber.

– Nein.

– Wofür hältst du mich denn?

– Für eine Deutsch-Türkin.

Sie nickt, überzeugt. Micha nickt ebenfalls. Aber er denkt: Türken-Deutsche, und das beunruhigt ihn. Sogar am nächsten Morgen im Zug beunruhigt es ihn noch.

8.

In den nächsten zwei Wochen geht Michael jeden Tag nach der Schule in die Bibliothek. Zu Mina sagt er, er würde den Unterricht fürs nächste Jahr vorbereiten. Er fürchtet sich davor, ihr zu sagen, was er da wirklich tut. Für den Fall, dass er Opa Askan in einem der Bücher findet, dass er aufhört, bevor er ihn findet. Eins von beidem. Beides.

Waffen-SS. Soldatenelite. Helden in vorderster Linie an der Front. Michael hat jetzt eine Liste ihrer Triumphe, *Demjansk, Charkow, Kursk.* Weitere Namen, weitere Daten und Verbindungen, die sich über die Seiten der Karten in seinem Kopf ziehen. Doch zugleich steht da nun auch eine Liste ihrer Verbrechen. *Oradour, Le Paradis und das Warschauer Ghetto.*

Er liest jetzt nicht mehr so wahllos, sondern bewusster. Er arbeitet mit den Büchern wie zuvor mit den imaginären Plänen von seiner Familie: liest Fußnoten, findet Verweise auf andere Bücher, Artikel. Er schlägt sie im Katalog nach. Wenn sie da sind, liest er sie. Wenn nicht, fügt er sie seiner Liste für andere Bibliotheken, für ein andermal hinzu. Mittlerweile hat er einen Stapel Notizen.

Fotos sind schwierig, schmerzhaft, aber Michael macht keinen Bogen darum. Die dunkle Beweislinie des Bildteils in der Mitte des Buchs, fest in den Buchrücken eingebunden; Beschreibung, Interpretation schwach im Vergleich zu dem, was sie enthüllen.

Wangenknochen
Nase
Stirn
die Art, wie er seine Zigaretten hielt (nach innen auf die Handfläche zugedreht)

Micha findet das Gesicht seines Opas nicht. *Der junge*

Askan Boell. Sie sehen alle aus wie er, und doch wieder nicht, die jungen Deutschen mit den Gewehren und den Juden.

9.

Luise ist älter. Sie kann sich genauer als ich an Opa erinnern.

– Er war ein Säufer. Rumgeschrien hat er, Fenster zertrümmert, ins Bett geschissen.

– Kannst du dich daran erinnern?

– Nein. Tante Inge. Bernd hat es ihr erzählt, und sie hat es mir erzählt. Er war total lieb zu uns. Hat Zeichnungen für uns gemacht. Mit mir hat er getanzt, hat mir Walzer beigebracht. Ich fand ihn großartig, habe ihn total geliebt.

– Ich auch.

– Oma liebt ihn immer noch.

10.

Auf dem Heimweg von der Arbeit, ein oder zwei Tage nach der Unterhaltung mit Luise, muss Michael an einen Morgen vor über zwei Jahrzehnten denken.

Opa stand im Flur, seine Weste war nicht zugeknöpft. Ich muss etwa fünf oder sechs gewesen sein. Ein Frühstück im Familienkreis. Alle schon am Tisch, sie plaudern, warten, dass Opa herunterkommt.

Er war im Flur. Stand reglos da, nickte aber mit dem Kopf. Ich stand in der Küchentür. Dachte, er würde mir zunicken, doch so war es nicht. Er sah mich erst nach einer Weile. Ich weiß noch, dass ich ein aufgebackenes

Brötchen in der Hand hielt. Opa streckte die Hand aus, die genauso zitterte wie sein Kopf. Er sagte:

– Setz dich hin, mein Kind. Iss.

Opa ging hinter mir her ins Esszimmer und nahm gegenüber von mir Platz. Die Familie schwatzte miteinander, und die Stimmen wurden lauter, als er sein Glas erhob. Auch ich hob mein Saftglas und sah, dass meine Hand nicht zitterte, und mein Kopf nicht nickte, anders als bei Opa. Sein Glas war zweimal so groß wie meines und bereits leer, bevor ich meinen Saft probiert hatte.

Mutti schnitt mir das Brötchen auf, und ich nahm das weiche Innere heraus. Der Teig war warm, und ich knetete ihn zu Kügelchen. Opa saß still da, und nach einer Weile hörte er zu nicken auf. Er hob die Hände ein wenig, hielt sie oberhalb des Tellers, ohne zu zittern, und dann bestrich Oma ihm das Brot, während er sich die Weste zuknöpfte.

11.

Micha nimmt Mina mit zu Oma.

– Sie sieht uns gerne zusammen, weißt du.

– Schon gut, Michael, ehrlich. Ich mag deine Oma.

Mina arbeitet die ganze Zeit mit alten Leuten in der Klinik. Micha findet es gut, wie sie mit ihnen redet; verschwörerisch, als wären sie seit Jahren miteinander bekannt. Freunde, die sich unterhalten, während alte Gliedmaßen zur Bewegung ermuntert werden. Er beobachtet gerne, wie Oma darauf eingeht; freundlich und sanft; sie hat Spaß dabei.

Micha folgt den beiden, als Oma Mina an der Wand entlangführt und ihr Opas Zeichnungen zeigt. Die Bilder haben dieselben Rahmen und hängen genauso wie im alten Haus. Und auch genauso wie bei Minas letztem Besuch. Aber Mina redet, als wären sie ihr völlig neu, und außerdem so, als hätte sie Opa gekannt.

– Askan konnte sehr gut zeichnen, stimmt's?

– Ja, er liebte es, Skizzen zu machen. Bäume und Wasser. Das mit dem Licht hat er immer gut hinbekommen, finde ich, besonders gut. Licht auf dem Wasser, Licht durch Bäume hindurch. Schau nur.

– Das gefällt mir am besten.

– Die Birken? Das ist auch dein Lieblingsbild, nicht, Schatz? Micha?

– Ja.

Oma nimmt Minas Hand, und die von Micha ebenfalls.

– Das war auf unserer Hochzeitsreise, ein herrliches Fleckchen. Ich ging immer schwimmen, und Askan hat gezeichnet und Fotos gemacht –

– Können wir die sehen?

Michas Frage platzt laut heraus, zu offensichtlich, aber Mina und Oma lächeln nur und sind einverstanden. Oma holt das Album vom Nachttisch, legt es offen auf den Tisch für sie, auf der Seite mit den Fotos von der Hochzeitsreise. Birken und Bäche, Landschaften mit viel Wasser. Oma mit rundlicher, glatter Haut in einem Badeanzug, das Haar noch nass vom See.

– Oh, schau nur, da habe ich Lippenstift aufgetragen. Könnt ihr das sehen?

– Du warst wunderschön, Käthe.

– Ja, ich sah nicht übel aus.

Oma und Mina lachen, und Micha starrt seinen Opa als jungen Mann an. *Jünger als ich*. Auf seiner Hochzeitsreise; in Hemdsärmeln steht er da, hält ein Fahrrad, rauchte eine Zigarette; im Hintergrund ein See. *Er sieht genauso aus. Dünner. Aber eigentlich genauso.*

Auf der Rückfahrt im Zug nimmt Micha das Foto aus der Tasche. Mina sieht von ihrem Buch auf.

– Hat Oma Käthe dir das gegeben?

– Nein, ich habe es mir selber genommen.

– Was? Micha. Gerade vorhin?

– Ja.

Mina schaut ihn stirnrunzelnd an.

– Du hättest fragen sollen. Schau, sie hätte es dir bestimmt gegeben, ganz sicher.

– Sie soll nicht wissen, dass ich es habe.

– Aber sie wird sehen, dass es weg ist.

– Ich kopiere es, stecke es wieder zurück. Sie wird es nie erfahren.

– Das ist aber gemein, Micha. Es ist doch ihr Mann, das sind ihre Erinnerungen, weißt du.

Sie ist jetzt böse, und Michael auch. Er findet, sie hat kein Recht böse zu sein.

– Sie wird es gar nicht bemerken.

– Darum geht es nicht, und das weißt du, Michael.

– Meine Großeltern waren Nazis.

– Und wenn schon, das waren doch die meisten!

– Nein, Opa Askan war bei der Waffen-SS. Nicht bloß in der Partei.

Micha schaut sie an. Er wollte sie damit schockieren, und sie ist schockiert.

– Ich will herausfinden, ob er irgendetwas getan hat. Jemand umgebracht hat.

– Irgendwelche Juden, meinst du?

– Irgendwen. Juden. Ja.

Mina blinzelt.

– Und deshalb brauche ich das Foto.

– Aha.

Micha sieht, wie sie die Kiefer aufeinander presst,

spürt den Schmerz in seinen zusammengebissenen Zähnen.

– Hast du etwas herausgefunden?

– Nein. Noch nicht.

– Aha.

Der Zug hält an, Leute steigen ein. Schweigend sitzen sie ein, zwei Haltestellen lang da. Dann nimmt Mina Michas Hand, und er fühlt, wie sein Magen sich entspannt.

Oma war Nazi. Und Opa auch.

Es ist noch nicht greifbar, und dennoch sieht er es deutlich vor sich.

Micha schließt die Augen. Hält Minas Hand. Spürt, wie seltsam es ist. Dass er froh sein kann, dass sie es weiß.

12.

An der Universität gibt es auch eine Sammlung von Videokassetten. Während der Weihnachtsferien sondiert Micha zwei Regale mit Dokumentarfilmen. Die Bibliothek ist beinahe leer in diesen Tagen. Er ist allein in den Videonischen, setzt aber trotzdem den Kopfhörer auf.

Es ist kalt. Draußen ist der Schnee aufs Pflaster gefroren, und alte Leute machen kleine, bewusste Schritte, um nicht hinzufallen. Drinnen ist die Heizung heruntergeschaltet, und Micha hat seinen Mantel an.

Nach dem Essen in der Mensa wird er müde. Er macht sich Notizen, legt ein Video ein, der Raum ist kühl. Er rutscht noch ein Stück tiefer auf seinem Stuhl, stützt die Wange eine Weile auf die Handfläche. Das Band brummt beim Zurückspulen, wird leiser, während er einnickt. Als er wieder wach wird, läuft die Kassette bereits. Heinrich Himmler inspiziert seine vor ihm stehende salutierende

SS. Fliehendes Kinn, faltiger Hals, den Gürtel bis zur Brust hochgezogen. Die Kopfhörer sind aus der Buchse gerutscht, stumme Ohrenschützer. Micha hört seinen Atem laut und lang; noch im Schlaf befangen, spult er gespeicherte Fakten zu Himmler ab: *Ein Schullehrer. Besaß Ausgaben von ›Mein Kampf‹, die in Menschenhaut gebunden waren. Sagte, die SS habe rechtmäßig getötet, der Mord an den Juden sei zu Recht geschehen. Große Nationen müssen über Tausende von Leichen marschieren. Irgendetwas in der Art.*

Himmler beging Selbstmord. Ein Kameramann filmte, was man fand. Micha schaut es sich jetzt an. Der tote Himmler liegt auf blanken Holzdielen, eine Decke in kleinen Fäusten unterm Kinn zusammengeballt. Er hat die Brille auf, ein Drahtgestell mit runden Gläsern über geschlossenen Augen. Zusammengekniffene Lippen, der Mund vom Gift verzerrt, dunkle Blutflecken im schmalen Schnurrbart. Der Raum, den er ausgesucht hat, ist voller Stühle. *Wie ein Klassenzimmer*. Das Fenster und der Holzfußboden. Dem Urteil entgangen. Ein feiger Tod am Ende eines Korridors.

Micha schaltet den Videorekorder abrupt aus und geht nach Hause. Sitzt wütend im Bus. Seine Schritte ein lautes Krachen im harschen Schnee.

– Vielleicht hat Opa ihn bewundert, weißt du.

Er liegt mit Mina im Bett, redet zu ihr in der Dunkelheit.

– Er ist ihm vielleicht begegnet und hat ihn sogar berührt. Vielleicht hat Himmler ihn inspiriert.

– Mmm.

– Kannst du dir vorstellen, Himmler zu bewundern, Mina?

– Nein, aber ich weiß, was er getan hat. Für mich ist er ein Scheusal, weil er Nazi war.

– Ja, aber Opa ist für mich kein Scheusal.

– Das ist etwas völlig anderes.

– Inwiefern?

– Es ist einfach so. Er war dein Opa. Wäre Himmler dein Opa gewesen, wäre er kein Scheusal für dich. Sein Tod hätte dich traurig gemacht, nicht wütend.

– Findest du, mein Opa ist ein Scheusal?

– Ich kannte Opa Askan nicht.

– Aber jetzt, wenn du die Fotos bei Oma anschaust?

– Die du mitgehen lässt?

– Die Fotos halt, irgendwelche. Wenn ich über ihn rede.

– Ich sehe da keinen Nazi vor mir.

– Was ist er dann?

– Dein Opa, Käthes Mann, Karins Vater. Ich weiß nicht. All das.

Micha schaut Mina an, aber ihre Augen sind zu. Sie spricht, ohne sie zu öffnen.

– Als was siehst du ihn, Micha?

– Als meinen Opa. Meistens. Aber jetzt ist er manchmal auch ein Nazi.

– Und er ist kein Scheusal für dich?

– Nein.

– Wenn er ein Nazi ist.

– Nein.

– Und findest du, das sollte er?

– Ja.

Mina seufzt. Ihre Augen sind immer noch geschlossen. Sie zieht die Bettdecke über die Brust, hält sie mit den Fäusten unters Kinn. Micha richtet sich ein wenig auf.

– Und wo ziehst du da den Trennstrich? Wann ist er dein Opa und wann ein Nazi?

– Ich weiß nicht, Mina, ich habe ein anderes Gefühl dabei. Von Kälte.

– Kälte?

Micha streckt die Hand aus und zieht die Decke aus Minas Fäusten. Sie macht die Augen auf und runzelt die Stirn.

– Entschuldige. Es sah nur so merkwürdig aus. Die Art, wie du die Bettdecke gehalten hast.

13.

Mina bringt ein Video von der Arbeit mit nach Hause.

– Das könnte dich interessieren, dachte ich mir. Sabine hat es mitgebracht. Es soll sehr gut sein, sagt sie. Das hat ein Freund von ihr gemacht. Er war letztes Jahr in Israel und hat das gefilmt.

– Hast du Sabine von Opa erzählt?

Michael fühlt sich angegriffen, er raucht gerade am Küchentisch. Mina setzt sich.

– Nein, Micha, natürlich nicht. Wir haben uns nur unterhalten, weißt du. Wir kamen einfach darauf zu sprechen. Sollen wir es uns ansehen? Es hört sich gut an.

Ein alter Mann steht in der Wüstensonne und erinnert sich an die Schulzeit an einem kalten Ort. Damals war seine Familie deutsch, sagt er. Deutsche, die Juden waren. Juden, die Deutsche waren. Da gab es keinen Bindestrich dazwischen, keine Trennlinie; das eine ging ins andere über.

Eine alte Frau sitzt mit einem Filmemacher auf einem breiten Sofa. Er hat ein Foto von dem Haus gefunden, in dem sie geboren wurde; hat es mitgebracht, um es ihr zu schenken; von Berlin nach Tel Aviv. Sie hält es in der Hand und starrt es an, und dann bleiben sie eine Weile lang stumm. Der Filmemacher fragt: Was empfinden Sie, wenn Sie dieses Bild sehen? Gar nichts, sagt die Frau. Auf

Deutsch. Als das Interview vorbei ist, hält sie das Foto immer noch in der Hand. Darf ich das behalten? Ja, natürlich. Das ist für Sie.

Mina weint wegen der alten Frau und ihrem früheren Zuhause, und Michael beugt sich übers Sofa zu Mina hinüber und nimmt sie in die Arme.

– Unglaublich. Sie liebt diesen Ort immer noch, diesen winzigen Teil Deutschlands. Nach allem, was geschehen ist, nach all dem.

Micha ist überrascht; deshalb weint sie also. Für ihn war die alte Frau wütend. – Gar nichts. Deshalb möchte er nämlich weinen. Dass sie wütend ist; dass er glaubt, sie hätte das Recht wütend zu sein; dass er nicht weiß, auf wen sie wütend ist. Auf Hitler, Eichmann, die Wachen in Bergen-Belsen, die Nachbarn, die einfach die Vorhänge zuzogen, als die Polizei kam. Auf Opa. Ihn.

– Glaubst du nicht, dass sie wütend war?

– Ja, aber sie war so glücklich, ihr Haus wiederzusehen. Das war ganz deutlich.

Mina küsst ihn, hält das Band an und schaltet das Licht ein. Michael bleibt, wo er ist, auch als sie bereits hinausgegangen ist.

Blödsinnig, sich schuldig zu fühlen. Ich war noch nicht mal auf der Welt.

14.

Der Zettel am schwarzen Brett der Bibliothek ist zerknittert. Jemand hat ein Hakenkreuz draufgekritzelt, darunter steht *Jude*, in Rot. Jemand anders hat es wieder durchgestrichen, in Schwarz. Ein simpler Hinweis, per Computer ausgedruckt. Datenbank von Überlebenden und ihren Angaben, veröffentlicht und unveröffentlicht.

Datenbank von Verbrechern; Urteile von Nürnberg bis heute. Micha notiert die Nummer, aber es vergeht beinahe eine Woche, bis er anruft.

Er wartet, bis Mina im Waschkeller ist. Sie hat ein Buch mitgenommen. Nach fünfmaligem Klingeln hebt ein Mann ab. Er klingt ein wenig außer Atem. Micha sagt, er rufe wegen der Datenbank an.

– Überlebende?

– Nein, Verbrecher.

– Aha.

Er bittet Micha dranzubleiben. Am anderen Ende der Leitung hört Micha sein Keuchen und dann das Klicken und Piepen eines Computers, der gerade hochgefahren wird. Plötzlich kommt Micha sich unhöflich vor, ist verlegen. Er stellt sich vor, entschuldigt sich, und der Mann lacht, ist aber nicht unfreundlich. Er sagt ebenfalls seinen Namen und guten Abend. Jetzt atmet er gleichmäßig.

– Name? Der Name, nach dem Sie suchen, meine ich.

– Askan Boell. B-O-E-L-L.

– Boell. Askan.

– Ja.

Er tippt beim Reden. Der Ventilator im Computer surrt.

– Er sucht jetzt. Es dauert ein bisschen.

Micha bricht das Schweigen.

– Das war mein Großvater.

– Aha.

Der Mann klingt nicht erstaunt. Sie sind wieder still, und Micha wartet. Er wollte, dass der Mann erstaunt geklungen und vielleicht sogar gedacht hätte, er sei tapfer. Micha beginnt sich zu fragen, ob er überhaupt tapfer ist.

– Nein. Kein Eintrag unter dem Namen. Irgendwelche weiteren Vornamen?

– Nein.

– Aha.

Das hat Micha nicht erwartet. So rasch, so wenige Fragen; nur ein Name und dann nichts.

– Er war in der Waffen-SS. An der Ostfront.

– Aha.

Der Mann am Telefon braucht diese Information nicht. Micha will nur, dass er es weiß. Dass der Mann weiß, dass er es weiß.

– Er war bei den Russen. In russischer Gefangenschaft, nach dem Krieg, neun Jahre lang.

– M-mh.

– Also muss es doch eine Akte über ihn geben?

– Bei den Russen. Die rücken ihre Unterlagen nicht heraus. Wir wissen sehr wenig darüber, wen sie gefangen hielten und weshalb.

– Ach so ...

– Wissen Sie, es war auch ziemlich normal. Ziemlich normal für die Russen, Soldaten jahrelang gefangen zu halten. Einige kamen erst Ende der Fünfziger zurück.

– Ach so.

– Die mussten als Zwangsarbeiter für sie arbeiten.

– Ach so. Es waren also keine Verbrecher?

– Nein. Jedenfalls ist das äußerst unwahrscheinlich. Uns ist nicht bekannt, dass es je zu einer Verurteilung gekommen wäre. Und nicht einmal ihnen ist etwas davon bekannt.

Er ist nett, dieser Mann. Micha möchte ihm und seiner behäbigen Stimme gern noch länger zuhören. Nun ist er beruhigt. Micha möchte dem Mann gern sagen, dass es ihm jetzt besser geht. Der Computer wird ausgeschaltet. Das Surren des Ventilators hört abrupt auf.

– Na ja. Tut mir Leid, dass ich Ihnen nicht helfen konnte.

– Vielen Dank.

– Gern geschehen.

Und damit legt er auf. Micha geht nach unten, um Mina beim Zusammenlegen der Kleider zu helfen. Er erzählt ihr von dem Mann am Telefon und was er gesagt hat.

– Das war normal?

– Ja.

– Das ist ja irgendwie gut, oder?

– Ja.

Micha fühlt sich allerdings nicht mehr so gut. Er hat den Eindruck, in einer Sackgasse gelandet zu sein.

– Und was nun?

– Ich weiß nicht. Such einen anderen Mann mit einer anderen Liste.

Micha lacht, und Mina schaut ihn an.

– Einer längeren Liste.

– Wie lang war seine denn?

– 20 000, glaube ich.

– Mein Gott, und da gibt es noch umfangreichere Listen?

– Ja, ich habe über eine mit 70 000 Namen gelesen.

Mina pfeift durch die Zähne.

– So viele?

– Ja, natürlich. Du weißt doch, wie viele Menschen umgebracht wurden, oder?

– Schon gut, Michael.

Er hat seine Stimme erhoben. Jetzt wirkt der Keller auf einmal sehr still und klein. Zu klein für laute Geräusche.

– Es braucht eine Menge Verbrecher, um so viele Menschen umzubringen.

Mina faltet die Kleidungsstücke zusammen.

– Schon gut, habe ich gesagt.

Sie fühlt sich zurechtgewiesen. *Seit wann bin ich so rechthaberisch?* Er trägt die Wäsche nach oben und sagt zu Mina, dass er sie zum Essen einladen wird.

15.

Normalerweise geht er am Sonntag hin. Heute ist Mittwoch, Michas Unterricht ist früh zu Ende, und er möchte Oma sehen, ihr ein paar Fragen stellen. Sie wird überrascht sein, ihn zu sehen, sagen, dass sie ihm gar nichts anbieten kann. Micha kauft Kuchen auf dem Weg zum Vogelnest.

Die Frau an der Rezeption ruft bei Oma an, als er den Aufzug betritt. Sie muss ihre Worte ein paar Mal wiederholen. Oma kommt ihm bereits auf dem Korridor entgegen, als Micha auf ihrem Stockwerk angelangt ist, mit sorgenvoll gerunzeltem Gesicht.

– Was ist passiert, Schatz? Micha? Was ist los?

– Nichts, Oma. Ich wollte dich nur besuchen.

– Ehrlich?

Sie hält seinen Arm fest, kann es nicht glauben.

– Mein Unterricht war früher zu Ende. Ich habe Kuchen mitgebracht, schau.

– Und Mina geht es gut?

– Ja, Oma, ja doch. Allen geht es gut. Komm, ich mach den Kaffee.

Micha kommt sich wie ein Eindringling vor in der kleinen Küche seiner Oma. Sie steht in der Tür, schaut zu, wie er die Kuchenstücke auf Tellern verteilt. Er hat sie aus ihrer Routine gebracht; er weiß es; eine schmerzliche Erkenntnis: *Meine Oma ist jetzt eine alte Frau.*

– Arbeitest du mittwochs denn nicht?

– Ich hatte schon früher Schluss.

– Ach, richtig. Das sagtest du ja bereits.

Micha trägt die Teller ins Zimmer hinüber. Seine Oma folgt ihm.

– Ich hab Krankengymnastik am Mittwochmorgen.

– Ach ja. Ist sie heute Morgen gekommen? Deine Krankengymnastin?

– Ja. Das stimmt.

Oma macht es sich im Sessel bequem, zufriedener, hat ihren Wochenrhythmus wiedergefunden.

– Hast du Zeitungsausschnitte für mich?

– Na klar.

Micha legt die Artikel für seine Großmutter auf den Tisch und isst, während sie liest. Sie stellt Fragen dazu, und er antwortet. Es ist fast wie ein normaler Besuch, allerdings nicht ganz. Micha kommt es so vor, als säßen sie hier an dem Tisch mit dem roten Wachstuch und spielten »normaler Besuch«.

Er beobachtet Oma. Sie schaut auf die Zeitungsausschnitte, liest aber nicht mehr. Ihre Finger wandern darüber, die Handgelenke zittern leicht, als wären ihre Hände zu schwer. Sie bemerkt nicht, dass er ihr zusieht. Er hält den Atem an.

– Oma, wo hat Opa im Krieg gedient?

– Im Osten, Schatz.

Kein Anzeichen für Überraschung wegen seiner Frage, kein Zögern. Nur eine geografische Angabe. Micha beschließt weiterzumachen.

– Wo im Osten?

– Er hat drei Jahre gekämpft, ein bisschen mehr. Ukraine, Russland, Belorussland. Damals war das alles Sowjetunion.

Oma lächelt, seufzt kurz, nickt.

– Ja. Belorussland. Weißrussland. Sein letztes Jahr. Dort war er, als es für ihn zu Ende ging.

Sie schneidet den Kuchen auseinander und gibt ihm die Hälfte.

– Das ist mir zu viel. Du musst mir helfen.

Micha studiert Omas Gesichtsausdruck, aber sie scheint nicht im mindesten besorgt zu sein. Er wagt eine letzte Frage.

– Weißt du wo in Weißrussland?

Oma schluckt den Bissen hinunter. Die Hand leicht erhoben, lose von dem dürren Handgelenk hängend.

– Im Süden, glaube ich. Ich hab doch einen Atlas. Warte, ich hol ihn eben. Bleib sitzen.

Im Vorbeigehen drückt sie ihn wieder auf seinen Sitz, geht hinüber zum Buchregal. Oma schaut im Index nach und schlägt dann die Seite auf, starrt lange auf die Landkarte.

– Warte nur, gleich hab ich's. Die Grenzen sind ja jetzt alle ganz anders als früher.

Micha wartet. Der Kuchen lässt seinen Mund ganz trocken werden. Er trinkt heißen Kaffee, damit er besser schlucken kann.

– Er hat mir Briefe geschrieben. Manchmal einen pro Woche. Die Adresse stand immer ganz oben. Da!

Sie deutet auf eine Stelle, und ihr Finger zittert. Um ihn ruhig zu halten, drückt sie ihn auf die Landkarte. Micha sieht die kleine Stadt in dem Atlas. Ein gezackter rosa Fleck inmitten von Grün und Grau. Oma zerrt an seinem Arm.

– Der Ort, der mit S anfängt, nicht weit von dem Fluss entfernt. In den Briefen erzählte er von dem Fluss, und von den Sümpfen, das weiß ich noch. Hast du's?

– Ja.

– Das stimmt, 1943 muss das gewesen sein. Nachdem die Russen sich wieder nach Westen wandten.

– Weißt du, wann?

– Sommer, Herbst. Er war eine Weile dort. Und Ende '43 hat er wieder in der Nähe gekämpft. Sie zogen umher, gingen natürlich dorthin, wo Kämpfe stattfanden. Aber viele seiner Briefe kamen von dort, in jenem letzten Jahr.

Micha hebt den Blick, schaut seiner Oma ins Gesicht. Sie ist aufgeregt.

– Ja. Seinen letzten Brief hat er im Mai von dort geschickt, und nicht lange danach, haben sie ihn gefangen genommen.

Ganz abwesend starrt sie noch eine Zeit lang auf die Landkarte, die Finger in ihre weichen Wangen gedrückt. *Ganz in Gedanken an ihren Mann.* Micha trinkt noch mehr Kaffee, lässt ihr ein wenig Zeit vor der nächsten Frage. Er schwört sich, dass es die letzte sein wird.

– Hast du Opas Briefe noch?

– Nein, Schatz, nein. Er hat sie alle verbrannt, als er zurückkam.

Omas Gesicht gibt nichts preis. Micha zwingt sich, stillzusitzen, während sie den Atlas wieder ins Regal räumt, und dann entschuldigt er sich und geht ins Bad. Seine Hände zittern genauso wie die von Oma, deshalb kann er nicht abschließen. Er setzt sich auf den Wannenrand und wischt sich die schwitzigen Handflächen an den Hosenbeinen ab. Er versucht sich vorzustellen, wie Opa die Briefe verbrennt. *Wo hat Oma sie wohl aufbewahrt? War er böse, als er sie fand? Hat er sie in den Ofen gestopft? Ein Feuer im Garten gemacht? Hat er sie nochmals gelesen, bevor er sie verbrannt hat?*

Was war es, das er da geschrieben hatte und dann verbrennen musste?

Micha kann Oma nicht fragen. Er hat zu viel Angst davor.

16.

Mutti und Vati kommen am Freitag zum Abendessen. Micha hört sie lachend die Treppe heraufkommen. An der Tür geben sie Mina einen Kuss, machen einen Scherz im Flur, während sie ihnen die Mäntel abnimmt. Sie kommen in die Küche, wo er gerade kocht, spähen in alle Töpfe auf dem Herd. Sie bringen Freundlichkeit und Lärm mit sich, und Micha freut sich, dass sie da sind.

– Luise kommt, wenn ihr Dienst zu Ende ist. Wir sollen nicht auf sie warten, sagt sie.

Mutti hat Blumen und Wein mitgebracht, und Obstsalat.

– Wir haben doch gesagt, wir laden euch zum Essen ein.

Mina schimpft mit ihr, sucht in den Schränken nach einer Vase.

– Ich weiß. Mir war auf einmal langweilig heute Nachmittag.

– Langweilig? Ich bin erschöpft, und meiner Frau ist langweilig. Irgendwas stimmt hier nicht.

Vati kommt direkt von der Arbeit. Er lässt sich auf einen Stuhl sinken, lockert die Krawatte und seufzt. Micha weiß, dass das nur Show ist, aber er sieht tatsächlich müde aus. Mina steht hinter Vatis Stuhl und massiert ihm die Schultern.

– Du solltest einmal pro Stunde aufstehen und ein bisschen herumlaufen. Übungen machen. So.

Sie stellt sich vor ihn hin und zeigt es ihm, lässt den Kopf nach vorne rollen, dann auf die Seite. Vati macht es ihr nach, lacht dann über sich selbst. Micha steht mit Mutti am Herd.

– Schön, dass du Oma so häufig besuchst, Micha.

– Ich seh sie gern.

– Ich weiß, ich weiß.

– Das war nur die Einleitung, was? Da kommt doch noch was?

– Ja, da kommt noch was.

Micha wollte sie nur necken, doch Mutti wirkt verlegen. Ob Oma ihr von seinen Fragen erzählt hat? Ob Oma sich deswegen wohl Sorgen macht? Er wird wieder ernst und rührt die Soße um, die nicht mehr gerührt zu werden braucht. Auf einmal hat er wieder schwitzige Hände.

– Allerdings war sie ein wenig durcheinander, glaube ich.

– Ach ja?

– Ich finde, wir sollten ein festes Besuchsschema einhalten.

– Ach so, ja.

– Sie hat ihren Arzttermin am Donnerstag vergessen. Als die Pflegerin kam, wurde sie ziemlich böse. Bestand darauf, es sei Montag, weil ihr Enkel sie am Vortag besucht hatte. Jetzt ist ihr das ziemlich peinlich.

– Du hast mir gar nicht erzählt, dass du bei deiner Oma warst.

Mina hat am Tisch zugehört, Vati auch. Micha dreht sich um und stellt fest, dass sie ihn beide erwartungsvoll ansehen.

– Da gab es nichts zu erzählen.

Er dreht sich wieder zum Herd um. *Lügner*.

– Oma ist jetzt eine alte Frau.

– Ich weiß, Mutti. Ich weiß es.

– Das vergessen wir manchmal, glaube ich.

– Ich habe es nicht vergessen. Ich hatte am Mittwoch früher Schluss, das ist alles. Tut mir Leid.

– Schon gut, schon in Ordnung.

Micha verteilt das Essen auf die Teller, Mutti trägt sie

zum Tisch hinüber. Er fühlt sich irgendwie ertappt. Sieht zerbrochene Teller vor sich, Essen auf dem Boden, an den Wänden. Wappnet sich im Geiste gegen, wartet auf den großen Knall. *Opa, Mord, die Familie, ich*. Mutti redet immer noch.

– Es war eigentlich ganz nett. Ich habe lange nicht mit ihr über Papa, über deinen Opa Askan gesprochen, jahrelang. Und heute haben wir uns den ganzen Morgen über ihn unterhalten.

– Ach ja?

– Ihr habt euch doch auch über ihn unterhalten, nicht?

– Ein bisschen.

– Was hat sie erzählt?

Mina fragt Mutti, nicht Micha, und darüber ist er froh. Sie lenkt Mutti ab. Seinetwegen. Er weiß es. Dann trinkt er einen Schluck Wein.

– Wir haben uns über die Zeit unterhalten, als Bernd noch klein war. Über die Zeit als Familie. Schön war es damals, ich hatte es ganz vergessen. Als wir in den Steinweg zogen, malte Opa Bilder auf die Wände in unsere Kinderzimmer. Wunderschön. Für mich einen Ozean, und für Bernd einen Wald. Neben unsere Betten. Das hatte ich vergessen. Oma erzählte mir, dass sie ihn eines Tages weinend in Bernds Zimmer fand, als sie auszogen.

Micha setzt sich an den Tisch, und als Mutti ihn anlächelt, lächelt er zurück.

– Ich glaube, es war schön für sie, sich daran zu erinnern. Es war auch schön für sie, sich mit dir zu unterhalten, Micha, das hat sie gesagt.

Er gießt allen Wein ein. Er möchte nichts sagen, um die Unterhaltung nicht auszudehnen. Das ist unhöflich, er weiß es, aber er möchte nicht an seinen Opa und die verbrannten Briefe denken, nicht heute Abend. Es wird still, und dann wechselt Micha das Thema.

17.

Ein bestimmtes dokumentarisches Filmmaterial über Hitler erschüttert Micha mehr als die meisten Bilder aus jener Zeit.

Eine Weihnachtsfeier, vermutlich noch am Beginn des Krieges. In Hitlers Haus in den Bergen; alle sind versammelt: Göring, Speer, Bormann, dazu ihre Frauen und Kinder. Der Film ist schwarzweiß, flackert aber so sehr, als würde es im Zimmer schneien. Adolf Hitler sitzt zwischen den Kindern, und sie schauen in die Kamera und lächeln. Vier, fünf und sechs Jahre alt; scheu und unsicher sitzen sie da, in Lederhosen und Dirndeln. Aber sie lächeln auch ihn an, Hitler, und reden. Es gibt keinen Ton, daher weiß Micha nicht, was die Kinder sagen, aber er kann erkennen, dass sie keine Angst haben. *Sie mögen ihn.* Ein Mädchen kommt ins Bild gerannt, um ihm etwas zu erzählen, und er hebt die Brauen, macht große Augen und hört interessiert zu. Der Pate und Lieblingsonkel mit den sanften Augen und dem Lächeln. Der nicht in die Kamera schaut, nur Augen für das Kind hat.

– Mein Gott.

Es überläuft Mina kalt, als Micha ihr die Stelle zeigt.

Stunden später, als es gerade hell wird, kommt sie zu ihm in die Küche.

– Ich kann dir Schlaftabletten aus der Klinik mitbringen. Sabine verschreibt mir bestimmt welche.

– Ist schon gut.

Sie gähnt und streckt sich, macht Micha Tee und massiert ihm die Schläfen, und das liebt er so an ihr. Weil er weiß, dass sie nicht versteht, wie ihm dieser Filmausschnitt mit Hitler Albträume verursachen kann, während er bei den Bildern aus Belsen, Dachau oder Auschwitz keine bekommt. Sie bringen ihn zum Weinen; sie hat ihn weinen sehen. Aber er sitzt deswegen nicht schlaflos und mit trockenem Mund im Morgengrauen am Küchentisch und raucht.

Das darf nicht sein.

Könnte Micha wählen, was ihm weh tut, würde er sich nicht für das hier entscheiden.

18.

Micha weiß, dass Mina nicht sehr erfreut sein wird, wenn er ihr sagt, was er vorhat. Sie wollten zum Wandern fahren, zum Campen. Nach Süden, in die Sonne.

– Ich habe Urlaub genommen, Michael. Und Geld gespart.

– Entschuldige. Bitte entschuldige. Wir fahren schon noch weg.

– Wann?

– Sommer. Mach das mit dem Urlaub rückgängig, und dann nehmen wir im Sommer lange frei. Fahren in die Türkei.

Das sagt er, weil er weiß, dass sie genau das möchte; Micha in der Türkei, Micha bei ihrer Familie. Mina schaut durch ihn hindurch.

– Ja, ja.

Später ertappt er sie dabei, wie sie in dem Reiseführer blättert.

– Wo wolltest du noch mal hin? Nach Minsk und wohin dann?

– Nach Südosten. Nicht weit vom Pripjet.

– Und da war Opa Askan?

– Ja, ich glaube schon. Sieht so aus.

Micha setzt sich neben sie aufs Bett. Mina liest weiter, schaut die Seiten mit den Fotos an.

– Bist du nervös?

Sie sieht ihn nicht an dabei. Micha zuckt die Achseln. Sie wiederholt die Frage nicht.

19.

Micha wartet am Haupteingang zum Bahnhof. Mina hatte gesagt, sie würde einen halben Tag freinehmen, um sich von ihm zu verabschieden. Er beobachtet sie, während sie ihr Fahrrad durch den Verkehr schiebt. Es ist später Nachmittag, und die Schatten sind lang. Mina findet heraus, an welchem Schalter Michael sich anstellen muss, wartet eine Weile mit ihm zusammen und streift dann ein wenig umher.

Er stößt wieder zu ihr, als sie gerade in der Haupthalle zur Anzeigetafel mit den Abfahrtszeiten hinaufstarrt.

– So, jetzt hab ich meine Fahrkarte.

– Ich hab deinen Zug ausfindig gemacht. Da.

Tauben flattern hoch über ihnen unter dem Glasdach. Der Bahnhof riecht nach Brot und Kaffee, aber auch nach Urin. Sie gehen zum Bahnsteig, und der Zug steht schon da, also steigt Michael ein. Mina schaut ihm zu, wie er einen Sitzplatz findet, winkt ihm durch die Scheibe zu. Er weiß, dass sie es hinter sich bringen möchte, ihm fällt nichts ein, was er sagen könnte. Er geht zurück an die Tür und sagt zu ihr, sie solle doch ruhig gehen.

– Geh schwimmen. Ruf eine von deinen Freundinnen an, geht zusammen in die Sauna.

Sie steigt zu ihm hoch, legt den Arm um ihn. Sie küsst ihn.

– Hier, die magst du doch so gern.

Micha nimmt die Tüte mit den Brezeln entgegen. Sie sind noch warm, duften herrlich. Er sieht ihr nach, als sie geht. Bei den Stufen am Ende des Bahnsteigs angekommen, winkt Mina ihm zu, dann nimmt sie zwei Stufen auf einmal.

20.

Der Ostbahnhof in Berlin ist voller Menschen, aber das Abteil in dem neuen Zug ist leer. Micha liest Zeitung und schläft dann ziemlich lange, obwohl es noch früh ist. Als er wieder aufwacht, ist es Abend, und sie sind am Rande Deutschlands. Jetzt sitzt noch ein anderer Mann bei ihm im Abteil. Älter, mit dicken, eckigen Gläsern und einem schmalen Gesicht. Micha lächelt ihm zu, und er nickt. Zusammen mit den Fahrkarten werden ihre Pässe kontrolliert, dann rumpelt der Zug weiter, wird allmählich schneller. Sie sind nun in Polen, doch die Landschaft sieht kein bisschen anders aus. Micha kann nicht glauben, dass er dies hier tatsächlich tut. Hat keine Ahnung, was er tun wird, wenn er erst einmal dort ist. Er isst eine von Minas Brezeln und legt sich wieder schlafen.

Weißrussland, Ostern 1998.

21.

Es ist schwül in Minsk. Heiße Ostertage, sagt der Taxifahrer. Sehr ungewöhnlich. Zuerst spricht Micha Englisch mit ihm, versucht es dann auf Deutsch, redet wieder Englisch. Er erzählt ihm, er wolle nach Süden, aber der Fahrer antwortet nicht. Ein paar Straßen später zeigt ihm der Fahrer ein gutes Restaurant. Weiter unterhalten sie sich nicht.

Im Hotel ist alles ruhig. In dem schmalen Foyer sitzt eine junge Frau an der breiten Theke der Rezeption. Sie trägt dickes Make-up, das in der Hitze glänzt. Das Zimmer, das sie Micha gibt, ist groß und spärlich eingerichtet. Ein Bett und ein Fernseher, und im Badezimmer hinten auf dem Flur eine tropfende Dusche. Er öffnet ein Fenster, nachdem die junge Frau gegangen ist, legt sich aufs Bett und schließt die Augen. Im Zimmer ist keine Luft. Die Laken riechen schwach nach Rauch. Fernsehgeräusche sickern durch die Wände. Musik und quietschende Reifen, dann tiefe, brummende Stimmen.

Als Micha aufwacht, ist es dunkel und kühl. Er schaltet den Fernseher ein und geht duschen. Zum Trocknen legt er sich aufs Bett, schaut dabei die Nachrichten, versteht sie aber nicht. Deutschland in den Schlagzeilen. Frankfurt ist zu sehen, der Kanzler, der den Presseleuten zuwinkt. Er schaltet den Apparat aus und zieht sich an.

Micha ist hungrig. Er geht nach draußen und macht sich auf den Weg zu dem Restaurant, das der Fahrer empfohlen hat, doch als er dort angekommen ist, geht er nicht hinein. Eigentlich sucht er eine Bar, redet er sich selbst ein, doch als er eine findet, geht er doch nicht hinein. Er hat das Gefühl aufzufallen. Er geht zurück ins Hotel, bestellt Pfannkuchen aufs Zimmer und isst sie, während er ein Fußballspiel schaut. Später bestellt er Bier, und viel später rafft er sich auf und legt sich wieder schlafen.

22.

Micha verbringt einen langen Tag in Minsk. Er versucht sich weiszumachen, er wolle die Stadt besichtigen, doch er weiß, dass er nur Zeit schindet. Er ist müde, durcheinander. Die Stadt besteht aus lauter breiten, öden Alleen unter einem dicken grauen Himmel. Er stößt auf den Fluss und geht an seinem Ufer entlang, hält sich von den Straßen fern und bleibt möglichst in den Parks. Über den Baumwipfeln sieht er Zwiebeltürme, und da weiß er, dass er im Osten ist.

Mittags findet Michael ein überfülltes Restaurant und bestellt, indem er auf das Essen am Nachbartisch deutet. Mit Pilzen gefüllte Knödel. *Eine echte weißrussische Mahlzeit, von einem echten deutschen Touristen verspeist*. Die Kellnerin nickt. Auf dem Hauptplatz macht er Fotos. Abgesehen davon behält er die Kamera in seiner Tasche. Immer noch zu auffällig. An einem Kiosk kauft Micha einen englischen Stadtführer. Die Seiten in der Mitte bilden einen Stadtplan von Minsk und Umgebung. Die Karte ist mit roten Flecken gesprenkelt, die er im Index nachsieht. Orte von Nazigräueln, leer geräumte Ghettos, niedergewalzte Dörfer, hingerichtete Menschen. Micha bleibt einen Augenblick auf dem Gehsteig stehen, geschockt. Weiß wieder, weshalb er hier ist.

23.

Zwei Städte, in denen Opa stationiert war. Acht Dörfer. Die deutsche Festung im Norden der Sümpfe, wo für ihn das letzte Jahr der Kämpfe zu Ende ging.

Im Hauptort kommt Micha bei Sonnenuntergang an, nach zwei Zügen und einem Bus aus Minsk. Es wird Abend, und er braucht einen Platz zum Übernachten. Die Stadt ist klein; kein Busbahnhof, nur eine Haltestelle. Er setzt sich an den Straßenrand und isst die letzte von Minas Brezeln. Sie ist hart, aber er hat Hunger. Kühl ist es hier, die Luft riecht schwer und feucht. Micha zieht einen Pullover aus dem Rucksack, bevor er sich auf die Suche nach einem Zimmer macht.

Er ist auf der Hauptstraße; Asphalt, breit genug, damit zwei Autos aneinander vorbeipassen. Die Eckplatten sind aus Beton, und die kleineren Seitenstraßen sind ebenfalls aus Zement gegossen. Davon gehen Staubstraßen ab; Trampelpfade, hart wie der Beton, wo sie trocken sind, mit matschigen Vertiefungen, wo sich der Regen gesammelt hat. Die Straßenbeleuchtung auf der Hauptstraße ist eingeschaltet, als er am Ortsrand angekommen ist. Micha glaubt, dass es hier keine Hotels gibt. *Dieses Nest ist zu klein dafür.*

Er macht kehrt, will wieder zurück zur Bushaltestelle und noch weiter, obwohl er sich nicht erinnern kann, auf dem Weg in die Stadt ein Hotel gesehen zu haben. Die Straße ist verlassen, niemand, den man fragen könnte. Die Fenster in den Häusern sind gelb und weiß erleuchtet, und ein Lastwagen fährt auf seinem Weg durch die Stadt vorbei, die Scheinwerfer bannen Michaels Schatten weit vor ihm aufs Pflaster. Ein Generator brummt in einer Seitenstraße; ein Mechaniker, der noch spät arbeitet. Er hat eine Glühbirne an die offene Motorhaube des Autos geklemmt, das er gerade repariert, verschwindet beinahe im Motorraum.

Vorsichtig klopft Micha an die Karosserie. Der Mechaniker lächelt zum Gruß, spricht weder Deutsch noch Englisch und wartet geduldig, bis Micha sich durch ein paar Sätze in Lautschrift aus seinem Lehrbuch gekämpft hat. Der Mechaniker lächelt; er mimt einen Schlafenden, schließt die Augen und legt den Kopf auf die offene, ölverschmierte Handfläche. Als Micha nickt, klatscht der Mechaniker kurz in die Hände und hebt seinen Rucksack auf.

Das Zimmer ist klein, und es gefällt Micha. Ein schmales Bett; grün gestrichene Holzwände; ein Fenster mit staubigen Musselinvorhängen; ein Stuhl und ein Tisch; ein riesiger Schrank. Das Zimmer liegt auf der Rückseite des Hauses und geht auf einen überwucherten Garten unterm Nachthimmel hinaus. Der Mechaniker freut sich, als Micha nickt. Er schreibt eine Zahl auf einen Zettel, und Micha zahlt für drei Nächte.

In der Küche bittet der Mechaniker Micha, sich zu setzen, und schenkt ihm ein Glas Wodka ein. Er schlüpft zur Tür hinaus und kommt zwei Minuten später mit einer alten Frau und einem schweren Buch zurück. Sie trägt einen Kochtopf und einen Laib Brot. Während die Frau Teller aus dem Schrank holt und das Brot schneidet, durchblättert der Mechaniker das Buch, bis er eine Landkarte findet. Er schiebt es Micha über den Tisch zu, deutet auf Micha, dann auf die Landkarte, dann wieder auf Micha. Micha deutet auf Deutschland, und der Mechaniker nickt heftig, wechselt ein paar Worte mit der alten Frau am Herd. Micha beobachtet die beiden, aber sie lächeln weiterhin. Micha wird bewusst, dass er eine negative Reaktion erwartet hatte. Die alte Frau setzt einen Teller Suppe und Brot auf den Tisch vor ihm. Sie tätschelt

Micha die Schulter und schiebt das Glas Wodka näher an seinen Teller.

Der Mechaniker legt die flache Hand auf die Brust.

– Andrej.

– Michael. Micha.

Micha hält ihm über dem Suppenteller die Hand hin, und Andrej nimmt sie. Beide lächeln, erheben sich ein wenig vom Sitz. Andrej stellt die alte Frau als seine Mutter vor, oder vielleicht Großmutter, Micha versteht es nicht ganz. Er streckt ihr die Hand hin, aber sie macht eine abwehrende Geste und deutet lächelnd auf seine Suppe. Micha isst, und sie sehen zu, unterhalten sich dabei. Micha weiß, dass sie über ihn reden, aber es macht ihn nicht verlegen, ihm gefällt das sanft flüsternde Geräusch ihrer Worte. Andrej hält die Hand hoch, fünf Finger, und huscht wieder aus dem Raum. Die alte Frau lächelt Micha über den Tisch hinweg zu, spricht auf Weißrussisch zu ihm, auf Russisch, er weiß es nicht. Er lächelt zurück und isst das Brot, das sie für ihn geschnitten hat.

Andrej kommt mit einem anderen jungen Mann wieder. Er trägt auch einen verschmierten Overall, hat breite schwarze Fingernägel. Er spricht ein bisschen Deutsch, übersetzt für Andrej und seine Mutter/Großmutter.

– Sie wollen wissen, warum du hier gekommen bist. Von Deutschland.

Micha sieht ihm die Verlegenheit wegen seiner holprigen Übersetzung an. *Ich kann ihnen das mit Opa nicht erzählen.* Es ist zu schön in dieser Küche an dem Abend heute. Micha erzählt ihnen, er mache Ferien, *Ich bin Tourist*, und da lachen sie. Andrej spricht, der andere Mann übersetzt.

– Wir haben Leute von den Zeitungen hier. Tschernobyl. Der Pripjet hat Strahlung, auf dem Weg dorthin sie kommen hier. Ist nicht weit.

– Ich bin kein Journalist.

– Nein. Gut. Sie sind froh, ein Tourist zu haben. Andrej und seine Mutter.

Micha trinkt Wodka mit Andrej, seinem Freund und seiner Mutter; alle zusammen, ein einziges Lächeln um den Küchentisch. Andrej will noch weitere Fragen stellen, aber seine Mutter gibt ihm einen Klaps auf den Arm. Andrej macht ein zerknirschtes Gesicht. Er vollführt wieder die Schlafpantomime, und Micha nickt. Alle stehen zusammen mit Micha auf, und Andrej bringt ihn wieder auf sein Zimmer. Er zeigt Micha, wie das Licht funktioniert und wo die Toilette ist, und sie sagen einander gute Nacht.

Während er sich die Zähne putzt und dann ins Bett geht, hört Micha, wie sie sich in der Küche weiter unterhalten.

24.

Nun ist er hier und weiß nicht, was er tun soll. Er sollte Leute ausfindig machen, Fragen stellen, seine Zeit nutzen. Er hat das gestohlene Foto bei sich, noch immer fehlt es in Omas Album im Nachtkästchen. Opa auf seiner Hochzeitsreise, hemdsärmelig vor einem See stehend. *Gar nicht lange, nur ein paar Jahre, bevor er hierher kam.*

Micha bleiben vier Tage, und er hat Angst.

Andrej leiht ihm ein Fahrrad, und eine Karte von der Umgebung. Er zeigt Michael die schönsten Ziele, und seine Mutter packt ihm Essen in eine Tasche. Micha fährt Fahrrad, isst die Brote, radelt weiter.

Am Abend schreibt er an Mina, das Foto von Opa aufs Knie gestützt. Micha versucht sich ihn in Uniform vorzustellen. An der Tür zu Andrejs Küche mit einem Gewehr, an einer Kreuzung am Rande des Ortes. Der Mann in seinem Kopf, mit den Insignien der SS, das ist Nazi-Opa. Der Mann auf dem Foto ist einfach nur Opa. Opa bevor Micha ihn kannte, aber trotzdem Opa.

Er schreibt Mina, er sei noch nicht weit gekommen. Streicht es durch, fängt neu an. *Bemühe mich nicht genug*. Aber das streicht er auch wieder durch. Auf ein neues Blatt schreibt Micha, was er wirklich denkt. *Ich bin ein Feigling. Ich weiß nicht, was ich tun soll.*

Andrej fährt Micha in seinem Lieferwagen durch die Gegend. Micha gefällt Andrejs Geplänkel mit den Kunden, er versteht zwar nichts, nur das Lächeln, den ernsthaften Handschlag. In den Dörfern geht er an alten Männern vorbei, die auf ihren Veranden sitzen und den warmen Ostermorgen nach Kräften genießen. Er überlegt, ob er ihnen das Foto zeigen und Opas Namen sagen soll, geht dann aber weiter.

Sie könnten alles Mögliche erwidern. Er hat meinen Bruder und noch zwanzig andere Männer erschossen. Hat die Juden im Wald zur Strecke gebracht, da drüben, schau, hinter meinem Haus. Er hasste sie, verstehst du, wollte ihren Tod.

Micha versucht sich vorzustellen, dass eine Stimme dies zu ihm sagt, ein Gesicht. Er versucht sich vorzustellen, wie er sich fühlen würde, wenn er so etwas zu hören bekäme.

Andrej redet auf Weißrussisch mit ihm, Micha spricht Deutsch, und so kommen sie zurecht. Mittags trinken sie heißen Tee und essen saftiges Brot mit Butter und Marmelade. Eine deutsche Marke. Sie sitzen an einem frischen Frühlingstag am Straßenrand. Autos hupen kurz im Vorbeifahren, und Andrej hebt den Arm zum Gruß. Micha kauft Bier auf dem Nachhauseweg, für sich, Andrej und seine Mutter. Abends sitzen sie zusammen in der

Küche, schauen fern. Andrej und seine Mutter lachen, und Micha auch.

Ich brauche einen Übersetzer.

Er geht ins Bett, kann aber nicht schlafen.

Micha steht früh auf und macht sich vor dem Frühstück auf die Suche nach Andrejs Freund. Den, der Deutsch spricht. Die Bücher in der Bibliothek sind auf Weißrussisch, sagt er, amüsiert, dass Micha sie lesen will. Englische Bücher, deutsche Bücher, die gibt es in Minsk. Hier nicht.

– Ich habe aber Fragen, über diesen Ort hier. Vielleicht wissen nur die Leute hier in der Umgebung Bescheid.

Der Freund verlagert das Gewicht auf den anderen Fuß. Micha sagt nicht Opa, er sagt Krieg, Besatzungszeit, Nazis, und er schaut beim Reden auf den Kragen des Freundes, auf sein Ohr. Micha versucht ihn um Hilfe zu bitten, damit er Leute finden, für ihn übersetzen kann. Aber es klingt alles so vage und seltsam. Selbst in Michaels Kopf.

Andrejs Freund schämt sich für ihn, und Micha weiß es.

Es gibt ein Museum, sagt er. Nicht hier, im Nachbarort. Er nimmt Micha mit zur Straße, hält ein Auto an, lehnt sich durchs offene Fenster, sagt dem Fahrer, wo Micha hin will. Beide werfen Micha einen Blick zu, und dann lächelt der Fahrer und öffnet die Beifahrertür. Andrejs Freund schüttelt Micha die Hand.

– Es ist ein kleines Museum. Aber ein gutes.

25.

Neben dem alten Rathaus stößt Micha auf ein hölzernes Gebäude mit Betonfußboden. Gegenstände und Fotos sind an der Wand aufgereiht. Alles ist sorgfältig gemacht worden; ordentlich geschriebene Schildchen; um handgedrechselte Pfosten geschlungene Seile, damit Besucher den nötigen Abstand halten. Eine junge Frau sitzt an der Tür auf einem mit Segeltuch bespannten Stuhl. Micha wirft eine Münze in den Kartondeckel zu ihren Füßen, und sie lächelt und widmet sich wieder ihrem Buch.

Auf der einen Seite hängen alte Gemälde und Fotos von der Stadt zu Beginn des Jahrhunderts. Die staubige, belebte Hauptstraße von 1925 wird dem Asphalt und den zwei Autos von letztem Jahr gegenübergestellt. *Größer damals, vor dem Krieg. Betriebsam. Häuser, Menschen, ein Marktplatz.* Draußen weht der Wind. Micha kann ihn in den Bäumen hören. Die Äste schaben gegen das Oberlicht im Museumsdach.

Er hat die erste Ecke des Raums erreicht. Gegenüber von Micha, in der zweiten, stehen drei Schneiderpuppen, jede hat eine Uniform an. SS, Wehrmacht, und die dritte kennt er nicht. Leere Arme hängen schlaff und schmal an den ausgestopften Rümpfen herab. Er geht nicht gleich darauf zu. Zuerst sieht er sich um, doch die junge Frau beobachtet ihn nicht, sie liest immer noch.

Zwischen Micha und den Uniformen sind Ausstellungsstücke und Bilder von den jüdischen Gemeinden, die vor dem Krieg in der Stadt lebten. Eine kleine Schule und ein Lehrbuch auf Jiddisch. Es gab einen Friedhof, dessen Grabsteine gestohlen wurden, um damit die Straßen zu pflastern. Micha blinzelt, geht zu den Uniformen hinüber.

Sie sind verknittert, abgenutzt. *Getragen.* Zwei deutsche, und die unbekannte dritte ist russisch. Micha sieht, dass an dem schweren SS-Mantel ein Knopf fehlt. *Abgerissen, abgeschnitten, weggeschossen, abgefallen.* Dieser Mantel ist echt, keine Nachbildung. *Jemand hat eine Leiche entkleidet und eine Trophäe behalten. Oder jemand warf ihn weg und rannte davon, als die Rote Armee kam.*

Oder jemand fand ihn, trug ihn und freute sich sogar darüber, obwohl er etwas Deutsches war, denn er war aus Wolle und warm, und es war Winter und sie froren.

An der gesamten letzten Wand hängen Fotos, die während des Kriegs aufgenommen wurden. Micha sieht sie aus dem Augenwinkel, als er noch bei den Uniformen steht. Er bereitet sich darauf vor, sie näher zu betrachten, stellt sich vor, was darauf zu sehen ist. *Öffentliche Hinrichtungen, lächelnde Deutsche, Massengräber, Massenerschießungen.* Er hat Recht. Herabbaumelnde Köpfe, von Bäumen steif herabhängende Körper. Junge Männer, die Gewehre auf kniende Kinder gerichtet halten. Soldaten, die im Sonnenschein dastehen und rauchen, und hinter ihnen die Toten, nackt und bleich in Reihen übereinander liegend.

Micha sieht sie alle an, starrt den Soldaten ins Gesicht, hält nach Opas Wangenknochen Ausschau, seiner hohen Stirn, den tiefliegenden Augen. Einer Zigarette, von Fingerspitzen gehalten und handeinwärts gedreht. Micha schwitzt. Er findet ihn nicht. Er geht an der Wand zurück, schaut erneut hin, findet ihn aber immer noch nicht.

Die junge Frau beobachtet Micha. Er fängt ihren Blick auf, und da schaut sie zur Seite. Er versucht sich vorzustellen, wie er wohl aussieht, während er diese schrecklichen Szenen so intensiv anstarrt. Er fragt sich, ob er sich beeilen, ein Stück zurücktreten oder weinen sollte. Er weiß es nicht. Jetzt ist es ihm egal; heute gibt er sich wirklich Mühe, kein Feigling zu sein. Micha sagt quer durch den Raum:

– Sprechen Sie Deutsch?

Sie sieht auf, verlegen, hat aber nicht verstanden. Sie sagt irgendetwas. Micha findet, es klingt wie eine Entschuldigung.

– Sprechen Sie Englisch?

– Ja, ein bisschen. Sorry.

– Vielleicht können Sie mir helfen. Wissen Sie, ob alle Fotos hier aufgenommen wurden? Hier im Ort?

– Ach so. Die Bilder hier an Wand? Von Besatzungszeit?

– Ja.

– Ach so. Ich glaube ja. Ich nicht sicher, warten Sie.

Sie legt ihr Buch hin, kommt rasch zu ihm herüber, schwere Schritte, die laut in dem kleinen Raum hallen. Micha ist zurückgetreten, während sie an den Fotos entlanggeht, die Bildunterschriften liest, die Namen und Daten.

– Diese ja.

Sie deutet für ihn darauf.

– Die anderen auch Bilder von Weißrussland, aber weiter in Norden und Westen. Sie sollen zeigen, dass so etwas überall in unsere Land geschehen, Sie verstehen?

– Ja. Danke. Wissen Sie, welche Abteilung der SS hier eingeteilt war? Waffen-SS?

– Das steht hier, ich glaube.

Sie geht auf die Regale in der Ecke zu, bringt ein Buch zurück, es ist handgeschrieben. Micha hat den Eindruck, sie freut sich, ihm behilflich zu sein, ist ganz unbefangen. Er schwitzt immer noch; auf der Kopfhaut, an Händen und Füßen.

– Ja, schauen Sie. Hier auf diese Seite.

Eine lange Liste, Wehrmacht, SS, Polizei, aber dann sieht Micha Opas Division. Er glaubt, dass man es ihm am Gesicht ablesen kann, denn die junge Frau vermeidet es, ihn anzusehen, als sie aufsieht, nun wieder verlegen.

– Danke schön.

– Bitte.

Sie lächelt, schaut immer noch zur Seite und geht dann wieder zurück zu ihrem Stuhl an der Tür und ihrem

Buch. Micha bleibt noch ein wenig bei den Fotos stehen, ohne sie anzuschauen, dankbar, dass die junge Frau nicht zu ihm herübersieht.

Es ist gar nicht so schlimm. Micha redet mit sich selbst. Ganz leise, aber es hilft, eine Stimme zu hören. *Ich bin hierher gekommen, um das hier zu sehen, zu wissen, ob Opa hier war. Ich war bereit dafür.* Er ist überrascht, dass ihn das nicht aus der Fassung bringt. Micha trägt sich in das Gästebuch ein; voller Name, volle Heimatadresse. *Ich war hier; und er war es auch.*

– Kennen Sie vielleicht jemanden, mit dem ich mich unterhalten könnte? Über die Besatzungszeit?

– Eine Historiker?

Die junge Frau ist überrascht, sie hält das Buch aufgeschlagen in der Luft.

– Oder vielleicht jemanden, der sich daran erinnert. Wer lebte denn zu der Zeit hier?

– Ich weiß nicht. Ich muss überlegen.

– Ich kann ja morgen wiederkommen.

– Möchten Sie morgen mit jemand sprechen?

– Wenn Ihnen jemand einfällt. Sogar heute schon.

– Na ja, vielleicht. Morgen.

– Ja?

– Ich glaube, meine Großvater könnte Sie helfen.

– Würde er sich mit mir unterhalten?

– Na ja, ich weiß nicht. Vielleicht er kennt jemand.

Sie klingt nicht so überzeugt. Micha sagt, er werde am nächsten Tag wiederkommen, sagt, er wäre ihr sehr dankbar, wenn sie ihren Großvater fragen könnte. Sie nickt und schüttelt Micha die Hand, als er sie ihr hinhält, peinlich berührt.

Am nächsten Morgen ist der Großvater da, aber er will nicht reden. Er ist gekommen, um Sie sich näher anzuschauen, sagt die junge Frau zu Micha. Er hat seit Jahren keinen Deutschen mehr gesehen. Sie errötet beim Übersetzen, verbirgt ihr Lächeln hinter der Hand.

– Er sagt, im nächsten Dorf ist ein Mann, mit dem Sie sollten reden. Jozef Kolesnik. Der wird sich an Deutsche erinnern. Sie sollten heute Nachmittag dorthin gehen. Mein Großvater wird ihm sagen, dass Sie kommen.

– Wie viel Uhr? Nach dem Mittagessen? Muss ich bis nach dem Mittagessen warten?

Micha versucht, den Blick des alten Mannes aufzufangen, aber der kaut nur auf seiner Unterlippe und nickt seiner Enkelin zu. Er geht, ohne Micha nochmals angesehen zu haben.

26.

Das Dorf ist nicht weit entfernt; drei, vielleicht vier Kilometer. Die Uhr außen an der Bäckerei zeigt ein Viertel vor zwei an, als Michael dort ankommt, und er braucht nicht länger als fünf Minuten, um das Haus zu finden. Es war keine Zeit vereinbart worden, nur Nachmittag, nach dem Mittagessen; Micha ist dennoch nervös, weil niemand da ist.

Er überprüft die Adresse noch einmal, klopft erneut an die Tür, und dann weiß er nicht genau, was er tun soll, also setzt er sich hin und wartet.

Das Haus ist grün. Aus blaugrün bemaltem Holz. Micha setzt sich auf die Stufen, die zu der schmalen Veranda führen. Sie erstreckt sich über die gesamte Längsseite des Gebäudes. Am anderen Ende führen weitere Stufen zu einem kleinen Garten und einem matschigen Pfad hinunter. Zwei niedrige Fenster gehen auf die Straße hinaus, und nach etwa einer halben Stunde steht Micha auf und klopft an die Scheibe. Keine Antwort. Er versucht es nochmals, berührt mit den Fingerspitzen das nächste Fenster, legt die gewölbten Hände an die Augen und späht hinein. Kein Geräusch, keine Bewegung, niemand zu Hause.

– Hallo?

Michas Atem schlägt sich auf dem Glas nieder, und er wischt rasch mit dem Ärmel darüber. Das Haus bleibt ruhig und still.

Micha dröhnt das eigene Hallo noch in den Ohren: eine laute Stimme an einem stillen Nachmittag. Er sieht zu, wie seine Hand zittert und sich dann langsam beruhigt. Eine Weile bleibt er beklommen auf den Stufen zur Veranda des stillen Hauses stehen, schiebt dann das Fahrrad über die Straße und setzt sich auf die niedrige Mauer gegenüber. Eine sichere Distanz, Hände in den Taschen, Opas Foto an seiner Handfläche.

Wenn er sich an Opa erinnert.

Ich will, dass er sich an Opa erinnert, und will es nicht.

Micha steht auf; er lässt das Fahrrad liegen und geht ein Stück. Zuerst zum einen Ende der Straße, dann zum anderen. Die Minuten verstreichen, ein paar Leute, ein paar Autos, aber keines hält am Haus an. Er setzt sich wieder hin.

Das hat er nicht erwartet.

Es ist schon spät; Schatten kriechen über die Straße hinweg auf ihn zu. Aus der Entfernung, mit der Straße dazwischen, sieht das Haus wieder ganz anders aus. Vielleicht nicht so leer. Micha bildet sich ein, er hätte ein Licht gesehen, hinter einem Vorhang, und der Gedanke scheint gar nicht so abwegig. Hier, auf der anderen Seite der Straße, kann Micha sich vorstellen, dass jemand da drinnen ist. Hinter einer Tür, oder unter einem Fenster; dass jemand reglos und stumm dasitzt, während der Fremde zu laut durch die Scheibe gerufen hat.

Er hat keine Uhr um, weiß nicht, wie lange er schon hier ist. *Zwei Stunden. Drei. Länger.*

Die Sonne ist jetzt zwar nicht warm, aber es ist nicht Abend, noch nicht, und daher noch nicht Zeit zu gehen. Michas Beine sind steif vom Sitzen. Er geht auf und ab, bis sie zu prickeln beginnen, und da schnürt er seine Stiefel auf und reibt sich die Füße. Als Michael wieder aufsieht, ist er nicht allein.

Ein alter Mann steht auf der Veranda, eine alte Frau daneben, beiden sehen zu ihm herüber.

– Jozef Kolesnik?

Micha hebt das Fahrrad auf und schiebt es zurück über die Straße. Er hat sie nicht kommen sehen. *Sie müssen durch den Garten gekommen sein. Von dem Pfad.* Der alte Mann hat eine Einkaufstasche in der Hand, und Micha denkt: *Alles in Ordnung, er hat nur eingekauft. Und sich nicht etwa versteckt.*

– Jozef Kolesnik? Sprechen Sie Deutsch?

– Ja.

– Sie sind Jozef Kolesnik?

Er antwortet nicht. Micha bleibt stehen.

– Hat man Sie angerufen? Jemand sagte mir, Sie würden angerufen werden.

– Ja.

Micha tritt näher. Er weiß nicht, was er sagen soll. Drei Stunden hat er gewartet. Die Sonne steht tief, und Micha hat die Straße nicht verlassen, damit er ihn nicht verpasst. Hatte Angst, dass er kommen würde. Hatte Angst, dass er nicht kommen würde. Und nun ist er da.

– Ob ich Ihnen wohl ein paar Fragen stellen dürfte? Wäre das möglich?

– Worüber?

Der alte Mann steht drei Stufen hoch auf der Veranda, dahinter seine Frau. Micha steckt eine Hand in die Tasche, die Finger auf dem Foto, auf der glatten Seite, Fingerabdrücke auf dem Glanzpapier.

– Ich heiße Micha.

Michael zieht die Hand heraus; hält sie hin, leicht zittrig, und das Foto bleibt verborgen. Der alte Mann hält die Einkaufstasche bald in der einen, bald in der anderen Hand, antwortet aber nicht.

– Ich bin Michael Lehner.

– Sie sind Deutscher.

– Ja.

Der alte Mann wendet sich zu seiner Frau um, und sie nimmt seinen Arm, sagt etwas. Micha glaubt, sie will, dass er geht; bittet den alten Mann, ihn fortzuschicken.

– Ich war im Museum. Man hat mir gesagt, Sie würden sich erinnern.

Die alte Frau spricht mit ihrem Mann. Er antwortet, und sie atmet aus, ein tiefes Seufzen. Micha wartet darauf, dass sie mit ihm reden, aber das tun sie nicht. Sie schauen ihn nur an, und er schaut sie an, und Micha graut vor dem, was er gleich tun wird. Vor der Reaktion, die er hervorrufen könnte.

Nein.

Es ist zu schwer. Er hat einen salzigen Geschmack im Mund. Panik hinten im Hals.

Wenn er sich an Opa erinnert. Wird er sich an etwas Gutes erinnern? Wird es auch etwas Gutes geben, oder nur Schlechtes?

Tränen bahnen sich ihren Weg; Micha kann sie spüren. Jetzt in seiner Brust, aber auf dem Weg zu seinen Augen. Der alte Mann spricht.

– Sich an was erinnern?

Micha antwortet nicht; er bleibt reglos.

Wenn ich es zeige, wird er sagen, ja, ich kannte ihn,

oder er wird sagen, nein, ich kannte ihn nicht. Irgendetwas wird es sein. Und das ist ja schon etwas.

Michael schwitzt am Rücken, in den Haaren.

– Warten Sie.

Doch es ist zu schwer. Es kommen keine Worte, nur Tränen.

– Entschuldigung.

Michas Mund ist teigig, sein Blick verschwimmt.

– Entschuldigung.

Er hält sich an Andrejs Fahrrad fest und verbirgt das Gesicht in der Armbeuge. Es ist dunkel hinter seinem Ärmel.

– Es ist gleich vorbei.

Die alte Frau kommt von der Veranda herunter. Sie hat Toilettenpapier in ihrer Einkaufstasche und reißt ein paar Blatt ab. Micha wischt sich übers Gesicht, die Nase, und die alte Frau reißt noch mehr ab. Jozef Kolesnik schaut auf seine Füße. Seine Frau nimmt Andrejs Fahrrad und lehnt es gegen den Zaun, dann geht sie ins Haus.

Er ist erschüttert, der alte Mann. Ein deutscher Junge weint vor seinem Haus. Micha glaubt, dass er auch zornig ist, aber er spricht nicht. Er setzt sich auf die Verandastufen, und da möchte Micha nichts lieber als sich zu ihm zu setzen und an dem glatten Holzgeländer anzulehnen. Seine Frau bringt Micha einen Wodka und ein Taschentuch, aber sie ist nicht freundlich. Micha weiß, dass sie ihn von hier fort haben will, und ihr Mann ebenfalls. *Hör auf zu weinen und geh.*

– Jozef Kolesnik.

Der alte Mann hat die Hand auf die Brust gelegt.

– Elena Kolesnik, meine Frau.

Sie nickt, und dann steht er auf.

– Bitte gehen Sie.

Er geht eine Stufe weiter nach unten, einen Schritt auf Micha zu, spricht ruhig.

– Es ist viele Jahre her. Eine schlechte Zeit. Ich bin ein alter Mann. Bitte gehen Sie.

So seltsam, dass er bitte sagt. Er sagt es freiwillig, aus Freundlichkeit. Er streckt die Hand aus; eine Geste, um Micha das Weggehen zu erleichtern.

Micha steht nahe genug, um ihm in die Augen sehen zu können, aber er tut es nicht. Er könnte ihm immer noch Opas Foto zeigen, aber er tut es nicht. Es wird dunkel, und es ist zu schwer. Er nimmt Andrejs Fahrrad und geht.

27.

Als er wieder bei Andrej ankommt, ist es dunkel im Haus, und niemand ist da. Micha wäscht und rasiert sich und geht ins Bett. Er lässt das Licht eingeschaltet und starrt die Wand an, der Tag ballt sich wie ein Kopfschmerz hinter seinen Augen zusammen.

Später klopft Andrej an die Tür, bringt ein Tablett mit Essen herein.

Micha bietet ihm ein Glas Bier an und trinkt selbst aus der Flasche. Andrej sitzt schweigend bei ihm, während er isst. Michaels Augen sind noch geschwollen von den Tränen des Tages; Andrej sieht es bestimmt, glaubt er. Andrej bleibt bei ihm, und Micha ist froh darüber.

In zwei Tagen werde ich wieder bei Mina sein.

Micha weint erneut, und Andrej nimmt ihm das Tablett vom Schoß und zieht ihm die Decke über die Beine. Er macht das Licht aus und flüstert etwas, bevor er geht. Micha weiß nicht, was er sagt, aber es tut gut, etwas zu hören. Eine Stimme, bevor er einschläft.

28.

Spätfrühling, Zeit für die üblichen Aktivitäten: mit dem Fahrrad zur Schule fahren, jetzt wo das Wetter schön ist, mit der Abiturklasse Shakespeare durchnehmen, langsame Spaziergänge mit Oma im Park machen.

Micha aber hält noch an seinen Wintergewohnheiten fest und geht an den meisten Tagen nach der Schule in die Bibliothek. Manchmal zum Lesen, oft aber um einfach dazusitzen; ein Puffer der Stille zwischen Arbeit und zu Hause. Er weiß nicht recht, warum er das tut, daher erzählt er es keinem; immer ist er schon zurück und macht das Abendessen, bevor Mina nach Hause kommt.

Er ist noch nicht bereit dafür, aber das Leben geht weiter.

29.

Michael sitzt auf dem Badewannenrand, Mina auf dem Klo.

– Fühlst du dich schwanger?

– Warte.

Mina greift nach Michaels Handgelenk, dreht es herum, damit sie die zweite Hand sehen kann, mit der er die Zeit misst.

– Sind diese Tests genau?

– Besser als die von den Ärzten, meint Sabine.

– Warum benutzen die sie dann nicht?

Mina zuckt mit den Schultern.

– Da. Blaue Linie oder keine blaue Linie?

Sie reicht Micha den weißen Streifen, und er knickt die

Spitze ab, wie es in der Packungsbeilage am Badezimmerfußboden heißt.

– Ja.

– Okay.

Micha muss immer weiterlächeln. *Hör auf zu lächeln.*

– Und, was glaubst du?

– Da ist eine blaue Linie.

– Nein, ich meine, möchtest du ein Baby?

– Ich bin schwanger. Ich werde ein Baby bekommen.

– Ja? Ich meine, freust du dich?

Bitte freu dich. Mina hat die Hände übers Gesicht gelegt; ihre Stimme wird von den Handflächen gedämpft.

– Freust du dich?

– Ja, doch. Ich glaub schon.

– Du glaubst?

Mina lacht. Sie scheint sich zu freuen, denkt Micha.

– Ich freue mich. Es ist wunderbar. Ich freue mich.

Sie steht auf, zieht Micha vom Badewannenrand hoch und legt die Arme um ihn, und da ist er unendlich froh, zu Hause zu sein; froh, hier bei ihr so glücklich zu sein.

30.

Der Brief, den Micha aus Weißrussland geschrieben hat, kommt lange nach ihm an. Weit über einen Monat. Mina weint, als sie ihn liest.

– Du warst kein Feigling. Du warst so tapfer, dorthin zu gehen und das zu tun, was du getan hast.

Sie sagt es, als wäre die Sache vorbei. Micha gibt keine Antwort. Sie weiß nichts von Jozef Kolesnik, den Tränen, und von dem Foto, das er den ganzen Weg bis nach Weißrussland mitgenommen hat, um es dann doch nicht zu zeigen.

31.

Micha kann Opas Foto jetzt nicht anschauen.

Er wünschte, er könnte es wegwerfen.

Am Sonntag macht Oma Kaffee, und Micha legt ihr die Zeitungsausschnitte zum Lesen hin. Er hat das Foto in der Hosentasche, wartet auf den richtigen Moment, bleibt am Fenster stehen, während Oma sich hinsetzt. Sie schneidet sich ein Stück Kuchen ab, und er schlüpft in ihr Schlafzimmer.

Ich lege das Bild zurück, setze mich und trinke eine Tasse Kaffee.

Das hatte Micha vor, doch stattdessen bleibt er da drinnen. Sitzt auf Omas weichem Einzelbett, ihr Album offen auf den Knien.

Da ist Opa als junger Ehemann, auf der Hochzeitsreise. Askan in Hemdsärmeln am See, nun wieder auf seinem angestammten Platz auf der Seite »1938«. Micha blättert weiter, siebzehn Jahre später, Rücken an Rücken: Opa als Papa. Opa mit der jungen Karin an der Hand. Askan in einem dunklen Anzug, er beugt sich über das Gitterbett, in dem sein Söhnchen liegt.

Micha blättert hastig hin und her, vor und zurück. 1955: Opa hat weniger Haare, mehr Falten; sein Bauch ist dicker, seine Arme sind dünner. *Und dazwischen?* Zwei Kinder, knapp zwei Jahrzehnte Ehe und Treue. Siebzehn Jahre sind vergangen, aber wenn Micha es nicht gewusst hätte, wäre er nie auf den Gedanken gekommen, dass da auch Krieg und Gefängnis waren.

Micha klappt das Fotoalbum zu, sagt zu sich selbst: *Er war Soldat*, aber in seinem Kopf fügt Micha die Fotos aus dem Museum ein. Pralle Seiten, ein ganzes Album von Gräueln zwischen der Hochzeitsreise und dem Neugeborenen.

– Bring es doch hierher, Schatz. Setz dich zu mir. Ich seh dich so selten.

Oma ist an der Tür. Ihr Kopf zittert jetzt immer ein wenig, das ist das Alter. Und sie ist schon wieder geschrumpft, die Knochen sacken in sich zusammen, der Kopf reicht nicht mehr bis zu Michas Schulter, wenn sie nebeneinander stehen.

Ich bin nach Weißrussland gefahren und wieder zurückgekommen.

Ein Museum und ein alter Mann; *verschwendete Tage*; nichts weiter. Micha könnte schon wieder heulen. Hier, jetzt, im Vogelnest, auf Omas Bett. Könnte zornig werden wegen dieser Tage. Dass er sie so hat verstreichen lassen.

– Wir bekommen ein Baby. Mina und ich.

Er will unbedingt, dass Oma jetzt lächelt, dass sie glücklich ist. Irgendetwas, das ihn vom Weinen abhält.

– Micha! Was höre ich denn da! Sag das noch mal!

Sie hält ihm die Hände hin. Micha weiß, er sollte sie nehmen, aber er kann es nicht.

– Du darfst es aber nicht weitererzählen, Oma. Bitte. Es ist noch ein Geheimnis, weißt du?

– Ja, ja, natürlich, Schatz. Ich weiß. Ein Baby!

Sie legt ihm die Hände aufs Gesicht und küsst ihn. Jetzt kann Micha weinen, und das tut er auch, denn nun muss er nichts erklären. Oma bringt ihm ein Taschentuch, Kuchen und ein Lächeln; Bilderbücher aus der Schublade, in der sie sie aufbewahrt hat.

– Nur für alle Fälle. Das habe ich mir immer gewünscht. Für dich und deine liebe Yasemin.

Meine Oma.

Michaels Plan der Familie. Der ihn zu Opa führt. Und immer bei ihr aufhört.

32.

Micha trägt das Bild von Opa auf der Hochzeitsreise in der Bahn, im Bus bei sich, in der Schule, im Supermarkt, im Kino und in Kneipen. Es wird ganz knittrig, und so kauft er eine Plastikhülle, damit die tiefe Falte quer über Opas Beine nicht einreißt.

In der Schule findet die alljährliche Gedenkfeier für die Opfer des Faschismus statt, und die Kinder halten Referate. Viele von ihnen weinen. In der schweigenden Halle voller Eltern, älterer und jüngerer Geschwister erklärt der Geschichtslehrer die Bedeutung des Tages, und Michael sitzt mit seiner Scham und seiner Wut hinten bei den Kollegen.

Mina setzt sich im Bett auf, Michael raucht an der Tür. Nicht sicher, wie er es ihr beschreiben soll; seinen Ärger; wie er diesen Tag empfunden hat.

– Jedes Jahr dieselbe Scheiße. Die Schüler lesen die Berichte von Überlebenden vor. Jeder weint diese ›Wir waren es ja nicht‹-Tränen. Dann werden die Aufsätze benotet, die Schautafeln weggepackt, und wir wenden uns dem nächsten Projekt zu.

– Warum hast du denn dann nichts gesagt?

– Ich kann nicht mit den anderen Lehrern reden.

– Warum nicht?

– Sie würden es einfach nicht hören wollen.

Micha glaubt, dass Mina es auch nicht hören will. Er redet weiter.

– Daran wird nun mal nicht gerührt. Schließlich ist unsere Schule tolerant und ach so politisch korrekt.

– Das ist sie auch, finde ich. Und es ist gut so. Die Schüler sollten davon erfahren.

– Aber es ist pervers, Mina. Sie identifizieren sich mit den Überlebenden, den Opfern.

– Woher willst du das wissen?

– Weil man ihnen genau das beibringt. Sie weinen wegen dem, was die Opfer sagen.

– Und sollten sie etwa nicht weinen?

– Doch, das sollten sie! Aber sie sollten weinen, weil wir das getan haben. Wir haben es getan, es wurde uns nicht angetan.

Mina seufzt und bringt das Kissen hinter ihrem Kopf mit einem Fausthieb wieder in Form.

– Mina, sie sollten nicht nur wegen der Dinge weinen, die geschehen sind, sie sollten auch weinen, weil wir sie geschehen ließen.

Micha bemüht sich um einen ruhigen Tonfall. Mina mag es nicht, wenn er laut wird, und er ist in letzter Zeit so oft laut geworden.

– Begreifst du, was ich meine?

– Ich glaube schon, Michael. Ja. Aber ›wir‹ haben es nicht getan. Es war eine andere Generation.

– Aber wir sind verwandt. Das sind immer noch wir. Ich meine, ich kann doch nicht der Einzige sein. Da muss es noch andere in dieser Aula da geben mit Großvätern wie meinem.

– Nicht alle. Ein paar von den Schülern werden ja wohl Türken sein, nicht? Oder Griechen. Iraner.

– Okay, dann rede ich eben über die mit deutschen Eltern, Großeltern.

– Aber die haben es doch nicht getan. Wirklich nicht. Die Kinder, die Schüler. Selbst der echteste der rein Deutschen.

Micha hört auf. Mina hat die Augenbrauen in die Höhe gezogen, vor Wut.

– Man bringt ihnen bei, dass es keine Übeltäter gibt, nur Opfer. Man bringt ihnen bei, dass es einfach so passiert wäre, weißt du, da tauchen plötzlich diese Leute auf, tun es und verschwinden dann wieder. Nicht dieselben Leute, die nach dem Krieg in den selben Städten lebten, derselben Arbeit nachgingen und Kinder und Enkel hatten.

– Nein, das stimmt nicht.

– Doch, Mina. Ich habe es nie in Bezug zueinander gebracht, und dabei fand es bei mir zu Hause statt. Er hat Bilder für mich gezeichnet, ich habe auf seinen Knien gesessen.

– Aber du weißt doch gar nicht, ob er überhaupt etwas getan hat!

Mina hat die Hände aufs Gesicht gelegt. Auch Micha bedeckt seine Augen.

– Nein. Okay, ich finde einfach nur, sie sollten auch über die Leute lesen, die es getan haben. Die echten, alltäglichen Leute, weißt du. Nicht nur Hitler und Eichmann und wen sonst noch. Die ganzen Mitläufer, meine ich. Die Jugendlichen sollten in der Schule etwas über das Leben derjenigen erfahren, die wirklich getötet haben.

– Ich finde, du bist hier der Perverse.

– Ich mein's ernst, Mina.

– Michael, verdammt noch mal, du bist scheinheilig, und hast dich total in diese Idee verbissen. Können wir jetzt bitte über was anderes reden, oder können wir einfach schlafen gehen?

Micha weiß, dass Mina wartet, aber ihm fällt nichts ein, was er sagen könnte. Sie schaltet das Licht aus, und Michael raucht seine Zigarette in der Dunkelheit zu Ende. Als er ins Bett geht, dreht er sich mit dem Rücken zu Mina, macht die Ohren zu, um ihr Atmen nicht zu hören. Versucht, sich selbst auszusperren, aber Wut und Scham bleiben dennoch.

Mina hat es gesagt. Für Scheinheiligkeit ist hier kein Platz.

33.

Michas Onkel ist überrascht, ihn zu sehen. Er sagt zu seiner Sekretärin, es werde nicht lange dauern, und dann schaut er seinen Neffen an, verlegen, und räuspert sich.

– Wir können uns so lange unterhalten, wie du willst, Michael. Keine Frage.

Er lädt ihn zum Essen ein.

Micha weiß nicht, wo er anfangen soll, und es gibt unangenehme Pausen, bis das Essen kommt, aber Bernd entspannt sich, als er seine Fragen stellt.

– Er hat getrunken. Ich glaube, er hat getrunken, solange ich ihn kenne, obwohl ich mich nicht erinnern kann, ihn mehr als ein- oder zweimal tatsächlich betrunken gesehen zu haben.

– Warum, glaubst du, hat Opa getrunken?

– Ich weiß es nicht, Michael. Vielleicht in Russland, im Gefängnis, vielleicht hat es da angefangen.

– Nicht früher?

– Bevor er geheiratet hat?

– Nein, im Krieg.

– Ach so.

Bernd isst einen Bissen. Micha hat das Gefühl, er weicht ihm aus.

– Ich meine, glaubst du, es könnte ihm irgendetwas zugestoßen sein? Oder er könnte etwas getan haben im Krieg, das ihn schließlich zum Trinker werden ließ?

– Kann sein. Kann sein.

Vielleicht weiß er es ja wirklich nicht.

– Getrunken hat er in der Tat, und ich weiß noch, manchmal wurde er so betrunken und wütend, dass wir das Haus verlassen mussten. Mutti, deine Oma, brachte Karin und mich nach draußen, und dann gingen wir in den Park und warteten, bis es vorbei war.

– Einmal hat er ein Fenster zertrümmert, stimmt's?

– Ja. Hat dir das deine Mutter erzählt? So war es, ja.

– Warum?

– Warum? Ich weiß nicht. Weil er wütend war, Micha, weil es sich anbot.

– Was ist denn genau geschehen?

– Er zertrümmerte das Küchenfenster mit der Faust, und Mutti brachte uns nach draußen. So habe ich ihn nicht in Erinnerung, verstehst du? Ich habe wirklich ein ganz anderes Bild von ihm.

– Was für ein Bild hast du denn von ihm?

– Er war ein herzensguter Vater.

Bernd wird rot. Micha lächelt wider Willen; es freut ihn, das zu hören, die Liebe seines Onkels zu sehen.

– Er war sanft. Die Väter meiner Schulfreunde stellten Regeln auf, wenn ihr im Haus seid, will ich nichts von euch hören und so weiter, aber Papa war anders. Er ließ uns im Garten herumrennen und singen, wir durften alles anstellen. Ihm gefiel das. Ich glaube, er hat es richtig genossen.

– Und wenn er trank oder getrunken hatte? War er dann ein anderer Mensch?

– Ich weiß nicht. Wahrscheinlich schon. Vielleicht könnte man das so sehen.

– Aber du siehst es nicht so?

– Nein. Ich weiß nicht. Darüber hab ich mir nie Gedanken gemacht, Micha.

– Glaubst du, es hat schon immer in ihm gesteckt?

– Alkoholismus?

– Gewalt.

– Er war kein gewalttätiger Mensch.

– Aber er hat ein Fenster zertrümmert. Ihr musstet nach draußen gehen. Ihr hattet doch bestimmt Angst, Oma hatte bestimmt Angst.

– Hör mal, Michael. Das kam vielleicht drei-, maximal viermal vor, über einen Zeitraum von, ich weiß nicht, etlichen Jahren. Er betrank sich und wurde wütend, und dann hat er seine Wut an uns ausgelassen. Das ist alles. Es war ein Schock, wie gesagt, aber das ist alles.

Bernd lächelt, verzweifelt. Sie sitzen da und essen, und Micha denkt nach.

Ich stoße auf Zusammenhänge, weil ich danach suche, nicht weil es sie gibt.

Opa trank, weil er tötete. Opa tötete, weil er trank. Opa trank, weil der Krieg verloren war, weil er im Unrecht war, weil er so lange im Gefängnis gesessen hatte. Opa trank.

– Onkel Bernd, glaubst du, Opa hat jemand getötet?

Sein Onkel schaut ihn an. Micha nimmt einen Bissen zu sich. Ihm fällt auf, dass sein Onkel dasselbe tun könnte, und dass sie so tun könnten, als hätte er das nie gesagt. Doch dann sagt Bernd:

– Er war Soldat.

– Er war in der SS.

– Waffen-SS, Micha. Ein Soldat.

Micha wartet noch ein bisschen, weiß aber, dass dies die einzige Antwort ist, die er bekommen wird, und wagt nicht, weitere Fragen zu stellen.

34.

Wochenende. Ein erster Sommertag mit kräftigen grünen Blättern. Mina kauft frisches Brot zum Frühstück und sagt, sie sollten einen Ausflug machen, vielleicht sogar über Nacht.

– Mir wurde gar nicht übel heute Morgen. Fühl mich nicht mal krank.

Sie lächelt, macht neuen Toast, schenkt noch ein Glas Saft ein, legt die Füße auf Michaels Oberschenkel.

– Taunus?

Er freut sich schon darauf zuzusehen, wie Mina das Picknick genießt.

– Oder Vogelsberg, Micha? Wir könnten Cems Auto leihen. Suchen uns ein Hotel und kommen morgen Abend zurück.

– Lass uns zelten. Das werden wir eine Weile lang nicht tun können, wenn das Kleine erst mal da ist.

Micha legt die Hand auf ihren immer noch flachen Bauch. Sie lächelt.

– Wenn du magst.

– Okay, gut. Ich hole das Zelt aus dem Keller.

Als Micha wieder heraufkommt, sagt Mina:

– Schön ist das. Findest du nicht auch?

– Na klar!

Er küsst sie. Er weiß, was sie meint: Er soll Opa Askan zu Hause lassen.

Micha spricht nicht von ihm, und das ganze Wochenende lacht er und ist fröhlich. Und er fühlt sich ja auch glücklich und zufrieden, zusammen mit Mina, mit dem Baby. Aber er lässt Askan nicht zu Hause. Selbst als Mina ein Lagerfeuer macht und Micha seine Liste mit Namensvorschlägen für ihr Kind vorliest, sitzt Opa neben ihm im kühlen Abendgras.

35.

Das Telefon klingelt, und Mina greift nach Michas Hand, zieht ihn wieder zu sich aufs Sofa.

– Es ist nach zehn. Niemand sollte an einem Wochentag nach zehn anrufen.

Micha faltet die Finger um Minas Hände. Luises Stimme dröhnt auf dem Anrufbeantworter.

– Hör zu, Bruderherz, ich weiß nicht, was du vorhast, aber ich hoffe schwer, du hältst dich zurück, nur ein ganz kleines bisschen. Und stell Oma bloß nicht die selben blödsinnigen Fragen wie Bernd, denn wenn du das tust, bist du noch herzloser, als ich dachte. Und wenn du das hier hörst, was vermutlich der Fall ist, dann bist du außerdem ein mieser Feigling.

Man hört sie ein oder zwei Sekunden atmen, dann legt sie auf.

– Mein Gott, Michael. Was hast du denn angestellt?

36.

In der Küche hilft Micha seiner Mutter beim Kochen. Er ist nervös. Seine Mutter streicht sich das Haar zurück, und er kann sehen, wie angespannt sie ist. Es zeigt sich an ihrer Haut, um die Augen.

Bernd hat es Inge erzählt, die es Luise weitererzählt haben dürfte, und Mutti wahrscheinlich auch, denn Mutti weiß Bescheid.

Micha ist nicht sicher, ob er etwas sagen soll.

– Michael?

Er hört auf, das Gemüse klein zu hacken, und schaut sie an. Seine Mutter hält dem Blick stand und wendet sich dann ab, öffnet die Klappe des Backofens.

– Ich habe mir nur Gedanken gemacht, warum er so lange weg war. Warum die Russen ihn gefangen hielten.

– Eine Menge Männer wurden eingesperrt, Micha. Es war normal. Fast alle meine Schulfreunde. Waren ihre Väter nicht gefallen, wurden sie zu Kriegsgefangenen.

– Ich weiß. Aber vielleicht waren nicht alle Kriegsgefangene. Keine normalen Gefangenen.

Michas Mutter schließt die Backofentür.

– Er hat nichts getan, Michael.

– Woher weißt du das?

– Ich weiß es.

– Warst du jemals neugierig?

– Nein. Natürlich nicht.

– Hast du ihn mal gefragt?

– Das brauchte ich nicht.

– Woher willst du es dann wissen? Wie kannst du es wissen?

– Weil ich meinen Vater kannte. Du hast ihn nicht richtig gekannt, Michael, du warst noch zu klein.

– Ist es so einfach?

– Ja.

– Ja, natürlich! Weil ich das nicht bestreiten kann, oder? Ich werde ihn nie so gut kennen wie du, stimmt's?

Das Herz pocht ihm bis zum Hals. So haben sie noch nie miteinander geredet. Michas Mutter macht ein düsteres Gesicht.

– Nein, das wirst du nicht, Michael.

– Du warst dreizehn, als er zurückkam!

– Zwölf.

– Du kanntest ihn gar nicht richtig. Er war dein ganzes Leben lang fort gewesen!

– Er war mein Vater. Askan. Ganz so wie immer.

Aufgebracht. Mit gereizter Stimme, erhobener Hand.

– Er hätte es nicht fertig gebracht, Micha.

– Aber das würde jeder über seinen Vater sagen, nicht? Niemand würde dem eigenen Vater einen Mord zutrauen.

– Das kann ich nicht beurteilen, Michael. Vielleicht solltest du da jemand fragen, dessen Vater ein Mörder ist.

– Du kannst nie sicher sein. Wenn du nie gefragt hast, kannst du nie sicher sein.

– Er hat nichts getan.

Michas Mutter trägt die Töpfe ins Esszimmer hinaus. Er folgt ihr mit dem Salat. Sein Vater hat den Wein aufgemacht und sitzt mit den Händen im Schoß am Tisch. Er hat zugehört. Er schaut Micha nicht an, und er sagt nichts. Mina sitzt ihm gegenüber. Sie sieht zu Micha auf, als er hereinkommt. Ihre Augen sind dunkel, ihre Lippen zusammengepresst. Sie essen.

Aber Micha ist wütend. Er stopft das Essen in den Mund, kaut und kaut. Er schluckt hinunter, legt Messer und Gabel hin.

– Willst du es denn wissen?

Seine Mutter sieht ihn an. *Sie will, dass ich aufhöre.* Micha will aber nicht. Sein Vater steht auf.

– Wenn ich es herausfinde. Soll ich es dir dann sagen?

– Sei still!

Michas Vater schreit, seine Mutter schaut zur Seite. Er glaubt, sie wird gleich weinen, und er will immer noch nicht aufhören.

– Willst du es denn wissen?

Mina steht auf und geht aus dem Zimmer. Michas Vater knallt die Weinflasche auf den Tisch, dunkle Spritzer auf dem blauen Stoff. Micha hört auf. Sein Vater presst die Handflächen auf das Tischtuch, atmet laut und lange ein. Micha sieht ihm an, dass er nach Worten sucht; zu wütend. Seine Mutter sagt immer noch nichts.

Micha geht hinaus, trifft in der Küche auf Mina. Sie steht mit einem Glas Wasser an der Spüle.

– Wir sollten gehen, Mina.

– Ja, gut.

Sie geht an ihm vorbei, nimmt den Mantel vom Stuhl im Flur und geht ins Esszimmer. Micha kann nicht hören, was sie sagt. Als Mina wieder aus dem Zimmer kommt, weint sie. Er hält ihr die Eingangstür auf. Ohne ihn anzuschauen, tritt sie nach draußen und geht auch auf der Straße ein paar Schritte vor ihm.

Micha steigt nicht zusammen mit ihr in die U-Bahn ein. Er bleibt im Bahnhof, trinkt einen Kaffee, isst ein Gebäckstück. Süß und klebrig auf seiner Zunge. Dann setzt er sich eine Weile hin, still und allein, denkt nicht an das, was er getan hat.

Als er nach Hause kommt, ist Mina nicht da. Ihr Badeanzug auf dem Haken im Badezimmer ist weg. Micha ruft seine Eltern an und spricht auf den Anrufbeantworter. Er sagt, *Hallo, ich bin's, wollte nur mal hören, wie's euch geht*. Er sagt nicht, dass es ihm Leid tut.

37.

– Du glaubst, ich wäre hier, um dich zur Sau zu machen, aber das bin ich nicht.

Luises Stimme an der Gegensprechanlage. Sie schleppt ihr Fahrrad die Treppe hoch, Schweiß perlt auf ihrer Oberlippe. An der Spüle in der Küche spritzt sie sich Wasser ins Gesicht, trocknet es nicht ab, setzt sich an den Tisch, um wieder zu Atem zu kommen. Micha wartet am Kühlschrank, dass sie zu reden anfängt.

– Du hättest ihnen doch nicht zu sagen brauchen, was du da tust.

– Ich dachte, du wärst nicht hier, um mich zur Sau zu machen.

– Entschuldige. Entschuldige.

Luise hat Wein mitgebracht. Sie stellt die Flasche auf den Tisch.

– Zu früh am Tag für mich, Luise.

– Echt?

Sie schaut die Flasche an, schiebt sie von sich selbst weg.

– Ich habe auch versucht, etwas über Opa herauszufinden, Micha.

Micha hört plötzlich das Blut in seinen Ohren rauschen. Ein hohes Sirren über dem Brummen des Kühlschranks. Eine Weile lang sagen sie nichts. Luise nimmt die Hände vom Gesicht. Sie sieht aus, als würde sie gleich weinen. *Wein doch nicht*. Schweiß kitzelt Micha unter der Haut am Rücken.

– Wann?

– Als ich in London studiert habe. Es gibt dort eine Bibliothek, die ein Jude gegründet hat. Ein Deutscher. Er ist geflohen, '33, glaube ich. Na ja. Die haben eine Menge Material dort. Über KZs, Überlebende. Über Nazis. Sie waren sehr hilfsbereit, sehr nett. Jede Woche bin ich dort hingegangen. Dann ging's mir nämlich besser.

Sie weint. Ihre Stimme klingt gequält. Aus der Kehle hervorgepresst.

– Es ging dir besser?

– Ja. So als wäre es in Ordnung. Nein, nicht als wäre es in Ordnung. Ich weiß nicht. Es half.

Luise lächelt, wischt sich mit den Händen übers Gesicht.

– Und?

– Was?

– Was hast du über Opa in Erfahrung gebracht?

– Ach so. Nichts.

– Nichts?

Micha glaubt ihr nicht.

– Er stand auf keiner Liste. Es gab etliche Leser in der Bibliothek. Mit Listen von Kriegsverbrechern, Nazifunktionären. Da war er nicht drauf.

– Ich habe auch eine von diesen Datenbanken angerufen, Luise.

– In London?

– Nein, hier.

– Aha. Und?

– Nichts.

Luise nickt. *Nichts*.

Sie atmet aus, geräuschvoll.

– Mutti und Vati brauchen es nicht zu wissen, Micha.

– Das findest du.

– Ja, das finde ich.

Luise steht auf, nimmt Mantel und Tasche.

– Ist unsere Unterhaltung jetzt zu Ende, Luise? Weil du es beschlossen hast?

– Es muss von ihnen selbst kommen, Michael. Du kannst es ihnen nicht aufbürden.

– Sie würden es einfach nicht wissen wollen.

– Was ist denn daran verkehrt? Inwiefern hilft ihnen dieses Wissen?

– Warum sollten wir ihnen ersparen, was er getan hat?

– Wir wissen nicht, was er getan hat, Michael. Wenn er überhaupt etwas getan hat.

– Aber du glaubst, dass er etwas getan hat?

– Ich weiß es nicht. Ich weiß es nicht, und du weißt es auch nicht!

Luise schreit ihn an. Ihr Finger deutet anklagend auf seine Brust. Sie stehen etwa einen Meter voneinander entfernt in der Küche. *Sie wird Mina erzählen, dass ich nicht einmal mit der Wimper gezuckt habe, als sie mich angeschrien hat.* Micha setzt ein entschlossenes Gesicht auf. Er will ihr nicht zeigen, was er empfindet. Will es ihr nicht zeigen müssen.

– Wusstest du, dass zahlreiche Behandlungsmethoden,

die wir heute benutzen, auf Forschungsergebnissen aus den KZ-Krankenhäusern beruhen?

– Nein, Luise, das wusste ich nicht.

– Tun sie aber. Mir wurde immer total übel, wenn ich daran dachte. Wenn ich an die Ärzte in den Konzentrationslagern dachte.

– Und jetzt?

– Menschenskinder, Michael. Mir wird immer noch ganz schlecht!

Micha fragt sich, wie lange sie wohl schon hier ist. Es kommt ihm wie eine Ewigkeit vor. Zeit für Mina, nach Hause zu kommen. *Sie würde sich mit Luise unterhalten, und ich könnte mich ein wenig hinlegen.* Micha schämt sich für seine Gedanken, aber er wünscht sich trotzdem, seine Schwester würde gehen.

– Sollen wir den Wein aufmachen?

– Nein. Ich hebe ihn auf, bis du wieder mal kommst.

– Du willst, dass ich gehe, stimmt's?

Micha zuckt mit den Achseln. Er weiß, dass er grausam ist. Luise steht ein paar Sekunden da, und dann lächelt sie und Micha lächelt zurück. *Sie ist traurig. Das bin ich auch.* Micha sagt es ihr nicht, aber er hofft, dass sie es weiß.

– Wenn du irgendetwas herausfindest, gibst du mir doch Bescheid, oder?

– Über Opa, meinst du?

– Ja.

– Willst du es denn wissen?

– Natürlich. Glaubst du etwa, du hättest die Anständigkeit gepachtet?

– Nein.

– Doch, das tust du.

Sie sind im Flur. Micha hält die Tür auf, während sie das Rad hinausschiebt.

– Ich finde, Mutti und Vati müssen nicht Bescheid wissen, das ist alles. Das ist alles, was ich sagen wollte.

– Okay. Jetzt hast du's gesagt.

Luise hebt ihr Fahrrad hoch, fängt an, die Stufen hinunterzugehen. Micha ist in der Tür stehen geblieben, sie dreht sich nicht um.

– Bestell Mina schöne Grüße.

– Mach ich.

– Und sag ihr auch, ich finde, mein Bruder ist ein arrogantes Arschloch.

– Mach ich.

– Na klar machst du das.

Er hört, wie sie sich unten am Fuß der Treppen schneuzt, und dann macht er die Tür zu.

38.

Wir haben uns oft gezankt als Kinder, meine Schwester und ich. Und zwar ganz arg, mit Kratzen und Fußtritten, manchmal mit Blut.

An einen Streit in Omas und Opas Haus erinnere ich mich noch. Ich steigerte mich richtig in meine Wut hinein. Wir waren oben an der Treppe, ich lag am Boden. Plärrend, mit Schluckauf und so weiter. Ich versuchte, nach ihr zu treten, verfehlte sie aber ganz knapp. Sie saß auf der obersten Stufe und weinte auch, mit aufgerissenem Mund. Ihre Lippe hatte einen Riss, und ihre Zähne waren rot. Das schien ich getan zu haben.

Und dann war Opa da, da oben auf dem Treppenabsatz mit mir, er hielt mich im Arm, an seiner Brust, und presste die Wange auf mein Haar. Ich kann mich an seinen Geruch erinnern: Seife und Rauch.

Luise hielt er im anderen Arm. Ich weiß noch, er

drückte auch ihr die Wange aufs Haar, aber das machte mir nichts aus. Später war ich eifersüchtig, kann sein, aber nicht in dem Augenblick. Opa war da, und man konnte nicht mehr zornig sein. Wenn Opa da war, ging es einem gut.

39.

Micha radelt von der Schule nach Hause. Es regnet. So stark, dass er die Brille abnehmen und die Augen zusammenkneifen muss, um die Straße sehen zu können. In der Gischt neben ihm zischen Autos vorbei. Völlig durchnässt kommt er zu Hause an, zieht sich aus und steigt ins Bett. Lange Zeit liegt er nur da und beobachtet, wie das Licht schwindet. Er bekommt Hunger, aber Mina ist immer noch nicht zurück, und ihm wird nicht warm. Er denkt an Opa Askans Foto: in seiner Hosentasche, in seiner nassen Hose, bei seinen anderen nassen Kleidungsstücken auf dem Badezimmerboden.

Es ist dunkel in der Wohnung, als das Telefon klingelt. Er war eingenickt, weiß nicht genau, wie viel Uhr es ist, und das Klingeln ertönt laut in der ruhigen Kälte des Flurs.

– Was wollen Sie?

Die Frage kommt, noch bevor er seinen Namen gesagt hat.

– Sie wollten mich doch etwas fragen.

– Hallo? Wer spricht da?

Aber Micha weiß, wer es ist, und schon zittern ihm die Hände; noch bevor er denken, bevor er sprechen kann. *Nein.*

– Hier ist Jozef Kolesnik. Ich rufe aus Weißrussland an. Sagen Sie mir, was Sie wissen wollen.

Schweigen in der Leitung, dann ein langes Atmen. *Ein oder aus?* Micha erinnert sich, dass der alte Mann freundlich war. Höflich. Aber jetzt ist er wütend.

– Entschuldigen Sie, Herr Kolesnik, aber Sie müssen verstehen ... Ich habe gerade geschlafen. Ich weiß gar nicht, wie spät es ist ...

– Sind Sie Journalist?

– Nein.

– Wollen Sie etwas über mich herausfinden?

– Nein.

– Nein?

– Ich bin kein Journalist, Herr Kolesnik.

– Wer sind Sie?

– Michael Lehner.

– Das weiß ich bereits.

– Ich bin Lehrer.

– Was wollen Sie von mir?

Micha fällt keine Antwort ein. Zumindest keine, in der Opa nicht vorkäme, und er will nicht, dass Opa darin vorkommt.

– Was wollen Sie von mir, Herr Lehner?

– Sie erinnern sich an die Deutschen, die Besatzungszeit. Das hat man mir gesagt.

Keine Antwort, nur wieder dieses Atmen. Stockend, verängstigt; ein tiefes Einatmen.

– Ich wollte mit jemandem über das reden, was da passiert ist. In Ihrer Stadt, als die Deutschen kamen.

– Sie sind Jude.

Es ist keine Frage.

– Nein. Nein. Ich bin Deutscher. Ich meine ... Ich bin kein Jude.

– Also, stellen Sie Ihre Frage!

– Herr Kolesnik, ich bin mir nicht sicher, ob ich am Telefon ...

– Ihre Frage!

Er schreit, heiser. Seine Stimme schneidet sich in Michaels Ohr ein.

Micha legt auf.

40.

Der Anruf hat Micha ganz aus der Fassung gebracht, und Kolesniks Wut auch, aber er hofft inständig, dass er nochmals anruft.

41.

Michael ruft in der Schule an und meldet sich krank, nachdem Mina zur Arbeit in die Klinik gegangen ist. Er bleibt in der Küche neben dem Telefon sitzen.

Nach vier Tagen des Schweigens geht er wieder zur Arbeit, und als er am fünften nach Hause kommt, ist ein Brief angekommen.

42.

Sehr geehrter Herr Lehner,

bitte seien Sie nachsichtig mit mir. Ich habe hier viel durchgemacht, und ich glaube, Sie wissen, dass es eine entsetzliche Zeit war.

Bitte haben Sie Verständnis. Ich glaube nicht, dass ich Ihre Fragen beantworten kann. Es ist schmerzlich, an jene Jahre zurückzudenken. Ich möchte lieber nicht darüber sprechen.

Jozef Kolesnik

Immer wieder liest Michael die genauen, vorsichtigen Anweisungen. Die gewissenhafte, sich zur Seite neigende Handschrift.

43.

– Warum hast du mir nicht von ihm erzählt?

– Weil ich geweint habe, Mina, und ihm das Foto nicht gezeigt habe.

– Warum hast du mir nicht gesagt, dass er angerufen hat?

– Aus dem selben Grund. Aufgelegt, weggerannt. Ich weiß es nicht.

Mina seufzt, und Micha schießt das Blut ins Gesicht. Sie schiebt den Brief weg, über den Tisch, dehnt sich und drückt die Faust ins Kreuz. Das Gewicht des Babys wirkt sich bereits auf ihre Art, zu stehen, sich zu bewegen aus.

– Was hast du zu ihm gesagt? Als du in Weißrussland warst, meine ich.

– Nichts. Ich wollte ihm Fragen stellen, hatte dann aber nicht den Mut dazu, und er befahl mir zu gehen. Bat mich.

– Ist er Jude?

– Nein. Alle Juden wurden umgebracht.

– Mein Gott. Ich komm damit nicht mehr klar, Michael.

Mina schüttelt den Kopf, macht den Mund auf, um noch etwas zu sagen, doch Michael schneidet ihr das Wort ab.

– Ich glaube, ich fahr noch mal hin.

– Was?

– Nach Weißrussland, um mit ihm zu reden.

– Aber, Micha, er sagt, er möchte in Ruhe gelassen werden.

– Ich lasse ihn ja auch in Ruhe. Ich will nur das mit Opa herausfinden. Ich werde ihm keine persönlichen Fragen stellen.

– Er wird dir wieder sagen, du sollst verschwinden.

– Vielleicht, ich weiß es nicht. Ich werde ihm schreiben, versuchen hinzufahren. In den nächsten Ferien, irgendwann nächsten Monat.

– Verdammt. Michael.

Mina steht auf und geht im Zimmer auf und ab. Sie wendet das Gesicht ab, lehnt sich gegen die Tür.

– Mina.

– Ich komm damit nicht mehr klar. Es ist zum Abgewöhnen. So was will ich nicht bei mir zu Hause haben.

– Es tut mir Leid, Yasemin. Ehrlich, und wir müssen auch nicht mehr darüber reden. Ich fahre einfach hin, und dann weiß ich es.

– Warum musst du es wissen? Ich versteh das nicht. Echt. Warum musst du es wissen?

Micha zuckt mit den Achseln. Sie steht mit dem Rücken zu ihm, kann es nicht sehen.

– Es ist eben einfach so.

– Wozu soll das gut sein?

– Ich glaube nicht, dass man so an die Sache rangehen kann, Mina.

– Finde ich aber schon. Und du solltest es auch. Die Sache mal aus der Perspektive von jemand anderem betrachten. Aus meiner, der von deiner Mutter, von Jozef Kolesnik. Mal an andere denken.

– Tu ich ja.

– Lügner.

Micha starrt ihren Rücken an, wütend, weiß, dass sie Recht hat.

– Es geht um meinen Großvater. Können Sie sich daran erinnern, wie er die Juden in Ihrem Dorf erschossen hat?

– Verpiss dich, Mina.

– Was? Das ist deine Frage. Das ist es doch, was du wissen willst, nicht?

Sie tritt gegen die Tür und stemmt die Fäuste wieder ins Kreuz. Michael sitzt am Tisch und fängt an zu weinen.

– Ich bin schwanger, und du willst nach Weißrussland fahren und einen alten Mann, der dich nie wiedersehen will, über etwas ausfragen, an das er sich nicht erinnern will. So ist es doch, Micha, verstehst du?

Er antwortet nicht; hat kein Vertrauen zu sich selbst. Er wünscht, sie würde zu ihm herüberkommen und den Arm um ihn legen, weiß aber, dass sie es nicht kann. Er sieht es an ihren Fäusten und Schultern.

Micha weint, weil er weiß, dass sie Recht hat. Es ist nicht fair, sie jetzt, wo sie schwanger ist, allein hier zu lassen. Er verletzt Mina, Mutter, Vater, Onkel, Schwester, Kolesnik und auch Oma.

Aber er weint auch seinetwegen.

Es geht um meinen Großvater. Können Sie sich daran erinnern, wie er die Juden in Ihrem Dorf erschossen hat?

Mina stellte die Frage, und dabei kann er sie immer noch nicht richtig in seinem Innern formulieren.

44.

Micha schreibt Kolesnik, und Kolesnik schreibt zurück.

Der alte Mann weist wieder darauf hin, dass er ihm nicht helfen kann, aber dieser Brief ist wieder höflich, und auf dem Briefkopf steht unter der Adresse fein säuberlich eine Telefonnummer.

Vorsichtig faltet Micha den Brief wieder zusammen und steckt ihn weg, bevor Mina aufsteht, um zur Arbeit zu gehen.

45.

Micha überlegt, ob er anrufen soll, aber dann schreibt er doch. Es ist einfacher, macht ihn ruhiger, die Bitte klingt dann gefasster. Und er kann lügen.

Es handelt sich um ein Forschungsvorhaben über die deutsche Besatzungszeit in Weißrussland, das als Unterrichtsmaterial zum Zweiten Weltkrieg und zum Holocaust dienen soll. Um es zu vervollständigen, benötige ich Angaben über das Alltagsleben der deutschen Soldaten und Polizisten, die in der Gegend eingesetzt waren. Ich kann Ihre Empfindungen in Bezug auf diese Zeitspanne sehr wohl nachvollziehen, sehr geehrter Herr Kolesnik, glaube aber, dass Sie mir helfen und vielleicht künftige Generationen darin unterstützen können, die Fehler der Vergangenheit nicht zu wiederholen. Ich wäre Ihnen daher sehr dankbar, wenn Sie sich zur Verfügung stellen wollten.

Seinen Opa erwähnt Micha nicht. Noch eine Lüge. Eine indirekte, eine Unterlassung, und trotzdem eine Lüge. Wenn er ehrlich ist, weiß Micha, dass er damit nicht den alten Mann in Schutz nehmen will, sondern nur sich selbst.

Er verspricht Kolesnik, ihm keine persönlichen Fragen zu stellen.

Wenn Sie etwas nicht beantworten wollen, brauchen Sie es nur zu sagen. Und Sie können jederzeit aufhören; ich werde dann gehen.

Michael redet sich ein, dass er damit seine Lügen schon wieder ein wenig wettgemacht hat.

46.

– Hast du dir eigentlich überlegt, was passiert, wenn du dorthin fährst?

– Was?

– Du hast es dir nicht überlegt, stimmt's?

Mina schneidet eine Scheibe Brot ab und schaut Micha eine Weile beim Kochen zu.

– Deine Familie, Michael.

– Ich weiß.

– Nein. Du weißt eben nicht, was du tust.

Mina drückt das Brot mit den Fingern platt, lehnt sich gegen den Kühlschrank. Micha fragt sich, mit wem sie wohl geredet hat. *Mutti, Luise*. Was sie wohl gesagt haben. *Ich sollte sie fragen*. Er spürt, dass Mina wartet. *Ich sollte es wissen wollen*.

– Du glaubst, vielleicht hat dein Opa getrunken, weil er schuldig war?

– Vielleicht.

– Kann doch sein, dass es wegen dem Lager war. Oder dem Gefängnis. Wo die Russen ihn eben verwahrten.

– Mina, bitte. Bitte versuch nicht, mich zu überreden, dass ich hier bleiben soll.

– Ich glaube, ein Lager hätte mir schon gereicht.

Sie hört auf zu reden, isst ihr flachgedrücktes Brot. Micha will, dass sie zu ihm herüberschaut, aber das tut sie nicht.

– Es muss schrecklich dort gewesen sein, Michael.

Micha schaut ihr zu, wie sie wieder einen Bissen von ihrem Brot isst.

– Ich habe einen alten Mann gepflegt, der im Gulag war.

– Das hast du mir nie erzählt, Mina.

– Damals kannten wir uns noch nicht. Er war schon

seit zwanzig Jahren draußen, aber sein Körper war immer noch in Mitleidenschaft gezogen. Unterernährung, Schläge. Er war Alkoholiker.

Mina isst ihr Brot auf und rührt dann das Essen auf dem Herd um. Sie steht ganz dicht neben ihm, aber Micha spürt, dass sie nicht angefasst werden möchte.

– Aber ich habe die Bilder gesehen von dem, was dort passiert ist, Mina. Wo Opa war.

Mina rührt weiter.

– Ich muss wissen, ob er auch so etwas getan hat.

– Warum?

– Ich muss es einfach wissen.

– Das genügt mir nicht, Micha.

Sie ist aber nicht böse. Diesmal ist es Mina, die weint. Micha steht neben ihr. Er versucht es, aber er kann es immer noch nicht erklären.

– Ich liebe meinen Opa, Mina. Ich weiß nicht, was ich sonst sagen soll. Er könnte etwas Schreckliches getan haben. Es ist einfach wichtig für mich, das zu wissen.

– Wirst du ihn immer noch lieben, wenn er Menschen umgebracht hat?

– Ich weiß es nicht.

Sie starrt ihn an. *Ich habe daran gedacht, Mina, und ehrlich, ich weiß es nicht.*

– Vielleicht erinnert er sich ja nicht. Dieser Kolesnik. Er weiß es vielleicht nicht, Michael. Dann wirst du es womöglich nie erfahren.

Micha streckt die Hand aus, legt sie ihr aufs Kreuz. Sie dreht sich zur Seite und legt ihm die Arme um den Hals. Weint. Das Baby ist eine stolze kleine Kugel zwischen ihnen.

Micha drückt sein Gesicht in die Mulde an Minas Hals.

47.

Sehr geehrter Herr Lehner,

ich habe über Ihre Bitte nachgedacht und bin im Hinblick auf Ihre Beteuerungen zu dem Schluss gekommen, dass ich Ihnen helfen werde.

Kolesnik

48.

– Ich dachte mir, wenn du es für mich aufschreibst, könnte ich es dann kopieren.

Michas Bitte amüsiert sie, Minas Freundin eines Freundes. Sie bietet Micha eine Zigarette an, beugt sich zum Nachbartisch hinüber und nimmt den Aschenbecher von dort weg.

– Wer ist das eigentlich, dem du da schreibst?

– Andrej? Ein Freund von mir.

– Sprichst du kein Weißrussisch? Kein Russisch?

– Nein.

– Und du hast einen weißrussischen Freund, der kein Deutsch spricht.

– Genau. Ich habe bei ihm gewohnt.

– Aha.

Micha ist immer noch nervös. Obwohl die Frau ständig lächelt.

– Kaffee? Kuchen?

– Kaffee wär klasse.

Er lässt seinen Brief bei ihr auf dem Tisch liegen und geht zum Bestellen an die Theke. Als er wieder zurückkommt, lächelt sie nicht mehr.

– Du willst deinem Freund sagen, dass dein Großvater ein Nazi in seinem Land war?

– Ja.

– Du weißt, dass eineinhalb Millionen Menschen dort getötet wurden? Vielleicht zwei Millionen.

– Ja.

Micha nickt, aber er wusste es nicht. *Warum wusste ich das nicht?*

– Auch meine Verwandten.

– Von den Nazis?

– Von den Nazis.

Sie hält Micha den Brief hin, aber er nimmt ihn nicht entgegen. Er denkt: *Sie ist mit einem Deutschen verheiratet.* Er ist erstaunt.

– Du bist mit einem Deutschen verheiratet.

– Ja.

Keine Erklärung. *Warum sollte sie es mir erklären?* Sie liest den Brief nochmals durch.

– Ich hoffe, du hast einen verständnisvollen Freund.

– Ich muss ihm das mit Jozef Kolesnik erzählen. Dort kennt jeder jeden. Er findet sowieso heraus, dass ich mit ihm rede, und mir wäre es lieber, er würde es durch mich erfahren.

– Okay. Wenn du meinst.

Sie schreibt eine Weile, hält dann inne.

– Du kennst ihn nicht sehr gut?

– Nein.

– Du weißt nichts über seine Familie?

– Nein, aber er weiß, dass ich Deutscher bin. Er war sehr gastfreundlich. Seine Mutter auch.

Sie zuckt mit den Achseln und schreibt weiter. Micha fühlt sich auf einmal unwohl, ist sich gar nicht mehr so sicher.

– Hör mal, du kannst ihm ja schicken, was du willst, aber solltest du deine Meinung ändern, dann lass einfach das hier weg.

Sie kreist fünf Sätze ein.

– Das ist die Stelle mit deinem Großvater. Es liegt bei dir, aber der Brief ergibt immer noch einen Sinn, wenn man sie weglässt.

49.

Micha ist spät dran. Aber er hat noch reichlich Zeit, als er am Bahnhof anlangt, erst fällt eine Bahn aus, und dann noch eine.

Die Leute auf dem Bahnsteig drehen sich einander zu und fangen an zu murmeln, füllen die unerwartete Zeit aus. Micha denkt an seinen Vater, der immer früh dran ist, und dass er auf ihn warten wird. Und er denkt: *Warum ausgerechnet heute? Warum fallen die Bahnen ausgerechnet heute aus?*

– Tut mir Leid. Die Konferenz hat so lange gedauert.

Michas Vater zuckt mit den Achseln, spendiert ihm einen Kaffee. Sie stehen am Kiosk, Pendler stopfen sich rasch einen Imbiss in den Mund. Micha wollte gar nicht lügen; *ich hätte es ihm sagen können; das mit der Bahn*; aber es ist ihm so herausgerutscht. Und es klingt leichtfertig dahingesagt; ganz wie eine sinnlose Lüge.

Er wird denken, ich bin absichtlich zu spät gekommen, um ihm weh zu tun.

Micha hat seinem Vater weh getan, noch bevor er den Mund aufgemacht hat.

– Ich habe nicht viel zu sagen, Michael. Es dauert nicht lange.

Er schaut sich in der Bahnhofshalle um.

– Mein Vater war Soldat. Er fiel in Stalingrad, und ich habe ihn nie kennen gelernt, aber ich weiß, dass er gegen

Soldaten gekämpft hat, nicht gegen Zivilisten, und deshalb kann ich damit leben. Es war Krieg. Damit kann ich leben. Askan war in der SS. Waffen-SS, aber trotzdem SS, und er war im Osten stationiert. Das bedeutet. Für mich. Das bedeutet, dass die Möglichkeit besteht. Dass du Recht hast.

Micha bleibt still. *Er hat es gesagt.*

Micha schaut seinen Vater an, beobachtet, wie er den Kopf schüttelt. Vati hustet, und dann redet er weiter.

– Askan kannte ich viele Jahre lang, zehn Jahre. Ich habe ihn geliebt, ich liebe deine Mutter, und sie hat ihn sehr geliebt. Weißt du, im Grunde meines Herzens kann ich nicht glauben, dass er fähig war zu töten. In einer Schlacht, das ja, aber nicht das, was du glaubst. Mord: nein.

– Himmler sagte, es sei eine Schlacht. Ein Krieg gegen die Juden.

– Michael. Lass mich ausreden.

Micha nickt. Es tut ihm Leid. Er lässt seinen Vater sorgfältig die Worte wählen.

– So sehr ich auch glaube, er wäre dazu nicht fähig gewesen. So sehr ich es glaube. Die Möglichkeit besteht dennoch.

Micha schaut auf seine Tasse, lässt seinen Vater weitererzählen, ohne dass dieser den Blick seines Sohnes auf sich spürt.

– Ich habe deiner Mutter nie gesagt, dass ich das glaube, und werde es auch nie tun. Ich erzähle es jetzt nur deshalb, weil ich es erklären möchte. Ich wollte, dass es mit unserer Generation aufhört. Ja? Dein Onkel Bernd wurde bereits nach dem Krieg geboren. Verstehst du? Ich wollte nicht, dass du und Luise damit in Berührung kommt. Askan liebte euch beide. Das ist der Teil von ihm, den ihr mitbekommen solltet.

Vati greift nach Brieftasche und Mantel. Micha kann ihn nicht anschauen, daher weiß er nicht, ob sein Vater ihn ansieht.

Mina hat Recht. Ich weiß nicht, was ich getan habe.

50.

Er schämt sich ein wenig, weil er wieder hier ist; das hatte Michael nicht erwartet. Letztes Mal, als er Elena Kolesnik sah, weinte er vor ihrem Haus, und sie gab ihm Wodka und wollte, dass er wieder ging.

Sie hat eine Mahlzeit zubereitet, gutes, gehaltvolles Brot, und während sie den Tisch deckt, schaut Micha die Fotos auf dem Fensterbrett an. Eines ist von Kolesnik und seiner Frau, als sie jünger waren, in mittlerem Alter. Beide tragen Mäntel, die wegen der Kälte bis zum Hals zugeknöpft sind. Mit eingezogenem Hals stehen sie auf dick verschneiten Steinstufen. Arm in Arm, die Hände in Fäustlingen; Kolesniks Frau hält einen kleinen Blumenstrauß an die Brust gedrückt. Beide schauen an der Kamera vorbei, auf den Boden. Beide lächeln, aber unsicher. Als Micha aufsieht, steht ihm Kolesnik in der Tür gegenüber.

– Das sind Sie und Ihre Frau, nicht?

– Ja. Unsere Hochzeit. Wir waren schon ziemlich alt, als wir geheiratet haben, wissen Sie?

– Na, so alt nun doch nicht.

– Doch, doch. Glücklich, einander gefunden zu haben.

Der alte Mann lächelt. Er redet mit seiner Frau, und da lächelt sie auch. Lächelt Micha an. Sie sagt etwas zu ihrem Mann.

– Elena sagt, es ist das einzige gemeinsame Foto von uns. Das stimmt.

Seine Frau sagt noch etwas zu ihm, und er nickt.

– Wir kennen uns fast ein ganzes Leben lang, und es gibt nur ein Foto.

– Bitte sagen Sie Ihrer Frau, ich werde ein Foto von Ihnen beiden machen, bevor ich abreise. Ich schicke es ihr dann aus Deutschland.

Kolesnik übersetzt, und seine Frau nickt, errötet, freut sich. Micha freut sich auch.

Er beobachtet Kolesnik während des Essens. Die Hände des alten Mannes sind groß und rau. Dicke Haut über groben Knochen; knittrige Finger mit schweren Knöcheln und breiten, flachen Nägeln. Langsam bewegen sich diese Hände, vom Teller zum Mund, bleiben beim Kauen auf dem Tisch liegen. Micha schaut ihm ins Gesicht, blickt dann zur Seite. Die Augen des alten Mannes haben ihn ebenfalls angeblickt: haben zugeschaut, wie er ihm zuschaute.

Nach dem Essen trinken Micha und Kolesnik zusammen in der Küche Wodka. Der alte Mann sieht zu, wie Micha den Kassettenrekorder aufstellt, den Akku einlegt, die Aussteuerung überprüft. Das hat Michael brieflich angekündigt, er würde ihre Gespräche aufzeichnen, hat er geschrieben, aber er sieht Kolesnik an, dass er heute damit nicht gerechnet hat. *Mist. Nicht gleich am ersten Tag*.

– Herr Kolesnik, ich dachte mir, wir unterhalten uns erst mal ein bisschen. Um zu sehen, wie das so ist mit dem Band.

– Ja. Gute Idee, gute Idee.

Micha hält das Band an, spult ein Stück zurück und drückt auf Start. Kolesniks »Gute Idee« zischt zurück in den Raum, blechern, aber deutlich. Der alte Mann lächelt, doch seine Augen schnellen zur Seite. Der Klang der eigenen Stimme beunruhigt ihn.

Zwischen Töpfen, Pfannen und Tellern sitzen sie in der Küche beisammen, und das Band dreht sich, nimmt die Stille auf. Auf dem Herd liegt ein frischer Laib Brot, in einer Kiste auf dem Boden sind Zwiebeln. Alles ist an seinem Platz; schwere Stiefel stehen neben der Tür, Lederhandschuhe hängen von einem Regal in derselben Farbe wie die Wand. Ab und zu kommt Elena Kolesnik herein, geht zwischen Haus und Garten hin und her, achtet nicht auf Micha, den Kassettenrekorder, arbeitet um ihn herum, so als ob er gar nicht da wäre.

– Wir halten uns an unsere Vereinbarung.

– Ja.

Micha antwortet, obwohl es keine Frage war. Kolesnik nickt. Die Haut um seine Augen bekommt Falten, bleibt irgendwo zwischen einem Blinzeln und einem Lächeln stehen. Micha weiß, dass es eine Vorsichtsmaßnahme ist. Der alte Mann zieht eine Linie, die für beide sichtbar ist.

Micha steckt den Akku ins Netz, bevor er schlafen geht, das rote Birnchen leuchtet in der schwarzen Nacht. Er darf nicht vergessen, Andrej extra Geld für den Strom zu geben, bevor er abreist.

51.

– Können Sie mir erzählen, was geschehen ist? Während die Deutschen hier waren?

Kolesnik runzelt die Stirn, hebt rasch den Kopf ein wenig an.

– Hier sind so viele Dinge geschehen.

Micha glaubt, er wolle sich über ihn lustig machen.

– Ja, ich weiß. Aber könnten Sie mir nicht bitte sagen, was sie hier getan haben.

Micha schließt kurz die Augen. Er weiß, was sie getan haben: *Sie haben gemordet.* Seine Frage klingt naiv. Er weiß, dass sie heute Abend noch naiver klingen wird, wenn er das Band abhört.

– Sie könnten damit anfangen, als die Deutschen hier her kamen.

– Ja.

Der alte Mann räuspert sich.

– Das heißt, als die Armee hierher kam?

– War die zuerst da?

– Ja.

Der Rücken des alten Mannes wirkt nicht mehr so aufrecht, und er nimmt die Zigarette, die Micha ihm anbietet. Kolesnik schaut Micha an, Alt betrachtet Jung. Auch die Haut im Gesicht ist schwer: dicke Falten, die zwischen Wangenknochen und Kiefer herabhängen. Um die Augen ist sie heller, feiner, und sie kräuselt sich dort, als er an der Zigarette saugt.

– 1941, im Sommer. Wir sahen die Flugzeuge, und dann kam die Armee. Später kam dann die SS mit der Polizei. Und sie sind geblieben. Wir hatten eine Polizeistation und eine Kaserne, und sie setzten hier eine neue Regierung ein. Vorher waren die Kommunisten an der Macht, wissen Sie, daher suchten sich die Deutschen neue Leute und bildeten eine neue Regierung.

– Aus lauter Deutschen?

– Weißrussen und Deutschen. Die Deutschen hatten das Sagen, aber natürlich gab es Weißrussen, die hier für sie arbeiteten. Bei der Polizei war es genauso.

– Und danach?

– Es gab eine Ausgehsperre, neue Gesetze. Sie organisierten alles neu. Schulen, Straßen, Bauernhöfe. Die alten Kollektive gab es nicht mehr, die Bauern mussten jetzt für die Deutschen arbeiten. Um die Armee im Osten zu ernähren. Das meine ich mit neu organisieren, verstehen Sie?

Micha wartet wieder, aber er glaubt nicht, dass Kolesnik aus freien Stücken fortfahren wird.

– Und dann?

– Was wollen Sie wissen?

– Es lebten doch Juden hier.

– Ja, es lebten Juden hier.

– Was ist mit den Juden geschehen?

– Man hat sie umgebracht.

Kolesniks Gesicht ist undurchdringlich. Er schaut Micha direkt an beim Sprechen.

– Können Sie mir sagen, wer die Morde ausgeführt hat?

– Das hing davon ab, wer dabei war. Manchmal nur die Polizei, manchmal die Polizei, die SS und die Armee.

– Waffen-SS?

– Alle.

– Deutsche?

– Deutsche, Weißrussen, Litauer, Ukrainer. Hauptsächlich Deutsche.

– Können Sie mir etwas über sie erzählen?

– Was wollen Sie wissen?

– Wer war das? Was haben sie getan?

Die Augen des alten Mannes blicken ihn an.

– Ich will nur wissen, was das für Leute waren, was sie getan haben.

Kolesnik nickt, raucht.

– Sie müssen es mir nicht sagen, wenn Sie nicht wollen.

– Nein. Das weiß ich.

Kolesniks Worte sind streng, nicht aber sein Gesicht. Es ist nicht mehr so undurchdringlich.

– Ich will nur etwas über die Deutschen erfahren.

– Ja, das sagten Sie ja. Was die Deutschen mit den Juden gemacht haben.

– Keine Details. Nur Menschen. Ereignisse.

Micha gibt dem alten Mann Gelegenheit nachzudenken, was er wohl sagen könnte. Streckt die Finger, reibt über die blauroten Halbmonde, die seine Fingernägel auf dem Handballen hinterlassen haben.

– Zuerst haben sie ein Ghetto errichtet. Das war das erste. Und sie hielten die Juden vom Schulbesuch ab, und arbeiten durften sie auch nicht mehr. Vielleicht kam das zuerst. Sie durften nicht mehr für sich selbst arbeiten, verstehen Sie? Vielleicht kam das als Erstes.

Kolesnik setzt sich auf seinem Stuhl zurecht. Micha wartet, und der alte Mann fährt fort.

– Ziemlich bald, nachdem sie gekommen waren, töteten sie alle Männer, oder fast alle Männer. Alle Alten, Kranken, die Knaben. Sie ließen gerade so viele übrig, dass die Arbeit weitergehen konnte. Im Sägewerk und so weiter. Den Rest haben sie erschossen.

– Erschossen?

– Trieben sie im Ort zusammen und erschossen sie dann am Morgen. Sie dachten, die Männer könnten sich wehren, wissen Sie.

Kolesnik hustet kurz, die breite Handfläche bedeckt seinen Mund.

– Weitere Juden wurden im nächsten Frühjahr getötet, und dann brachten sie Juden aus der ganzen Gegend hierher, aus allen Dörfern, und steckten sie ins Ghetto. Einige mussten für sie arbeiten, den Rest haben sie erschossen. So ging es eine Zeit lang weiter, verstehen Sie?

– Wie lange? Wie lange ging das so weiter?

– Die letzten Erschießungen fanden 1943 statt.

– Wer hat den Befehl ausgeführt?

Der alte Mann runzelt gereizt die Stirn.

– Wie ich schon sagte, Polizei, SS, alle.

– Waffen-SS?

– Das weiß ich nicht mehr. Wahrscheinlich. Es war in den Wäldern, im Süden, auf der anderen Seite des Flusses. Sie wurden dort begraben.

– Wann 1943?

– Spätsommer.

– Spätsommer.

Kolesnik hört auf zu sprechen. Micha denkt: *Opa war da. Gleiche Zeit, gleicher Ort.*

– Nein. Frühherbst. Auf den Feldern waren Heuhaufen.

Micha sieht auf. Der alte Mann blickt zum Fenster hinaus.

Seltsam, sich daran zu erinnern. An das Töten und die Heuhaufen; sie mordeten, und zugleich wechselte die Jahreszeit.

– Danach. Die Juden, die übrig geblieben waren, versteckten sich mit den Partisanen in den Dörfern, den Sümpfen. Und die Deutschen suchten dort nach ihnen.

Micha starrt den alten Mann ihm gegenüber an. *Er hat alles gesehen. Erinnert sich daran.* Mord, Sommer, Herbst, Winter, Frühling. Das Ghetto, das sich leert und füllt und wieder leert.

Micha schlägt das Notizbuch vor sich auf. Ein Reflex, nur um irgendetwas zu tun.

– Was schreiben Sie da?

– Nichts, Herr Kolesnik.

– Werden Sie etwas aufschreiben, während wir uns unterhalten?

– Ich weiß nicht. Ja, vielleicht. Macht es Ihnen etwas aus?

Kolesnik blinzelt.

– Nein. Nein.

Schweigend sitzen sie da. Ergeben wartet der alte Mann darauf, dass Micha zu sprechen beginnt.

Aber Micha kann nichts sagen, er kann nur denken: *Gleiche Zeit, gleicher Ort. Sommer, Herbst 1943. Er erinnert sich an alles.*

Micha klappt das Notizbuch wieder zu.

– Entschuldigen Sie, Herr Kolesnik. Macht es Ihnen etwas aus, wenn wir aufhören? Ich glaube, ich möchte heute nicht mehr weitermachen.

52.

Am Abend fährt Michael zwischen den Dörfern hin und her. Zunächst schnell, dann allmählich langsamer.

Als er wieder bei Andrej ist, holt er das Foto von Opa heraus und legt es auf den kleinen Tisch vor sich.

Micha weiß: Er könnte dieses Bild morgen mit zu Kolesnik nehmen, es ihm zeigen, direkt sein.

Das ist mein Opa. Erinnern Sie sich daran, dass er Juden umgebracht hat?

Micha hört das Band ab. *Gleiche Zeit, gleicher Ort.* Er versucht, eine Abmachung mit sich selbst abzuschließen.

Ich brauche es ihm nicht einmal zu sagen. Kolesnik braucht es nicht zu wissen. Ich muss nicht Opa sagen. Ich kann einfach nur Askan Boell sagen.

Als er im Bett liegt, denkt er trotzdem wieder an Kolesnik. An die breiten, bedächtigen Hände des Mannes, die weiche Haut um seine Augen. Seine direkten Antworten. Micha hat noch immer zu große Angst.

53.

– Können Sie sich an irgendwelche Deutschen erinnern?

– Ja.

– Können Sie mir etwas über sie erzählen?

– Was wollen Sie wissen?

– Egal. Irgendetwas. Was Ihnen so einfällt.

Kolesnik ist unsicher. Micha findet, er schaut eine Weile lang beinahe verlegen aus, ringt nach Worten.

– Irgendetwas. Fangen Sie einfach an. Bitte.

– An einen kann ich mich erinnern.

– Wie hieß er?

– Tillmann. Ein Arzt im Polizeidienst. Er hat ihnen beigebracht, wie man Leute umbringt. Auf die sauberste Art, wissen Sie. Aber Sie wollten keine Details.

– Nein.

Kolesnik sieht erleichtert aus. Micha ist erleichtert. Beide sitzen wieder schweigend da.

– Vielleicht können Sie sich noch an weitere Namen erinnern? Dass Sie mir einfach nur die sagen?

Der alte Mann kann sich an ein paar erinnern, an etliche. Langsam zählt er sie auf, und Micha hört zu, schreibt mit, wartet. Nachnamen und auch ein paar Vornamen, aber Askan und Boell sind nicht dabei.

– Aber es gab noch mehr, oder? Es muss mehr gegeben haben?

– Es ist lange her.

– Ja.

Micha denkt nach, während das Band brummt. *Noch zwei Tage*. Er beschließt, sich noch zwei Tage Zeit zu geben, bevor er das Foto zeigt.

– Ich erinnere mich an einen, der sich erschossen hat.

Also nicht an Opa.

– Er hat sich umgebracht?

– Hinter der Kaserne. Nach einer der Erschießungen.

– Er dachte, es sei falsch gewesen?

– Ja, ich glaube schon. Ich weiß noch, die jüdischen Kinder wurden erschossen, und am nächsten Tag erschoss er sich selbst.

– Er hat es also getan? Er hat die Kinder erschossen.

– Ja, das hat er.

Während langer, leerer Sekunden bringt Micha kein Wort heraus. Kolesnik beobachtet ihn, und Micha weiß es.

Nach einer Weile steht der alte Mann auf. Er gießt Wodka ein, für jeden ein Glas, und stellt es dann vor Micha hin. Seine Hand zittert. Micha schaut ihn an.

– Entschuldigung.

Kolesnik nickt. Er wartet, bis Micha trinkt, und dann trinkt er auch.

– Ich glaube, wir sollten wirklich nicht über Details sprechen. Das wäre einfacher für Sie, oder?

Kolesnik nickt erneut. Micha glaubt, der alte Mann würde auch etwas sagen, doch der Augenblick geht vorüber.

Kolesnik deutet auf den Kassettenrekorder, und obwohl er sich nach dem Wodka mutiger fühlt und ihm wärmer ist, hält Micha sein Wort und schaltet das Gerät aus.

54.

Später Nachmittag. Andrej spielt Karten mit Micha, die Spielregeln haben sie mimisch festgelegt. Ablegen und Aufnehmen: etwas Deutsch, ein paar weißrussische Variationen, und auch ein bisschen Verwirrung und Gelächter.

Sie trinken Wodka, und Micha spürt ein Brennen im Magen. Er denkt an den Absatz, den er im Brief weggelassen hat, immer noch nicht sicher, ob es aus Feigheit oder Anstand geschehen ist. Schaut Andrej zu, der Suppe aufwärmt und Brot schneidet. *Wie soll ich das jetzt erklären. Wo soll ich anfangen?*

Heute Abend wollte er Mina anrufen. Zur Telefonzelle auf dem Hauptplatz gehen und mit ihr sprechen. Stattdessen isst er seine Suppe, putzt sich die Zähne und geht ins Bett.

55.

Kolesnik steht draußen auf seiner Veranda, als Micha auf Andrejs Fahrrad um die Ecke biegt. Der alte Mann hebt eine Hand zum Gruß, als Micha aufs Haus zufährt, und Micha hebt ebenfalls die Hand. Ein schweigendes Hallo.

Kolesnik kommt die Stufen herunter, während Micha seine Tasche vom Lenker losbindet.

– Hören Sie, Herr Lehner, ich habe nachgedacht.

Micha bleibt stehen. Er blickt zu dem alten Mann auf.

– Wollen Sie, dass ich abreise?

Kolesnik sieht müde aus; tiefe Schlaffalten in seinem Gesicht.

– Nein. Nein. Ich habe nur gedacht... Kann ich Sie etwas fragen?

– Ja. Natürlich.

Micha lehnt das Fahrrad gegen das Haus, schaut ihm lächelnd ins Gesicht.

– Sie haben Ihnen nichts von mir erzählt. Die Leute vom Museum. Oder?

– Sie sagten, Sie würden sich an die Deutschen erinnern, Herr Kolesnik.

– Ja, aber Sie haben Ihnen nicht erzählt, was ich getan habe, während die Deutschen hier waren.

– Nein.

– Aha. Ich dachte, das hätten sie, als Sie beim ersten Mal hier waren. Aber Ihre Fragen. Da kam ich ins Grübeln.

Kolesnik steht dicht neben ihm, seine Stimme ist leise.

Micha hält den Atem an. Der alte Mann steht so dicht neben ihm, berührt ihn beinahe.

– Herr Lehner, ich glaube, ich sollte es Ihnen sagen.

– Sicher?

– Sicher.

– Soll ich den Rekorder aufstellen?

– Nein, ich sag's Ihnen hier draußen.

Micha ist verwirrt. Der alte Mann steht zu dicht neben ihm. Micha streckt die Hand aus, hält das Fahrrad am Rahmen. Er will wieder umkehren.

– Mein Vater war Lehrer. Er brachte mir Fremdsprachen bei. Polnisch und Deutsch, und als die Deutschen kamen, arbeitete ich für sie. Ich war Kollaborateur. So heißt es, nicht wahr?

– Ja.

Micha versucht, sich den Schock nicht anmerken zu lassen. *Er sieht es mir an*. Kolesnik nickt, redet weiter.

– Jeder weiß das. Hier in der Gegend. Ich dachte, deshalb wären Sie hierher gekommen, verstehen Sie?

– Ja. Ich verstehe.

Kollaborateur. Auf den Gedanken, dass es so gewesen sein könnte, ist Micha nie gekommen.

– Ich konnte Deutsch, und so habe ich übersetzt, eineinhalb Jahre lang, fast zwei. Ab und zu habe ich das gemacht. Ich wusste also Bescheid, verstehen Sie? Über das, was sie taten.

Der alte Mann nickt für sich selbst, nur kurz.

– Und dann habe ich Juden erschossen. Auch andere Menschen, Partisanen, aber hauptsächlich Juden.

– Ich verstehe.

– Ich weiß, was wir ausgemacht haben. Ich sagte, darüber möchte ich nicht sprechen. Damals dachte ich jedoch, Sie wüssten es. Dann wurde mir bewusst, dass es unmöglich ist, über jene Zeiten zu sprechen, ohne dass

Sie Bescheid wissen. Daher sage ich es Ihnen jetzt. Damit wir weitermachen können.

Micha nickt. Er bindet die Tasche vom Lenker los, die Finger mühen sich mit den Knoten ab. Er kann nicht stillhalten, macht sich an den Schnallen, Riemen und dem Rad zu schaffen, steigt die fünf Stufen hoch. *Damit wir weitermachen können.* Damit sich der Abstand zwischen ihm und dem alten Mann ein wenig vergrößert.

Micha ist erschüttert.

Micha denkt: *Das wollte ich nicht wissen.* Aber es ist zu spät.

56.

– Hast du heute ein Interview gemacht?

Es ist Michas erster Anruf nach Hause, und Mina scheint sich zu freuen, von ihm zu hören.

– Mehr oder weniger. Bin nicht sehr weit gekommen.

– Weil er deine Fragen nicht beantworten wollte?

– Nein, es lag an mir, Mina. Ich brachte es einfach nicht fertig. Nach ungefähr zehn Minuten bin ich wieder gegangen und den Rest des Tages mit dem Rad durch die Gegend gefahren.

Mina sagt eine Weile nichts. Micha hockt sich auf den Boden, lehnt sich mit dem Rücken gegen die Wand der Telefonzelle.

– Erinnert er sich an deinen Opa?

– Na ja, ich habe ihn noch nicht danach gefragt.

– Ach so…

– Er hat Juden umgebracht.

Micha lauscht auf ihre Reaktion. Nichts.

– Kolesnik, meine ich. Nicht Opa. Opa vielleicht auch. Wahrscheinlich. Mina. Er hat Menschen umgebracht.

Das hat er mir heute gesagt. Danach konnte ich einfach nicht länger bleiben. Ich konnte nicht mit ihm reden oder ihn ansehen.

– Geht's dir jetzt besser?

– Nein.

– Micha.

– Schon gut, Mina, tut mir Leid. Es geht mir nicht besonders, aber das ist schon okay.

– Mensch, Micha. Warum kommst du nicht einfach nach Hause?

Er weiß, dass er das tun könnte. Am Beginn des Telefongesprächs dachte er auch, er würde es tun. Jetzt, wo Mina es gesagt hat, ist er nicht mehr so sicher. Er bleibt still, hört Mina seufzen.

– Was ist mit dir, Mina? Geht's dir gut?

– Ja, mir geht's gut.

– Gibt's was Neues?

– Hab mich zur Schwangerschaftsvorbereitung angemeldet.

– Echt? Wann fängt sie an?

– Nächste Woche. Mittwochabend. Für werdende Mütter und ihre Partner. Wirst du auch da sein?

– Nächsten Mittwoch. Weiß nicht. Die Woche danach bestimmt. Der Kurs dauert ja wohl bis zur Geburt, oder?

– Ja.

Micha steht auf, wirft noch ein paar Münzen in den Schlitz.

– Hör mal, Micha, ich mach jetzt mal wieder Schluss. Muss morgen früh raus.

– Ach so.

– Wenn mit dir alles in Ordnung ist.

– Ja, mir geht's gut.

Micha horcht auf Geräusche im Hintergrund, versucht sich vorzustellen, wo Mina bei ihnen zu Hause steht.

Kein Kühlschrankbrummen, kein Verkehr, kein Fernseher. *Im Flur, auf dem Boden liegend, die Füße gegen die Wand gestützt. Keine Hausschuhe, nur in Socken.*

– Schau mal, Mina. Ich würde ja für den Kurs kommen, nur müsste ich dann wahrscheinlich schon morgen abfahren, wegen der Zugverbindungen. Und das ist ein bisschen früh, weißt du.

– Ja, ich weiß. Wir holen das nach.

– Genau.

– Du musst nicht mehr zu dem alten Mann gehen, wenn du das nicht willst, weißt du.

– Ich weiß.

– Wenn dich das aufregt, meine ich.

– Ja, Mina, ich weiß. Ich glaube einfach nur, ich bin schon so nahe dran.

Er sagt es; er weiß es; was er heute gehört hat, ändert nichts daran; die Frage steht nach wie vor im Raum.

– Es muss doch noch andere Möglichkeiten geben. Andere Leute, die man fragen kann.

– Weiß nicht. Ich meine, was er getan hat, ist schrecklich, ich weiß, aber genau deswegen ist er vermutlich die am besten geeignete Person, die man fragen kann.

Mina sagt zuerst nichts und seufzt dann.

– Verstehe. Ja.

Micha hört, wie Mina aufs Telefon klopft. Mit den Fingernägeln, oder mit einem Stift.

– Na schön. Wenn mit dir alles okay ist, dann sag ich dir jetzt gute Nacht.

Micha bleibt stumm. Er will nicht, dass sie auflegt.

– Tschüs, Micha.

– Also, tschüs.

– Tschüs.

57.

Der alte Mann spricht halb ins Mikrofon, halb zu Micha. Heute ist er nervös. Zum ersten Mal wieder in der Küche. Micha kann ihn kaum ansehen.

– Ich lebe jetzt hier im Dorf, aber ich wurde im Nachbarort geboren und bin dort auch aufgewachsen, zu Beginn des Kommunismus, bevor die Nazis kamen.

Kolesnik zündet sich eine neue Zigarette an.

– Ich war neunzehn, als die Deutschen kamen. Ich arbeitete als Übersetzer, und als ich einundzwanzig war, trat ich der Polizei bei.

Micha hält den Blick stur auf den Kassettenrekorder gerichtet.

– Danach, als die Kommunisten zurückkamen, war ich im Gefängnis.

– Hier?

– In Russland. Siebzehn Jahre lang.

Acht mehr als Opa.

Schweigen.

– Wir können aufhören, Herr Lehner.

Der alte Mann blinzelt. Draußen fährt ein Auto vorbei.

– Vielleicht ist es morgen schon leichter. Dann haben Sie noch einen Tag Zeit, um sich daran zu gewöhnen. Sie können sich Fragen ausdenken, das, was Sie von mir wissen wollen. Und sie aufschreiben, dann können Sie sie mir morgen stellen.

58.

Micha hat das Fenster aufgemacht, denn es ist eine warme Nacht. Er liegt auf der Decke, die Wolle kratzt ihn in den Kniekehlen. Insekten flattern um die Lampe, schwirren in dem Lichtkegel an der Wand umher.

Er kann nicht schlafen. Die Dunkelheit ist zu vollkommen, zu nah, er findet keine Ruhe: Kaum schließt er die Augen, ist alles wieder da.

Micha ist froh, als der Morgen dämmert.

59.

– Der Mann, der sich erschossen hat. Der Deutsche. Ich glaube, Sie sagten, man hätte ihm befohlen, die Kinder zu ermorden.

– Ja.

– Was passierte, wenn man nicht gehorchte? Ich meine, hätte man sich weigern können?

– Ja.

– Ja?

Heute Morgen hat Kolesnik bereits auf ihn gewartet. Zigaretten vor sich auf dem Tisch, Wodka und zwei Gläser. Von Elena keine Spur.

Jetzt rutscht der alte Mann auf seinem Stuhl nach vorn. Ein paar Zentimeter näher an den Tisch heran. Er überlegt kurze Zeit.

– Es gab Befehle, aber es gab auch Freiwillige.

– Wurde einem befohlen, sich freiwillig zu melden?

– Auf gewisse Weise. Ja.

– Auf was für eine Weise?

Micha kann nun ungeduldig werden. Er kann es zeigen und weiß, dass der alte Mann trotzdem antworten wird.

– Wenn man es nicht tun wollte, konnte man das sagen.

– Und wurde also nicht bestraft.

– Nein.

– Glauben Sie, der Mann wollte die Kinder töten?

– Nein, ich glaube nicht.

– Nein?

– Nein.

– Aber wenn er es nicht musste, wenn er es nicht wollte, warum hat er es dann getan?

Kolesnik antwortet nicht. Micha nimmt eine Zigarette, schiebt Kolesnik eine über den Tisch hinweg zu. Der alte Mann zündet sie am Ende seiner vorigen an.

– Hätte er nicht wenigstens zur Seite schießen können? So tun, als würde er auf sie zielen, und sie dann doch nicht treffen?

Kolesnik zuckt mit den Achseln. Micha denkt: *Sie, Kolesnik. Haben Sie gezielt, um zu töten oder um danebenzuschießen?*

– Es war immer jemand anders verantwortlich.

Micha schaut den alten Mann über den breiten Küchentisch hinweg an, und Kolesnik zuckt nochmals mit den Achseln. Keine abweisende Geste; als würde er sich ergeben. *Gezielt, um zu töten*, denkt Micha.

– Was heißt das?

– Jemand anders sagte, dass es getan werden musste. Auch wenn sie es nicht befahlen, jedenfalls nicht richtig, sagten sie dennoch, dass es getan werden musste. Also war man nicht verantwortlich, verstehen Sie? Und dann hat man es getan, obwohl sie es einem nicht befohlen hatten. Man tat es also freiwillig. Und auf diese Weise waren diejenigen, die diese Anweisungen erteilten, ebenfalls nicht verantwortlich.

Kolesnik beschreibt einen Kreis, und Micha folgt der Bewegung.

Und dann sitzt er einfach nur da.

Und dann, nach einer Weile, fängt Kolesnik wieder zu sprechen an.

– Es fällt mir schwer, Ihnen das zu erzählen. Ich kann es nie erklären, und Sie können es nie verstehen. Heute habe ich mir gedacht, dass dies gut so ist. Es ist gut, dass Sie nicht wissen können, was in meinem Kopf vorging. Sie sind zu verschieden.

Und Micha denkt: *Das ist zu einfach. Es ist zu einfach, das zu sagen.*

– Sind Sie denn jetzt anders?

– Vielleicht, ja, vielleicht. Das kann ich nicht richtig beurteilen. Ich bin nicht derjenige, der das beurteilen kann.

– Sehen Sie heute noch einen Sinn darin? In dem, was Sie taten?

– Nein. Nein. Aber ich weiß genau, dass ich damals einen Sinn darin sah.

60.

Micha schreibt Mina. Er kann sie nicht anrufen und ihr sagen, was er sagen möchte. Hat Angst, es laut zu sagen. Dass es dadurch wahr werden könnte. Er weiß, dass sie es abscheulich finden wird. Kann sein, sie liest es gar nicht, aber wenigstens hat er es aufgeschrieben.

Vielleicht war es einfach. Ein Kreislauf, wie Kolesnik gesagt hat.

Micha denkt an Opa. *Ein Gewehr in der Hand.* Vor ihm ein Graben, und das Schwarzgrün der Bäume dahinter.

Hat er gezielt und dann danebengeschossen? Wenn er es tat, und sei es nur ein einziges Mal, wird er dadurch zu einem anderen, besseren Menschen? Warum?

Gleiche Zeit, gleicher Ort. Sie kamen hierher, um zu töten. Deshalb war er hier.

Micha steckt den Brief in einen Umschlag und klebt ihn zu. Ihm ist heiß und unwohl; hat das Bedürfnis, sich hinzulegen. Er nimmt den Brief mit auf die Toilette, zerreißt ihn und spült ihn hinunter.

61.

Zwei Tage lang geht Michael nicht mehr hin. Es war kein Vorsatz, aber es verstreicht erst ein Tag, dann noch einer.

62.

Die Verbindung ist nicht gut, und Minas Stimme klingt winzig in dem Lärm. Mutti hat wieder bei ihr angerufen. Micha weiß, dass Mina böse auf ihn ist, aber er muss sie bitten, lauter zu sprechen. Er unterbricht sie; unabsichtlich; seine Worte überschneiden sich mit ihren. Jedes Mal macht er es noch schlimmer.

– Sie wird glauben, ich richte dir nichts aus.

– Nein, Mina. Sie wird mich einfach für faul halten. Für einen undankbaren Sohn.

– Warum kannst du sie nicht einfach anrufen, von dort aus?

– Ich kann es nicht.

– Warum, Micha?

– Wie bitte?

– Ich habe gesagt, warum.

– Weil sie dann hört, dass es ein Ferngespräch ist. Und dann muss ich ihr was vorlügen.

– So aber muss ich sie anlügen. Ich will sie nicht anlügen.

– Hat mein Vater auch angerufen?

– Ich habe letzte Woche mit ihm gesprochen, das habe ich dir doch erzählt.

– Ja.

– Wie lange bleibst du denn noch?

– Mina, ich kann dich nicht hören.

– Wie lange noch?

– Vielleicht ein paar Tage. Ende der Woche gibt es einen Zug.

– Ein paar Tage.

– Ja. Dir geht's doch gut, oder? Dir und dem Baby?

– Verdammt noch mal, ja, Michael. Immer noch schwanger, immer noch supergut drauf!

Dann sagt sie nichts mehr. Micha auch nicht. Er wartet ab, bis sie sich beruhigt hat.

– Ich lasse den Anrufbeantworter an. Wenn deine Eltern anrufen, hebe ich nicht ab.

– Hebst du ab, wenn ich anrufe, Mina?

– Du kommst ja bald. Und brauchst nicht mehr anzurufen.

Micha hält den Atem an. Mina kann grausam sein. Er auch:

– Ich habe kein Geld mehr.

Micha sieht den schiefen Stapel Münzen auf der Ablage nicht an. Er tut so, als wären sie nicht da.

– Okay. Bis bald.

– Bis bald.

Schweigend warten sie darauf, dass die Verbindung beendet wird. Mina hängt vor dem Klicken ein.

63.

Kolesnik hält sich an der Stuhllehne fest. Aschenbecher und Streichhölzer liegen auf der polierten Armlehne aus

Holz bereit. Micha reicht ihm die Tagesration an Zigaretten, und er raucht.

– Haben Sie die Juden gehasst?

– Ja und nein.

– Was bedeutet das?

– Es bedeutet, dass ich jemanden gefunden hatte, den ich hassen konnte.

– Sie meinen …

– Ich war wütend. Wegen meines Vaters, wegen der Dörfer, den Bauernhöfen, wegen des Hungers. Wegen der Kommunisten.

– Was hat es mit Ihrem Vater auf sich?

– Sie haben ihn umgebracht.

– Die Kommunisten?

– Ja. Ich kann mich noch erinnern, wie sie ihn mit fünf anderen Männern aus dem Dorf wegbrachten.

– Weshalb?

– Er war Lehrer. Er wollte nicht das unterrichten, was sie sagten. Es war nicht das erste Mal, dass sie ihn wegbrachten, doch diesmal kam er nicht mehr zurück.

Micha schaut den alten Mann an. Da sind keine Tränen, seine Stimme verrät keine Trauer, er sitzt einfach nur reglos auf seinem Stuhl, am Küchentisch, Micha gegenüber.

– Deshalb hassten Sie also die Juden? Wegen Ihres Vaters?

– Ja, das könnte man sagen.

– Waren die Männer, die Ihren Vater wegbrachten, Juden?

– Nein, das waren keine Juden. Die Kommunisten, die ihn wegbrachten, waren keine Juden.

Kolesnik hebt die breite Handfläche, unterstreicht das Gesagte.

– Warum hassten Sie dann nicht die Kommunisten?

– Ich habe sie gehasst, aber sie kamen so davon. Bevor die Deutschen auftauchten. Ohne für das bestraft zu werden, was sie getan hatten.

– Sie wollten also jemanden bestrafen.

Kolesnik zuckt mit den Achseln. Wieder ergibt er sich.

– Sie wollten jemanden bestrafen für das, was die Kommunisten getan hatten, und die Juden waren nun einmal da, also haben sie die bestraft?

– Es tut mir Leid. Ich weiß, das klingt nicht richtig. Ich weiß, es war falsch, verstehen Sie? Besser kann ich es nicht erklären.

Micha wiederholt für sich selbst: *Ich weiß, es war falsch*. Das Zimmer ist blau vom Rauch.

– Wussten Sie schon damals, dass es falsch war?

Kolesnik nickt.

– Warum haben Sie es dann getan?

Kolesnik sitzt schweigend da und starrt auf den Boden. Auch als Micha ihn noch einmal fragt, antwortet er nicht. Micha stellt den Rekorder ab, geht hinaus, steht in der Sommerluft. Als er wieder hineingeht, ist Kolesnik immer noch auf dem Stuhl.

64.

– Nehmen Sie wieder auf?

– Ja.

– Sie haben mir meinen Vater weggenommen. Ich war wütend und hatte Hunger, meine ganze Familie, und dann kamen die Deutschen und sagten mir, die Juden seien schuld. Das haben sie jedem gesagt, wissen Sie. Alle Juden seien Kommunisten. Was nicht stimmte.

– Nein?

– Nein. Einige von den Juden in unserem Dorf waren

Kommunisten. Aber die Weißrussen waren es auch. Und die Ukrainer.

– Dann war es also eine Lüge?

– Ja.

– Die Sie geglaubt haben.

– Nein.

– Sie wussten, dass es eine Lüge ist?

– Ja. Aber es war eine Lüge, die einen Sinn ergab.

– Was heißt das? Können Sie das erklären?

– Ich weiß, es ist schlimm, so etwas zu sagen. Ich weiß, dass es falsch ist. Das wusste ich auch damals schon.

Kolesnik schaut Micha an; Micha schaut an ihm vorbei. Er will das nicht hören. *Das brauche ich nicht zu wissen. Es geht nicht um ihn. Sondern um Opa. Frag ihn nach Askan Boell.*

– Herr Kolesnik, die ersten Massaker fanden 1941 statt.

– Ja.

– Und Sie haben damals als Übersetzer gearbeitet. Für die Deutschen.

– Ja, aber ich habe alles mitbekommen.

– Haben Sie auch mitbekommen, was die Deutschen 1943 getan haben?

– Ja, und ich habe selbst getötet.

Micha spürt, dass der alte Mann ihn ansieht, den Augenkontakt sucht. Micha denkt sich eine neue Frage aus, aber der alte Mann sagt als Erster wieder etwas.

– Ich traf eine Entscheidung, verstehen Sie? Fast zwei Jahre lang beobachtete ich, wie die Deutschen die Juden umbrachten, und dann tötete auch ich. Es war meine Entscheidung, verstehen Sie?

Micha möchte nicht antworten. Er überlegt, ob er den Rekorder ausschalten und wieder nach draußen gehen soll. Er weiß nicht, warum Kolesnik ihm das erzählt. Ist nicht sicher, ob er heute noch mehr hören will.

– Verstehen Sie?

– Ja. Das heißt, nein. Sie sagten, Sie waren wütend. Wegen Ihres Vaters.

– Ja.

– Sie dachten, es würde helfen, Juden umzubringen.

– Sie hören mir nicht zu.

Direkt. Gefasst. Micha schaut Kolesnik an, ganz kurz. Begegnet dem Blick des alten Mannes.

– Sie dachten, es würde helfen, doch das war nicht der Fall.

– Es ist nicht einfach, das zu sagen, Herr Lehner, selbst nach so vielen Jahren. Es fällt mir schwer, damit zu leben, verstehen Sie? Ich kann Ihnen all diese Gründe angeben. Ich hatte meinen Vater verloren, ich war hungrig, ich wollte meiner Familie helfen, Befehl war Befehl, ich war nicht verantwortlich, es hieß, die Juden seien Kommunisten, Kommunisten waren für mein Leid verantwortlich. Ich kann diese Dinge immer und immer wiederholen. Es bleibt dabei: Ich entschloss mich zu töten.

Micha spürt, dass der alte Mann ihn ansieht, aber er kann ihn nicht sehen. Er presst die Fäuste fest auf die Augen, nimmt sie wieder weg, wartet, bis das schwarze Funkeln nachlässt.

Es bleibt dabei.

Der alte Mann raucht und schaut auf den Boden.

65.

Micha schreibt in seinem Notizbuch an Mina, wohlwissend, dass er die Seiten nicht herausreißen und ihr schicken wird. Dass er das Blatt zu Kolesnik mitnehmen und den Mut haben sollte, es ihm vorzulesen.

Hat Opa getötet? Weil er glaubte, es tun zu müssen? Oder nur, weil er die Möglichkeit dazu hatte? Ging es ihm schlecht dabei, tat es ihm Leid? Empfand er Hass? Weinte er? Hielt er es für richtig?

66.

– Haben sie darüber gesprochen? Danach. Haben Sie gehört, was sie sagten?

– Ich war keiner von ihnen. Ich meine, ich war doch Weißrusse.

– Sie haben also nicht mit Ihnen gesprochen?

– Ich war nur dort, wenn ich zum Übersetzen gebraucht wurde.

– Sie konnten demnach nicht hören, was sie sagten?

– Nein. Ich bin nicht sicher, ob sie überhaupt darüber redeten.

– Was meinen Sie damit?

– Es war immer sehr still, wenn wir zurückfuhren. Sie tranken eine Menge in den Lastern, und keiner sagte besonders viel. Ich glaube, diejenigen, die im Dorf geblieben waren, wollten davon nichts hören, und diejenigen, die geschossen hatten, wollten nicht sprechen. Ich jedenfalls wollte nie reden.

Kolesniks Zigarette ist abgebrannt. Er schnippt die lange Asche in den Aschenbecher, zündet sich eine neue an.

– Sogar davor wollte ich nicht. Bei den ersten Erschießungen, da haben die Leute im Dorf noch darüber geredet. Die Weißrussen. Dann haben sie jedoch aufgehört. Jeder wusste, was da vor sich ging, und keiner redete darüber. Ich wusste, dass es passierte, und habe nie etwas gesagt.

– Und nachdem Sie es getan hatten?

– Habe ich mich betrunken. Es gab hinterher immer jede Menge zu essen und zu trinken, abends. Und Musik. Ganz laut. Da wollte man nicht reden. Nur trinken und essen, die Musik hören.

67.

Heute haben wir nur dagesessen, Mina. Gestern war es genauso.

Micha fand nicht den Mut zu fragen; Kolesnik blieb den ganzen Tag mit ihm zusammen. Ließ den jungen Mann schweigend in seiner Küche sitzen, gab ihm Wodka, Brot, Lumpen, damit er sich die Tränen abtrocknen konnte. Stundenlang saßen sie da, und das Band spulte und spulte, bis es stehen blieb, dann drehte Micha es um, fing von neuem mit der Aufnahme an.

68.

Micha fährt mit dem Rad auf Kolesniks Dorf zu, fährt daran vorbei, zum nächsten Ort. Er hat den Kassettenrekorder dabei, aber er weiß, dass es ein weiterer stummer Tag werden wird, und geht stattdessen ins Museum.

Das Mädchen am Eingang erkennt ihn zuerst nicht, doch als er lächelt und hallo sagt, nickt sie und deutet auf das Gästebuch.

– Genau. Im Frühling.

Micha geht diesmal nicht zu den Uniformen oder den Fotos von den Erschießungen. Er bleibt auf der anderen

Seite des Raumes. Verbringt den Morgen mit den Fotos verschiedener Familien, ihrer Häuser, Gegenständen aus ihren Häusern. Ein Paar Handschuhe, eine Rolle Stoff, ein kleiner Silberbecher. Handgeschriebenes in einem Hauptbuch, mit Bleistift gekritzelte Listen, persönliche Aufzeichnungen an den Rändern eines Buches.

Ein Herrenschuh, aus Leder, gutes Material, und schwer. Der Absatz an der Außenseite abgelaufen, vom Schritt des Trägers geformt. Während er ums Dorf ging, von Ort zu Ort. Und später dann nur noch bei sich zu Hause, oder vielleicht noch bis zum Haus des Nachbarn; die engen Grenzen des Ghettos ausschreitend.

Micha geht nicht auf die andere Seite des Raumes hinüber; er hat Angst davor, die Gesichter dort drüben noch einmal zu sehen.

69.

Als Micha wieder bei Andrej ankommt, ist Kolesnik da, sitzt außen an der Wand. Er steht auf, während Micha die Straße entlangfährt.

– Ich habe mir Sorgen gemacht. Sie sind nicht gekommen.

Micha weiß nicht, was er sagen soll.

– Ihr Freund hat gesagt, Sie wären noch hier. Ich dachte mir, dann warte ich auf Sie.

– Mir geht's gut. Nur war mir heute nicht nach Gesprächen.

– Nein.

Micha steht vor der Tür, der alte Mann sieht aus, als würde er noch nicht gehen wollen.

– Hören Sie, Herr Kolesnik. Ich kann Sie nicht hineinbitten. Das hier ist nicht meine Wohnung, wie Sie wissen.

– Nein, ich weiß. Ich dachte nur. Kommen Sie morgen?

– Ja. Wenn es Ihnen recht ist?

– Ja.

– Ich brauchte heute einfach eine Pause.

– Natürlich. Meine Frau, Elena, ich habe sie gefragt, ob sie mit Ihnen reden würde. Sie hat nicht kollaboriert. Ich dachte mir, es wäre vielleicht interessant für Sie, auch ihre Geschichte zu hören.

Micha ist überrascht.

– Macht ihr das nichts aus?

– Nein, nein. Sie will, dass Sie es sich anhören.

– Ist gut.

– Dann sage ich ihr, dass Sie morgen kommen?

– Ist gut.

Als Micha ins Haus geht, trifft er Andrejs Mutter in der Küche. Sie hat am Fenster gestanden und zugesehen, wie er mit Kolesnik geredet hat, und sie sieht böse aus. Sie sagt etwas zu Micha, das er nicht versteht, aber ihr Tonfall erschreckt ihn. Sie spuckt in die Spüle und verlässt den Raum.

70.

Micha sitzt mit Jozef und Elena Kolesnik am Tisch. Zu dritt ums Mikrofon; der Rekorder brummt leise auf dem Tisch. Kolesnik wird für seine Frau dolmetschen. Elena schaut ihm beim Sprechen zu, aber er starrt nur geradeaus, die Hände flach vor sich auf dem Tisch. *Er tut so, als wäre er gar nicht da.*

– Frau Kolesnik, wie finden Sie das, was Ihr Mann getan hat? Als die Deutschen hier waren?

Elena antwortet erst ihrem Mann, dann Micha.

– Sie ist sehr traurig.

– Traurig?

Elena nickt, streicht mit den Fingerspitzen über die Tischplatte. Dann spricht sie weiter.

– Einer ihrer Brüder hat dasselbe getan.

– Wirklich?

– Ja. Sie sagt, die Deutschen hätten es befohlen, und er tat es.

– Hat sie es für eine gute Sache gehalten? Damals?

Kolesnik fragt seine Frau, und sie zuckt beim Sprechen mit den Achseln. Eine kurze Antwort.

– Sie kann sich nicht erinnern.

– Nein?

Elena schaut ihren Mann an. Ihre Lippen bewegen sich, aber sie spricht nicht. Micha wartet, glaubt aber nicht, dass er eine Antwort bekommen wird. Er überlegt sich eine andere Frage.

– Was geschah mit ihrem Bruder?

– Sie hatte zwei Brüder. Einen brachten die Deutschen um, und der andere wurde hingerichtet, nachdem die Russen wieder zurückgekommen waren.

– Von den Deutschen?

– Ja. Er wurde mit zehn weiteren Männern in ihrem Dorf hingerichtet. Ein deutscher Soldat war auf dem Dorfplatz erschossen worden. Es war eine Vergeltung.

– Wer hat den deutschen Soldaten erschossen?

Micha beobachtet Elena, während sie nachdenkt.

– Sie weiß es nicht. Vielleicht ein Partisan.

– Aber ihr Bruder war kein Partisan?

– Nein, aber sie haben ihn trotzdem erschossen. Sie sagt, Sie sollen wissen, was für eine grausame Zeit das war.

Elena kratzt mit ihrem langen Fingernagel auf der Tischplatte. Ihre Lippen sind zusammengepresst, die Augen feucht. Micha bleibt still, falls sie noch mehr sagt. Als sie nicht weiterredet, sieht Micha Kolesnik blinzeln, nicken; sieht die Veränderung in seinem Blick. Es ist das erste Mal, dass er eine Reaktion zeigt.

– Am Ende, sagt sie, konnte sie die Männer nur noch an ihren Liedern unterscheiden.

– Das verstehe ich nicht.

Elena breitet die Hände auf dem Tisch aus, dreht die Handflächen nach oben. Kurze Finger, fleischige Handballen, tiefe Rinnen in der Haut. Sie spricht. Bricht ab. Ihr Mann übersetzt. Sie spricht weiter.

– Am Ende sah sie keinen Unterschied mehr.

– Als die Juden tot waren, kamen die Deutschen und mordeten, raubten und zerstörten nun in ihrer Familie. Die Partisanen auch. Sie kamen mit ihren Gewehren aus den Sümpfen, wenn sie hungrig waren.

– Ihr Vater verriegelte die Türen, nagelte sie zu, doch sie gelangten trotzdem nach drinnen.

– Sie sagt, sie hatte Angst. Die ganze Zeit. Frauen wurden vergewaltigt, Männer wurden verschleppt. Keiner traute dem anderen. Jede Woche, jeden Tag war es etwas anderes.

– Sie versteckte sich in der Scheune. Manchmal kauerte sie im Maisfeld. Und im Schilf am Fluss.

– Sie erinnert sich noch daran, wie ihre Mutter unablässig weinte, und wie die Männer ihr Essen stahlen. Ihre Kuh. Mehr war ihnen nicht geblieben.

Jetzt hört Elena auf zu reden und reibt sich das Gesicht trocken. Atmet tief in alte Lungen. Kolesnik wirft ihr einen Blick zu, dann sieht er wieder geradeaus. Als sie spricht, schaut er auf seine Fäuste.

– Nachdem die Häuser in ihrem Dorf niedergebrannt worden waren, lebten die Leute in Erdlöchern.

– Als sie kamen und diese Dinge taten, wusste sie nicht, wer das war. Sie rannte nur weg und versteckte sich.

– Wenn sie sangen und sie ihre Sprache hörte, dann wusste sie es. An einem Tag waren es Deutsche, am nächsten Partisanen. Später waren es auch Russen.

Micha unterbricht. Er will es wissen:

– Wer war am schlimmsten?

Elena schaut zu ihrem Mann hinüber, und er wiederholt die Frage für sie, dann sieht sie Micha an, sagt aber nichts.

– Die Kommunisten, die Deutschen, die Partisanen, die Rote Armee? Wer war am schlimmsten?

Elena laufen Tränen über die Wangen. Micha kann sie in den Falten um den Mund sehen, als sie das Gesicht dem Licht zudreht. *Sie wird nicht antworten.* Micha fragt sich, ob sie nur höflich ist, sogar jetzt noch, wo er will, dass sie ehrlich ist. *Die Deutschen. Die Deutschen waren mit Abstand am schlimmsten.*

Er lässt sie eine Weile dasitzen, und dann fragt er:

– Reicht es, nur traurig zu sein?

Kolesnik übersetzt, und Elena schaut Micha an. Sie ist verärgert. Die Antwort richtet sie an ihren Mann.

– Sie weiß nicht, was Sie meinen.

Micha versucht, sich eine andere Frage auszudenken, doch ihm fällt nichts ein. Elena steht auf und sagt etwas. Nicht zu Micha, nur zu Kolesnik. Sie bindet das Kopftuch fest, die Hände machen knappe, rasche Bewegungen unterm Kinn. Sie weint. Ihr Mann spricht an ihrer Stelle:

– Sie sagt, sie kann nichts anderes empfinden.

71.

Micha packt seine Tasche, schaut auf die dunkel werdende Straße hinaus. Elena sitzt draußen auf der Veranda, die Hände im Schoß aufeinander gepresst. Micha kann sie durchs Fenster sehen, ihren Gesichtsausdruck sieht er nicht.

– Die Erinnerung. Es ist hart für sie. Sie wird bald wieder hereinkommen.

Kolesnik steht da und beobachtet, wie Micha seine Frau beobachtet.

– Elena sagt, sie ist traurig.

– Ich weiß.

– Wegen dem, was Sie und ihre Brüder getan haben.

– Ich weiß.

Micha wartet, während Kolesnik ihnen einen Wodka einschenkt.

– Wir haben keine Kinder. Als ich zurückkam, als wir heirateten, war sie zu alt. Elena glaubt, das sei eine Bestrafung für damals.

– Was empfinden Sie, Herr Kolesnik?

– Was?

– Trauer?

– Nein.

– Nein?

Kolesnik mustert Micha. Sein Blick ist ganz ruhig. Micha begreift, dass dies eine Herausforderung ist.

– Tut es Ihnen Leid?

– Wie könnte ich mich entschuldigen?

Micha weiß, dass dies die Frage war, auf die Kolesnik gewartet hat. Dass der alte Mann die Antwort parat hatte.

– Wie könnte ich mich entschuldigen? Bei wem? Wer könnte mir vergeben?

Niemand. Keiner hat überlebt. Micha denkt es, aber er sagt es nicht.

– Ich tue mir selbst nicht Leid.

Micha sucht nach Anzeichen für Schwäche im Gesicht des alten Mannes, findet nichts. *Keine Tränen.*

– Haben Sie das Gefühl, bestraft worden zu sein?

– Nein.

– Auch nicht im Gefängnis?

– Nein.

– Weil sie keine Kinder haben?

– Nein.

Micha versteht diesen Mann nicht. Seine direkten Worte.

– Ihre Frau hat geweint, als sie es mir erzählt hat.

– Ich habe im Gefängnis geweint. Ich habe in manchen Nächten geweint, nachdem wir Juden erschossen hatten. Andere auch. Es war falsch, was ich getan habe, und es war falsch, deswegen zu weinen.

Kolesniks Stimme ist ein heiseres Bellen.

– Hat Elena Unrecht, wenn sie weint?

– Elena hat nichts getan. Sie war ein Kind. Sie rannte vor jedem davon und blieb am Leben.

Seine Worte sind klar und hart.

– Aber Ihre Frau wurde doch bestraft. Sie hat keine Kinder.

– Elena hält das für eine Bestrafung. Ich nicht. Ich glaube, es gibt keine Bestrafung für das, was ich getan habe. Nicht genügend Trauer und keine Bestrafung.

72.

Am Morgen lässt Micha den Kassettenrekorder auf dem Tisch in seinem Zimmer bei Andrej stehen. Er packt seine Kamera in die Tasche und fährt mit dem Rad zu Kolesniks Haus. Elena Kolesnik steht da, als ihr Mann Micha in die Küche führt, und er nimmt die Kamera heraus, damit sie sie sehen kann. Sie lächelt und nickt, sagt ruhig etwas zu ihrem Mann und streicht dabei einzelne Haarsträhnen zurück unters Kopftuch.

– Danke, Herr Lehner. Meine Frau sagt, das ist sehr nett von Ihnen.

– Keine Ursache.

Elena Kolesnik stellt zwei Stühle neben den Herd, auf der gegenüberliegenden Wand, und Micha packt die Kamera aus. Jozef Kolesnik hilft ihm, hält das Stativ, steht still, während Micha die Schärfe auf das Garn seines Jacketts einstellt. Es ist merkwürdig, dies im Stillen zu tun, und so redet Micha.

– Es ist eine gute Kamera.

– Ja?

– Und das Objektiv ist neu. Ein Zoomobjektiv, aber ein hochwertiges. Die Bilder müssten eigentlich sehr scharf werden.

Kolesnik blickt durch den Sucher auf die leeren Stühle, und Micha tritt ins Bild, damit er etwas zu sehen hat. Kolesnik lächelt, und Micha lächelt ins Objektiv. Er hat allerdings nicht das Gefühl, Kolesnik anzulächeln, aber der alte Mann deutet erfreut ein Lächeln an.

Elena Kolesnik sitzt aufrecht neben ihrem Mann, und dieser hält ihre Hand. Handfläche an Handfläche warten sie, während Micha die Vorhänge ein Stück aufzieht, die Belichtungseinstellung nochmals überprüft.

– Ich werde wahrscheinlich drei oder vier Aufnahmen machen. Um sicher zu gehen. Einverstanden?

Kolesnik nickt, mit steifem Hals, guckt starr in die Linse. Er bleibt reglos, bis Micha auf den Auslöser drückt. Da, im letzten Moment, schaut er zur Seite. Er schaut Elena an, als wäre sie das Einzige, was sich anzusehen lohnte. Elena schaut nach vorn, blickt Micha an, die Kamera, die Linse, aber Jozef schaut weg.

Genau wie Opa.

Micha macht noch zwei weitere Aufnahmen. Er bittet Kolesnik nicht, ihn anzusehen; er sagt überhaupt nichts.

Als er fertig ist, steht Elena auf, tritt zu Micha hinter die Kamera. Sie lächelt ihn an, deutet auf den Stuhl neben ihrem Mann, gibt ihm zu verstehen, dass sie jetzt die beiden fotografieren will.

Micha schaut zu Kolesnik hinüber, der seine Frau anstarrt. Sie redet weiter, aufgeregt, drängt Micha sanft zum Stuhl hin.

– Wenn es Ihnen nichts ausmacht, würde ich das lieber nicht tun.

Es erscheint unhöflich, grausam, doch Micha will wirklich nicht zusammen mit dem alten Mann für ein Foto posieren. Kolesnik übersetzt, und Elena hört auf. Sie ist verletzt, aber nicht so sehr wie er. Die breiten Hände bewegungslos auf den schmalen Knien, bleibt er sitzen.

Micha bittet um Entschuldigung. Er packt hastig die Fotoausrüstung zusammen und geht.

73.

Andrejs Freund steht neben ihm an der Küchentür, beide Männer schauen böse und verlegen drein. Micha steht bei der Spüle, schrubbt sich die Hände. Die Fahrradkette ist auf dem Rückweg zum Dorf herausgesprungen, und nun sind seine Hände schmutzig vom Öl und Rost, seine Fingernägel schwarzbraun. Immer noch zittert Michaels Hand wegen des Fotos, das er von Kolesnik gemacht hat, und fühlt sich schwach an unter dem eisigen Wasserstrahl aus dem Hahn. Er dreht sich von der Spüle weg, als die beiden Männer den Raum betreten.

– Andrej sagt, du hättest den alten Mann nicht hierher bringen dürfen.

Micha wusste bereits, dass er dies zu hören bekäme.

– Bitte sag ihm, dass ich ihn nicht eingeladen habe. Er hat nach mir gesucht. Es tut mir Leid.

Micha lauscht der gemurmelten Übersetzung, betrachtet dabei seine seifenverschmierten Hände.

– Andrej sagt, dieser Mann ist ein Mörder.

– Ich weiß. Bitte sag ihm, dass ich das weiß.

Micha denkt sich: *Jetzt ist alles vorbei.* Freundschaft. Der Besuch.

– Ich werde morgen abreisen. Bitte kannst du ihm sagen, dass ich morgen abreisen werde und sehr dankbar für alles hier bin? Für seine Gastfreundschaft, und die seiner Mutter.

Micha sieht Andrej nicken, sieht die Erleichterung. *Er braucht mir nicht zu sagen, dass ich gehen soll.*

Micha dreht sich weg. Er ist wütend, Tränen schießen ihm in die Augen. Er dreht den Wasserhahn wieder auf, schrubbt seine kalten Finger im kalten Strahl, doch das Öl verschmiert nur noch mehr unter der Seife.

74.

– Erinnern Sie sich an ihn?

Es ist Abend, und Michael ist wieder dort. Elena Kolesnik hat ihn ins Haus gebeten und in der Küche mit ihrem Mann allein gelassen.

– Diesen Mann?

Micha hat das Foto auf den Tisch gelegt, damit der alte Mann nicht sieht, dass seine Hände zittern. Rau vom Schrubben, vom Halten des Fahrradlenkers im eisigen Abendwind. Kolesnik zieht das Bild näher zu sich.

– Ist das hier in Weißrussland?

– Nein, in Deutschland. 1938.

– Ich kenne dieses Gesicht.

Damit hat Micha gerechnet. Den ganzen Tag hat er sich darauf vorbereitet. Die ganzen Tage.

– Wer ist das?

Micha weiß nicht, was er antworten soll. Er wollte, dass Kolesnik es weiß; er wollte, dass Kolesnik es nicht weiß; er wollte, dass Kolesnik es weiß, ohne ihm den Namen nennen zu müssen. Er nennt ihn.

– Askan Boell.

– Ja. Das war Boell, und er war bei der SS.

– Waffen-SS.

– Ja, Waffen-SS. Ich erinnere mich an ihn.

Es ist eine Art Erleichterung. Was Micha spürt, ist eine Art Erleichterung.

– Woran erinnern Sie sich?

– Wochenlang kämpften sie hier, doch dann ging es sehr schnell. Es war früher Morgen, und plötzlich waren die Soldaten der Roten Armee hier. Im Ort, gleich neben der Kirche.

– 1944.

– Ja. Sie hielten mich hier fest, zusammen mit den anderen wie mich, und dann brachten sie die Deutschen ebenfalls hierher. Nicht alle, einige waren tot, andere waren schon wieder fort; sie brachten jedenfalls diejenigen, die noch hier waren. Als würden sie das Ghetto räumen, das Nazi-Ghetto. Sie mussten sich neben uns hinstellen, und ich weiß noch, Askan Boell war einer von ihnen.

– Sie haben Ihn also gesehen?

– Ja. Die Russen haben ihn herausgezogen. Sie gingen an den Männern entlang, und stießen ihn zu Boden, ließen ihn knien, wissen Sie. Auf dem Hauptplatz. Natürlich hatten sie Gewehre. Ein Gewehr an seinem Kopf, und da sagten sie seinen Namen. Boell.

Alles vorbei. Askan Boell. Opa.

Micha weiß nicht, was er sagen soll. Er denkt: *Ich sollte das aufnehmen.* Der Kassettenrekorder ist in seiner Reisetasche neben der Tür in Andrejs Haus, unten drin, in Pullover eingewickelt.

– Erinnern Sie sich sonst noch an etwas?

– Die Russen wollten uns erschießen. Einige von ihnen wollten uns auf der Stelle erschießen. Deshalb ließen sie uns dort so lange stehen und debattierten. Daran erinnere ich mich.

– Der Mann war mein Großvater.

Kolesnik hört zu reden auf. Er schaut Micha an, und Micha glaubt einen Augenblick, der alte Mann sehe wütend aus. Er hat nicht erwartet, dass er es so sagen würde, aber so ist es herausgekommen. Micha zuckt unter Kolesniks Blick unmerklich zusammen, setzt sich gerade hin.

– Warum wollten sie meinen Großvater erschießen, Herr Kolesnik?

– Sie wollten uns alle erschießen.

Lange Zeit sitzt Micha nur da. Während dieser langen Zeit versucht er herauszufinden, was er empfindet. Und er versucht herauszufinden, ob er das fragen kann, was er wirklich fragen muss. Kolesnik sitzt ihm gegenüber, und Michael kann ihn atmen hören, er glaubt zu spüren, wenn Kolesnik ihn ansieht und wenn er wieder wegsieht.

– Er war hier, Herr Kolesnik. Sommer, Herbst 1943.

Kolesnik macht eine Bewegung. Micha sieht sie aus dem Augenwinkel. Er nimmt einen neuen Anlauf.

– Haben Sie gesehen, wie mein Opa irgendetwas getan hat?

Micha schaut Kolesnik nicht an, als er das sagt, und wartet, doch Kolesnik antwortet nicht, daher muss er ihn anschauen.

Der alte Mann hat den Kopf in die Hände gelegt.

Kolesnik hat auch das Foto weggeschoben. Das Licht vom Fenster her scheint auf das glänzende Rechteck, und Michael kann seinen Opa nicht sehen, nur die vielen winzigen Knicke auf dem Foto. Die tiefe Falte über seine Beine hinweg.

– Jozef?

– Er hat Menschen getötet. Es tut mir Leid, Michael. Er hat Juden und Weißrussen getötet.

Micha ist froh, seinen Opa nicht sehen zu können, froh, dass Kolesnik wegschaut.

– Haben Sie das gesehen?

Kolesnik reibt sich die Augen.

– Ich weiß, dass er es getan hat.

Er weiß es.

Micha sieht zu Kolesnik hinüber, doch der alte Mann sieht jetzt aus dem Fenster. *Er weiß es.* Micha kann Kolesnik nicht in die Augen sehen, doch er sieht die Falten auf seiner Stirn, und die Schatten in seinem Gesicht.

– Woher wissen Sie das?

– 1943. Diejenigen, die damals hier waren. Nur deshalb waren sie hier. Alle von ihnen, alle von uns.

– Aber Sie sagten. Gestern sagten sie, nicht alle hätten es getan. Der Mann, der sich erschossen hat.

– Ich erinnere mich an ihn, weil er sich erschossen hat.

– Was meinen Sie damit?

– Es tut mir Leid.

Micha beobachtet, wie Kolesnik das Gesicht in die großen Hände stützt. Er horcht auf die Stimme, die durch die Ritzen zwischen den Fingern des alten Mannes dringt.

– Es gab so wenige, die es nicht getan haben. Ich könnte Ihnen diejenigen nennen, die es nicht taten, weil es so wenige waren.

Das weiß er. Micha weiß, dass es stimmt.

– Begreifen Sie?

Micha begreift, sagt aber nichts. Hat die Fäuste fest auf die Augen gepresst.

75.

Micha kommt auf dem Weg zur Bushaltestelle mit seinen Taschen an Kolesniks Haus vorbei. Kolesnik ist im Garten, steht unter dem Baum, als er Micha am Tor sieht.

– Michael!

Kolesnik freut sich, ihn zu sehen, läuft lächelnd den Pfad entlang auf ihn zu. Micha glaubt, er werde sich wohl nie daran gewöhnen. Dass Kolesnik ihn mag.

– Etwas zu essen? Haben Sie noch ein wenig Zeit?

– Nein, tut mir Leid. Ich glaube, gleich kommt der Bus.

– Dann begleite ich Sie, einverstanden?

– Gut. Danke. Das wäre nett.

An der Bushaltestelle lässt Micha Kolesnik bei seinen Taschen stehen, während er Äpfel für die Reise kauft. Er braucht keine Äpfel, er braucht überhaupt nichts auf der Reise, aber er hält die Stille nicht aus, wenn er schweigend neben dem alten Mann warten muss.

Micha freut sich, nun abzureisen. Er bemüht sich zwar darum, doch ist er nicht traurig, sich von Kolesnik zu verabschieden. Und obwohl Micha weiß, dass Kolesnik ihn mag, glaubt er, dass es dem alten Mann auch nicht Leid tut, wenn er nun abreist.

Kolesnik wartet nicht, bis der Bus abfährt. Er nickt Micha durchs Fenster zu, presst seine breite, trockene Hand aufs Glas und geht. Micha sitzt da und wartet allein, wünscht sich, der Bus möge losfahren.

76.

Mina lacht und weint die ganze Zeit und sagt ununterbrochen, wie müde sie sei. Müder als je zuvor. Micha legt sich zu ihr ins Bett, obwohl er genau sieht, dass die Schwester das nicht gut findet. Mina lacht wieder, als die Schwester hinausgeht, und Micha zieht ihr das weiße Laken über den Arm, schaut das winzige Gesicht seiner Tochter an.

– Wie sollen wir sie denn nennen?

– Ich weiß nicht. Ich weiß es nicht.

Mina legt das Baby auf Michaels Bauch, und er spürt eine schwache Wärme durchs Hemd hindurch, aber kein Gewicht.

– Wie heißt du denn?

Micha sieht, dass Mina ihn anlächelt, und er lacht.

Mina schläft, aber Micha bleibt wach und passt auf das Baby auf. Zumindest glaubt er das, doch Luise weckt ihn auf, als sie hereinkommt.

– Ich hab Sekt dabei.

Blumen auch, und Minas Eltern bringen Babybekleidung mit, die viel zu groß ist, und dann kommen noch Michas Mutti und Vati. Es ist eigenartig, die ganze Familie in dem warmen Krankenhauszimmer, und Micha wird von Luises Sekt ziemlich rasch betrunken. Es ist lange her, seit er zum letzten Mal etwas gegessen hat. Er steht draußen auf dem Flur und sieht zu, wie seine winzige Tochter im Raum herumgereicht wird.

– Rufst du Oma an?

Mutti fragt es beim Verabschieden.

– Nein.

Micha sieht zu, wie sich das Gesicht seiner Mutter zusammenzieht; und aus dem Augenwinkel sieht er, wie sein Vater ihm den Rücken zudreht.

Luise bleibt noch, nachdem die anderen gegangen sind.

– Dann rufe *ich* sie eben an. Wenn du möchtest.

– Wie du meinst.

– Micha.

– Was denn? Ich will sie nicht sehen. Sie wusste Bescheid. Sie hat ihn gedeckt.

– Das weißt du doch gar nicht.

– Er hat ihr Briefe geschrieben. Die hat er danach alle verbrannt. Was glaubst du wohl, hat darin gestanden?

– Nicht jetzt, ihr zwei, okay?

Mina steigt aus dem Bett und nimmt Luise das Baby ab. Micha beobachtet seine Schwester, aber sie schaut nicht zu ihm herüber. Er glaubt, sie könne gleich losheulen, wie an dem Tag, als er ihr von der Reise nach Weißrussland berichtet hat; am Küchentisch, mit geballten Fäusten, die Knöchel fest an die Zähne gepresst. Aber heute bleibt Luise still. Sie holt tief Luft, sieht zu, wie Mina sich mit ihrem Baby aufs Bett setzt, und steht dann auf.

– Ich muss jetzt sowieso gehen. Damit du dich ausruhen kannst.

Micha zuckt mit den Achseln. Mina legt den Kopf wieder aufs Kissen und lächelt seiner Schwester zu.

– Komm morgen wieder vorbei, ja? Schön, dass du da warst, Luise.

Nachdem Luise gegangen ist, setzt sich Micha hin. Er lehnt den Kopf gegen die Wand und schließt die Augen.

– Vielleicht könntest du ja auch gehen.

Micha macht die Augen auf.

Mina versucht, ihre Tochter zu stillen, sie führt den kleinen Mund an den Falten des Lakens und ihres Nachthemds vorbei zu ihrer Brust. Sie beugt sich vor, versucht, eine bequemere Position einzunehmen. Micha sieht die Haare an ihren Schläfen, feucht vom Schweiß. Dunkle Ringe unter ihren Augen.

– Geh nach Hause. Komm morgen wieder. Komm nicht, wenn Luise da ist.

77.

Es ist wieder Weihnachten, und diesmal mit einem Baby. Tage und Nächte mit regenfeuchten Fensterscheiben und bunten Lichtern. Milchiger Babyduft und würzige Plätzchen, Mitbringsel von Freunden.

Micha wacht oft wütend auf, und es dauert ein paar Minuten, bis ihm einfällt, weshalb. Unmöglich, die Ereignisse des Sommers mit dem kleinen Körper in Verbindung zu bringen, den er in Decken und Windeln wickelt. Winzige runzlige Finger, lange Beine, schwarzes Haar. Opas Ururenkelin.

Schulferien, nächtliches Stillen, dunkle Tage. Die Wochen gleiten vorüber. Wenn sie sich gegenseitig ihre Tochter reichen, lächeln Micha und Mina sich an. Er drückt sie an sich, sobald er es darf. Nach einer Weile legt sie die Arme auch um ihn. Alles ist wieder ganz anders.

Michael Lehner, 31: Bruder, Neffe, Sohn und Enkel. Lehrer am Gymnasium. Lebenspartner, und jetzt auch Vater.

In den Monaten, seit er zurück ist, hat Micha seine Familie kaum gesehen. Hat ihnen nichts erzählt, nur Luise. Er ist Oma nicht besuchen gegangen und hat sich nur zweimal mit seiner Mutter unterhalten. Einmal im Krankenhaus, das andere Mal am Telefon, als sie ihn bat, doch seine Großmutter zu besuchen.

– Nur für ein oder zwei Stunden, Micha. Sie versteht es nicht.

– Nein.

– Sie fragt mich ständig, wo du hinverschwunden bist. Sie glaubt, es ist etwas Schreckliches passiert.

– So ist es. Genau so ist es.

– Mit dem Baby, meine ich. Sie glaubt, wir verheimlichen ihr etwas.

Micha hält seine Zunge im Zaum. Denkt an tausend Erwiderungen. Allesamt böse. Allesamt direkt.

– Michael?

– Nein.

Micha und Luise streiten sich, ob sie es ihren Eltern sagen sollen. Jedes Mal, wenn sie Mina besuchen kommt, aber auch in Cafés, Parks, an Straßenecken. Sie treffen sich, um miteinander zu reden, und jedes Mal endet es im Streit.

– Sie wissen es sowieso. Du warst über einen Monat weg. Glaubst du, das haben sie nicht bemerkt?

– Sie wissen nicht, wo ich war.

– Sei nicht so naiv. Das können sie sich denken. Sie können es sich ausrechnen. Sie sind doch nicht blöd.

– Dann kann ich es ihnen also sagen? Kann ihnen auf die Sprünge helfen, ihnen wilde Spekulationen ersparen?

– Du bist so ein Arschloch.

– Verdammt, Luise, sie wollen der Wahrheit noch immer nicht ins Auge sehen.

– Warum? Weil sie nicht jeden Tag ein großes Gezeter deswegen veranstalten?

– So wie ich, meinst du?

– Genau, so wie du.

Micha wendet sich ab und schließt sein Fahrrad auf.

Luise schiebt ihres um ihn herum, damit sie ihm ins Gesicht sehen kann.

– Sie wissen es sowieso, Micha. Lass die Sache jetzt einfach auf sich beruhen, okay?

78.

– Wie willst du sie nennen?

– Ich weiß nicht, Mina.

– Ich dachte an Dilan. Die Mutter von meinem Dad hieß Dilan.

– Das ist hübsch.

– Findest du?

– Ja. Ja, echt. Wirklich schön.

Micha schaut seine Tochter an, die auf seinen Knien liegt: sanfte, dunkle Augen, ein weicher Blick.

– Dilan.

Er kommt mit dem Gesicht näher, und sie weitet die Augen. Mit der Fingerspitze berührt er ihre Handfläche, um ihren Griff zu spüren.

– Wir können ihr auch einen deutschen Namen geben.

– Nein. Ich finde Dilan gut.

Mina schweigt. *Bitte sag nicht Käthe. Nur deine Großmutter. Bitte nicht meine.*

– Ich dachte an keine bestimmten Namen, weißt du.

– Okay, Micha. Schon gut. Dilan.

Mina lächelt. Legt Micha die Hand auf den Nacken.

– Dilan Lehner.

– Dilan Lehner.

79.

Micha kann nicht mehr allein sein.

Die Fahrt zur Arbeit und zurück ist das Schlimmste jeden Tag. Er nimmt Bücher mit, liest liegen gelassene Zeitschriften, Zeitungen, studiert die Anzeigen über den Köpfen der anderen Fahrgäste. Eine Weile lang versucht er es mit dem Walkman; dreht die Musik so laut auf, dass seine Mitfahrer ihn anstarren. Nichts hilft. Micha kann sich auf nichts anderes konzentrieren.

Ich habe das Foto. Ich kann sagen: Das war Askan, mein Opa. Mit meiner Oma verheiratet, auch damals. Die ganze Zeit ein Mörder. Woher ich das weiß? Ein Freund hat es mir erzählt. Wo mein Beweis ist? Ich habe keinen Grund, es nicht zu glauben. Es gibt keine Bilder von ihm, auf denen er jemandem ein Gewehr an den Kopf hält, aber ich bin sicher, dass er so etwas getan hat, und er hat auch abgedrückt. Die Kamera hat woanders hingedeutet, ihr Verschluss ging vor einem anderen Mord auf und zu, vor einem anderen Juden, den ein anderer Mann hingerichtet hat. Aber mein Opa war ganz in der Nähe.

Zu Hause erledigt er seine Korrekturen in der Küche, im Wohnzimmer, wo immer er mit Mina und dem Baby zusammen sein kann. Er liegt auf der Decke neben Dilan, Stifte und Schulhefte auf dem Boden ausgebreitet.

– Sie ist schläfrig. Ich leg sie ins Bett.

– Ich mach das schon, Mina. Hat das nicht noch eine Sekunde Zeit?

– Sie sollte einen festen Zeitplan haben, Micha.
– Wir könnten spazieren gehen. Du und ich. Und Dilan schläft im Kinderwagen.

– Es ist kalt.

– Ist doch okay.

Mina schaut aus dem Fenster.

– Okay.

80.

– Wie geht es ihr? Dilan?

– Super. Wunderschön ist sie. Legt ziemlich zu.

Micha und Luise treffen sich jetzt alle paar Tage zum Mittagessen. Ohne groß darüber zu reden: Es passiert einfach. Zu einer festen Zeit, nach der Schule, in einem Kaffee in der Nähe des Krankenhauses. Luise immer in Eile, und trotzdem immer da.

– Geht's dir gut?

– Ja. Und dir?

Sie sitzen in einer Nische am Fenster. Beschlagenes Glas zwischen sich und dem kalten Frühlingstag draußen.

– Ich glaube wirklich nicht, dass wir es je erfahren werden.

– Das sagst du immer, Luise.

– Ja, ich weiß. Aber was ich meine, ist, dass uns das nichts bringt. Wenn wir immer nur diese Frage stellen.

– Du bist doch diejenige, die immer noch danach fragt. Ich weiß, was er getan hat. Ich will wissen, ob er sich deswegen schuldig gefühlt hat.

Micha räuspert sich, gereizt.

– Ich möchte mir gern die Fotos noch mal ansehen.

– Die von Oma?

– Ja. Vor und nach dem Krieg.

– Tja. Dann musst du zu Oma gehen.

Micha gibt keine Antwort. Sucht in seinen Taschen nach Zigaretten. Mehr als acht Monate hat er seine Oma nicht mehr besucht.

– Ja. Hm. Hat eh keinen Sinn, Micha.

– Was?

– Ich hab sie mir angeschaut. Man kann nichts sehen.

– Wann hast du sie angeschaut?

– Nachdem du zurück warst. Nachdem du mir davon erzählt hast.

– Zusammen mit Oma?

– Ja, natürlich.

– Hat sie gemerkt, dass eines fehlte?

– Ja. Eins der Bilder von ihrer Hochzeitsreise. Wir haben in der ganzen Wohnung danach gesucht.

– Ich habe es.

– Ach so. Aha.

Luise rührt ihre Suppe um.

– Na ja. Man sieht jedenfalls nichts auf den Fotos. Es sind Familienbilder, weißt du. Festliche Anlässe. Immer alle fröhlich. Da siehst du gar nichts.

Micha starrt Luise an. Weiß nicht, ob er ihr glauben soll. Will ihr nicht glauben.

– Allerdings sah er nie direkt in die Kamera. Ist dir das nicht aufgefallen? Nach dem Krieg.

– Ach so?

– Sagt dir das nichts, Luise?

– Nein. Weil ich nicht glaube, dass es stimmt. Bestimmt gibt es Bilder, auf denen er in die Kamera schaut.

– Nein. Zeig mir eines.

– Mensch, Micha. Als sie ihren dreißigsten Hochzeitstag gefeiert haben. Oma und Opa zusammen am Kirchenweg. Im Garten.

Micha versucht sich daran zu erinnern. Glaubt immer noch, dass Luise sich irrt.

– Und, meinst du, er hat sich schuldig gefühlt?

– Nein. Das heißt, ich weiß nicht. Wir werden es nie

erfahren, Micha. Vielleicht wusste er selbst nicht, was er davon halten sollte.

– Er hat Menschen umgebracht.

– Okay, Micha. Jetzt hör mir mal zu. Vielleicht stimmt das ja. Menschen tun schreckliche Dinge. Es war Krieg. Ich suche keine Entschuldigung dafür. Im Gegenteil. Aber es war Krieg, und es war grausam und verwirrend, und er konnte Richtig und Falsch nicht mehr auseinander halten und hat etwas Schreckliches getan.

– Ja.

– Wenn Menschen also so etwas tun. Vielleicht. Ich weiß es wirklich nicht, klar, aber vielleicht glauben sie manchmal an diese Dinge, oder sie identifizieren sich damit, oder manchmal vielleicht auch nicht. Sie tun sie einfach, und dann geht es weiter.

– Und das ist alles?

– Was soll das heißen, ›und das ist alles‹? Du hast überhaupt nicht darüber nachgedacht, was ich gesagt habe.

– Will ich auch nicht.

Micha versucht sich wieder an das Foto zu erinnern. Der Garten am Kirchweg. Kann ihn beinahe sehen. Kann Opas Gesicht nicht sehen.

– Ich versuche nur zu helfen, Micha. Uns beiden.

– Ich weiß.

81.

Mina geht wieder arbeiten: Teilzeit, mal sehen, wie es läuft. Sie beschließen, in den Osterferien damit anzufangen, damit Micha zu Hause sein kann, um Dilan an die Kinderkrippe gewöhnen. Zuerst ein, zwei Stunden pro Tag, dann allmählich bis zum Mittagessen, und schließlich bis zum frühen Nachmittag, wenn Micha sie in Zukunft nach der Schule abholen wird.

Nachdem er sie in den Kindergarten gebracht hat, wartet Micha in einem Café gegenüber. Er mag nicht allein in die Wohnung zurückgehen. Er müsste die Wäsche waschen, aufräumen, einkaufen, aber das wird er später erledigen, wenn Mina nach Hause kommt und ihm erzählt, wie es ihr so ergangen ist. Er liest den ganzen Morgen über, isst, trinkt, beobachtet die Kellnerinnen, die sich hinter dem Tresen unterhalten, das Kommen und Gehen der Kunden. Es ist eine Erleichterung, Dilan abzuholen, sich in ihren Duft einzuhüllen.

Micha fragt sich, ob Opa Trost bei seinen Kindern fand, und dann bei seinen Enkelkindern. *Mutti und Bernd. Luise und ich.* Micha denkt an Opas Arme, seinen Schoß, den Seife-Zigaretten-Geruch. Dilan bewegt sich unruhig in dem Tragegurt um Michas Brust. Er zieht ihr die Socke aus, untersucht die kleinen Zehen und noch kleineren Zehennägel, reibt den Fuß, zieht ihr die Socke wieder an. *Er hat es nicht verdient, Trost zu finden.* Micha denkt es, und es kommt ihm richtig vor, aber auch unglaublich grausam.

Die Woche vergeht, und schließlich ist es soweit: Dilan soll bis nach eins in der Kita bleiben. Als Micha aus der U-Bahn kommt, überlegt er es sich jedoch anders. Ein allzu langer Vormittag liegt vor ihm, und so wendet er mit dem Kinderwagen, trägt ihn wieder die Stufen hinunter und läuft den Bahnsteig entlang, um den abfahrenden Zug noch zu erwischen. Dilan blinzelt ihn an, als sie an der üblichen Haltestelle vorbei in die Stadt fahren, wo sie in Richtung Hauptbahnhof umsteigen.

Am Kiosk kauft er Brezeln, wechselt Dilans Windel in der Frauentoilette, und besteigt dann mit ihr den nächsten Zug nach Hannover, obwohl sie dann in Kassel umsteigen und zwanzig Minuten warten müssen.

– Ich möchte zum Steinweg, bitte.

Micha muss Dilans Plärren übertönen, als er dem Taxifahrer die Adresse nennt. Sie ist hungrig, und er hat ihr die Flasche von zu Hause bereits gegeben. Der Fahrer bringt sie dorthin, fährt schnell durch die breiten Straßen des Zentrums und die unbekannten Vorstädte, Wohnblocks der Nachkriegszeit.

Micha steht auf dem Bürgersteig, Dilan hat er auf die Hüfte gestützt. Er war noch nie hier, hat nur Fotos gesehen. Kennt die Hausnummer wie so viele andere, vereinzelte Details aus der Vergangenheit seiner Familie. *Nicht die wirklich wichtigen Dinge*. Er hat keine Ahnung, was er sich eigentlich von diesem Besuch erhoffte; das erste Zuhause seines Großvaters nach dem Krieg, nach seinem Verbrechen. Ein solides, ehrwürdiges, unbeteiligtes Haus in der Vorstadt. *Von jemand anderem bewohnt*. Micha steht draußen, verwirrt, verunsichert, seine vor Hunger schreiende Tochter auf dem Arm.

Die Erinnerungen an die Kinderzeit sind alle gut. Sogar wenn die betrunkenen Zornausbrüche dazugerechnet werden; die Briefe, die Opa verbrannt hat; die Fotos, auf denen er zur Seite schaute. Auch jetzt noch, mit seiner ganzen Gewissheit über das, was Opa tat, wo er es tat, mit den Gesichtern auf der Wand im Museum, die womöglich seine Opfer wurden, auch jetzt versucht Micha vergeblich, aus allem klug zu werden. Schuld, Reue, Stolz, Trotz, Scham. Nichts Eindeutiges. Nichts, woran Micha alles festmachen könnte.

Fakten; Ereignisse, Orte stehen alle einzeln für sich, und Dilan schreit.

Micha zurrt sie im Kinderwagen fest, macht sich auf die Suche nach einem Laden oder einem Café, einem Geschäft, wo man Wasser und Babynahrung kaufen und dann aufwärmen kann. Dilan hört nicht zu weinen auf, und er bekommt Angst. *Über zwei Stunden mit dem Zug bis nach Hause.*

Die Straßen, nur ein Haus nach dem anderen, und Micha kann Kolesniks karge Antworten nicht vergessen. Keine Schuldgefühle, und auch kein Verzeihen. *Kein Grund zur Trauer*. Zu irgendwelchen kleinen menschlichen Regungen. *Was hat Luise gesagt? Menschen tun es einfach, und dann geht es weiter.*

Micha findet keine Geschäfte, Dilan weint.

Die ganze Zeit. Seitdem alles anfing, beim Geburtstagsessen, auf Omas Balkon, in der Bibliothek, beim Lesen und Aufschreiben von Notizen. Monatelang dachte Micha, das alles müsse bald ein Ende haben, doch hier, in dieser fremden Vorstadt mit seinem hungrigen, wütenden Kind, hier weiß er, dass er sich während all dieser Monate getäuscht hat.

82.

– Sogar wenn ich deshalb weine, weine ich meinetwegen. Nicht wegen der Menschen, die umgebracht wurden.

Mina runzelt eine Weile lang die Stirn, lässt den bunten Seestern über dem Gesicht ihrer Tochter baumeln. Sie ist immer noch böse wegen gestern, wegen der Tatsache, dass er fortgefahren ist, ohne etwas zu sagen, ohne Essen für Dilan, ohne irgendeinen Plan. Micha bemerkt, dass Mina sich beherrschen muss.

– Das ist doch in Ordnung, oder?

– Findest du?

– Ich weiß nicht, Micha.

Dilans Hände greifen nach dem Fisch, sinken wieder

zurück. Der rotgelbe Seestern klingelt, winzige Glöckchen sind an jeder seiner Spitzen. Ein weicher Frotteekörper zwischen Minas Fingern. Abgekaute Nägel.

– Weshalb weinst du denn, Mina?

– Wenn ich etwas über den Holocaust sehe?

– Ja.

– Wegen dir. Im Moment. Wegen mir. Und ihr. Ich mach jetzt einen Spaziergang, damit sie müde wird.

Mina geht langsam auf dem Weg vor der Parkbank auf und ab, das Baby lehnt an ihrer Schulter. Micha schaut das kleine Gesicht an, das auf dem weichen Wollmantel seiner Mutter liegt. Rosa Wangen in der kalten Morgenluft, Wimpern wie schwarze Tuschestriche auf ihrer Haut.

– Als Kind fand ich es immer schrecklich, mir all die Kinder vorzustellen, die ihre Eltern verloren haben. Kennst du das Foto, Micha? Der kleine Junge, der die Straße in Belsen entlangläuft, als die Alliierten kommen? Ganz allein.

– Ja.

– Heute denke ich an die Eltern, die ihre Kinder verloren haben. Kinder wurden als Erste umgebracht in den Lagern, nicht?

Micha nickt.

– Ich denke mir, wie schrecklich das sein musste. Nach so etwas weiterzuleben. Ohne sie leben zu müssen.

Das Baby schläft. Micha möchte es in den Arm nehmen. Weiß, dass sie dann aufwacht. Mina bleibt stehen, wiegt sich sanft hin und her.

– Man betrachtet die Dinge anders. Das ist bei jedem so. Du hast deinen Opa geliebt. Hast dann etwas Schreckliches über ihn herausgefunden und hast jetzt vielleicht das Gefühl, ihn nicht mehr lieben zu können. Und deswegen musst du weinen.

Mina legt das Baby in den Kinderwagen, und Micha

stößt ihn sanft mit dem Fuß an, zieht die Decke über die Füße seiner Tochter.

– Ich weiß, das klingt alles so logisch, Micha.

– Stimmt.

– Ist nicht einfach, so logisch zu sein.

– Stimmt.

– Und trotzdem hat er all die netten Dinge getan, an die du dich erinnerst. Trotzdem hat er dich geliebt.

– Daran kann ich jetzt nicht denken, Mina.

– Nein.

Sie nimmt die Tasche vom Lenker des Kinderwagens, sucht etwas zwischen den Cremetöpfchen und Windeln.

– Was würdest du denn tun?

– Was meinst du?

– Wenn es dein Opa wäre.

– Also ehrlich, Micha. Ich weiß nicht. Vielleicht würde ich auf sein Grab pissen. Tschuldige. Ich weiß es nicht. Wahrscheinlich würde ich auch nicht an die schönen Dinge denken wollen.

Man betrachtet die Dinge anders. Micha wiederholt Minas Feststellung für sich selbst, aber es macht keinen Unterschied. Macht es überhaupt nicht leichter. Er denkt an sich, das stimmt. *Egoistisch.* Aber was Micha viel schwieriger findet, sind die anderen, an die er ebenfalls denkt. *Opa. Und Jozef. Was sie getan haben, und sie haben danach noch ein ganzes Leben gelebt.* Micha stößt immer wieder auf sie, wenn er im Geiste den Familienatlas durchblättert. Spielt die Entscheidungen durch, die sie getroffen haben, folgt den sich verzweigenden Linien. *Jahre und Generationen. Unverrückbar. Nie genügend Trauer und Verzeihen.*

Es erfüllt ihn mit Abscheu, dass er an sie denkt. Er sagt nichts zu Mina, weil er weiß, dass es sie auch mit Abscheu erfüllen würde.

83.

Es ist spät. Das Baby schläft. Micha steht im Pyjama auf dem dunklen Flur und nimmt den Telefonhörer ab.

Ein Echo in der Leitung; ein Ferngespräch. Eine Stimme, die er nicht kennt, spricht in holprigem Deutsch. Ein vertrauter schwerer Akzent.

– Dies ist ein Anruf von Elena Kolesnik.

Es ist eine Frauenstimme, aber nicht die von Elena. Micha hört Elena im Hintergrund reden. Die Stimme am Telefon übersetzt.

– Spreche ich mit Michael?

– Ja, hier ist Michael. Sind Sie das, Elena?

– Ja, sie steht neben mir. Sie will Ihnen etwas sagen. Sie sollen sich lieber hinsetzen, sagt Sie.

– Ist gut.

Micha bleibt stehen.

– Elena sagt, dass ihr Mann gestorben ist. Sie sagt, sie fühlt mit Ihnen. Sie selbst ist auch traurig, aber Sie fühlt mit Ihnen.

– Kolesnik?

– Ja, Jozef Kolesnik. Er starb im Schlaf, und sie hat ihn heute begraben.

Micha hört Elena seinen Namen wiederholen. Sie weint. Ihre Stimme klingt jetzt näher, sie hält den Hörer. Elena Kolesnik spricht mit Michael auf Weißrussisch. Er versteht nur den Namen ihres Mannes. Sie macht tiefe Atemzüge, und Michael kann nachempfinden, wie traurig sie ist, kann sie dort auf dem schmalen Flur stehen sehen, den Hörer in der Hand, weinend.

– Es tut mir Leid, Elena. Das mit Jozef.

Aber nun ist die andere Frau wieder am Telefon.

– Elena sagt, sie möchte, dass Sie kommen. Sie möchte, dass Sie das Grab sehen.

Micha spürt Elenas Schweigen, sieht sie an der Küchentür stehen, in Erwartung seiner Antwort. Er überlegt sich tausend Gründe, weshalb er nein sagen könnte.

– Bitte sagen Sie Elena, ich werde kommen.

Die Frau übersetzt. Micha stellt sich vor, wie Elena Kolesnik zuhört, fragt sich, ob sie lächelt, was sie empfindet.

– Ich werde in ein paar Wochen kommen. Ich werde mir einen Zug heraussuchen und ihr dann schreiben.

Als Micha wieder ins Schlafzimmer geht, ist Mina eingeschlummert, und das Baby liegt neben ihr, mit den Armen über dem Kopf. Er schaut die beiden eine Weile an, dann flüstert er vorsichtig, um sie nicht zu wecken:

– Jozef Kolesnik ist tot.

Er wird es Mina am Morgen erzählen. *Das ist noch früh genug.*

84.

Die Reise ist ihm nun vertraut. Micha ist auf das Warten vorbereitet, die langsamen Züge und den überfüllten Bus. Es fällt ihm nicht schwer, sich in Erinnerung zu rufen, dass Kolesnik tot ist, dass er ihn nicht sehen wird, und das überrascht ihn. Micha dachte, er würde damit rechnen, Kolesnik an der Bushaltestelle zu sehen, dass es ein Schock sein würde, allein zum Haus zu gehen, aber es ist keiner.

Elena Kolesnik ist auf der Veranda, erwartet ihn. Sie winkt, als Micha um die Ecke kommt, und er winkt zurück. Eine andere Frau ist bei ihr, eine jüngere Frau. Micha denkt sich, dass dies wahrscheinlich die andere Stimme am Telefon war.

Elena Kolesnik bietet Micha das Schlafzimmer an, von ihr und ihrem Mann. Micha lehnt ab, doch die Nachbarin sagt, Elena bestehe darauf.

– Sie wird in der Küche schlafen, so macht sie das immer, wenn Gäste da sind.

Elena knallt die Teller auf den Tisch, schneidet das Brot in riesige Scheiben. Sie ist böse auf Micha. Kann nicht begreifen, weshalb er nicht länger bleiben kann. Er bittet die Nachbarin, ihr zu sagen, er müsse arbeiten, habe nur wenige Tage freibekommen.

– Sie haben mir nur zwei Tage gegeben. Morgen muss ich wieder abfahren. Es tut mir Leid.

Er packt die Fotos von Elena und Jozef aus dem Rucksack, und Elena starrt sie an, während sie essen. Micha weiß, dass er sie schon vor Monaten hätte schicken sollen. Bevor Jozef starb. Er entschuldigt sich nochmals, die

Nachbarin übersetzt, und Elena nickt, hört aber gar nicht richtig zu. Gebannt von den Bildern, die vor ihr liegen. *Jozef, der sie ansieht, im Zimmer nebenan. Vor wenigen Monaten.*

Nachdem sie den Tisch abgeräumt haben, zeigt Micha den Frauen Bilder von Mina und dem Baby, und Elena lächelt wieder, ist aber immer noch verletzt. Micha weiß, er sollte länger bleiben. Aber er will nicht. Er will nicht dort schlafen, wo Kolesnik schlief und wo er starb. Er möchte Elena sagen, dass er nicht mit ihrem Mann befreundet war, und auch nicht mit ihr, aber die Worte kommen nicht. Zu grausam, zu undankbar.

Die Nachbarin sagt gute Nacht.

– Elena wird sie morgen zum Grab führen. Am Morgen, sagt sie, wenn sie aufgestanden sind. Sie können von hier aus zu Fuß gehen.

Im Schlafzimmer zieht Micha die Decken zurück, zerknüllt die Laken eine wenig und macht eine Kuhle ins Kissen. Dann breitet er seinen Schlafsack auf dem Teppich unter dem breiten Fenstersims aus und rollt seinen Pullover unter dem Kopf zusammen.

85.

Auf dem Friedhof streicht Elena das neue Gras mit den Fingern glatt. Neben dem Grab liegen frische Blumen. Nicht von Elena, nicht von Micha. *Jozef Kolesnik wird betrauert.*

Micha ist nicht sicher, was er tun soll. Der Morgen ist warm. Hell scheint die Sonne durch die wenigen Wolken. Er ist noch ganz verschlafen. Müde von der Reise und der auf dem Boden zugebrachten Nacht.

Noch kein Grabstein. Nichts, das auf Kolesniks Grab

hinweist, außer dem hohen Hügel, den neuen Rasenstücken, die Elena niederdrückt, während sie sich neben Micha hinkniet, wortlos, und die Wange, die Stirn auf den Boden legt. Micha schaut zur Seite, den Hang hinunter auf das Dorf und den Fluss. Versucht, etwas zu empfinden. Ohne Erfolg. Will nur nach Hause, sobald es geht.

Micha dachte, sie würden nach dem Kirchhof nach Hause gehen, doch sie schlagen die entgegengesetzte Richtung ein, aus dem Dorf hinaus. Nach Süden auf den Sumpf zu und dann, nach etwa zehn Minuten, nach Osten, zum Wald. Die Nachbarin ist nicht dabei, daher kann Micha nicht fragen, wohin sie gehen. Schweigend geht er einfach neben ihr her und folgt ihr in den Birkenwald, wird allmählich wach, nimmt die Landschaft in sich auf, den wunderschönen Tag. Klares, starkes Sonnenlicht, das in langen Strahlen durch die Blätter auf Erde und Gras fällt. Er geht neben Elena durch Vogelgesang und kühlen Waldduft.

Elena fasst Michael am Ellbogen, und er sieht die Tränen auf ihren Wangen. Feucht, unerwartet; Micha erschrickt: dass er so abgelenkt war, so wenig darauf geachtet hat. Dass sie weinen und er es nicht sehen sollte.

– Frau Kolesnik.

Sie bleiben immer noch nicht stehen, Elena geht voraus, zerrt Micha mit sich. Er will nach ihrer Hand greifen, doch sie zieht sie weg, deutet tiefer in den Wald hinein. Elena führt ihn weiter auf dem Pfad entlang, deutet auf eine Lichtung vor ihnen; hell und grün im dunklen Braun der Bäume.

Micha schaut hin, und dann sieht er es. Es ist, als hätte man ihm einen Schlag auf den Schädel versetzt.

Er bleibt stehen, und Elena dreht sich um. Sie sieht ihn an, tränenüberströmt. Micha legt die Hand auf den

Mund; fühlt den feuchten Atem auf seiner Handfläche, und zugleich wird ihm heiß und schwindelig. Elena streckt den einen Arm aus, ballt die Faust, und legt die andere Hand auf die Schulter. Sie mimt das Schießen mit einem Gewehr, aber Micha ist bereits alles klar.

Er schreit. Sie ahmt einen Kugelhagel nach, ein rhythmisches Zischen durch die Lippen.

Micha blinzelt. Die Sonne blendet auf den Blättern. Er schwitzt, und das Salz läuft ihm in die Augen.

Elena steht ein Stück vor ihm. Micha presst die Augen zu. Wald umgibt ihn, er spürt ein dumpfes Pochen im Magen, und hinter den Augen Blut, heiß und schwarz. Sie wartet auf ihn, aber seine Beine tragen ihn nicht. Er will nicht dort sein. Will die Augen aufmachen und wieder im Haus sein, wieder zu Hause sein, in der Küche, mit seiner Tochter auf dem Schoß. Elena mimt wieder das Schießen, und er schreit sie an. Dass er Bescheid weiß. Dass sie aufhören soll.

– Bitte! Hören Sie auf!

Er nimmt die Hände hoch, bedeckt seine Augen damit, und sie lässt die Arme seitlich fallen. Klein und traurig steht sie da, und Micha hört das schwache, trockene Geräusch tief in ihrem Hals, denkt, *Sie hat ihren Mann verloren, ihren Jozef*.

Elena wischt sich mit dem Ärmel übers Gesicht, aber gleich wird es wieder von ihren Tränen nass. Sie geht weiter. Den schmalen Rücken, die steifen Schultern Micha zugedreht, die Sonne scheint ihr mit einem Mal auf den Kopf, als sie aus den Bäumen heraus ins weite, helle Gras tritt.

Micha steht am Rand der Lichtung und beobachtet sie. Die Füße auf der Grenze, wo der Waldboden ins Gras übergeht. Mit zusammengepressten Zähnen und Fäusten. Die alte Frau vor ihm geht weiter, über die breite, ebene Fläche, ins helle Licht jenseits der Bäume, fällt auf die Knie.

Micha wartet. Elena kniet. Mit zitternden Schultern. *Sie weint*. Er kann sie jetzt hören. Bewegt sich.

Geht über die Lichtung, die auch ein Grab ist.

Elena wischt sich die Tränen ab und reibt sie in den Boden. Micha schwindelt. Er versucht es, aber er kann nicht bleiben. Kann nicht hier stehen, auf dem weichen Boden, auf diesem Gras und Moos. Er geht weg, lässt Elena im hellen Sonnenlicht zurück, überquert den feuchten Boden, um auf den trockenen Aschenpfad zwischen den Bäumen zu gelangen. Er will gar nicht auf sie warten, tut es aber.

Schweigend gehen sie zurück zur Stadt. Die Sonne hoch am Himmel, heiß. Micha immer noch schwach, verschwitzt. Kann es nicht erwarten, wegzukommen.

Elena begleitet ihn im Bus zum Bahnhof. Trocknet sich das Gesicht mit einem großen grauen Taschentuch; ist böse auf ihn. Er weiß, dass er es ihr verdorben hat; ihren Tag des Totengedenkens. Sie sprechen nicht. Micha fällt nichts ein. Ebenfalls zornig. Schluckt seinen Ärger hinunter.

Sie hat keine Kinder. Eine junge Frau in einem leeren Dorf, das hat sie mir erzählt. Sie wusste, wie viele gestorben waren. Und als er zurückkam, liebte sie einen der Mörder. Bekam keine Kinder. Half ihm die Schuld tragen und liebte ihn.

Der Zug fährt ein, und sie stehen nebeneinander und warten darauf, dass der Schaffner die Türen öffnet. Elena holt Brot und Obst aus der Tasche, die Micha auf der Heimfahrt essen soll. Er bedankt sich und steigt ein, legt sein Gepäck auf die Ablage. Elena steht immer noch da. Er schiebt das Fenster herunter.

Elena sagt jetzt etwas, Micha versteht nichts. Die wenigen Worte, die er vielleicht verstanden hätte, werden von ihren Tränen erstickt. Sie redet und redet, greift nach Michas Händen, weiß, dass er sie nicht versteht. Es scheint ihr nichts auszumachen. Die Worte quellen hervor, bis der Schaffner die Türen zuknallt. Elena hält Michas Hände, bis der Zug anfährt. Dann lässt sie los. Wortlos geht sie nun neben dem Zug her, bis ans Ende des Bahnsteigs, und dann winkt sie und sieht Micha nach, bis er verschwunden ist.

Der Abend dämmert. Langsam rollt der Zug dahin. Micha hat noch die hellen Blätter im Kopf, den weichen Boden. Der schreckliche Gedanke holt ihn ein, nach einem elenden, sonnenhellen Tag, nach Elenas Stimme und Tränen.

Jozef. Opa.

Micha weiß, warum sie es tat; warum sie ihn dort hinführte.

86.

Micha ist allein im Abteil, der Mond draußen steht hoch. Er lässt das Licht ausgeschaltet und den Vorhang offen, schaut der Fahrt durch Wald und Sümpfe zu. Schwarze Schatten mit weißen Rändern. Scharfe Konturen, die das Dunkel umrahmen.

Ich war nicht auf Opas Beerdigung. Luise durfte mit, aber Mutti meinte, ich sei zu jung. Ich glaube, ich verbrachte den Tag mit einem Freund. Ich weiß nicht mehr.

Später nahm Mutti mich ans Grab mit. Vielleicht zwei oder drei Jahre später. Ich erinnere mich noch an die vielen dunklen Eiben und daran, wie ich an den Reihen von Grabsteinen entlangging. Auf einigen waren frische Blu-

men, auf anderen verwelkte Sträuße. Vertrocknet. Sogar vermodert. Grünes Wasser in den hohen Vasen. Es war heiß.

Ich glaube nicht, dass ich Opa dort zu sehen erwartete, doch als er nicht da war, fing ich an zu weinen und war untröstlich.

87.

Ein blauer Tag, Dilan geht neben Micha her. Sonnig und warm. Er trägt ihre Jacke überm Arm und ihren Hut in der Tasche. Der Weg von der Bushaltestelle führt durch das angelegte Gelände, und Micha geht ganz langsam, damit seine Tochter Schritt halten kann. Sie gehen ebenso gemächlich wie die Anwohner, die Arm in Arm über den gelben Kies knirschen. Die Bäume sind voller und höher als bei Michas letztem Besuch hier, aber sonst hat sich nichts verändert, findet er. Weißes Gebäude, grüner Rasen, grauer Parkplatz; die verschwommene, leere Unsicherheit im Innern. Dilan stolpert und fällt hin, sie weint kurz, bis er sie hochhebt.

– Heute keine Tränen.

Er wischt die Kiesel ab, die an ihren Händen kleben, schaut, ob sie Kratzer auf der Haut hat, küsst die winzigen schwarzblauen Abdrücke in ihrer Handfläche. Sie reibt sich die Augen und lächelt. Kleine Zähne. Dunkle Wangen. *Wie bei Mina.*

Micha geht nicht gleich auf den Eingang zu, sondern trägt Dilan an dem Wohnblock vorbei zum Rand des Parkplatzes, und sie summt beim Gehen, hält sich mit den kleinen Fäusten an den Falten seines Mantels fest. Am Bordstein bleibt Micha stehen, dreht sich um und schaut hinauf, zum oberen Rand des weißen Hochhauses.

– Siehst du, Dilan?

Er deutet für seine Tochter hinauf, und sie folgt der Linie seines Fingers zum Himmel, immer noch summend, gegen die Sonne blinzelnd.

– Wenn wir an der oberen rechten Ecke anfangen, musst du acht Fenster nach unten abzählen. Und dann eins, zwei, drei zur Seite. Dort wohnt Oma Käthe. Das ist ihr Vogelnest. Und wenn wir Glück haben, ist sie draußen auf dem Balkon und wartet auf uns. Siehst du das?

– Oma Käthe?

– Meine Oma Käthe. Kannst du sie sehen?

Micha schaut seine Tochter an, beobachtet, wie sie ein weiteres Familienmitglied annimmt, ohne Umschweife. Sie schlägt den Familienatlas auf, unproblematisch, neugierig, unverzüglich. Es tut Micha weh, das zu sehen. Er hebt Dilan auf seine Schultern.

– Ist sie da?

– Wo?

– Du musst winken, Dilan. Dann winkt sie vielleicht zurück.

Dilan winkt. Micha spürt, wie sie leicht das Gewicht an seinem Nacken verlagert. Er genießt diesen Augenblick, hier unten mit seiner vor sich hinsummenden, winkenden Tochter, die sich mit einer kleinen Hand auf seinem Kopf abstützt.

– Ist sie da, Papa?

Michas Augen schmerzen. Werden feucht. Der Blick verschwimmt vor dem grellen Himmel.

– Ja. Siehst du sie?

– Ja.

Dilan klingt nicht sehr überzeugt, aber sie winkt weiter, und Micha hält die Augen auf den winzigen Fleck gerichtet, der von dort oben zurückwinkt.